DAVID FARLAND

David Farland est né en 1957 sous un autre nom. Il fit son entrée en 1985 dans des compétitions pour les prix littéraires qui lui valurent de voir ses premières nouvelles publiées. Son premier roman, paru en 1989, est un space opera mouvementé qui mêle la tradition heinleinienne à un zeste de cyberpunk. Son second ouvrage (1990) fut nominé pour le Philip K. Dick Award.

Écrivain d'action et de passion, libertaire et conceptuellement ambitieux, il a tenu à prendre un pseudonyme lourd de sens (*Farland* signifie « terre lointaine ») pour inaugurer un cycle de fantasy aux riches couleurs où il prend le contrepied de tout ce qui s'est fait dans le genre jusqu'ici : créateur d'univers aussi puissants que ses illustres prédécesseurs – David Eddings, Robert Jordan, Tad Williams –, il s'offre en sus le luxe d'inventer un « système de magie » original, complexe et parfaitement cohérent. Un auteur ambitieux à découvrir.

LA CONFRÉRIE DES LOUPS II

LE SCEAU DE LA DÉSOLATION

DU MÊME AUTEUR
CHEZ POCKET

LES SEIGNEURS DES RUNES

1. La Douleur de la Terre I
   Le Don d'amour
2. La Douleur de la Terre I
   L'Anneau du Serpent
3. La Confrérie des loups I
   La Dernière Chance
4. La Confrérie des loups II
   Le Sceau de la désolation

SCIENCE-FICTION

Collection dirigée par Jacques Goimard

DAVID FARLAND

LES SEIGNEURS DES RUNES

La Confrérie des loups II

LE SCEAU DE LA DÉSOLATION

POCKET

Titre original :
BROTHERHOOD OF THE WOLF

Traduit de l'américain par
Isabelle Troin

Si vous souhaitez recevoir régulièrement
notre zine « **Rendez-vous ailleurs** », écrivez-nous à :

« Rendez-vous ailleurs »
Service promo Pocket
12, avenue d'Italie
75627 PARIS Cedex 13

ISBN 2-266-10772-0

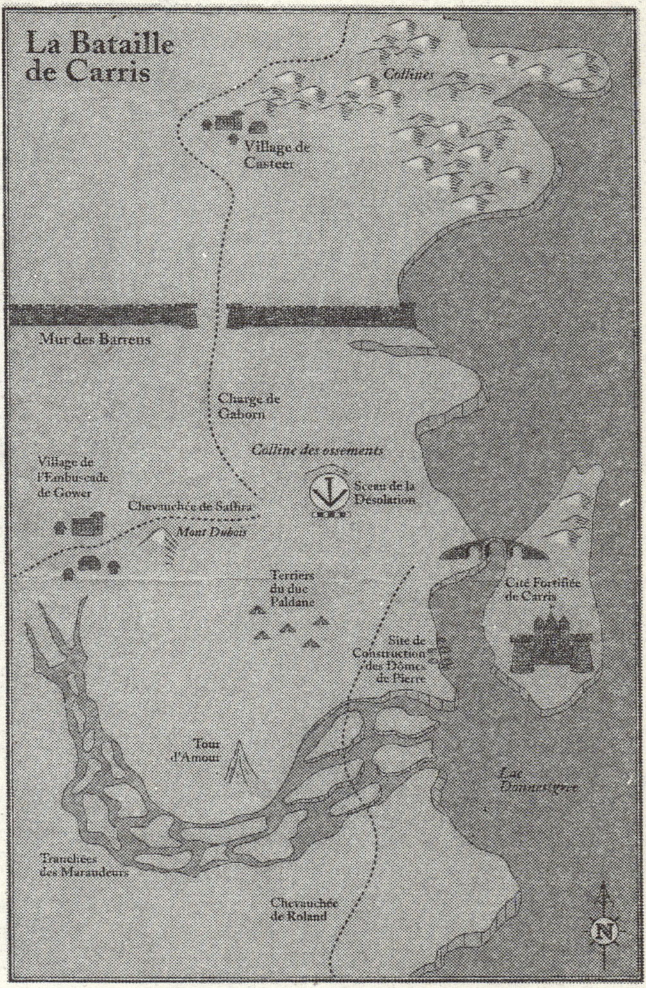
La Bataille
de Carris
Collines
Village de
Casteer
Mur des Barrens
Charge de
Gaborn
Colline des ossements
Village de
l'Embuscade
de Gower
Chevauchée de Saffira
Mont Dubois
Sceau de la
Désolation
Terriers
du duc
Paldane
Cité Fortifiée
de Carris
Site de
Construction
des Dômes
de Pierre
Tour
d'Amour
Lac
Donnestgree
Tranchées
des Maraudeurs
Chevauchée
de Roland
N

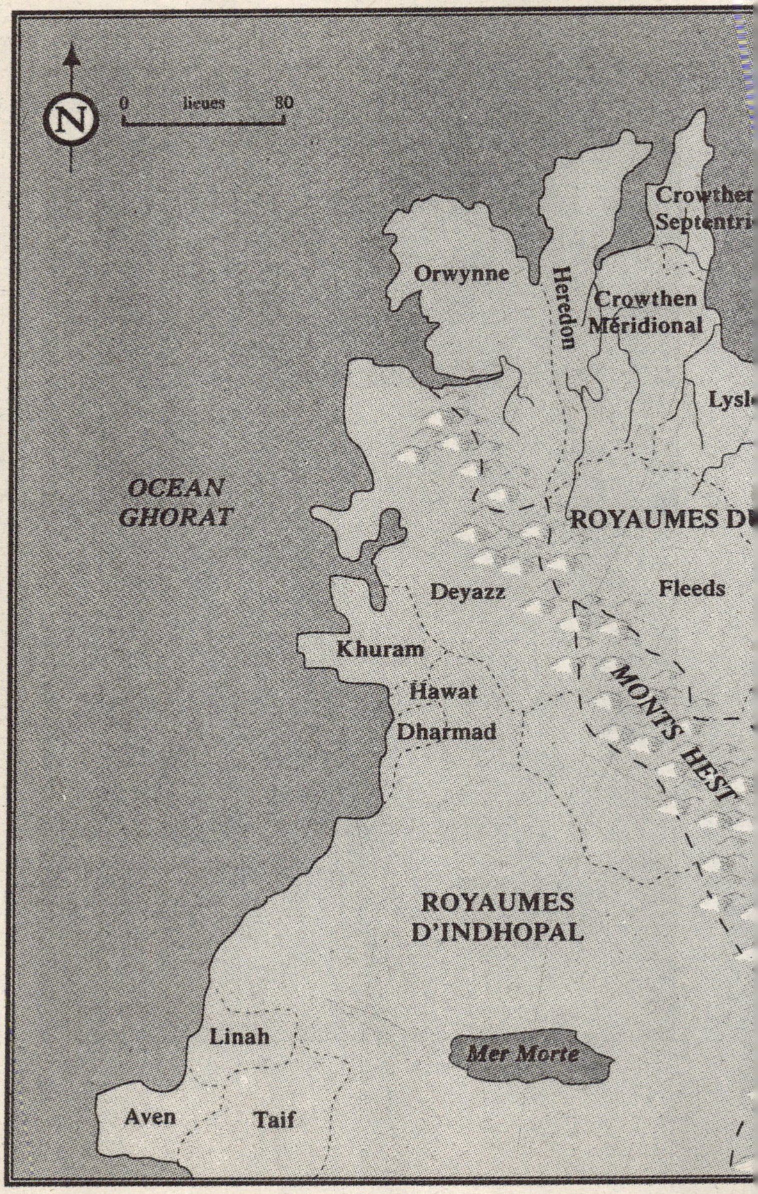

N
0 lieues 80
Crowther
Septentri
Orwynne
Heredon
Crowthen
Méridional
Lysl
OCEAN
GHORAT
ROYAUMES DU
Deyazz
Fleeds
Khuram
Hawat
Dharmad
MONTS HEST
ROYAUMES
D'INDHOPAL
Linah
Mer Morte
Aven
Taif

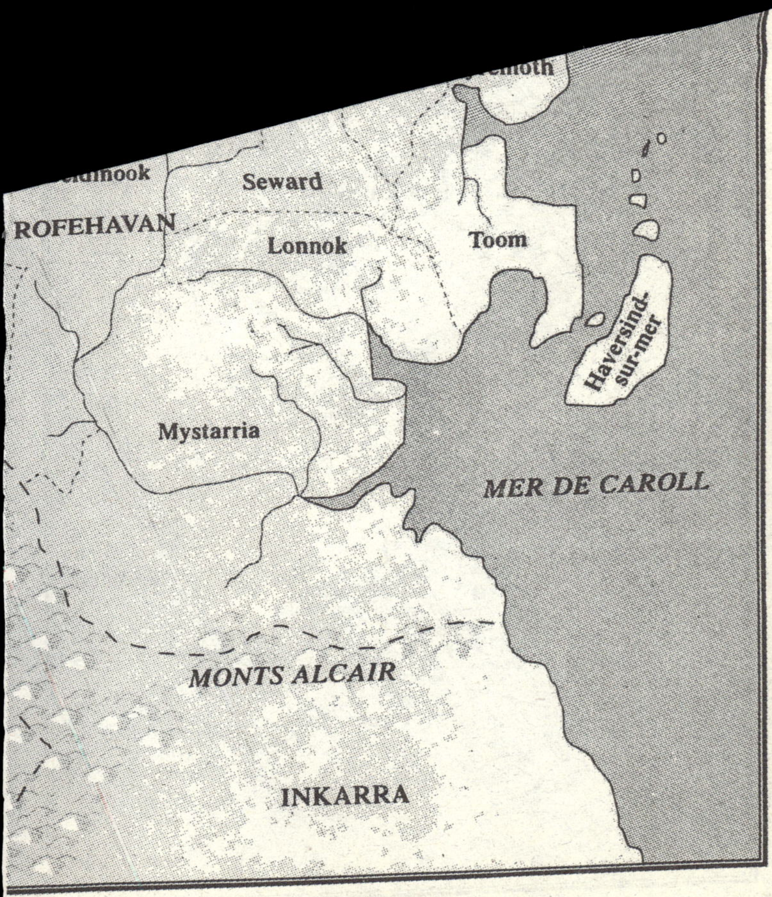
Seward
ROFEHAVAN
Lonnok
Toom
Haversind-sur-mer
Mystarria
MER DE CAROLL
MONTS ALCAIR
INKARRA

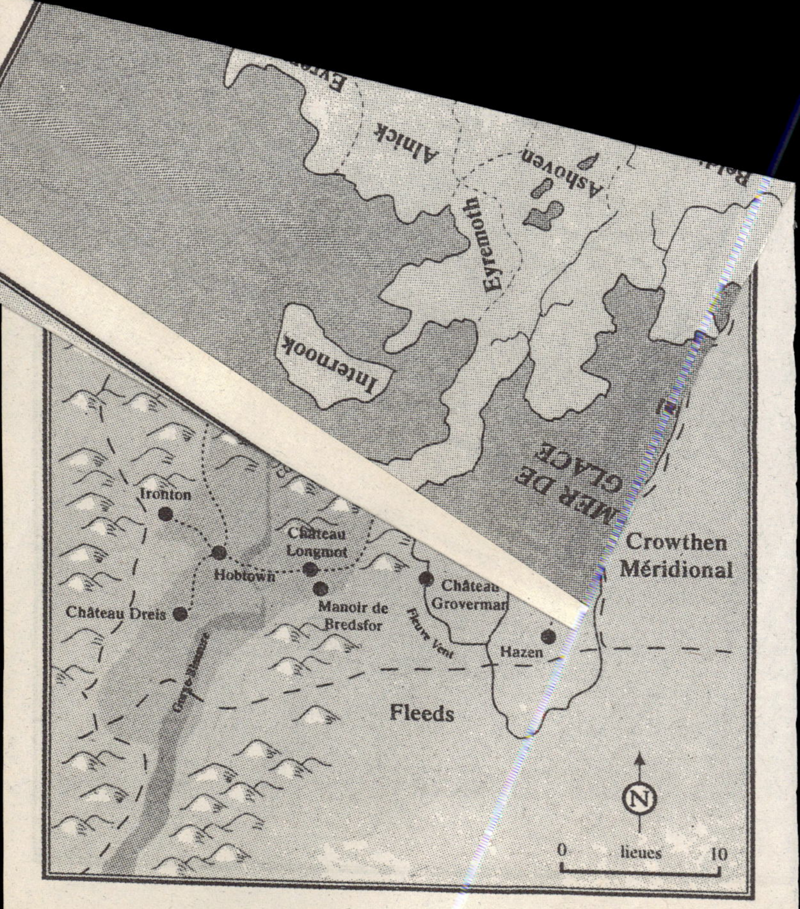

Alnick
Ashoven
Eyremoth
Internook
MER DE GLACE
Crowthen Méridional
Ironton
Château Longmot
Hobtown
Château Dreis
Manoir de Bredsfor
Château Grovermar
Fleuve Vent
Hazen
Fleeds
N
0
lieues
10

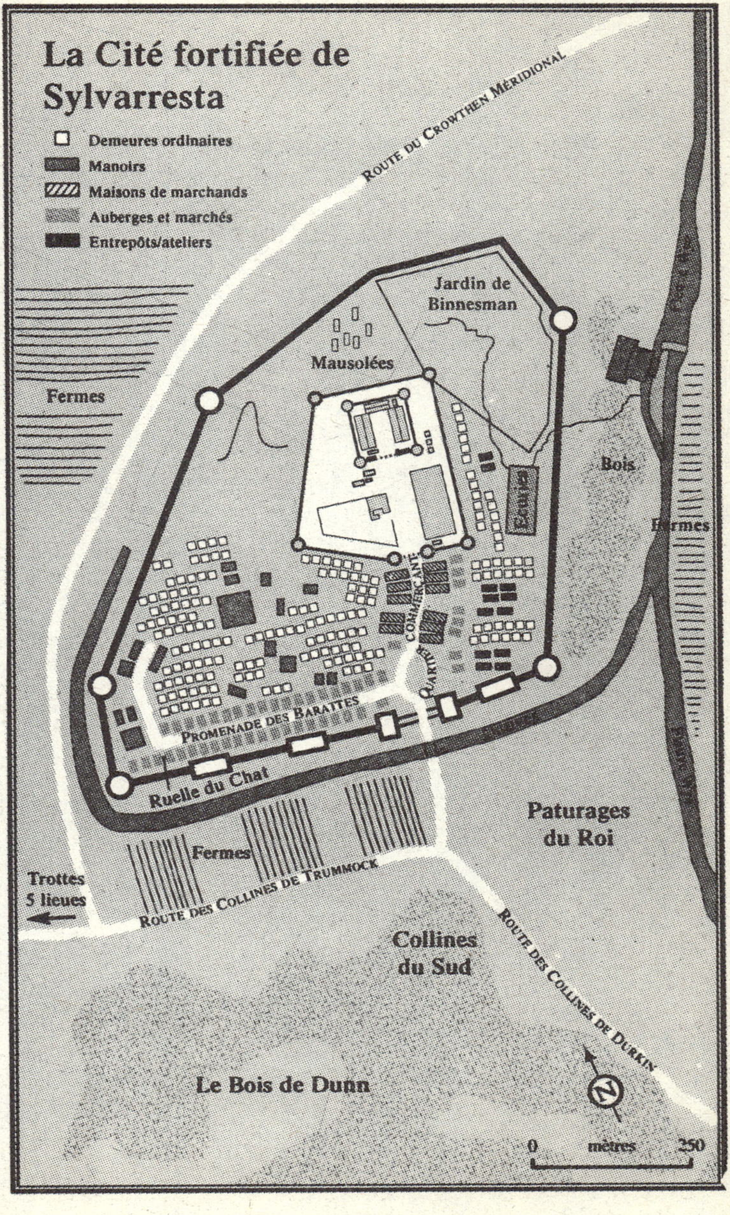

La Cité fortifiée de Sylvarresta
Demeures ordinaires
Manoirs
Maisons de marchands
Auberges et marchés
Entrepôts/ateliers
Route du Crowthen Méridional
Jardin de Binnesman
Mausolées
Fermes
Bois
Écuries
Fermes
Quartier Commerçant
Promenade des Barattes
Ruelle du Chat
Paturages du Roi
Fermes
Trottes 5 lieues
Route des Collines de Trummock
Collines du Sud
Route des Collines de Durkin
Le Bois de Dunn
N
0 mètres 250

LIVRE SEPTIÈME (SUITE)

TRENTE ET UNIÈME JOUR
DU MOIS DES MOISSONS

UN JOUR SANS CHOIX

CHAPITRE XXVI

OBRAN

Assommé par la fatigue et le chagrin, Borenson garda les yeux clos pendant tout le trajet.

Les chevaux galopèrent sans répit. Il ne sut jamais s'il avait somnolé quelques secondes ou quelques heures mais, soudain, Pashtuk le prit par l'épaule et le secoua.

— Nous y sommes, annonça l'Invincible, désignant la vallée en contrebas. Voici Obran.

Borenson leva péniblement la tête. Il ne se sentait toujours pas mieux et n'avait pas l'impression d'avoir dormi du tout. Quant au Palais des Concubines… Il avait imaginé un opulent édifice de pierre coiffé d'un dôme doré, avec de hautes arches élégantes surplombant des portiques et de vastes cours à ciel ouvert, comme il en avait vu lors de sa traversée de Deyazz.

Au fond de la vallée, il n'aperçut qu'un amas de bâtiments antiques adossés contre une falaise. L'endroit évoquait des ruines désertes. Tout autour, le sol était jonché de rochers et de buissons épineux. Borenson ne sentait pas d'eau à proximité ; aucun indice ne trahissait la présence de chameaux, de chevaux ou même de chèvres. Aucun feu ne brûlait à l'intérieur de la ville, et aucune sentinelle ne montait la garde en haut des remparts.

— Vous en êtes sûr ?

L'Invincible se contenta de hocher la tête.

— Évidemment ! s'exclama Borenson. Votre maître souhaite dissimuler la présence de son plus grand trésor. Quel meilleur endroit que des ruines anonymes perdues au milieu du désert ?

Pashtuk s'engagea sur la piste.

Même quand son cheval franchit les portes de la ville, Borenson ne distingua toujours pas de gardes. La guérite, à l'entrée, était un tas de pierres impossible à défendre qui avait dû s'écrouler des siècles auparavant. Et vu de plus près, ce qu'il avait d'abord pris pour le Palais des Concubines n'était qu'un nid de vipères et de scorpions.

Partout où son regard se posait, de gros lézards gris paressaient au soleil et s'enfuyaient à son approche. Des hirondelles du désert se perchaient au bord des toits, et des gobe-mouches jaunes voletaient en quête de pitance.

Il y a de l'eau ici, songea Borenson.

Autrement, les animaux n'auraient pas été aussi nombreux. Pourtant, il n'apercevait ni puits ni ruisseau.

Pashtuk lui fit remonter les rues de la cité jusqu'à un bâtiment de pierre décrépit où il entra sans mettre pied à terre. À l'intérieur, le toit s'était effondré. Le soleil avait délavé les peintures murales représentant des seigneurs en long manteau de soie blanche, qui avaient tous les cheveux curieusement bouclés. À certains endroits, on ne distinguait plus que quelques pigments bruns.

Enfin, Borenson repéra un signe de vie. Au fond de la salle du trône, une ouverture avait été creusée. Cette crevasse étroite s'élargissait et laissait filtrer un peu de soleil à l'autre bout.

Puis il vit les gardes.

Deux Invincibles sortirent de l'ombre et interpellèrent Pashtuk d'une voix forte, dans un dialecte indhopalais auquel Borenson ne comprit rien. Pashtuk leur montra les forceps et leur exposa la mission de son prisonnier. Les deux hommes proférèrent alors dans un mauvais rofehavanais les insultes et les menaces de mort qui, comprit Borenson, constituaient l'essentiel du vocabulaire des soldats de ce pays. De toute façon, il était tellement épuisé par la perte de ses attributs qu'il se fichait de mourir.

Un des Invincibles s'engagea dans la crevasse pour aller informer Saffira qu'un étranger requérait une audience. Quand il revint vingt minutes plus tard, Borenson abandonna son cheval pour le suivre.

La première chose qu'il remarqua en entrant dans le ravin, ce fut l'odeur de terre mouillée et de végétation luxuriante. Il devait se diriger vers une oasis. Levant les yeux, il observa les rayons dorés qui jouaient sur les parois de grès lisses et crémeuses hautes de plus de quatre-vingt-dix pieds.

Borenson songea que cet endroit avait dû demeurer caché pendant des millénaires avant que les Invincibles le mettent au jour. Il semblait étrange que l'eau si précieuse dans le désert soit restée inaccessible tout ce temps. Quel seigneur avait bien pu dissimuler une oasis derrière son trône, et pour quelle raison ?

Le ravin serpentait longuement avant de déboucher sur une petite vallée triangulaire. À l'est et à l'ouest couraient de hautes falaises qui se rejoignaient au sud en formant un V. Au nord s'élevait une crête rocheuse déchiquetée qu'aucun animal n'aurait pu franchir.

Dans la vallée secrète, sur le bord d'un lac entouré de palmiers, se dressait le palais dont Borenson avait rêvé. Ses murs extérieurs couleur crème mesuraient une cinquantaine de pieds, contre cent pour les tours de guet rehaussées de cuivre disposées à intervalles irréguliers. Le dôme central doré, ouvert sur les côtés telle une immense véranda, formait un contraste élégant avec le bleu du lac, la couleur émeraude vibrante de la végétation et les délicates fleurs de chèvrefeuille et de jasmin qui cascadaient le long des murs. À sa façon, ce palais était le plus exquis que Borenson ait jamais contemplé.

Il s'en approcha les menottes aux poignets, traînant toujours les forceps qu'il avait apportés pour Saffira. Ceux-ci pesant près de cent livres, sans ses Dons de Force, Borenson fut à bout de souffle et en nage bien avant d'atteindre le palais.

Pashtuk s'immobilisa devant une énorme herse de fer forgé incrustée d'or et renforcée de bois précieux pour qu'on ne voie pas au travers. On entendait seulement le glouglou d'une fontaine de l'autre côté. Borenson leva un regard émerveillé vers les dizaines de colibris qui voletaient autour d'eux, buvant le nectar au creux de fleurs rose et safran en forme de trompette.

Une sentinelle s'adressa d'une voix aiguë à Borenson. Du tuulistanais. Pashtuk traduisit.

— L'eunuque dit que Saffira vous recevra dans la cour. Il ouvrira le portail pour que vous puissiez lui parler. Par décret royal, vous ne devrez pas lever les yeux sur elle. Si vous désobéissez, vous serez exécuté ; à moins que Saffira ne décide d'intervenir en votre faveur, auquel cas, vous serez seulement castré et demeurerez au palais pour la servir jusqu'à la fin de vos jours.

Borenson se rembrunit. Il n'avait jamais rencontré de femme ayant plus de dix Dons de Charisme, mais il comprenait le danger. N'éprouvant pas d'attirance pour les hommes, il était resté de marbre devant la beauté inhumaine de Raj Ahten, bien qu'il connût des guerriers qui ne pourraient pas en dire autant.

Parfois, quand il était en présence d'une reine ou d'une noble au charisme très développé, il devait lutter contre des pulsions répréhensibles. Mais les dames de la cour lui étaient toujours apparues comme bien supérieures à lui, presque intouchables. Avec ses centaines de Dons, Saffira devait être une tentation aussi exquise qu'insoutenable…

— Vous ne m'en voudrez pas de décliner cette offre : je suis plutôt attaché à mes noix, plaisanta Borenson.

— Je détesterais trancher le lien qui vous unit à elles, dit Pashtuk avec un sérieux parfaitement imité.

Il donna un signal et les gardes actionnèrent une manivelle. La herse se souleva.

— Fermez bien les yeux, recommanda l'Invincible en se laissant tomber à quatre pattes, prêt à se prosterner. N'hésitez pas à les plisser pour que les eunuques soient certains que vous n'y voyez pas. Comme vous venez du Nord, ils sauteront sur le premier prétexte pour vous tuer. En fait, c'est pour ça qu'ils ne vous ont pas proposé de bandeau. Histoire de vous pousser à la faute !

Borenson obtempéra en s'interrogeant sur l'attitude à adopter. L'étiquette différait d'un royaume à l'autre, et le statut de Saffira était assez délicat à définir. Membre d'un harem royal, elle ne pouvait pas être considérée comme l'égale d'une reine, et ne serait sans doute pas accompagnée par une Diema. Pourtant, elle était la favorite de Raj Ahten, le joyau qu'il dissimulait au reste du monde. Dans le doute, Borenson pensa que la traiter comme une reine ne pouvait pas faire de mal.

À son tour, il se mit à quatre pattes sur les pavés tiédis par le soleil et son nez se retrouva au même niveau qu'une colonne de fourmis. Une position très inconfortable pour un homme aux mains entravées.

À son grand étonnement, quand Saffira prit la parole, elle s'exprima en rofehavanais, avec une pointe d'accent presque imperceptible.

— Bienvenue, seigneur Borenson. Nous n'avions encore jamais eu de visiteur du Nord, et c'est un grand plaisir. Je suis ravie de voir que les légendes disent vrai. Il existe bien en ce monde des hommes à la peau de lait et aux cheveux de feu.

Sa voix claire était douce, sensuelle, mélodieuse et étonnamment basse. Borenson imagina que Saffira devait être une femme élégante, dotée de dizaines de Dons de Voix. En outre, pour parler sa langue sans jamais avoir rencontré de natif du Rofehavan, elle devait avoir un ou plusieurs Dons d'Intelligence.

Saffira s'approcha dans un bruissement de soie. Son ombre tomba sur Borenson, cachant les rayons du soleil, et il sentit un parfum exotique lui chatouiller les narines. Comme elle ne lui avait pas donné la permission de parler, il garda le silence.

— Qu'est-ce que c'est ? s'enquit Saffira, curieuse. Vous avez des taches brunes sur la figure ! S'agit-il de tatouages ?

Borenson réprima un éclat de rire. Apparemment, elle ne maîtrisait pas toutes les subtilités de sa langue. Mais puisqu'elle avait posé une question, il avait le droit de lui répondre.

— Non, Votre Altesse. Elles sont entièrement naturelles. On les appelle « taches de rousseur ».

— N'est-ce pas ainsi qu'on nomme les dessins sur le dos des truites ?

— Dans le nord du Rofehavan, oui. Mais à Mystarria, nous les appelons « mouchetures ».

— Je vois, dit Saffira, amusée. Dans votre propre royaume, vous n'arrivez pas à vous mettre d'accord sur leur nom.

Borenson entendit le martèlement de petits pieds.

— Seigneur Borenson, dit Saffira, mes enfants sont curieux. N'ayant jamais rencontré d'homme du Rofehavan, ils ont peur de vous. L'aîné de mes fils vivants réclame la permission de vous toucher. Y consentez-vous ?

La veille, Borenson avait traîné la tête d'un mage maraudeur devant Château Sylvarresta. Beaucoup d'enfants, de vieillards et de femmes s'étaient approchés pour tâter sa chair grise et flasque en lâchant de petits cris de terreur. À présent, la progéniture de Saffira allait faire de même avec lui.

Avons-nous envoyé tant d'assassins en ce royaume, pour que des gamins me craignent à ce point ? se demanda-t-il.

Évidemment, il connaissait la réponse. Ces gosses étaient nés ici ; ils y étaient restés cachés toute leur courte vie. En apprenant l'existence de cet « aîné des fils vivants », la plupart des Chevaliers Équitables l'auraient considéré comme une cible de choix.

Borenson se demandait ce qui était arrivé à l'aîné des fils non-vivant.

— J'y consens volontiers. Bien que je sois un Chevalier Équitable, je ne leur ferai pas de mal.

Saffira souffla quelques mots à son fils, qui avança d'un pas hésitant, tendit la main pour effleurer la calvitie naissante du visiteur et battit en retraite.

Tout de suite après, Borenson entendit un autre enfant approcher, et sentit une nouvelle main le toucher. Enfin vint un bébé qui ne devait pas avoir plus d'un an et demi ; il saisit les cheveux du colosse et lui tapota le crâne comme il l'eût fait pour un chaton.

Selon Jureem, Saffira était la favorite de Raj Ahten depuis cinq ans. Mais Borenson ignorait qu'elle eût un enfant, et encore moins trois. Sur un ordre de sa mère, le plus jeune recula.

— Je crois que vous m'apportez un message et un présent ? demanda Saffira.

— C'est exact, Votre Altesse, répondit Borenson, conscient de la méfiance avec laquelle elle le traitait.

Selon les règles de l'hospitalité, elle aurait dû lui offrir à boire et à manger avant d'entrer dans le vif du sujet.

— Ils vous sont envoyés d'Heredon par le Roi de la Terre, Gaborn Val Orden.

Il y eut un long silence. Saffira hoquetant de surprise, Borenson comprit que vivant en recluse, elle n'avait pas eu vent de l'avènement de son maître.

— Mais Heredon est gouverné par le roi Sylvarresta, n'est-ce pas ? demanda-t-elle.

— Nous sommes en guerre, l'informa Borenson. Votre mari a attaqué…

— Il n'aurait pas tué le roi Sylvarresta ! coupa Saffira. Je le lui avais interdit ! Il m'avait promis de se montrer clément. Sylvarresta était un ami de mon père !

Ce fut au tour de Borenson d'être décontenancé. Raj Ahten avait fait preuve d'une courtoisie étonnante en arrachant à Sylvarresta un Don d'Intelligence plutôt que sa vie. Mais il n'aurait jamais imaginé que sa conduite lui ait été dictée par une femme.

Il s'interrogea. En quittant Heredon, il craignait de se lancer dans une mission suicidaire vouée à l'échec. Pashtuk lui-même avait mis en cause la virilité de Gaborn parce qu'il écoutait les conseils d'Iomé. Et pourtant, Saffira semblait avoir une certaine influence sur Raj Ahten.

— Votre Altesse, admit-il, votre mari n'a pas failli à sa promesse. Il n'a pas tué le roi Sylvarresta.

— Pouvez-vous me donner le nom du meurtrier, dans ce cas ? Je veillerai à ce qu'il soit puni.

Borenson n'osa pas lui révéler la vérité. Comment aurait-il pu avouer qu'il avait tué Sylvarresta de ses propres mains ? Il espéra seulement que le rouge qui lui montait aux joues ne le trahirait pas.

— Je ne peux pas vous le dire, Votre Altesse, répondit-il. Je sais seulement que Gaborn Val Orden est en Heredon, et que la Terre l'a choisi comme souverain.

Saffira réfléchit.

— Gaborn Val Orden, le prince de Mystarria, prétend être le Roi de la Terre ?

— C'est la vérité, Votre Altesse. L'esprit d'Erden

Geboren est apparu devant dix mille hommes pour le couronner de feuilles.

Saffira cria soudain des invectives aux sentinelles. Bien qu'elle s'exprimât en taifanais, il devina la nature de sa question : « Pourquoi ne m'en a-t-on pas informée ? » Les eunuques émirent de petits bruits de contrition, et Saffira se concentra de nouveau sur Borenson.

— C'est une grave nouvelle. Et vous dites que le Roi de la Terre m'envoie un cadeau et un message ?

— Absolument, Votre Altesse.

Borenson ouvrit sa sacoche de forceps et la vida sur le sol avec douceur, de façon à ne pas abîmer le sang-métal.

— Il vous offre des Dons de Charisme et de Voix.

Saffira eut un petit cri à la vue d'une quantité aussi impressionnante de forceps.

— Gaborn Val Orden a récemment épousé Iomé Sylvarresta, de sorte qu'il est désormais le cousin par alliance de votre époux, continua Borenson. Des maraudeurs viennent de faire surface à Kartish et dans le sud de Mystarria. Le Roi de la Terre souhaite donc mettre un terme au conflit qui l'oppose à Raj Ahten, et vous demande de lui transmettre ce message : « Bien que je haïsse mon cousin, l'ennemi de mon cousin est mon ennemi. »

Puis il attendit sa réponse. Saffira devait comprendre ce qu'il lui demandait : utiliser les forceps et l'accompagner sur le front, au Rofehavan.

— Les hommes qui ont assassiné mon fils réclament une trêve ?

Borenson jura tout bas. Jureem n'avait jamais mentionné de fils assassiné.

— C'est en effet ce que nous souhaitons, confirma-t-il comme s'il acceptait en partie la responsabilité du meurtre.

— Si mon époux y consent, cesserez-vous de nous envoyer des Chevaliers Équitables ? Arrêterez-vous de massacrer nos Dédiés et les membres de la famille royale ? Le Roi de la Terre peut-il m'en faire la promesse ?

Borenson hésita. En Indhopal, il était courant de poser des conditions avant de conclure un accord. Cette femme réclamait l'assurance qu'elle et ses enfants ne seraient plus la cible des Chevaliers Équitables. C'était une requête légitime.

Mais Gaborn avait refusé de choisir le haut marshal Skalbairn, bien que celui-ci eût proposé de mettre ses troupes à sa disposition. Pouvait-il réellement influencer les Chevaliers Équitables ?

La réponse était... oui et non. Gaborn ne commandait pas les Chevaliers Équitables, mais il le pourrait s'il le souhaitait. Saffira ne se satisferait pas d'un refus. Borenson oserait-il lui promettre la sécurité ? Gaborn consentirait-il à choisir Skalbairn si c'était le prix à payer pour obtenir une trêve ?

Qu'avait donc vu le Roi de la Terre dans le cœur du haut marshal ? Quelque crime que Skalbairn ait pu commettre, cela ne pèserait pas lourd face à un tel enjeu. Gaborn ne pourrait pas dire non.

— Le Roi de la Terre s'est vu proposer le commandement des Chevaliers Équitables, dit Borenson. Il n'aspire qu'à la paix.

— Où est mon mari en ce moment ? demanda Saffira.

Borenson remarqua que ce n'était pas la première fois qu'elle l'appelait ainsi. Donc, plus qu'une simple concubine parmi des centaines d'autres, elle était bien la reine d'Indhopal.

— Il y a un peu plus de deux heures, il a massacré tous les Dédiés de la Tour Bleue de Mystarria. En ce moment, je pense qu'il chevauche vers Carris pour affronter les troupes du duc Paldane.

De nouveau, Saffira hoqueta de surprise. Elle mesurait l'importance de ce qu'on attendait d'elle. Une nation entière était à la merci de son époux, tel un condamné à mort dont la tête reposerait déjà sur le billot. Le bourreau avait levé sa hache, et elle seule pouvait l'empêcher de s'abattre.

— Carris est loin d'ici... Si je dois prendre des Dons et aller là-bas, nous devons nous dépêcher.

— Je vous en prie, chuchota Borenson.

La jeune femme lâcha un profond soupir, comme si elle avait déjà pris sa décision.

— Mon époux a emmené la plupart des hommes du palais. Je n'ai que ma garde personnelle pour m'escorter à Carris, et je crains d'avoir besoin d'un soldat de Mystarria pour me guider.

Borenson appréhendait la suite. Bien entendu, elle avait besoin de lui : des cavaliers indhopalais voyageant seuls risquaient de tomber dans une embuscade tendue par les troupes mystarriennes. Un étendard de trêve ne les protégerait pas vraiment. Borenson avait espéré que Saffira disposerait d'un millier de soldats de force. Une fois son message transmis, il aurait été libre de s'en aller.

— Pashtuk, seigneur Borenson, dit la jeune femme, accepteriez-vous de m'accompagner à Carris ? Sachant ce qu'il vous en coûtera, entreriez-vous à mon service ?

Borenson sentit la tête lui tourner. Il était le seul guide possible si Saffira voulait atteindre Carris en vie. Mais il venait de se marier et il aimait sa femme. Saffira lui demandait de renoncer à sa virilité. Cette seule idée lui coupait les jambes, le laissant aussi faible qu'un nouveau-né.

Si j'accepte, je ne pourrai jamais consommer mon mariage. Suis-je capable de consentir ce sacrifice pour le bien de Mystarria ?

Pashtuk répondit le premier.

— Si Votre Altesse l'exige, qu'il en soit ainsi, lâcha-t-il d'une voix étranglée.

Borenson cherchait désespérément une échappatoire.

— Votre Altesse, s'excusa-t-il, je crains de ne pas pouvoir. Désormais, je n'ai plus de Dons de Force ni de Constitution. Si je renonçais à ma virilité, je ne pourrais pas faire dix pas à cheval, et encore moins deux cents lieues !

Étant un Invincible, Pashtuk souffrirait de se mettre en route quelques heures après l'opération, mais il en serait néanmoins capable. Ce n'était plus le cas de Borenson.

— Bien entendu, je ferai preuve de clémence à votre égard, dit Saffira. J'exigerai que vous payiez le prix après notre arrivée à Carris.

Soit le lendemain à l'aube, s'ils disposaient de montures rapides, calcula Borenson. Cette idée lui répugnait profondément, mais il était un guerrier de Mystarria, et son peuple avait besoin de lui.

Il n'avait pas le choix.

— J'accepte, déclara-t-il, très fier d'avoir réussi à empêcher sa voix de trembler.

— Dans ce cas, vous pouvez me regarder, dit doucement Saffira.

Borenson leva les yeux des pavés de grès sur lesquels son nez était collé depuis le début de l'entrevue.

Son regard hésitant se posa d'abord sur les enfants. Devant lui se tenait un petit garçon de quatre ou cinq ans aux traits finement ciselés, aux yeux aussi noirs que ceux d'Iomé Sylvarresta et à la peau encore plus sombre. Il portait un costume princier de coton rouge brodé de perles, et se campait dans une attitude protectrice près de sa sœur de trois ans et de son petit frère encore dans les langes.

Borenson remarqua à peine la splendide fontaine de pierre sculptée, derrière son interlocutrice, et les Invincibles de sa garde personnelle qui la flanquaient. Il n'avait déjà plus d'yeux que pour Saffira, une femme à la silhouette de liane, à la peau aussi noire que la caroube, à l'ossature élégante et délicate comme celle d'une biche. Plus rien d'autre n'existait que Saffira. Borenson n'entendait même plus les battements affolés de son cœur et sa respiration laborieuse.

Dire qu'elle était d'une beauté exquise eût été un euphémisme. Aucun pétale de fleur ne serait jamais aussi fragile, aucune étoile n'inspirerait un tel émerveillement, aucun soleil ne brillerait avec plus de vivacité. Tandis qu'il la dévorait du regard, Borenson comprit qu'il était perdu. Chaque muscle de son corps se raidit et il manqua s'étrangler pour avoir oublié de respirer. Il n'osait même plus cligner des yeux.

Quand Saffira reprit la parole, il ne comprit pas ce qu'elle lui demandait. Lorsqu'elle rassembla ses enfants autour d'elle et rentra dans le palais pour aller prendre ses Dons, il se releva et fit mine de la suivre. Pashtuk l'en empêcha.

— Vous ne pouvez pas entrer. Il y a d'autres concubines à l'intérieur.

Borenson voulut se dégager, mais il n'avait pas un dixième de la force de l'Invincible. Il s'adossa donc à la fontaine pour attendre le retour de Saffira. Il ne regrettait pas le marché qu'il venait de conclure, se moquant de devoir en payer le prix dans moins d'une journée.

Ça en valait largement la peine, songea-t-il.

Dans son hébétude, trois choses lui apparurent peu à peu. La première fut que ses geôliers pouvaient lui enlever les menottes. Désormais, il était prisonnier de la beauté de Saffira !

La deuxième, que Saffira ne ressemblait pas du tout à ce qu'il avait imaginé. Raj Ahten devait avoir trente-cinq ans environ, mais il vieillissait très vite à cause de son métabolisme accéléré. Dans quelques mois, il serait un vieillard.

Borenson avait imaginé Saffira sous les traits d'une

femme mûre. Pourtant, cette mère d'un garçonnet de cinq ans semblait encore une enfant. Elle ne devait pas avoir plus de seize ans.

Borenson savait qu'en Indhopal, les femmes se mariaient beaucoup plus jeunes qu'à Mystarria. Mais Saffira ne pouvait pas avoir eu plus de dix ans la première fois que Raj Ahten l'avait mise dans son lit. Même dans le Sud, cela frisait l'obscénité.

Un voile rouge s'abattit devant les yeux de Borenson.

La troisième et dernière chose qu'il comprit fut qu'il trouverait un moyen de castrer Raj Ahten avant de le tuer.

Trêve ou pas trêve !

CHAPITRE XXVII

PERDU DANS LA BRUME

J'ai payé ce cheval une fortune, et je suis en train de le tuer, songea Roland en galopant vers Carris avec une courte longueur d'avance sur les chevaliers de Raj Ahten.

Son étalon traversa un pont de bois et s'élança dans la plaine, les naseaux sifflant comme si chaque inspiration allait être sa dernière. Ses oreilles étaient couchées sur son crâne, et l'écume qui se formait au coin de sa bouche dégoulinait sur sa bride. Il courait à près de vingt lieues à l'heure, mais les Invincibles gagnaient du terrain.

La monture du baron Poll avait pris une bonne longueur d'avance sur celle de Roland et franchissait déjà une colline. Le chevalier obèse n'avait pas de souci à se faire.

Roland se demanda s'il ne gagnerait pas de la vitesse en larguant du lest. Mais il ne portait ni armes ni armure et ses sacoches de selle ne contenaient rien de très lourd. Il avait déjà donné sa cape en peau d'ours à la femme verte. Sa bourse était encore pleine de l'or du messager. Bien qu'il n'eût jamais accordé de valeur sentimentale à l'argent, il décida qu'il préférait mourir avec plutôt que sans.

Le seul objet susceptible de le ralentir était la longue dague que lui avait donnée le baron Poll, et il pensa qu'elle le servirait mieux dans sa main qu'abandonnée dans l'herbe. Il enfonça donc les talons dans les flancs de son cheval, se coucha sur son encolure et s'accrocha de toutes ses forces.

Carris était à deux lieues devant lui. Malgré le brouillard qui l'enveloppait, Roland distinguait ses tours blanches à l'horizon.

Il regarda par-dessus son épaule. Les Invincibles n'étaient plus qu'à deux cents pas. Les plus proches avaient déjà bandé leur arc et se préparaient à tirer. Le cheval de Roland fit un écart sur la gauche pour éviter une ornière. Cela sauva la vie de son cavalier, car deux flèches sifflèrent près de son épaule, manquant son dos de dix pouces à peine.

Son étalon arriva au sommet d'une colline et s'élança vers un bosquet de chênes centenaires au tronc et aux branches couverts de lierre vert sombre. Une brise légère agitait leurs feuillages roux. Roland espéra que la route serpentait entre les arbres, et qu'ils lui offriraient une certaine protection.

Derrière lui, les Invincibles firent halte, le soleil matinal se reflétant sur leur heaume de laiton et leur surcot couleur safran. Ils jetèrent un coup d'œil méfiant aux arbres, puis tournèrent bride et s'en furent au galop. Roland en déduisit qu'ils redoutaient de tomber dans une embuscade. Peut-être des troupes alliées se dissimulaient-elles dans les bois. À moins qu'ils n'abritent déjà une patrouille de Raj Ahten…

Roland ne ralentit pas et sortit du bosquet sans avoir aperçu de soldat. Un peu plus loin, la route poussiéreuse, bordée sur la droite par un muret de pierre et sur la gauche par une haie, traversait un hameau. Mais le baron Poll n'était nulle part en vue.

Je l'ai perdu, comprit Roland.

Son compagnon avait dû suivre une autre piste que lui pour traverser le petit bois. Mais il ignorait laquelle, et n'avait pas l'intention de revenir en arrière pour le chercher.

Il poursuivit son chemin au galop, dépassa le village et s'enfonça dans une nappe de brouillard. À présent, il n'était plus qu'à deux lieues de Carris, et si le baron Poll avait vu juste, la brume dissimulait des troupes alliées : celles du duc Paldane. Roland fit ralentir son cheval, ne souhaitant pas avancer à l'aveuglette et se faire agresser par erreur.

Il avait à peine fait une dizaine de pas quand il comprit que son compagnon avait raison : ce n'était pas un brouillard ordinaire. Jamais il n'en avait vu d'aussi dense, pas même à la Cour des Marées. Bien que la matinée soit claire et ensoleillée, des ténèbres presque aussi épaisses que celles d'une nuit sans lune régnaient à l'intérieur de cette brume. Roland ne distinguait même plus la route. Craignant que son cheval ne trébuche sur un obstacle invisible, il mit pied à terre pour le conduire par la bride.

Pendant plus de trois heures, il avança à tâtons dans le brouillard, s'écartant parfois du chemin ou glissant dans des flaques de boue. Incapable de voir dans quelle direction il allait, il avait l'impression de tourner en rond plutôt que de se rapprocher de son but. La route se tortillait comme un fichu serpent ; il avait beau la suivre de son mieux, en se fiant à la limite de l'herbe et de la terre battue, il comprit qu'il avait dû bifurquer quelque part : sinon, il serait déjà arrivé à destination.

Jusque-là, il n'avait pas croisé un soldat de Mystarria. La brume des mages aquatiques aurait pu en dissimuler une centaine de milliers, tapis le long de la route, mais il n'en avait aperçu aucun.

Tout en marchant, il s'inquiétait pour Averan. La fillette devait être terrifiée, seule dans son village désert, et il se maudissait de n'être pas resté avec elle. À vrai dire, il se faisait presque autant de souci pour la femme verte. Elle ne lui avait jamais fait de mal, sauf involontairement, quand elle avait tenté de boire le sang sur son poignet.

Les sentiments qu'il éprouvait pour elle allaient au-delà de la simple compassion, même s'il n'aurait su les définir. À sa façon, elle était bien plus belle qu'une noble ayant des Dons de Charisme, et Roland ne pouvait nier qu'elle l'attirait. Cela dit, il doutait de pouvoir tomber amoureux d'une créature ayant des crocs et un teint d'avocat, comme l'avait si élégamment formulé le baron Poll.

Ce n'était pas sa personnalité qui le séduisait : pour autant qu'il le sache, elle n'en avait pas. Il ignorait si elle était dotée de gentillesse, de compassion ou de toute autre vertu humaine. La seule chose dont il était certain, c'était qu'il se sentait en sécurité près d'elle. Il lui semblait qu'elle avait besoin de lui, besoin de sa sagesse et de ses conseils éclairés, besoin qu'il lui enseigne le nom des couleurs, comment lacer des chaussures ou monter à cheval.

Aucune femme ne lui était jamais apparue aussi forte… et aussi vulnérable. Plus mystérieuse et impénétrable que ce brouillard qui l'enveloppait.

Dès qu'il aurait averti le duc Paldane, il rebrousserait chemin pour aller chercher Averan et la femme verte !

Pourtant, il ne se faisait pas d'illusion. Il ne pensait pas que cette créature puisse l'aimer un jour. N'était-il pas un bon à rien ? Sa femme le lui avait répété assez souvent, et son roi l'avait à peine jugé digne de céder un Don de Métabolisme. Il ne savait ni lire ni écrire, et tout juste se battre.

Roland ne s'était jamais demandé comment il réagirait à l'avènement d'un Roi de la Terre. De toute façon, ça n'avait aucune importance. Gaborn Val Orden ne choisirait sûrement pas un homme qui n'avait rien à offrir.

Quand il émergea enfin du brouillard, il s'aperçut qu'il s'était bel et bien perdu. Le soleil avait commencé à redescendre dans le ciel, et les tours de Carris se dressaient toujours à deux lieues de distance… mais vers le sud, cette fois. Il avait réussi à les dépasser sans les voir.

Pris de faiblesse, il s'immobilisa. Sa tunique était imbibée d'humidité, à tel point qu'il l'ôta et la tordit sur le bord du chemin. Puis il la remit et s'engagea de nouveau dans la brume, se demandant si une torche ne l'aurait pas aidé à mieux y voir.

Quelques heures plus tard, il émergea du brouillard une seconde fois… à l'ouest de Carris. L'après-midi touchait à sa fin. Roland serra les dents et se remit en route dans la pénombre oppressante de la brume.

Il avait à peine parcouru une lieue quand il entendit une cloche sonner six heures, quelque part sur sa gauche. La nuit n'allait pas tarder à tomber, et le message qui aurait dû arriver à l'aube avait pris une journée de retard.

Roland découvrit enfin un embranchement qui conduisait dans la bonne direction. Un peu plus loin, il fut accueilli par le joyeux tintamarre de la vie de château : tintement des marteaux sur les cottes de mailles, jurons des seigneurs distribuant des ordres à leurs vassaux, chant des coqs qui saluaient le coucher du soleil…

Se laissant guider par son ouïe, Roland découvrit un étroit chemin qui le conduisit jusqu'à un pont. Il comprit qu'il franchissait un cours d'eau en entendant l'eau lécher les piliers, de chaque côté de lui. À l'autre bout, il atteignit une barbacane, énorme portail de pierre qui occupait toute la largeur de la route. Le brouillard était si épais qu'aucun garde ne l'interpella, faute de l'avoir repéré.

— Il y a quelqu'un ? appela Roland.

— Nous sommes à peu près un million, mon bonhomme ! beugla une voix du haut des remparts. Tu cherches quelqu'un en particulier ?

— J'apporte un message pour le duc Paldane, de la part du duc Haberd.

— Approche donc de la porte de service, que nous puissions te voir.

Roland longea la herse métallique vers la droite, jusqu'à une étroite tour munie de meurtrières pour les archers et d'ouvertures rondes pour les lanciers. Il s'approcha de l'une d'elles pour regarder à l'intérieur. Des torches fixées au mur éclairaient une vingtaine d'hommes en armes. Un jeune paysan à l'air stupide lui agita sa lance sous le nez en criant : « Bouh ! »

Roland revint sur ses pas. Sur la gauche de la herse, il trouva une petite grille derrière laquelle l'attendaient plusieurs gardes. Dans la brume, il ne distingua que leur silhouette.

— Désolé, s'excusa-t-il, mais je ne vois même pas mes pieds dans ce foutu brouillard.

— Nous transmettrons tes compliments aux mages aquatiques, répliqua le capitaine de la garde.

Il saisit le parchemin que lui tendait Roland et l'examina.

— Le sceau est brisé, constata-t-il.

— Je ne suis pas messager. J'ai trouvé le porteur mort au bord de la route, et il a bien fallu que je l'ouvre pour savoir à qui il était destiné.

— J'aime les types intelligents.

Le capitaine ouvrit la grille et fit signe à Roland d'entrer. Il franchit une seconde barbacane, puis une troisième, chacune mieux défendue que la précédente. Des archers et des artilleurs se tenaient au sommet, des soldats munis de marteaux de guerre et de lances se massant à leur pied.

Le brouillard était si dense que Roland ne distinguait toujours pas l'eau de chaque côté du pont-levis. Pendant qu'il errait dans la plaine sans croiser personne, il avait craint que la citadelle ne soit privée de défenseurs. Mais il se sentit rassuré à la vue des milliers de chevaliers qui bivouaquaient dans la cour et des fantassins qui grouillaient sur les remparts.

En entrant dans la cité fortifiée, Carris proprement dite, il s'aperçut qu'une multitude de gens avaient trouvé refuge ici. Quand le capitaine de la garde avait parlé d'un million de personnes, Roland avait cru qu'il plaisantait. Mais Carris se dressait sur une grande île. Ses défenses incluaient des dizaines de manoirs et de forteresses.

Dans les rues, les soldats se mêlaient aux civils. Des corneilles, des mouettes et des pigeons étaient perchés sur tous les toits. Des chèvres mâchouillaient le linge pendu un peu trop bas ; des poules couraient partout en caquetant ; des chevaux hennissaient dans leur écurie, et des vaches au pelage jaune se faisaient abreuver d'insultes parce qu'elles bloquaient le passage.

Une telle promiscuité s'accompagnait d'odeurs plutôt nauséabondes. Au bout de quelques minutes passées à fendre la foule, Roland mourait d'envie de se réfugier au sommet d'une tour… ou mieux encore, de rejoindre Averan et la femme verte dans la campagne.

Les gardes l'escortèrent jusqu'à Château Carris, puis jusqu'au Donjon du Duc : une tour monstrueuse qui surplombait toutes les autres. L'ameublement y était aussi somptueux que dans un palais royal. Le bois de toutes les chaises, de toutes les tables et de tous les encadrements de porte luisait à force d'avoir été astiqué. Les lampes de cuivre étaient couvertes de coûteux capuchons en verre d'Ashoven. Des champs de coquelicots rouges avaient été peints sur le plâtre des murs, et les pieds des visiteurs s'enfonçaient dans les tapis.

Le duc Paldane, dont le visage triangulaire lui donnait l'air aussi rusé qu'un renard, s'était enfermé au dernier étage de la tour avec des conseillers que Roland reconnut aussitôt : les sept Intelligences du Roi qui avaient repris connaissance à la Tour Bleue en même temps que lui, une semaine auparavant.

— Si le Roi de la Terre nous ordonne de fuir, nous devons fuir, dit l'un d'eux en désignant du menton le messager qui se tenait près de la porte.

Le duc Paldane abattit son poing sur la table de chêne.

— Il est trop tard ! rugit-il. J'ai quatre cent mille civils sous ma protection, et nous sommes cernés par les troupes de Raj Ahten. Je ne peux pas leur demander de s'enfuir dans la plaine, où les Invincibles les découperont en morceaux pour s'amuser.

Jerimas secoua sa tête chenue.

— Je n'aime pas ça. Si le Roi de la Terre nous envoie un avertissement, nous devrions l'écouter.

— Écouter quoi ? Il ne nous a donné aucune précision. Fuir, mais où ? Comment ? Et surtout, quoi ?

— Vous semblez penser que les remparts de Carris nous protégeront. Après tout ce qui s'est déjà produit, c'est placer dans la pierre une foi qui serait mieux investie dans votre souverain.

— J'ai foi en mon souverain, répliqua Paldane. Mais pourquoi m'accable-t-il d'ordres contradictoires ?

Les conseillers semblaient très inquiets. Roland comprit qu'ils étaient assaillis par trop de questions sans réponse. Ils avaient l'air déjà vaincu.

Levant les yeux vers lui, Paldane eut un hoquet de surprise.

— Seigneur Borenson ? Que faites-vous ici ? s'exclama-t-il. M'apportez-vous d'autres directives du roi ?

— Non, le détrompa Roland. Je ne suis pas le seigneur Borenson, bien que nous appartenions à la même famille.

Il tendit le parchemin au duc, qui le déroula et le parcourut d'un regard distrait avant de le lui rendre.

— Merci, dit-il brièvement.

Des maraudeurs avaient renversé Fort Haberd, et le Chasseur ne réagissait même pas.

— Mon seigneur ? hasarda Roland.

— J'étais déjà au courant, expliqua Paldane. Le baron Poll m'en a informé il y a plusieurs heures. Nous ne pouvons rien y faire. Nous sommes assiégés, et le messager du roi me demande de fuir !

— Assiégés ? s'étonna Roland.

Il n'avait pas aperçu un soldat ennemi à des lieues à la ronde.

— Assiégés, répéta Paldane comme s'il avait affaire à un simple d'esprit.

— Mon seigneur, j'espérais repartir. J'ai des amies cachées dans le Sud, dont une fillette qui a besoin de moi.

Il voulait demander la permission d'adopter Averan, mais le moment lui semblait mal choisi.

Le duc réfléchit une seconde.

— Hors de question ! Personne ne sortira d'ici. C'est trop dangereux. Depuis la chute de la Tour Bleue, nos défenseurs ont besoin de tous les renforts possibles.

— La chute de la Tour Bleue ? répéta Roland, au risque de passer définitivement pour un idiot.

— Il n'en reste pas une pierre debout, confirma le duc.

Roland étouffa un cri d'angoisse. Il avait passé vingt ans là-bas. Il aurait pu y mourir dans son sommeil s'il ne s'était réveillé à temps.

Cela dit, réalisa-t-il, sans soldats de force sur les murs de Carris, ceux qui étaient morts à la Tour Bleue avaient peut-être eu de la chance.

— Comment est-elle tombée ? osa-t-il encore demander.

Paldane haussa les épaules.

— Je l'ignore, mais tous ses occupants ont été tués il y a quatre heures. (Il étudia Roland d'un œil critique.) Vous êtes taillé comme un Borenson. Auriez-vous une formation martiale ?

— Aucune. Je suis boucher de métier, Votre Seigneurie.

Paldane grogna en remarquant le poignard glissé dans sa ceinture.

— Maintenant, vous êtes un garde. Vous vous posterez sur le mur sud, entre les tours cinquante et une et cinquante-deux. Éventrez toute créature, humaine ou animale, qui franchira les remparts. C'est compris ? Avant le lever du jour, nous en serons réduits à jouer du hachoir, et il se pourrait qu'un boucher me soit utile.

Roland était tellement stupéfait qu'il ne sut que répondre. Il n'ouvrit pas plus la bouche quand un écuyer le conduisit à son poste.

CHAPITRE XXVIII

UNE CONSPIRATION DÉVOILÉE

Quand Erin Connal atteignit enfin Château Groverman, sur la rive du fleuve Vent, elle ne se sentait pas d'humeur à faire la fête. Certes, Gaborn avait émergé de son inconscience une heure auparavant pour annoncer la bonne nouvelle : l'Éclat Ténébreux était mort ou, pour le moins, désincarné et beaucoup moins dangereux.

Mais Erin n'avait plus de cheval, et le prince Celinor avait été blessé par la chute d'une branche enflammée. La chair de sa nuque était à vif. Quand Erin l'avait secouru, la douleur le faisait délirer et sangloter comme un enfant. Il s'était évanoui peu de temps après. Un des hommes du duc l'avait jeté en travers de sa selle et Erin l'avait perdu de vue. Elle-même était montée en croupe avec un chevalier de Jonnick.

Ils n'avaient pas été les premiers à atteindre Château Groverman, loin s'en fallait. Des centaines de cavaliers festoyaient déjà dans la cour où les serviteurs leur apportaient de la bière et des miches de pain chaud. Des veaux entiers rôtissaient au-dessus des feux de camp alignés le long du mur est, de jeunes garçons faisant péniblement tourner les broches.

Des ménestrels jouaient sur un des balcons de la Tour du Duc, et un crieur qui se tenait à l'entrée de la cour accueillait les nouveaux venus en hurlant : « Remplissez-vous la panse, mes seigneurs ! » Groverman s'était mis en frais pour l'armée du Roi de la Terre, mais Erin n'avait pas le cœur à ripailler.

Elle se mit en quête de Celinor, que les hommes du duc avaient allongé sur une couverture de selle, au pied d'un mur sombre envahi par l'ipomée. Les pâles fleurs blanches écartaient leurs pétales pour jouir de la brise et permettre aux papillons de nuit de se repaître de leur nectar.

Accroupi au-dessus du prince, un soldat bien intentionné tentait de lui faire avaler un peu d'alcool.

— Buvez, insistait-il, ça engourdira la douleur.

Celinor serra les dents et détourna la tête, des larmes dans les yeux. Croyant qu'il délirait, le soldat voulut le forcer à boire.

— Je m'en occupe, dit Erin. Faites-lui plutôt administrer du pavot ; il l'absorbera plus facilement.

— Mais c'est très amer. Je pensais qu'il préférerait l'alcool.

— Trouvez un médecin et envoyez-le-moi, soupira Erin.

Elle s'agenouilla près de Celinor et lui posa une main sur le front. Le prince, qui transpirait à grosses gouttes, leva vers elle des yeux voilés par la douleur.

— Merci, chuchota-t-il d'une voix rauque.

Le Roi de la Terre lui avait fait promettre de renoncer à la boisson. À présent, Erin comprenait à quel point il était motivé.

— Ce n'est rien, dit-elle, lui prenant la main pour le réconforter.

Celinor sombra dans un sommeil agité. Par moments, il marmonnait des paroles incohérentes.

À un moment, il cria et tenta de chasser Erin. Il

s'éveilla au bout d'une dizaine de minutes, le regard vitreux.

— J'ai entendu quelqu'un dire que le Roi de la Terre avait perdu ses attributs. Est-ce vrai ? demanda-t-il.

— C'est vrai. Il est redevenu un homme ordinaire... si l'on peut qualifier le Roi de la Terre d'« ordinaire ».

— À quoi ressemble-t-il, privé de ses Dons de Charisme ?

Erin avait croisé Gaborn alors qu'il chevauchait vers Château Groverman, à moitié endormi. La veille déjà, elle ne l'avait pas trouvé très attirant. Maintenant, il avait l'air tout à fait quelconque. La jeune femme ouvrit la bouche pour répondre, mais Celinor s'était déjà rendormi.

Se penchant sur lui, elle aperçut par l'échancrure de sa tunique un pendentif d'argent attaché à une chaîne du même métal. Elle l'identifia aussitôt : un médaillon de fiançailles.

Beaucoup de seigneurs ayant des fils ou des filles à marier engageaient un artiste pour peindre un portrait miniature de l'enfant, qu'ils faisaient insérer dans un bijou. Ils l'expédiaient ensuite aux nobles de royaumes étrangers pour qu'ils puissent choisir un futur conjoint à leurs enfants sans avoir à se déplacer.

Les portraits étaient rarement fidèles à la réalité. Beaucoup d'artistes tendaient à ignorer les défauts de leurs jeunes modèles et à accentuer leur beauté. Ainsi, le résultat ressemblait parfois de très loin à l'original. Néanmoins, les médaillons de fiançailles inspiraient souvent des sentiments romantiques à leur destinataire.

Quand elle avait douze ans, sa mère lui avait montré le portrait d'un jeune noble d'Internook. Pendant des mois, elle l'avait porté autour de son cou en rêvant au robuste adolescent blond, jusqu'à ce qu'elle comprenne qu'il n'avait pas été très impressionné par son propre portrait.

Celinor semblait bien trop âgé pour soupirer après

une image. Il approchait la trentaine et aurait déjà dû être marié. Mais aucune femme saine d'esprit n'aurait voulu de lui. « Comment, père ? Vous voulez que j'épouse le Sot du Crowthen méridional ? » « Pas lui : seulement son royaume. Pendant qu'il creusera sa tombe à grand renfort d'alcool, il engrossera les servantes de toutes les auberges. Mais une fois que tu auras fait assassiner ses bâtards, le Crowthen t'appartiendra. »

Erin ne voyait personne qui consentirait à une telle union. Pourtant, Celinor portait un médaillon de fiançailles comme un adolescent amoureux. Elle se demandait quelle gamine avait pu retenir son attention.

La respiration lourde de Celinor lui garantissait qu'il était endormi. Poussée par la curiosité, Erin s'empara du bijou et l'ouvrit.

Elle retint son souffle. Malgré la chiche lueur des feux de camp, elle avait reconnu la fillette aux yeux bleus et aux longs cheveux noirs. C'était elle, dix ans plus tôt, à l'époque où elle rêvait encore que ce genre de portrait ait une signification.

Erin referma le médaillon. Aucun prétendant n'était jamais venu réclamer la main d'une fille des clans de Fleeds. Elle ignorait quelle aurait été sa réaction : après tout, elle était une guerrière, pas une délicate fleur de cour sans autre but dans l'existence que d'engendrer des héritiers. Et seuls les nobles d'Internook recherchaient parfois une femme assez forte pour se battre à leur côté.

Depuis quand Celinor portait-il son médaillon, et comment était-il entré en sa possession ? À sa connaissance, la mère d'Erin n'avait jamais envisagé d'alliance avec la maison royale du Crowthen. La jeune femme en était certaine : si le roi Anders avait suggéré une telle union, elle lui aurait ri au nez.

Se pouvait-il que Celinor ait néanmoins rêvé de l'épouser ? Son royaume avait une frontière commune avec Fleeds ; s'ils s'étaient mariés, ils auraient régné sur un vaste territoire en dépit de leurs différences culturelles.

Mais le roi Anders ne l'aurait sans doute pas vu du même œil. Fleeds était un royaume pauvre, qui n'avait pas grand-chose à offrir. S'il avait échangé un médaillon de fiançailles avec Herrin la Rouge, ça ne pouvait être que par courtoisie. Aucun des deux n'aurait souhaité cette alliance.

Pourtant, Celinor portait son médaillon. Celinor le Sot.

Erin baissa les yeux vers lui. Il s'était réveillé et la contemplait avec une grimace de douleur. La jeune femme sentit son cœur battre un peu plus fort.

— Dites-moi, demanda Celinor avec une étrange vigueur, le jeune roi Orden vous ressemble-t-il ?

— Comment ? balbutia Erin, surprise. Il serait bien mal loti si tel était le cas !

— Je ne voulais pas dire trait pour trait, mais plutôt comme un frère ressemble à une sœur, précisa Celinor. En tout cas, c'est l'avis de mon père. Il prétend qu'aucun cavalier de Fleeds aux cheveux de feu n'a pu vous léguer cette crinière d'ébène.

Erin rougit d'embarras.

Elle s'était imaginé qu'il l'aimait. À présent, elle comprenait : Mendellas Draken Orden, le père de Gaborn, s'était rendu en Heredon chaque automne pour chasser avec son vieil ami Sylvarresta. Comme il traversait Fleeds sur son chemin, il avait pris l'habitude de séjourner chez Herrin la Rouge.

Si sa mère avait pensé qu'Orden ferait un étalon convenable, elle aurait pu chercher à s'accoupler avec lui. Mais ça n'avait pas été le cas. Néanmoins, Erin avait les cheveux noirs et les yeux bleus tout comme Gaborn. Le roi Anders avait donc imaginé qu'elle était sa sœur. Sa demi-sœur aînée, plus exactement.

La jeune femme n'osa pas divulguer le nom de son

véritable père. Le jour de ses premiers saignements menstruels, sa mère lui avait montré un ouvrage où étaient consignés le nom de ses ancêtres, leur date de naissance et de mort et les exploits qu'ils avaient accomplis. Tous étaient des héros. Herrin avait fait promettre à sa fille de respecter la tradition en ne s'accouplant qu'avec les plus remarquables spécimens masculins.

Elle connaissait le nom de son père, mais les circonstances lui interdisaient de le révéler.

— Est-ce pour ça que vous portez mon médaillon ? Afin de pouvoir comparer nos visages ?

Celinor s'humecta les lèvres et hocha faiblement la tête.

— Mon père... veut révéler l'imposture de Gaborn, le faire passer pour un criminel.

Erin s'interrogea. Si elle avait été la demi-sœur du Roi de la Terre, quelles conséquences cela aurait-il eu ?

Selon les lois de Fleeds, avoir été engendrée par le souverain d'un royaume étranger ne signifiait rien. Le titre de la jeune femme lui venait de sa mère, et ne lui permettrait pas de devenir haute reine... À moins qu'elle n'en gagne le droit aux yeux des sages.

Mais si elle était bien la fille de Mendellas Draken Orden, cela aurait des répercussions sismiques à Mystarria. En tant qu'aînée, elle pourrait prétendre au trône à la place de Gaborn. Autrement dit, le roi Anders voulait l'utiliser comme pion.

— Je... je ne vous suis pas, dit-elle. Qu'espère donc votre père ? Je ne veux pas régner sur Mystarria !

— Il vous y obligerait, chuchota Celinor.

— Il se donnerait beaucoup de mal pour rien, car je refuserais.

— Vous connaissez les lois de la succession : aucun homme ne peut être couronné s'il a conquis le trône au prix d'un meurtre.

La veille, avant qu'Erin ne rencontre Gaborn, le haut

marshal les avait avertis qu'Anders répandait des rumeurs au sujet du jeune homme, affirmant qu'il avait fui Longmot en abandonnant son père. Techniquement, ce n'était pas un meurtre, mais…

Sans compter que le roi Sylvarresta était mort des mains du garde du corps de Gaborn. Même si Borenson, de son propre aveu, n'avait fait qu'obéir à un ordre de Mendellas Draken Orden. Il ne serait pas difficile d'insinuer qu'il cherchait à couvrir son jeune maître impatient d'accéder au trône d'Heredon.

Gaborn portait une double couronne, mais Anders prétendrait qu'il avait obtenu les deux par traîtrise, donc qu'il n'était souverain d'aucun royaume. Dans ce cas, comment aurait-il pu être le Roi de la Terre ? Il méritait de subir le sort réservé aux meurtriers…

Erin comprit aussitôt qu'Anders n'hésiterait pas à déclencher une guerre. Sans doute était-il déjà en train de s'assurer du soutien des nobles mineurs. En tout cas, il avait fermé ses frontières et interdit à son peuple d'aller en Heredon… de peur qu'il découvre la vérité, peut-être.

La vérité, Erin la connaissait. Elle avait entendu dans sa tête la voix de Gaborn, qui l'avait guidée en sûreté. Elle était persuadée que le jeune homme était bien le Roi de la Terre.

— Votre père doit avoir l'esprit tordu pour inventer des choses pareilles ! s'exclama-t-elle.

Celinor eut un rire douloureux, à cause de ses blessures autant que de ce qu'il s'apprêtait à dire.

— Beaucoup pensent que je suis son portrait craché.

— Vous n'aviez pas besoin de galoper si vite pour vérifier sa version des faits. Qu'est-ce qui vous a réellement conduit à Sylvarresta ?

— Il voulait que je rassemble des informations susceptibles de l'aider à dénoncer l'imposture de Gaborn. Moi, je suis venu pour découvrir la vérité.

À cet instant, une guérisseuse apporta de la résine de

pavot, plus une pipe d'ivoire dont elle allait se servir pour souffler la fumée au visage du blessé. Elle fit une petite boule d'opium, la déposa dans le fourneau de la pipe et y ajouta une braise. Erin voulut reculer pour lui laisser la place d'officier, mais Celinor la retint par le bas de sa cape.

— Je vous en prie, supplia-t-il. J'ignore si je pourrai vous accompagner à Fleeds demain. Vous devez arrêter mon père. Demandez à Herrin de rendre publique votre ascendance, même si elle doit mentir pour ça.

Erin lui tapota la joue.

— Je reviendrai bientôt vous voir.

Elle tira la couverture sur lui pendant que la guérisseuse exhalait une bouffée d'opium.

Puis elle sortit du château pour contempler le ciel nocturne. Le soleil s'était couché une heure plus tôt, et les nuages s'effilochaient en voilant les étoiles. La nuit s'annonçait tiède, et la saison était trop avancée pour que les moustiques sévissent encore. Celinor devrait bien dormir.

Les chevaliers continuaient à affluer par centaines. Erin s'écarta pour les laisser entrer, tandis que le crieur répétait : « Remplissez-vous la panse, mes seigneurs ! » La jeune femme promena son regard sur la cité qui s'étendait en contrebas.

Maudit soit le roi Anders, songea-t-elle. *Tout de même, je me demande pourquoi il a besoin de moi...*

S'il voulait déposséder Gaborn de sa couronne, il n'avait qu'à s'appuyer sur ses accusations de meurtre. Qu'on l'écoute ou pas, peu importait qu'il propose une héritière de remplacement au trône de Mystarria.

Sauf s'il craignait que le peuple ne se dresse contre lui après l'exécution de Gaborn.

Même pas, corrigea Erin. *Parce que, dans ce cas, la couronne reviendrait au duc Paldane.*

Paldane le Chasseur, Paldane le stratège. Paldane, son véritable père.

Évidemment, Anders devait avoir peur de lui. Paldane était capable de démonter ses pitoyables stratagèmes, et il réclamerait vengeance. Sa réputation était telle qu'aucun souverain du Rofehavan ne voudrait croiser le fer de l'intelligence et de la ruse avec lui.

Non, Anders ne pouvait pas souhaiter que le trône revienne à Paldane après la mort de Gaborn. En conséquence, il suggérait qu'Erin en était l'héritière. Que se passerait-il alors ? Il espérait peut-être que la jeune femme et le vieux briscard déclenchent une guerre civile, ou que Paldane attaque Fleeds et lui porte un coup fatal. Alors, il pourrait se dédouaner de tous les torts en affirmant qu'Erin l'avait roulé.

Quel que soit son plan, Anders serait très surpris quand la vérité ferait surface.

Ou peut-être pas, songea Erin. Et s'il avait deviné la véritable identité de son père ? Et s'il mijotait de tuer Paldane afin qu'elle accède réellement au trône de Mystarria ?

… Oserait-elle s'y asseoir ?

La jeune femme maudit sa mère pour avoir choisi Paldane.

Elle aurait dû le prévoir, enragea-t-elle.

Mais à l'époque, il semblait très improbable qu'il se retrouve en position de régner sur Mystarria, et Herrin l'avait catalogué meilleur reproducteur du Rofehavan sans prévoir les conséquences que cela pourrait avoir pour sa fille.

La destruction de la Tour Bleue bouleversait complètement l'équilibre politique du Rofehavan. Les forces de Mystarria étaient diminuées de moitié dans le meilleur des cas. Mais Anders n'avait pas pu le prévoir. À moins qu'il ne soit de mèche avec Raj Ahten…

Non, je vais trop loin.

Erin sentait que quelque chose lui échappait. Quand elle était enfant, sa mère lui imposait parfois un curieux exercice : elle la faisait jouer aux échecs avec un rideau en travers du plateau, pour que chacune ne puisse voir que sa propre moitié. Toutes deux devaient repousser des attaques inattendues. Ainsi, Erin avait appris à combattre des adversaires invisibles.

Soudain, elle souhaita avoir joué contre Anders. Combien de coups pouvait-il calculer à l'avance ? Quatre, huit, douze ? La jeune femme n'avait jamais été au-delà de quatre dans le meilleur des cas... et le père de Celinor avait placé un rideau impénétrable en travers du plateau.

Malédiction, songea-t-elle. Elle devait absolument consulter sa mère. Une fois au courant de la conspiration, elle l'aiderait à le mettre en échec. Le roi Anders n'avait qu'à bien se tenir ! Erin devait rentrer à Fleeds sur-le-champ. Et pour ça, elle aurait besoin d'une monture rapide.

Château Groverman embaumait l'herbe et la sueur des montures qui paissaient dans la plaine. C'était là, le long du fleuve Vent, que le duc élevait la plupart des chevaux et des bœufs d'Heredon. Tolfest, où on abattait le bétail avant l'hiver, arriverait dans quelques semaines. Déjà, les animaux se massaient dans les enclos qui entouraient la cité ; bientôt, on les conduirait vers les forteresses du Nord.

Hostenfest était passé ; le travail des vachers touchait à sa fin. Ils avaient capturé et rassemblé des centaines de chevaux sauvages pour les parquer avec les plus beaux spécimens domestiqués disponibles : chevaux de guerre ou montures rapides destinées aux messagers royaux. Tous avaient déjà un Don de Force, de Constitution ou d'Intelligence. En ce moment même, ils assuraient leur domination sur les étalons sauvages en les combattant. C'était un procédé brutal mais incontournable. Une fois soumis, ces animaux offriraient leurs attributs sans rechigner, permettant aux officiants de créer des chevaux de force domestiques d'une valeur incalculable.

Tant de seigneurs s'apprêtaient à partir au combat, et tant de bêtes attendaient de recevoir des Dons qu'il serait difficile de se procurer une monture décente. En temps normal, les chevaux de force étaient déjà une rareté.

Erin se dirigea vers les écuries, au nord de la citadelle. En chemin, elle croisa une centaine de nobles qui exigeaient que les palefreniers leur montrent la dentition des animaux à la lueur des torches…

La jeune femme s'adressa directement au maître des écuries : un vieux cavalier de Fleeds nommé Bullings.

Elle le découvrit dans les écuries des Dédiés, un énorme bâtiment sis dans la partie fortifiée de la ville. Il abritait près de trois mille chevaux ayant consenti des Dons : des animaux aveugles ou sourds, trop faibles pour tenir debout sans l'aide d'un harnais, ou qu'on devait nourrir de bouillie d'avoine car leur intestin était désormais incapable de se dilater convenablement pour digérer la nourriture. Tous nécessitaient des soins constants et attentifs.

— Sirrah Bullings ? Je cherche un cheval de guerre, déclara Erin. Vous connaissez vos bêtes ; pouvez-vous m'indiquer la meilleure ?

— Pour une cavalière de Fleeds ? demanda le maître des écuries sur un ton hésitant.

Bien qu'ils soient compatriotes, la jeune femme devina qu'il n'allait pas lui faire de faveur.

La porte de l'écurie s'ouvrit derrière elle ; elle entendit un bruit de pas et le tintement d'une cotte de mailles. D'autres chevaliers en quête de montures avaient eu la même idée qu'elle. Elle comprit qu'elle ne retiendrait pas l'attention de Bullings bien longtemps.

— Oui, une monture pour une cavalière de Fleeds, dit-elle. (Puis, révisant ses prétentions :) N'importe laquelle conviendra pourvu qu'elle me ramène chez moi d'ici demain.

La voix du Roi de la Terre s'éleva dans son dos.

— N'importe quelle monture ne conviendra pas ! Cette femme est la fille de la haute reine Herrin la Rouge. Aujourd'hui, elle a sauvé la vie d'un prince du Crowthen Méridional.

Erin se retourna. Elle n'avait pas raconté à Gaborn sa fuite avec Celinor, mais les langues s'étaient déliées sur la fin du trajet. Après tout, son compagnon et elle avaient été forcés de monter en croupe avec d'autres seigneurs.

— Votre Altesse, dit Bullings en mettant un genou en terre.

Le sol de son écurie était si propre qu'il ne salit pas son pantalon de cuir.

Gaborn était pâle et avait les traits tirés par la fatigue. Erin faillit lui raconter ce qu'elle avait découvert au sujet d'Anders, mais un seul regard au jeune homme l'en dissuada. Il avait cruellement besoin de sommeil, et cette nouvelle risquait de l'empêcher de dormir.

Et puis, songea-t-elle, *je peux me débrouiller seule.*

— Quelle est votre meilleure monture ? demanda Gaborn. La meilleure, ai-je dit !

— Je… j'ai un très bon cheval de guerre, Votre Altesse. Bien dressé, courageux, ayant une quinzaine de Dons.

— Ça devrait parfaitement convenir à une cavalière de Fleeds, ne croyez-vous pas ?

— Mais je ne peux pas le lui donner ! Le duc m'écorcherait tout vif pour vendre ma peau aux tanneurs — et pas cher, encore ! Il voulait vous offrir ce cheval !

— Si cette bête est censée m'appartenir, ne puis-je en disposer comme je l'entends ?

— Votre Altesse, fit Erin, embarrassée, je ne peux accepter pareil cadeau !

Elle était sincère : seul le Roi de la Terre lui semblait digne d'une monture aussi exceptionnelle.

Gaborn eut un sourire taquin.

— Si vous refusez, je suis certain que notre bon ami vous trouvera un autre cheval…

— Tout à fait, Votre Altesse, dit Bullings. J'ai une très belle jument, de si agréable compagnie que je l'épouserais si je le pouvais ! Je vous l'amène tout de suite.

Oubliant ses autres devoirs, il se rua vers le fond de l'écurie et sortit. Erin eut un regard surpris pour Gaborn.

— Vous saviez qu'il refuserait de me vendre un cheval décent ?

— Je suis désolé qu'il ne se soit pas montré plus conciliant. Les bonnes montures ne vont pas tarder à se faire rares en Heredon. Mon père a tué la plupart des chevaux de guerre de Raj Ahten, qui a volé tous ceux qu'il a pu à Sylvarresta.

« À présent, nous disposons des forceps nécessaires pour reconstituer notre stock, mais pas d'animaux suffisamment entraînés. Le duc de Groverman et moi-même faisons de notre mieux pour remédier à cette pénurie. Mais même en conférant des Dons à des chevaux qui n'auraient pas dû en recevoir avant l'année prochaine, nous récupérerons au mieux quatre ou cinq cents montures. D'où la réticence du bon Bullings à vous en céder une.

C'était une mauvaise nouvelle, mais Erin fut soulagée de voir que Gaborn avait réfléchi au problème. Elle-même se souciait peu des conséquences économiques de la guerre.

Faute d'une cavalerie décente, Heredon serait forcé de s'en remettre à des archers et à des fantassins pour se défendre. Ces deux derniers jours, Erin les avait vus s'entraîner. Au sud de Château Sylvarresta, la plaine grouillait d'adolescents qui s'exerçaient au maniement de l'arc ou de la lance. Mais malgré les ressources artisanales du royaume, il faudrait des mois pour produire assez de heaumes et d'armures pour toute une armée.

Erin comprenait mieux pourquoi elle avait entendu tant de coups de marteau résonnant sur une enclume en traversant les villages qui se dressaient entre la capitale heredonienne et Château Groverman.

Soudain, elle comprit quel fardeau pesait sur les épaules de Gaborn. Non, elle n'allait pas en rajouter avec ses histoires de conspiration. Peut-être s'était-elle monté la tête. Celinor pouvait très bien se méprendre sur les intentions de son père... Elle avait besoin de preuves et, de toute façon, Gaborn serait davantage en état de réagir à la nouvelle une fois qu'il aurait pris un peu de repos.

Jusque-là, Erin n'avait pas réfléchi à tout ce qu'impliquait la coordination d'un effort de guerre. La plupart des tacticiens bloquaient sur des problèmes concrets de logistique. Gaborn allait avoir beaucoup à faire pour équiper et entraîner ses troupes tout en maintenant ses défenses. Si on y ajoutait les questions stratégiques, la nécessité de rendre la justice et les autres obligations d'un souverain, la tâche semblait presque insurmontable.

Et pourtant, les responsabilités du jeune homme allaient bien au-delà. Erin avait entendu sa voix dans son esprit le jour même. Gaborn l'avait avertie du danger qu'elle courait ; elle savait qu'il en avait fait de même pour des milliers d'autres personnes. Il n'était pas un monarque ordinaire. Un lien très intime le rattachait à chacun de ses vassaux.

Les pouvoirs du Roi de la Terre étaient impressionnants, mais pas autant que le fardeau qui reposait sur ses épaules.

— Votre Altesse, demanda Erin pour le mettre à l'épreuve, vous êtes-vous demandé avec quoi vous garniriez l'empennage de vos flèches ?

— J'ai ordonné à tous les seigneurs heredoniens de faire mettre de côté les plumes de chaque volatile —

oie, canard, poule ou pigeon — consommé à partir de maintenant.

— Mais vous n'avez pas eu de temps à consacrer à ce genre de détails ! Quand y avez-vous pensé ?

— La plupart des nobles se sont présentés à moi le jour où j'ai atteint Château Sylvarresta, après la bataille de Longmot. Je me suis adressé mentalement à mes Élus, comme je l'ai fait avec vous aujourd'hui, pour leur demander de prendre en charge leur propre défense.

— Et de mettre de côté toutes les plumes qui leur passeraient sous la main ?

— Et tous les clous pour ferrer les chevaux. Je leur ai également conseillé de fabriquer ou de se procurer une cape bien chaude dont ils puissent se servir comme couverture ou comme baluchon en cas de besoin.

Erin s'en souvenait à présent. Pendant sa traversée d'Heredon, elle avait remarqué la fébrilité avec laquelle les meuniers broyaient la farine, les tisserands actionnaient leur métier et les maçons se hâtaient de monter les murs.

— Qu'attendez-vous de moi ? demanda-t-elle.

— Que vous me suiviez. Aujourd'hui, vous avez écouté mes avertissements et vous avez survécu. Continuez à m'obéir.

À cet instant, Bullings revint en tenant par la bride une grande jument de guerre noire à l'air farouche, qui avait neuf Dons : trois de Métabolisme, plus un de Force, d'Agilité, de Constitution, d'Intelligence, de Vue et d'Odorat. C'était une des bêtes les plus nobles qu'Erin ait jamais contemplées. Une monture digne d'un roi.

— Je vous obéirai, Votre Altesse, promit la jeune femme. Voudrez-vous bien chevaucher à mes côtés demain ? J'ai une question à vous soumettre.

— J'en serai enchanté, lui assura Gaborn. Mais comme je vais de ce pas en avertir les autres, nous devrons nous mettre en route cette nuit. Vous disposez de deux ou trois heures pour vous reposer. Nous repartirons dès le lever de la lune.

— Quand espérez-vous atteindre Carris ?

— D'ici demain soir, avec les montures qui en seront capables.

Près de deux cents lieues. C'était une distance énorme, même pour un animal aussi robuste que celui qu'il venait de lui faire attribuer. Sans compter que voyager de nuit était toujours dangereux. Erin hocha la tête, s'interrogeant pourtant.

Certains chevaliers de sa suite parviendraient sans doute à Carris dans le délai imparti par Gaborn. Mais ce faisant, ils risquaient de tuer leur monture. Or, le meilleur cavalier du monde ne pouvait se battre sur le dos d'un animal mort.

Gaborn excellait peut-être en matière de logistique, mais Erin s'inquiéta soudain de ses talents de stratège.

CHAPITRE XXIX

LA PASSE DE LA COLOMBE

Les officiants étaient en train de chanter dans le Palais des Concubines quand Saffira s'en fut. Mais Borenson ne les entendit pas. Épuisé par son long voyage et privé des Dons de Constitution qui lui avaient jusque-là permis de dépasser ses limites physiologiques, il s'était assoupi près de la fontaine en attendant le retour de la jeune femme. Pendant qu'il dormait, quelqu'un lui avait ôté ses menottes.

Quand Pashtuk et les gardes du corps de Saffira le hissèrent en selle, Borenson s'accrocha au pommeau par réflexe et n'eut même pas besoin qu'on l'attache sur le dos de sa monture. Il continua ainsi à dormir pendant que le petit groupe chevauchait vers le nord pour regagner Deyazz, puis dépassait les ruines sacrées des Montagnes de la Colombe avant de prendre la direction de l'ouest.

Borenson se réveilla sur une piste de montagne et leva les yeux vers les impressionnantes falaises blanches. À plus de trois cents pieds d'altitude, des autels et des temples antiques se dressaient au-dessus du précipice. On prétendait qu'à cet endroit, des millénaires auparavant, les fidèles s'élançaient dans le vide pour consacrer leur vie à l'Air. Si leur geste était sanctifié, ils recevaient le pouvoir de voler. Dans le cas contraire, ils allaient s'écraser dans la plaine. Surnommée la Vallée des Crânes, celle-ci témoignait que les Puissances avaient rarement prêté attention aux sacrifices des anciens.

Désormais, très peu de gens étaient assez fous pour prendre un tel risque. Les Seigneurs des Cieux exceptés, Borenson ne connaissait personne qui eût le moindre pouvoir sur l'Air. Pourtant, de temps à autre, il arrivait qu'un humain sorte de chez lui et se laisse emporter par le vent vers la destination de son choix. Invariablement, les « dériveurs », ainsi qu'on les appelait, finissaient par recourir à des larcins ou autre moyen de survie peu recommandable.

Encadrée par ses deux gardes du corps — de véritables montagnes humaines appelées Ha'Pim et Mahket —, Saffira chevauchait le visage masqué par des voiles de soie qui ne parvenaient pas à dissimuler l'éclat de ses yeux. Et bien qu'elle ne prononçât pas un mot, sa posture seule attirait le regard de tous les gens qu'elle croisait sur sa route.

D'un instant à l'autre, elle devenait plus belle, car le Palais des Concubines abritait des centaines d'autres femmes ayant aussi de nombreux Dons de Charisme. Les officiants étaient en train de les rediriger vers Saffira en utilisant ses compagnes comme vecteurs.

La jeune femme n'avait pas besoin d'être à Obran pendant la procédure. Lorsqu'une personne consentait un Don, il se créait entre elle et le récipiendaire un lien magique ne pouvant être brisé que par la mort de l'un ou de l'autre. Ainsi, un Dédié qui acceptait un Don n'en bénéficiait pas lui-même, mais se contentait de le transférer au récipiendaire initial. Il devenait alors un vecteur.

Les Dédiées de Saffira recevaient de nouveaux Dons de Charisme ou de Voix pour augmenter les attributs de la jeune femme. Saffira utilisait le cadeau du Roi de la Terre à bon escient : lorsqu'elle se présenterait devant Raj Ahten pour plaider sa cause et réclamer une trêve, elle ne bénéficierait pas de centaines de Dons, mais de milliers.

Pashtuk les guida sur les pistes de montagne pendant des heures, s'écartant du chemin chaque fois qu'ils risquaient de croiser les troupes de Raj Ahten en route pour la forteresse de Mutabayim. Borenson s'endormit de nouveau, somnolant jusqu'à ce qu'ils atteignent la frontière étroitement surveillée des Monts Hest et que l'Invincible le réveille en le secouant par l'épaule. La nuit tombait déjà.

— On fait une pause. Vous pouvez vous reposer une heure de plus pendant que je prépare le dîner de Son Altesse. Descendez donc de cheval, vous serez mieux par terre.

Borenson s'écroula sans cérémonie sur un tapis d'aiguilles de pin. Mais le parfum de Saffira, qui venait de passer près de lui, le tira de son sommeil quelques minutes plus tard. Il suivit des yeux sa silhouette gracieuse, sans prêter attention au froncement de sourcils de Ha'Pim.

Des pigeons roucoulaient dans les arbres, et l'air sec charriait l'odeur d'un torrent de montagne. À l'ouest, le soleil pareil à une énorme perle nacrée se couchait au-dessus du Désert de Sel d'Indhopal. C'était une vision enchanteresse que Borenson n'oublierait pas de sitôt. La vaste étendue, plate comme le dos de la main sur des centaines de lieues, émettait une lueur violette soulignée à l'horizon par un nuage de poussière écarlate.

Mais la beauté de la nature ne pouvait soutenir la comparaison avec celle de Saffira. Comme hypnotisé, Borenson la regarda s'agenouiller au bord d'un bassin naturel. Des abeilles butinaient les primevères qui poussaient entre les cailloux. Quand la jeune femme ôta son voile et le châle qui lui entourait les épaules, le spectacle de son ravissant visage poignarda le corps et l'esprit de Borenson.

Penchée sur l'eau, Saffira étudiait son reflet. Ces dernières heures, les autres concubines lui avaient transmis des centaines, voire des milliers de Dons de Charisme. Regardant derrière elle, la jeune femme vit que Borenson s'était réveillé et l'observait.

— Seigneur ! appela-t-elle. Venez donc près de moi.

Il se leva sur des jambes chancelantes de fatigue et fit quelques pas avant de s'affaisser aux pieds de Saffira. Ha'Pim se rapprocha d'eux, une main posée sur sa dague. C'était un colosse à la peau sombre et à l'expression maussade.

— Me trouvez-vous digne de présenter votre supplique de paix ?

— Complètement, réussit à articuler Borenson.

Contrastant avec la voix musicale de Saffira, la sienne résonnait comme le croassement d'un corbeau.

— Êtes-vous marié ?

Borenson dut réfléchir un moment avant de répondre.

— Oui, Votre Altesse.

— Trouvez-vous votre femme jolie ?

Jusque-là, il l'avait pensé. Mais comparée à Saffira, Myrrima n'était qu'une grosse vache.

— Non, Votre Altesse.

— Depuis combien de temps êtes-vous marié ?

Il fouilla dans ses souvenirs.

— Quelques jours. Plus de deux. Peut-être trois.

Je dois avoir l'air d'un imbécile.

— Mais vous êtes très vieux, s'étonna Saffira. Avez-vous eu d'autres femmes avant ?

— Quatre, je crois.

— Quatre ? Ça fait beaucoup, pour un Rofehavanais. Je croyais que, dans vos royaumes, un homme n'en épousait qu'une.

— Non, je voulais dire : ça fait quatre jours que je suis marié. J'en suis à peu près certain.

— Mais vous n'avez pas d'autre femme ?

— Non, Votre Altesse. Je suis… J'étais le garde du corps de mon prince. Je n'avais pas de temps à consacrer à une épouse.

— C'est regrettable. Quel âge a la vôtre ?

— Vingt ans, lâcha Borenson avec difficulté.

Saffira posa une main sur un rocher pour s'installer plus confortablement. Son petit doigt effleura le poignet de Borenson, qui le fixa, comme hypnotisé. Il mourait d'envie de tendre le bras pour toucher la jeune femme, mais il savait que c'était impossible. Une créature aussi hideuse que lui ne devait pas souiller tant de beauté. Seul un hasard béni avait permis que leurs chairs se frôlent.

— Vingt ans… C'est beaucoup, non ? J'ai entendu dire que les femmes du Rofehavan attendaient souvent d'être vieilles pour se marier…

Borenson ne sut que répondre. Elle ne semblait pas avoir plus de seize ans et, pourtant, elle avait épousé Raj Ahten des années plus tôt et lui avait déjà donné quatre héritiers. Donc, elle devait être plus âgée qu'elle n'en avait l'air… À moins qu'elle n'ait accepté des Dons de Charisme d'enfants.

— Mon époux m'a emmenée dans son lit le jour de mes douze ans, dit fièrement Saffira. J'étais la plus jeune de ses femmes, et lui, le plus bel homme qui ait jamais vécu. Il m'a aimée au premier regard. Certaines de ses concubines sont là pour réjouir sa vue, d'autres parce qu'il apprécie leurs chants. Moi, il m'aime. Il a toujours été bon pour moi. L'année dernière, il a fait venir deux éléphants blancs pour que nous nous promenions sur leur dos, et leur pavillon était incrusté de diamants et de perles.

Borenson avait rencontré Raj Ahten. Le Seigneur-

Loup avait des milliers de Dons de Charisme. Il comprenait qu'une femme soupire après lui.

— Je lui ai donné son premier fils avant mon treizième anniversaire, continua Saffira. En tout, je lui ai offert quatre enfants.

Borenson décela une note de tristesse dans sa voix, et craignit d'avoir ravivé des souvenirs douloureux.

— Lui en donnerez-vous d'autres ?

— Non, dit Saffira en baissant la tête. Je ne peux plus.

Borenson faillit lui demander pourquoi, mais elle releva les yeux vers lui et changea de sujet.

— Les hommes ne sont pas faits pour avoir les cheveux roux. Ce n'est pas très agréable à regarder.

— Je les raserai pour vous, Votre Altesse.

— Surtout pas : ça m'obligerait à voir votre peau blanche et vos taches de rousseur.

— Dans ce cas, je les teindrai. J'ai entendu dire qu'on peut les noircir avec des feuilles d'indigo et du henné.

Il n'osa pas préciser que c'était la façon dont les espions et les assassins du Nord se déguisaient avant d'aller en Indhopal. Saffira lui fit le sourire le plus charmeur qui ait jamais ourlé les lèvres d'une femme.

— Les vieilles personnes en utilisent quand elles commencent à avoir des cheveux gris. Je demanderai qu'on vous en apporte.

Elle garda le silence quelques instants, puis lança :

— Mon mari est le meilleur homme qui existe.

Borenson frémit en comprenant qu'elle disait vrai.

— Oui, ô Étoile du Désert, dit-il, car il venait de s'aviser que « Votre Altesse » était un titre bien trop commun pour une telle merveille.

— Il représente l'espoir du monde, continua Saffira avec une parfaite conviction. Il unira l'humanité et détruira les maraudeurs.

Borenson ne l'avait jamais envisagé de cette façon.

Mais maintenant qu'elle le disait, ça lui paraissait on ne peut plus sensé. Raj Ahten était si puissant ! Si quelqu'un avait une chance d'y parvenir, c'était lui.

— J'attends ce jour avec impatience, affirma-t-il.

— Et je l'aiderai ! s'enflamma Saffira. J'amènerai la paix au Rofehavan en suppliant les hommes de rendre les armes, puis en mettant un terme aux déprédations des Chevaliers Équitables. Mon bien-aimé aspire à la paix depuis très longtemps. À présent, la Lumière d'Indhopal va illuminer le monde. Les barbares du Rofehavan s'agenouilleront devant lui s'ils ne veulent pas être détruits.

La jeune femme parlait à moitié pour elle-même, écoutant sa propre voix avec émerveillement. De minute en minute, les officiants du Palais des Concubines lui transféraient de nouveaux attributs.

— Wahoni avait quarante Dons de Voix. Ils doivent être miens désormais. Elle chantait si bien... Ça me manquera, même si je peux chanter encore mieux maintenant.

Saffira entonna une mélodie bouleversante qui resta suspendue dans les airs autour d'elle comme du duvet de chardon. Borenson en frissonna.

— Vous ne devriez pas me contempler ainsi avec la bouche grande ouverte, lui reprocha la jeune femme. On dirait que vous voulez me manger. Je vais prendre un bain maintenant, et il ne faudra pas me regarder nue, vous comprenez ?

— Je fermerai les yeux, promit Borenson.

Ha'Pim lui flanqua un coup de pied, et s'éloigna de quelques pas pour s'adosser à un rocher. Derrière lui, il entendit bruire la robe de soie de Saffira, et le parfum de jasmin de la jeune femme emplit soudain ses narines. Il l'écouta entrer timidement dans le bassin et pousser un petit cri en découvrant combien l'eau était froide. Bien que cela lui coûtât, il garda les paupières closes car il ne voulait pas décevoir Saffira.

Pour ne pas se laisser captiver par les bruits d'éclaboussures, Borenson s'efforça de penser à autre chose. Par exemple, à ce qu'elle venait de lui dire. Elle avait affirmé que Raj Ahten était le meilleur homme qui existait. Sur le coup, ça lui avait paru très raisonnable. Mais à présent, le doute l'envahissait.

Saffira aimait Raj Ahten ? Elle trouvait bon un homme qui avait massacré tant de souverains et tentait de conquérir le monde ?

Borenson avait été témoin de la malice et de la cruauté du Seigneur-Loup. Il avait vu les cadavres du frère, des sœurs et de la mère de Gaborn. Quand il avait tué ses Dédiés à Château Sylvarresta, il avait dû massacrer des enfants auxquels Raj Ahten avait arraché des Dons.

Le Seigneur-Loup était un être maléfique, corrompu jusqu'à la moelle. Il avait défloré Saffira alors qu'elle était une enfant. Bien que la jeune femme se réjouisse d'avoir gagné son affection, Borenson savait qu'il le tuerait pour ça.

Pourtant, il s'interrogeait. Saffira ne s'était pas donnée à Raj Ahten sous la contrainte ; elle avait été séduite par son charisme et par sa Voix. Elle l'aimait tant qu'elle était prête à le soutenir contre les nations du Rofehavan.

N'ayant jamais vu le monde que son époux s'efforçait de conquérir, Saffira était d'une naïveté désarmante. À l'âge de douze ans, on l'avait arrachée à sa famille pour l'enfermer dans un palais où elle vivait en recluse depuis, attendant les présents et les visites de Raj Ahten. Bien qu'il n'ait pas été autorisé à voir les autres concubines, Borenson soupçonna qu'elles ne devaient pas être très âgées non plus.

Le plan de Gaborn allait se retourner contre lui. Saffira essaierait de ramener la paix entre l'Indhopal et le Rofehavan, mais pour ses propres raisons, pas parce que le Roi de la Terre le lui demandait. Et si elle ne réussissait pas à convaincre Raj Ahten, elle se rangerait à ses côtés, utilisant son charisme pour faire déposer les armes aux soldats du Rofehavan.

Dans le fond de son crâne, une petite voix chuchota à Borenson qu'il avait aidé à créer un monstre, et qu'il devait le détruire avant qu'il ne soit trop tard. Mais cette idée lui était insupportable. Même s'il avait toujours eu ses Dons, même s'il avait pu venir à bout de Pashtuk, de Ha'Pim et de Mahket, il ne se croyait pas capable de tuer Saffira.

Aucun homme n'en aurait été capable. La jeune femme ne méritait pas une fin pareille. Elle était innocente.

Non que cela eût la moindre importance. Même si elle avait été la plus corrompue de toutes les créatures, Borenson n'aurait pu lever le petit doigt contre elle.

CHAPITRE XXX

COMPAGNON DE FAVEUR

Iomé atteignit Château Groverman bien après le coucher du soleil. Binnesman et Jureem montaient les étalons que Raj Ahten leur avait « gracieusement » fournis une semaine auparavant, et Myrrima disposait de celui de son mari : une des bêtes les plus rapides de Mystarria.

Iomé avait dû se contenter d'un cheval de force ayant seulement trois Dons. Au bout de dix lieues de galop forcé, il avait fallu ralentir jusqu'à ce que le petit groupe arrive à Bannisferre et qu'elle puisse en acheter un autre. Mais les étoiles brillaient vivement et l'air était frais dans le Bois de Dunn. Ainsi, ce voyage nocturne leur avait semblé presque agréable.

Dès qu'ils eurent confié leurs montures aux palefreniers de Groverman, Iomé se mit en quête de son époux, toujours flanquée de Jureem, de Binnesman, de Myrrima, de sa Diema et du jeune pied-bot. Un capitaine de la garde lui indiqua la Tour du Duc, où le Roi de la Terre s'était retiré pour dîner en compagnie d'autres seigneurs.

Iomé traversa le couloir en direction de la salle d'audience. Elle allait ouvrir les rideaux de velours écarlate de l'entrée quand elle entendit quelqu'un interpeller son mari sur un ton mécontent.

— C'est une plaisanterie, Votre Altesse ! Vous ne pouvez autoriser ces pleutres à rebrousser chemin avant même que la chasse n'ait commencé !

Iomé reconnut la voix geignarde du seigneur Gillis de Tor Insell.

— Votre Altesse, rugit un chevalier, je refuse de laisser cet homme nous accuser de lâcheté, mon roi et moi ! Je réclame des excuses immédiates !

Iomé fit signe à ses compagnons de s'arrêter. D'une main, elle écarta les rideaux.

Le duc de Groverman avait fait servir un véritable banquet ; Gaborn et trois douzaines de seigneurs se serraient autour d'une table conçue pour en recevoir à peine la moitié.

Au centre de la pièce se tenait un adolescent au visage acnéique : Agunter, le second fils de Theovald Orwynne. Iomé savait que son père et son frère aîné avaient été massacrés par l'Éclat Ténébreux. Il allait donc hériter du trône. À sa droite se campaient un chevalier à la stature d'ours, le seigneur Langley, et une poignée de conseillers.

— J'exige des excuses, rugit de nouveau le seigneur Langley, ou une réparation !

Gaborn se tourna vers le seigneur Gillis, assis quelques sièges plus loin sur sa gauche.

— Qu'en dites-vous ? lança-t-il sur un ton mi-las, mi-amusé. Préférez-vous vous rétracter, ou devrons-nous regarder le champion d'Orwynne vous arracher la langue ?

Le seigneur Gillis s'empourpra et reposa la cuisse de cygne qu'il était en train de rogner.

— Je maintiens ce que j'ai dit, s'entêta-t-il. Orwynne a juré fidélité au Roi de la Terre. Si Agunter et ses chevaliers battent en retraite avant le début du combat, ce seront des pleutres ! Arrachez-moi la langue si ça vous chante : quand elle se tortillera sur le sol, elle continuera à clamer la vérité.

Le seigneur Langley porta la main à sa dague, mais n'osa pas tirer une arme en présence du Roi de la Terre.

— Je vous en prie, Votre Altesse, plaida un des conseillers d'Orwynne. Ce n'est pas de gaieté de cœur que notre roi envisage de rentrer chez lui. Toute la journée, je me suis efforcé de le persuader que c'était la meilleure chose à faire.

— Expliquez-vous ! ordonna Gaborn.

— Agunter n'a que quatorze ans. Bien qu'il ait déjà la stature d'un homme — son courage aussi, n'en doutez pas —, Orwynne vient de subir une perte terrible. La famille royale est dans une position précaire.

« S'il devait continuer sa route vers le sud et tomber au combat, le trône échoirait à son jeune frère de six ans, qui serait bien incapable de régner. Or, si une guerre éclate, nous aurons besoin d'un souverain digne de ce nom pour nous guider. C'est pour ça que nous vous supplions de nous laisser rentrer chez nous.

— C'est une chose que le jeune Agunter se retire, déclara le seigneur Gillis. Mais doit-il vraiment emmener cinq cents chevaliers ?

Cette idée fit frémir Iomé. Le roi Orwynne avait choisi ses meilleurs hommes pour livrer cette campagne ; les forces heredoniennes étaient tellement décimées qu'on aurait grand besoin d'eux. La prudence voulait que le jeune Agunter tourne bride, mais il semblait excessif qu'il se fasse accompagner par autant de chevaliers.

Le seigneur Gillis avait raison. La requête d'Agunter n'était pas seulement motivée par le bon sens. Le jeune homme mourait de peur. Tout comme Jas Laren Sylvarresta et Mendellas Draken Orden, son père avait connu une mort atroce pour s'être dressé contre Raj Ahten. Agunter y avait assisté.

L'adolescent prit la parole d'une voix tremblante.

— J'avoue que ça paraîtrait un peu radical sans les nouvelles d'hier soir : des maraudeurs viennent de faire surface dans le Crowthen Septentrional et au sud de Mystarria. Des vers du monde font trembler la terre en s'enfouissant sous le Bois de Dunn. Mon royaume est frontalier avec les Monts Hest, où de nombreuses traces de maraudeurs ont été repérées au cours de l'été. Combien de temps avant que nous ne devions faire face à une invasion ?

— Moi, je dis que c'est du vol ! cracha le seigneur Gillis. Le Roi de la Terre a sauvé votre royaume et vous a donné deux mille forceps pour faire du seigneur Langley notre champion, et vous voulez vous défiler en emportant le butin ? Orwynne doit-il devenir un compagnon de faveur ?

Agunter foudroya le chevalier du regard. Si Langley répugnait à dégainer une arme devant le Roi de la Terre, Iomé constata que ce n'était pas le cas de son nouveau souverain. Celui-ci redoutait certainement Raj Ahten, mais pas un homme comme le seigneur Gillis.

Un compagnon de faveur... La jeune femme se mordit la lèvre. Si Agunter ne supportait pas qu'on lui jette ce genre d'insulte au visage, d'ici un an ou deux, il deviendrait fou en apprenant ce qu'on racontait dans son dos. Il serait insensé de retirer complètement son soutien à l'armée du Roi de la Terre !

Gaborn avait offert deux mille forceps à Orwynne pour que Langley puisse recevoir des Dons. C'était un investissement considérable. À sa posture, Iomé devinait que ses vecteurs étaient en train de lui transmettre de nouveaux attributs. Malgré le poids de sa cotte de mailles, il se tenait très droit et bougeait avec une incroyable fluidité. Chaque minute faisait de lui un guerrier plus redoutable, tandis que les officiants s'affairaient en son nom.

Il serait insensé et ingrat de l'empêcher de prendre part à la bataille à venir. À la place de Gaborn, Iomé aurait tapé du poing sur la table et exigé l'assistance d'Orwynne. Mais elle se contenta d'observer son mari pour voir comment il réagissait.

Assis entre le duc de Groverman et le chancelier Rodderman, Gaborn se pencha en avant. La flamme d'une bougie éclaira son visage, et Iomé fut stupéfaite par la transformation.

Elle avait entendu dire qu'il avait perdu ses Dons, mais elle ne s'attendait pas à lui voir des traits aussi pâles et tirés, des yeux aussi enfoncés dans leurs orbites. Il paraissait à deux doigts de succomber à sa fatigue.

— Seigneur Gillis, vous devez des excuses au jeune roi, dit Gaborn. J'ai regardé au fond de son cœur. Je n'y ai vu que de la haine à l'égard de Raj Ahten, et le regret de ne pas pouvoir participer au combat. Il aura autant de mal à nous tourner le dos que vous à le voir partir.

« Agunter Orwynne, ramenez vos hommes chez vous avec ma bénédiction. Le Rofehavan a besoin que vous teniez l'Ouest et que vous repoussiez nos ennemis, les maraudeurs aussi bien que Raj Ahten. Emportez les corps de votre père et de votre frère pour leur donner une sépulture décente, et que les Puissances vous accompagnent.

Iomé n'en croyait pas ses oreilles. Gaborn partait déjà au combat avec trop peu d'hommes ! Il n'aurait pas dû accéder à la requête de ce lâche.

— Mais..., fit le seigneur Gillis d'une voix étranglée.

— Je ne vous réclame qu'une faveur, continua Gaborn. Laissez le seigneur Langley se battre avec nous en votre nom. Ainsi pourra-t-il venger mon père et le vôtre, vous gagnant ma gratitude éternelle.

Iomé comprit soudain ce que son époux essayait de faire. Agunter ne supportait pas l'idée d'affronter Raj Ahten. Il avait tellement peur qu'il n'osait pas rentrer seul chez lui. En déclarant qu'il avait du courage,

Gaborn lui en prêtait un peu, tout en faisant appel au fond de dignité qui devait lui rester. Aucun enfant ne pouvait refuser de venger le meurtre de son père. Si Agunter ne laissait pas Langley se battre, son peuple le mépriserait à jamais. Il devait en avoir conscience.

— Dans ce cas, prenez-le… et gardez aussi une centaine de mes chevaliers, soupira le jeune homme.

Gaborn hocha la tête, comme s'il était surpris et impressionné par la générosité d'Agunter. Celui-ci se détourna et sortit, ses conseillers et son Diem sur les talons. Tous semblaient impatients de quitter Groverman pour regagner Orwynne. Iomé s'effaça pour les laisser passer.

De tous les hommes d'Orwynne, seul le seigneur Langley demeura dans la salle. Il suivit son jeune souverain du regard. Pendant un moment, personne ne pipa mot autour de lui. Quand il fut certain qu'Agunter ne risquait plus de l'entendre, il s'inclina devant Gaborn et dit :

— Merci, Votre Altesse, de l'avoir laissé partir. (Il se tourna vers le seigneur Gillis.) Et merci à vous, bon sirrah, de lui avoir rappelé son devoir.

Gaborn eut un sourire amusé. Langley avait plus envie de se battre contre Raj Ahten que son jeune souverain. Et même s'il était prêt à un duel pour défendre l'honneur du roi, il ne se leurrait pas sur son courage et était soulagé de pouvoir continuer vers le sud. Comme il faisait mine de sortir à son tour, Gaborn le retint.

— Restez donc manger avec nous, l'invita-t-il.

C'était une invitation de pure politesse, car la table avait déjà du mal à accueillir tous les convives.

— Je vous remercie, Votre Altesse, déclina Langley. Mais je crains que le départ de mon roi n'affaiblisse le moral de vos troupes. Avec votre permission, j'aimerais dîner avec elles pour les rassurer.

— J'apprécie cette attention, dit Gaborn.

De nouveau, Langley se dirigea vers la sortie.

— Un instant ! lança encore Gaborn. Sachez que le jeune Agunter est un garçon honnête. Il a le corps d'un homme, mais pas encore son cœur. D'ici un an ou deux, il devrait acquérir le courage qui lui manque.

— Espérons que ça ne soit pas trop tard ! dit le chevalier par-dessus son épaule.

Iomé le laissa passer, puis entra flanquée de Binnesman, de Jureem, de Myrrima et de sa Diema. Le jeune pied-bot resta dans l'antichambre pour jouer avec les chiots.

Gaborn se leva pour saluer sa femme et l'inviter à prendre place à ses côtés. Tandis qu'elle l'embrassait, Iomé l'étudia et décida qu'il avait l'air malade. Le duc de Groverman lui offrit sa chaise. Elle s'y assit en serrant la main de Gaborn dans les siennes.

La jeune femme était à peine installée quand un page annonça l'arrivée d'un messager de Beldinook : le premier qui leur parvenait depuis que Gaborn avait été couronné Roi de la Terre. Beldinook était une nation importante, la seconde en importance du Rofehavan. Comme elle bordait Mystarria au nord, et que le roi Lowicker était un ami de longue date de Mendellas Draken Orden, Gaborn comptait beaucoup sur son soutien stratégique.

L'armée du Roi de la Terre devrait traverser Beldinook pour atteindre Carris. Or, pressé par le temps, elle n'avait pu voyager avec tout l'équipement nécessaire pour livrer bataille. Avant que ses hommes atteignent Beldinook, ils manqueraient de grain pour leurs chevaux et de nourriture pour eux-mêmes. Herrin la Rouge avait envoyé sa fille pour offrir son assistance à Gaborn, mais il n'avait reçu aucune nouvelle de Beldinook et avait dû partir en espérant ne pas avoir de mauvaise surprise à son arrivée. Il avait besoin de l'aide de Lowicker pour rejoindre Carris dans les meilleurs délais. Mais il en espérait beaucoup plus encore.

Tant de forteresses étaient tombées dans le nord de Mystarria que Gaborn serait confronté à une pénurie d'équipement. Paldane avait dû rassembler tout ce qu'il avait pu à Carris en prévision d'un siège, espérant que Raj Ahten ne la détruirait pas comme les autres citadelles, mais tenterait de la garder intacte afin que ses troupes y passent l'hiver.

Si Gaborn voulait sauver son royaume, il devrait briser le siège en attaquant le Seigneur-Loup. Pour cela, ses hommes auraient besoin d'armes supplémentaires : flèches pour les archers, lances pour les cavaliers, boucliers pour les fantassins. Fort peu des chevaliers qui l'accompagnaient avaient emmené leur armure équine, car elle les aurait trop ralentis. La plupart s'étaient contentés d'enfiler une cagoule à leur monture, et de protéger son encolure et ses flancs en y jetant une couverture à carreaux. Mais les chevaux de force devenaient si rares que Gaborn hésitait à les envoyer au combat sans protection.

Toutes les choses qui lui manquaient, il espérait que Lowicker accepterait de les lui fournir.

S'il forçait Raj Ahten à se replier à Château Craydon, à Château Fells ou à Tal Dur, peut-être devrait-il organiser un siège. Dans ce cas, il aurait besoin d'outils pour construire des catapultes et des échelles, de forgerons, de cuisiniers, d'écuyers, de lingères et de charretiers pour assurer le soutien logistique de son armée. Il pourrait réclamer l'aide de ses vassaux au sud et à l'est de Mystarria, mais ceux-ci mettraient des semaines à atteindre le Nord. Or, le temps pressait.

Par nécessité, Gaborn devrait se reposer sur son vieil allié, le roi Lowicker, un homme que beaucoup soupçonnaient de manquer de courage pour se dresser contre Raj Ahten. Près d'une semaine plus tôt, Gaborn avait envoyé des messagers à Beldinook, en demandant s'il pourrait acheter là-bas l'équipement dont il aurait besoin pour aller dans le Sud. Lowicker n'avait pas répondu : sans doute parce que le Seigneur-Loup était en train de traverser sa frontière et qu'il se souciait avant tout de ses propres défenses. Iomé elle-même avait renvoyé un courrier deux jours plus tôt.

Le messager entra, sa tunique couleur de sable encore maculée d'une poussière qui dissimulait presque le cygne de Beldinook brodé sur sa poitrine. C'était un petit homme mince à la moustache tombante et au menton glabre. Gaborn se leva pour s'entretenir avec lui en privé, mais il s'inclina avec un grand geste du bras et dit :

— Si cela ne contrarie pas Votre Altesse, le bon roi Lowicker m'a demandé de m'adresser à elle devant les seigneurs du Rofehavan.

— Faites donc..., dit Gaborn.

— Tout d'abord, mon maître me demande de vous transmettre ce message : « Longue vie au Roi de la Terre Gaborn Val Orden ! »

Il leva une main. Tout autour de la table, les convives reprirent en chœur : « Longue vie au Roi de la Terre Gaborn Val Orden ! »

— Mon maître s'excuse d'avoir mis aussi longtemps à vous répondre. La semaine dernière, il a envoyé un courrier pour vous proposer son assistance inconditionnelle et vous assurer qu'il vous considère comme son propre fils. Hélas, il semble que mon prédécesseur se soit fait intercepter par les assassins de Raj Ahten.

Iomé s'agita sur son siège. Elle savait que Lowicker avait longtemps recherché les faveurs de feu le roi Orden dans l'espoir que Gaborn le débarrasserait de sa seule héritière : une fille dont le manque de charmes était célèbre dans tout le Rofehavan.

— Mon maître vous fait dire de ne pas vous inquiéter, continua le messager. Il est conscient du danger qui menace Carris. En ce moment même, il rassemble des troupes et de l'équipement pour vous aider à libérer la citadelle. Il vous offre cinq mille chevaliers, cent mille fantassins, cinquante mille archers, des ingénieurs et tout le soutien logistique dont vous aurez besoin dans l'espoir qu'ensemble, vous parviendrez à écraser Raj Ahten.

« Votre Altesse, seigneurs d'Heredon et d'Orwynne, mon maître vous souhaite un bon voyage et vous prie de vous hâter de le rejoindre, car il prendra lui-même la tête de ses troupes pour les conduire à la guerre.

Iomé comprit ce que proposait Lowicker. Des soldats allaient arriver de l'est et du sud de Mystarria pour défendre Carris contre Raj Ahten. Fleeds protégeait l'ouest du royaume. Si Lowicker arrivait par le nord, le Seigneur-Loup serait cerné de toutes parts. Alors, peut-être serait-il possible de le neutraliser.

Dans ses rêves les plus fous, Iomé n'aurait jamais imaginé que le frêle et maladif Lowicker prenne les armes pour mener ses hommes au combat.

Tous les convives portèrent un toast à la santé du roi de Beldinook puis un autre aux Puissances, avant de renverser de la bière sur le sol comme une offrande à la Terre.

Iomé jeta un regard en coin à Gaborn. Les rides d'inquiétude qui sillonnaient son visage s'étaient en partie effacées. Il remercia gracieusement le messager et lui offrit de prendre place à la table pour partager leur repas.

Ainsi, songea la jeune femme, *nous perdons quelques chevaliers d'Orwynne mais en récupérons cent fois plus de Beldinook.*

Cette perspective lui mit du baume au cœur. Pourtant, elle n'osa pas se réjouir avant son mari, car lui seul mesurait réellement la portée de l'offre qui leur avait été faite.

Jusqu'à ce matin, Gaborn n'avait que deux Dons de Charisme qui lui conféraient une apparence très ordinaire pour un Seigneur des Runes. Pour la première fois, Iomé le voyait tel qu'il était vraiment : pas tout à fait quelconque, mais presque.

La jeune femme s'interrogea. Si évidente qu'elle soit, la transformation physique de Gaborn était la plus anodine de celles qu'il venait de subir. Sans ses Dons de Constitution, il tomberait facilement malade et risquerait de succomber à la première blessure. Privé de ses Dons de Force, il ne pourrait pas affronter un seul soldat. Sans ses Dons de Voix, qui écouterait ce qu'il avait à dire ? Mais le plus terrible, c'était la perte de ses Dons d'Intelligence : quelles connaissances et quels souvenirs lui avaient été arrachés en même temps que la vie de ses Dédiés ?

Pour un Seigneur des Runes, la perte de ses attributs était un rude coup, surtout si elle survenait au moment où il en aurait eu le plus besoin.

— Tu as l'air positivement… décrépit, chuchota Iomé à l'oreille de Gaborn. Je m'inquiète pour toi. À tout le moins, il te faut une bonne nuit de sommeil. J'espère que tu n'as pas l'intention de festoyer jusqu'à l'aube avec tes vassaux.

Le jeune homme lui serra la main pour la réconforter, puis leva un doigt. À son signal, Jureem avança, portant un des paniers dont il s'était servi pour amener les chiots dans le Sud.

— Votre Altesse, duc de Groverman, seigneurs d'Heredon, dit-il sur un ton cérémonieux. Nous avons tous de bonnes raisons de nous réjouir ce soir. Mais je vous apporte quelque chose qui devrait encore vous remonter le moral.

Il plongea une main sous le rabat, la lumière des torches faisant scintiller les joyaux de ses bagues. Iomé se demanda s'il allait tirer un chiot de son panier. Au lieu de cela, il sortit la main tranchée de l'Éclat Ténébreux, aux longs doigts recourbés comme des griffes.

À sa vue, les convives éclatèrent en vivats et tapèrent du poing sur la table pour manifester leur joie.

— Bien joué, Binnesman ! cria un chevalier. Que les Puissances vous protègent !

Ils levèrent leur chope pour porter un toast au magicien. Stupéfaite par cette injustice, Iomé prit le bras de Gaborn et cria :

— Mais ce n'est pas Binnesman qui l'a tué !

Son jeune époux fit la grimace et leva sa propre chope. Autour de la table, le silence se fit. Les seigneurs attendaient ce que le Roi de la Terre avait à leur dire.

— Comme vous le savez, commença Gaborn, l'Éclat Ténébreux a tué de nombreux braves aujourd'hui. Parmi eux, il y avait notre ami le bon roi Orwynne, dont le soutien nous fera cruellement défaut. Mais tous ceux qui ont trépassé avaient un point commun : ils n'ont pas écouté mes avertissements.

« La Terre nous a ordonné de fuir. Toute la semaine, je me suis demandé si elle nous laisserait nous battre pour notre propre défense, et elle nous a enjoint de tourner les talons. Aujourd'hui enfin, elle a sommé quelqu'un de frapper pour abattre l'Éclat Ténébreux !

De nouveau, les seigneurs se déchaînèrent. Mais Gaborn cria pour se faire entendre par-dessus le brouhaha.

— Et ce quelqu'un est une femme n'ayant aucun Don de Force ou de Constitution et dépourvue de compétences martiales. (D'un geste, il désigna l'horrible trophée apporté par Jureem.) Voilà la main de l'Éclat Ténébreux abattu par la flèche de l'épouse du seigneur Borenson, dame Myrrima !

La stupéfaction générale qui accueillit cette révélation amena un sourire ravi sur les lèvres d'Iomé.

— Mais… c'est impossible, dit un chevalier. Je l'ai vue tirer. Elle sait à peine tenir un arc !

Myrrima attendait sur le seuil, dans l'ombre des rideaux de velours. Elle rougit et fit mine de battre en retraite dans l'antichambre.

— C'est la vérité, affirma Iomé. Elle sait assez bien tirer pour avoir tué l'Éclat Ténébreux. Elle a le cœur d'une guerrière, et bientôt, elle en aura aussi les attributs.

— Voyons donc cette championne ! proposa un seigneur.

Binnesman poussa Myrrima en avant. Des applaudissements et des vivats éclatèrent autour de la table. Le vacarme se répercuta sur les murs de pierre ; pendant de longues minutes, Gaborn ne fit pas un geste pour interrompre l'ovation, car il voulait que la jeune femme savoure son triomphe.

Enfin, il leva les mains pour ramener le silence.

— Que la victoire de Myrrima vous rappelle à jamais ce que le plus démuni d'entre nous peut accomplir avec l'aide de la Terre. Elle est notre protectrice et la source de notre puissance. Depuis toujours, elle veille sur nos ancêtres. C'est grâce à elle qu'Erden Geboren a pu repousser les sorciers noirs de Toth. Aujourd'hui, nous devons lutter pour répéter son exploit.

« Hier à l'aube, la Terre m'a soufflé que nous devions nous rendre dans le Sud. Nous nous sommes mis en route malgré notre infériorité numérique, car nous savions qu'il suffit d'un seul homme pour porter un coup décisif. À présent, on nous offre le soutien d'une armée. Et nous ne nous battrons pas seuls, car la Terre sera à nos côtés !

« Comme vous le savez, j'ai envoyé des dizaines de messagers dans les royaumes voisins. Trois d'entre eux sont déjà à Carris, cernés par les troupes de Raj Ahten. Je sens le danger qu'ils courent, et la Terre m'adresse cet avertissement : « Hâte-toi de frapper ! »

Gaborn tapa du poing sur la table pour ponctuer son discours.

— Vous savez également que j'envisageais de partir pour Fleeds demain à l'aube. Mais je crains que nous ne devions nous mettre en route plus tôt. Je quitterai

Groverman dès le lever de la lune, et camperai brièvement à Fleeds dans la journée.

« J'invite tous les hommes dont la monture peut soutenir l'allure de la mienne à m'accompagner… et les autres à me suivre d'aussi près que possible. J'espère rejoindre le roi Lowicker à Carris demain au crépuscule. Là, les Chevaliers Équitables viendront grossir nos rangs, ainsi que des renforts en provenance de Fleeds et du reste de Mystarria.

« Messires, nous partons à la guerre !

Les seigneurs applaudirent pendant que Gaborn se levait, prenait Myrrima par le coude et l'entraînait dans la cour de la citadelle pour tenir le même discours aux chevaliers qui y campaient.

CHAPITRE XXXI

LE PARFUM DU VENT NOCTURNE

Cette nuit-là, après s'être enivrée de louanges, Myrrima prit ses forceps et gagna le Donjon des Dédiés pour supplier l'officiant de Groverman d'accomplir un acte qu'elle avait toujours considéré comme une abomination.

Malgré sa fatigue, l'homme comprit que Myrrima avait besoin d'aide. Il l'invita à entrer avec son panier et à prendre place sur une chaise. Les fenêtres ouvertes laissaient entrer la lumière des étoiles et une fraîche brise automnale.

Le chiot au pelage beige s'agitait dans la main de la jeune femme. Elle le serra contre elle en refoulant ses larmes.

Sur l'insistance de ses sœurs et de sa mère, Myrrima avait pris le charisme des premières et l'intelligence de la seconde afin de contracter un beau mariage et de subvenir à leurs besoins. Bien qu'elle ait réussi au-delà de ses espérances, sa victoire lui laissait un goût amer dans la bouche.

Myrrima savait que ce qu'elle avait fait était mal ; pourtant, elle s'apprêtait à recommencer. Mais alors que certains gestes impurs paraissent plus faciles à chaque répétition, d'autres deviennent presque impossibles. Le chiot levait vers elle de grands yeux bruns innocents. Elle savait quelle douleur il allait subir, quel calvaire il endurerait pour la seule raison qu'il l'aimait et qu'il était né avec les attributs nécessaires pour la servir. Alors qu'elle le caressait, il lui lécha la main et mordilla doucement sa manche.

Myrrima était venue seule dans la salle de transfert parce qu'Iomé, épuisée, avait voulu se coucher tout de suite après le repas. Et parce que même si tous les chevaliers d'Heredon l'avaient acclamée, elle avait honte de ce qu'elle allait faire.

L'officiant du duc de Groverman était un petit vieillard aux yeux plissés par la sagesse, dont la longue barbe blanche lui effleurait l'estomac. Il étudia soigneusement le forceps que venait de lui remettre Myrrima. Celui-ci ressemblait à un minuscule fer à marquer ; il se composait d'une tige terminée par une rune dont la forme déterminait l'attribut à transférer.

L'art ancestral des officiants requérait peu de capacités magiques, mais beaucoup d'études. Le vieillard approcha de son visage ridé la rune de constitution et, avec une lime, ébarba le sang-métal au-dessus d'un creuset pour récupérer chaque copeau.

— Le sang-métal est mou et s'abîme facilement, expliqua-t-il. Ces forceps auraient dû être transportés avec davantage de précautions.

Myrrima hocha la tête sans répondre. Vu le nombre de lieues qu'ils avaient parcourues depuis leur création — et les conditions dans lesquelles ils les avaient parcourues —, pas étonnant que les forceps soient endommagés. Mais en cas de besoin, l'officiant devait savoir les fondre pour les reforger.

— Cela dit, ils sont de bonne fabrication, continua le vieillard sur un ton rassurant. Décidément, le travail de Pimis Sucharet de Dharmad confine au génie.

Myrrima n'avait encore jamais entendu un Rofehavanais complimenter un Indhopalais : leurs nations étaient en guerre depuis si longtemps...

— Tenez bien le chiot, lui recommanda l'officiant. Ne le laissez pas bouger.

Myrrima obéit pendant qu'il apposait le forceps contre le pelage de l'animal et incantait d'une voix aiguë comme celle d'un oiseau.

En quelques secondes, la rune brilla comme si elle était chauffée à blanc, tandis qu'une odeur de chair et de poils brûlés emplissait la pièce. Le chiot jappa de douleur, et Myrrima dut le coincer entre ses jambes pour l'empêcher de s'échapper. Il lui mordit la main, tentant de se dégager.

— Je suis désolée. Je suis désolée, répétait la jeune femme à son oreille.

Les trois autres chiots arpentaient le sol du donjon en reniflant les tapis. Quand ils entendirent les gémissements de leur compagnon, l'un d'eux aboya comme s'il voulait attaquer l'officiant.

Celui-ci ôta le forceps et inspecta la rune. Il l'agita devant lui, formant un ruban de lumière qu'il observa un long moment pour évaluer sa largeur et son éclat. Puis, satisfait, il s'approcha de Myrrima. La jeune femme releva ses braies d'équitation pour qu'il puisse apposer la marque juste au-dessus du genou, à un endroit où personne ne la verrait sous ses vêtements.

Quand le sang-métal chauffé à blanc entra en contact avec sa peau, elle ressentit une douleur qui céda aussitôt la place à une pure extase dès qu'un flot de vitalité l'envahit. Myrrima n'avait jamais reçu de Don de Constitution. Malgré son euphorie, elle s'aperçut qu'elle était en sueur.

Puis elle baissa les yeux vers le chiot. Celui-ci avait cessé de remuer, et un voile obscurcissait son regard encore brillant quelques minutes plus tôt. S'il avait été dans cet état la première fois qu'elle l'avait vu, elle aurait pensé qu'il était malade et suggéré que quelqu'un le noie pour mettre un terme à ses souffrances.

— Je vais l'emmener au chenil, puisque vous en avez fini avec lui, proposa l'officiant.

— Non, dit Myrrima. Je n'en ai pas fini avec lui. Laissez-moi le consoler un peu.

Ce chiot venait de lui faire un tel cadeau ! Elle voulait lui donner quelque chose en retour.

Elle ne pouvait l'abandonner tout de suite aux soins de quelqu'un d'autre.

— Ne vous inquiétez pas, la rassura l'officiant. Les enfants des chenils adorent leurs bêtes. Ils les nourrissent avec les meilleurs morceaux, les couvrent de caresses et d'attentions. La vitalité de ce chiot ne lui manquera pas, je vous le promets.

Myrrima avait l'esprit engourdi par la culpabilité. Mais c'était le prix à payer pour servir son peuple. Grâce à sa nouvelle vigueur, elle deviendrait une meilleure combattante.

— S'il vous plaît, insista-t-elle en grattant le menton du chiot avec une tendresse mêlée de chagrin.

— Celui qui voulait me mordre tout à l'heure est prêt aussi, signala l'officiant. Voulez-vous prendre son Don maintenant ?

Myrrima baissa les yeux vers l'animal. C'était celui que Kaylin avait choisi pour son odorat aiguisé.

— Oui, souffla-t-elle.

Quand Myrrima reçut un Don d'Odorat, le monde changea autour d'elle. Comme si le rideau qui l'en séparait depuis toujours s'abattait soudain. L'odeur de chair brûlée qui envahissait la pièce se fit plus forte, presque insupportable. Désormais, la jeune femme distinguait aussi celle de la cire des chandelles, de la poussière, du plâtre et des fleurs de pouliot qui jonchaient le sol depuis une semaine.

Tout était différent. La vigueur du premier chiot

étant venue s'ajouter à la sienne, Myrrima se sentait pleine d'énergie et parfaitement réveillée malgré la journée épuisante qu'elle venait de vivre. Et l'odorat du second chiot ajoutait au monde une dimension supplémentaire.

Quand elle sortit du Donjon des Dédiés après avoir confié les petites bêtes à l'officiant, les relents d'écurie la prirent à la gorge, et l'arôme de viande grillée qui planait encore dans l'air la fit saliver. Mais ce furent les humains qui retinrent toute son attention.

Elle traversa la cour plongée dans les ténèbres, car Gaborn avait exigé qu'on éteigne tous les feux avant de dévoiler ses plans de bataille. La plupart des chevaliers étaient assis en tailleur ou allongés sur une couverture. De chacun montait une fascinante combinaison d'odeurs : armure huilée, laine, fumier, transpiration chevaline, épices, savon, sang, urine... Toutes étaient cent fois plus puissantes qu'avant.

Myrrima découvrait la plupart, trop subtiles pour être perçues par un nez humain : herbe écrasée sous les bottes, ivoire des boutons de chemise, teinture des vêtements... La jeune femme comprit vite que les cheveux noirs avaient une odeur différente des cheveux clairs, et que la peau d'un homme vous renseignait sur la nourriture qu'il avait mangée dans la journée. D'une certaine façon, les chevaliers lui semblaient presque appétissants désormais.

Je suis un Seigneur-Loup, songea-t-elle. *Je marche parmi eux et ils ne perçoivent pas la différence. Mais c'est comme si j'étais aveugle de naissance et qu'on vienne de me donner la vue. Eux, ils sont toujours dans les ténèbres.*

Très peu d'efforts lui seraient nécessaires pour apprendre à pister quelqu'un à son odeur, ou à le reconnaître dans le noir. Cette idée la fit se sentir moins vulnérable à la perspective de livrer bientôt bataille.

Seule dans l'obscurité, Myrrima monta sur les remparts de la Tour du Duc pour observer la plaine. Elle avait désespérément besoin de partager sa découverte avec quelqu'un. Ses pensées se tournèrent vers Borenson parti en mission dans le Sud. Si loin d'elle…

Dans la cour, les chevaliers qui n'avaient pas besoin de dormir grâce à leurs Dons de Constitution, ou qui étaient trop énervés, entonnèrent des chants de guerre, promettant de massacrer leurs ennemis et de faire goûter leur sang à la Terre.

La nuit était froide. Myrrima aurait aimé avoir les bras de Borenson autour d'elle. Une main posée sur son ventre, elle attendit le lever de la lune en humant l'air.

CHAPITRE XXXII

LES CORBEAUX SE RASSEMBLENT

Roland gravit l'escalier en colimaçon d'une tour de garde si humide que le brouillard y avait étouffé une torche sur deux. Dans une pareille purée de pois, il allait sans doute errer des heures sur les remparts de Carris à la recherche des tours cinquante et un et cinquante-deux.

Déjà, il lui avait fallu plus d'une heure pour découvrir l'armurerie. Il avait été mal récompensé de sa peine : des milliers d'hommes étaient passés avant lui, et il ne restait plus de chemise de mailles à sa taille, pas même un vieux plastron de cuir bouilli. Tout ce qu'il avait pu dénicher, c'était un petit bouclier de cavalerie hérissé d'une pointe et un ridicule casque rond.

Les remparts de Carris dominaient la plaine. La forteresse était aussi antique que massive. Autrefois, un duc de ce royaume avait demandé la main d'une princesse de Muyyatin. Mais en traversant la Passe de la Colombe, la mule qui lui amenait sa fiancée avait trébuché et plongé dans un précipice.

Le roi de Muyyatin était un homme âgé, très à cheval sur les traditions. Il avait laissé passer une période de deuil convenable avant d'envoyer au duc une autre de ses filles. Mais entre-temps, le duc s'était épris d'une dame de Seward aux yeux noirs et l'avait aussitôt épousée. Quand sa nouvelle promise arriva, il la renvoya chez son père.

Plus tard, ses conseillers arguèrent qu'il ignorait tout des intentions du roi, péchant par ignorance des coutumes muyyatins. Mais les historiens de la Maison de la Compréhension soutenaient qu'il avait feint de ne pas être au courant afin de se soustraire au courroux de sa nouvelle épouse.

Le roi de Muyyatin entra dans une grande colère. Il avait dépensé une fortune pour la dot de son aînée. Se sentant trahi, il demanda à ses kaifs ce qu'il pouvait bien faire. Selon une très ancienne loi, répondirent-ils, le coupable d'un vol ne disposait que de deux options : rendre trois fois ce qu'il avait dérobé ou perdre sa main droite.

Le roi de Muyyatin renvoya au duc deux de ses conseillers et sa fille à la peau sombre en lui offrant une troisième possibilité : prendre la princesse comme seconde épouse, puis répudier la dame de Seward afin de l'élever au rang de première épouse qui lui revenait de droit. Ainsi, le problème serait résolu à la satisfaction des deux parties. Sinon, le duc devrait rembourser trois fois le montant de la dot en guise d'excuse et de compensation, ou envoyer sa main droite à Muyyatin.

Le problème était grave. Aucun seigneur du Rofehavan n'aurait osé prendre deux femmes, ni répudier une épouse déjà enceinte. Et le duc n'était pas assez riche pour payer la somme demandée.

Il eut de la chance dans son malheur, car l'après-midi même, un de ses gardes du corps perdit la main au cours d'un duel. Pour apaiser le roi de Muyyatin, il convoqua son bourreau et feignit de lui faire trancher la sienne. Puis il s'enveloppa le bras d'un bandage ensanglanté et plaça sa chevalière à l'annulaire du garde.

Son geste déçut et attrista les kaifs, qui espéraient le

voir épouser leur princesse ou, à tout le moins, leur verser un somptueux dédommagement. Au lieu de cela, ils rentrèrent chez eux avec une main tranchée et l'aveu que le duc était un voleur.

La ruse sembla porter ses fruits. Pendant deux ans, le roi de Muyyatin ne se manifesta plus.

Jusqu'à ce qu'un marchand de son royaume croise le duc à la Cour des Marées et s'avise que sa main avait miraculeusement repoussé.

La guerre qui s'ensuivit fut surnommée Guerre des Dames Noires. Elle fit rage pendant près de trois siècles, sautant parfois une génération avant de redoubler d'ardeur. À douze reprises, les souverains de Muyyatin s'emparèrent de l'ouest de Mystarria et réussirent à y établir leur domination. Mais chaque fois, la population finit par les chasser.

Pour cette raison, quantité de forteresses avaient été bâties et détruites dans la région, celle-ci finissant par acquérir le sobriquet de Ruines.

Puis le seigneur Carris était arrivé. Pendant plus de quarante ans, il avait réussi à tenir les Muyyatins en échec pendant qu'il construisait une immense cité fortifiée. Il était mort paisiblement dans son sommeil, à l'âge vénérable de cent quatre ans : un exploit sans précédent au cours des trois derniers siècles.

Cela s'était passé deux millénaires auparavant. Carris tenait toujours debout et restait la plus grande citadelle de l'ouest de Mystarria, la pierre d'angle de sa défense. Comme elle se dressait sur une île du Lac Donnestgree, on ne pouvait l'atteindre que par son pont-levis ou par bateau.

Muyyatin n'ayant pas de côtes, ses habitants étaient de très mauvais navigateurs. De toute façon, comment assiéger un château avec des embarcations quand ses murs culminent à plus de cent pieds au-dessus de l'eau ? Surtout s'ils ont été couverts de plâtre et de glu pour empêcher qu'on les escalade…

Sur les remparts, de simples manants pouvaient tirer des flèches par les meurtrières ou jeter des pierres sur les occupants des bateaux. Il n'était donc pas nécessaire de disposer d'un grand nombre de soldats de force pour défendre Carris. Une armée ennemie qui aurait pris d'assaut le pont-levis aurait encaissé de lourdes pertes en tentant de franchir les trois barbacanes. Une seule solution demeurait : le siège.

Mais Carris n'était tombée que quatre fois en deux millénaires. Beaucoup de forteresses du Rofehavan avaient des murs plus hauts et plus épais, ou davantage de machines de guerre, mais aucune n'était mieux placée.

Roland arriva enfin au sommet de la tour. Une sentinelle munie d'une clé déverrouilla la porte de fer qui permettait d'accéder au chemin de ronde. Contrairement à ce qu'il craignait, le brouillard s'était un peu éclairci ; il aperçut les derniers rayons du soleil couchant derrière les collines, à l'ouest.

En atteignant les remparts, il dut se frayer un chemin parmi les soldats alignés sur dix rangs. De grosses pierres et des fagots de flèches étaient empilés le long des murs. Des manants dormaient dans le creux des créneaux, avec une fine couverture pour les protéger du froid.

Roland dépassa une tour après l'autre jusqu'à ce qu'il atteigne celle du boulanger, dont s'échappait une odeur de levure. Ses parois étaient si chaudes que les hommes se bousculaient pour dormir sur son toit et à son pied. Faute de pouvoir les enjamber, Roland leur marcha dessus, y gagnant une volée d'imprécations.

Plus loin, des paysans distribuaient leur dîner aux troupes : agneau rôti, pain frais et cidre. Roland essaya de ne pas bousculer ceux qui mangeaient, de ne pas renverser leur assiette ou leur chope. Il saisit une miche de pain et la coupa en deux pour improviser une écuelle, puis posa dessus sa part de viande juteuse.

Un vent frisquet soufflait sur les remparts ; des goélands volaient très bas, observant la nourriture d'un œil affamé. Roland regretta d'avoir donné sa cape en peau d'ours à la femme verte. Il se demanda où elle était en ce moment, et si Averan allait passer une nuit sans histoires.

Arrivé à son poste, il repéra facilement le baron Poll. Comme Carris dominait un lac, on n'avait pas dressé de barricades entre les tours pour protéger le château contre d'éventuels bombardements. Juché sur un merlon, les jambes pendues dans le vide, le chevalier obèse évoquait quelque gargouille maussade.

Roland n'aurait jamais osé s'asseoir de la sorte. Il souffrait tellement du vertige que son cœur s'affola à la seule vue de son ami. Des tentacules de brouillard s'enroulaient autour des chevilles du baron Poll. Partout autour de lui, les corbeaux et les pigeons battaient des ailes dans les couches supérieures de la brume.

Quand Roland s'approcha, Poll l'aperçut du coin de l'œil, et un sourire éclaira son visage.

— Ah, Roland, mon ami ! Vous vous en êtes tiré vivant ! Je craignais que les hommes de Raj Ahten soient en train de se servir de votre crâne comme d'une chope.

— Une mauvaise idée..., fit son compagnon. Ils étaient sur le point de me rattraper quand ils se sont aperçus que mon cerveau avait la taille d'une noix, et que mon crâne n'était pas assez spacieux pour faire une chope décente. Alors, ils m'ont abandonné dans les bois pour se lancer à votre poursuite.

— Où étiez-vous passé toute la journée ?

— J'errais dans le brouillard.

Le baron Poll baissa les yeux vers la brume qui serpentait mollement sous ses pieds et cracha dans le vide.

— C'est vrai qu'on ne se voit même pas pisser, dit-il. Je n'ai pas eu de mal à trouver le château, mais j'ai passé la moitié de ma vie ici, et je connais le chemin par cœur.

Roland s'approcha des créneaux pour observer le brouillard.

— Perchés tout là-haut avec les oiseaux, soupira-t-il en frissonnant. On dirait qu'ils n'osent pas se poser…

— Ce sont des corbeaux, dit le baron Poll d'un air entendu.

Il avait raison. Les volatiles savaient où trouver de la nourriture, et ils sentaient qu'une bataille se préparait.

Par-dessus son épaule, l'obèse regarda la tour qui se dressait au centre de la cour, plus haute que les autres à l'exception de celle du duc : l'aire des graaks. Des dizaines de vautours y avaient élu domicile.

Roland se demandait comment un brouillard qui rampait à ras du sol pouvait être aussi dense. Il posa son bouclier sur un merlon, comme une énorme assiette incurvée, puis plaça son pain et sa chope de cidre à l'intérieur et commença à manger. Il se sentait coupable de se goinfrer ainsi alors qu'Averan s'était plainte de la faim le matin même. Selon toute probabilité, elle se coucherait l'estomac vide. Roland se souvint des noix qu'il avait cueillies pour elle, mais n'avait jamais pu lui donner ; il les sortit de sa poche en guise de dessert.

Dans la plaine obscurcie par le crépuscule, il distinguait encore les trois nappes de brume bleu foncé, qui n'étaient plus qu'à deux lieues de Carris.

— Quoi de neuf ? demanda-t-il au baron Poll.

— Peu de nouvelles, beaucoup de suppositions, répondit l'obèse. Leur brouillard n'a pas cessé de s'agiter de la journée. Parfois, il s'approchait du nôtre comme pour vérifier quelque chose, puis battait en retraite. Je pense que les troupes ennemies continuent à se déplacer au cas où le duc Paldane déciderait d'attaquer.

— Est-il possible que leur brouillard ne dissimule plus que les Tisseurs de Flammes ? Que les soldats de

Raj Ahten soient passés dans le nôtre et soient à cent pas de nous ?

— Oui. D'ailleurs, j'ai entendu japper des chiens, il y a moins d'une heure. Je soupçonne que c'étaient des molosses de guerre. Si vous en entendez un escalader les remparts, jetez-lui une pierre. Mais les murs sont si lisses que même les Invincibles de Raj Ahten ne pourront pas y grimper.

Roland continua à manger avec les doigts, arrachant de gros morceaux de pain et d'agneau qu'il fourrait dans sa bouche et faisait descendre avec du cidre.

— Et ce qu'on raconte au sujet de la Tour Bleue ? s'enquit-il.

Le baron Poll hocha la tête.

— C'est vrai. Autour de nous, il ne reste pas un soldat de force sur dix.

— Et vous ?

— Moi ? Mes Dédiés sont à l'abri. Je peux toujours manger des cailloux au petit déjeuner et chier du sable pendant une semaine, après…

Roland en fut quelque peu rassuré. Bien que son compagnon n'eût pas de Don de Métabolisme, et soit donc incapable de se déplacer aussi vite qu'un Invincible, il conservait la force et l'agilité d'un guerrier. Avoir un demi-guerrier près de lui était toujours mieux que pas de guerrier du tout.

— Alors, que protégeons-nous ? demanda-t-il en sondant la brume.

Il ne comprenait pas ce qu'il fichait en haut de ce mur impossible à escalader, sauf peut-être pour des grenouilles.

— Pas grand-chose, concéda le baron. Les pontons sont de l'autre côté du château, au nord, et les hommes de Raj Ahten ne peuvent arriver que par là.

Un long moment, les deux amis restèrent assis côte à côte en silence. Un vent froid s'était levé à l'est et poussait vers la plaine le brouillard des mages aquatiques. Ce faisant, il éparpillait aussi la brume bleue des Tisseurs de Flammes. En haut des remparts, des exclamations retentirent quand les défenseurs aperçurent les premiers signes de l'armée ennemie.

Deux géants des glaces, hauts de vingt pieds, avançaient derrière leurs énormes boucliers de laiton. À cette distance, Roland distinguait à peine leur silhouette massive. Mais autour de lui, d'autres hommes criaient qu'ils voyaient des molosses de guerre et des Invincibles.

Les géants des glaces ne ressemblaient pas plus aux humains qu'un chat ou une vache. Leur corps était couvert d'une épaisse fourrure jaune, leur museau plus long que celui d'un cheval, leurs petites oreilles rondes plaquées de chaque côté de leur crâne. Une cotte de mailles noire dissimulait leur moignon de queue. Ils portaient des boucliers accrochés tout autour de leur ceinture, et une énorme massue cerclée de fer.

Pour Roland, ils évoquaient des ferrins géants en armure. Sous les derniers rayons du soleil, ils tournèrent la tête vers Carris et ouvrirent la gueule. Quelques secondes plus tard, leur rugissement parvint aux oreilles des défenseurs.

Roland songea qu'ils devaient être affamés de chair humaine.

Il finit de manger puis remit le bouclier sur son dos afin de se protéger un peu du froid qui le glaçait jusqu'aux os. Alors que l'obscurité s'abattait sur la plaine, il vit des lumières rougeâtres s'allumer au cœur de la nappe de brouillard à l'ouest.

— C'est le village de l'Embuscade de Gower, ou peut-être Settekim, commenta le baron Poll d'une voix sourde.

Son compagnon se demanda pourquoi les troupes de Raj Ahten y avaient mis le feu, mais la réponse était évidente : les Tisseurs de Flammes l'avaient sacrifié à la Puissance qu'ils servaient.

Roland s'en fichait ; il souhaitait seulement être un peu plus près des flammes pour s'y réchauffer les mains.

Les ténèbres s'épaissirent. Un par un, les autres villages qui entouraient Carris s'embrasèrent.

Vers dix heures du soir, un ballon-espion bleu, en forme de graak géant, décolla de la rive est du Lac Donnestgree. Sa silhouette sombre se découpa contre les étoiles. Les guetteurs qui y avaient pris place survolèrent le château à plus de trois cents pieds d'altitude, de façon qu'aucun archer ne puisse les atteindre. Le vent les poussait avec une telle force qu'ils atterrirent très loin à l'ouest de Carris.

Un murmure courut dans les rangs des défenseurs.

— Ils mijotent quelque chose. Restez en alerte !

Tous savaient que les Tisseurs de Flammes avaient rasé Château Longmot en invoquant un monstrueux rideau de flammes. Ils espéraient que ça ne se produirait pas à Carris, car la citadelle était protégée par l'eau, pas seulement par des runes de terre.

Pourtant, Roland sentit l'inquiétude nouer son estomac rempli de pain et d'agneau. Qui pouvait dire de quoi les Tisseurs de Flammes étaient capables ? Peut-être incendiaient-ils la plaine afin de rassembler le pouvoir nécessaire au lancement d'un sort que même les mages aquatiques ne pourraient pas neutraliser.

Pendant des heures, il monta la garde dans le froid mordant sans que rien ne se produise. Les champs et les collines continuaient à flamber autour de Carris, et le ballon-espion survola deux fois la citadelle. Sur les remparts, les défenseurs chantaient ou se racontaient des histoires pour passer le temps…

Quand le ballon-espion repassa pour la troisième fois, Roland était accroupi derrière le baron Poll, frissonnant de froid car le duc avait interdit qu'on allume des feux de peur que les Tisseurs de Flammes ne parviennent à les retourner contre eux.

— Vous devriez essayer de dormir, conseilla l'obèse à son ami. Je vous réveillerai s'il se passe quelque chose.

Roland s'allongea et ferma les yeux, mais il ne put pas trouver le sommeil tant il tremblait. Il s'assoupit à plusieurs reprises, sursautant chaque fois qu'un soldat butait contre lui ou qu'une bourrasque lui sifflait dans les oreilles.

Non loin de là, quelqu'un entonna une ballade grivoise comme celles qu'affectionnaient les bouffons. Roland n'y prêta qu'une oreille distraite. Il était question d'une rivalité entre deux membres de la Garde Royale et des tours pendables qu'ils se jouaient. Par exemple, l'un d'eux donnait rendez-vous à une jouvencelle au bord d'une mare et l'autre s'arrangeait pour le faire consigner ce soir-là. Puis il allait retrouver la dame…

Roland s'éveilla tout à fait en reconnaissant un nom.

Arrive l'écuyer pour surprendre le seigneur Poll
Et le croiriez-vous, celui-ci déjà batifole.
Il a troussé la jouvencelle,
À *qui il en fait voir de belles,*
Et patauge dans l'eau
Son étendard dressé bien haut.
La la ta da,
Je parie que vous ne vous y attendiez pas.

Roland comprit qu'il avait manqué une bonne partie de la chanson. Dans la strophe suivante, l'écuyer Borenson plongeait dans la mare et se lançait à la poursuite du seigneur Poll « en faisant jaillir les éclaboussures et en le traitant de roulure ». Il parvenait à le rattraper et sortait son couteau, « car son souhait le plus cher était de l'envoyer six pieds sous terre ».

Mais la jouvencelle abusée rendait hommage à l'*étendard* du seigneur Poll, « à la vie le ramenant, pour s'en faire épouser et le torturer jusqu'à la fin des temps ». Chaque couplet se terminait par le refrain : « La la ta da, je parie que vous ne vous y attendiez pas »

Roland leva les yeux vers son compagnon, qui supportait stoïquement la moquerie. Après tout, il ne pouvait rien y faire. Les bardes étaient des historiens, et les chansons ayant pour protagonistes des seigneurs toujours vivants ne pouvaient être entonnées en public qu'avec une autorisation spéciale du roi. Donc, son fils et son ami avaient assez énervé Mendellas Draken Orden pour qu'il les jette en pâture aux chanteurs à la langue acérée.

Roland regretta de ne pas avoir entendu le début. Quand le baron Poll lui avait dit qu'il apprendrait toute l'histoire de la bouche des ménestrels, il ne l'avait pas pris au sérieux : en principe, seuls les pires ennemis de la couronne faisaient l'objet d'un ridicule pareil.

Ça, on peut dire que je ne m'y attendais pas...

Roland avait si froid qu'il rebroussa chemin jusqu'à la tour du boulanger, où l'attiraient la chaleur des fours et une bonne odeur de pain frais. Mais trop de défenseurs avaient déjà eu la même idée. Dépité, il revint vers le baron Poll.

— On n'arrive pas à trouver un endroit confortable pour dormir ?

Trop fatigué pour répondre, Roland se contenta de hocher la tête.

— Vous vous y prenez mal, dit son ami. Regardez.

Il escorta Roland jusqu'à la tour du boulanger et beugla :

— Debout, tas de fainéants ! Retournez à vos postes, ou je vous balance par-dessus les remparts ! L'eau des douves arrivera peut-être à vous tenir réveillés !

Il distribua quelques coups de pied à droite et à

gauche. En moins de temps qu'il n'en faut pour le dire, des dizaines d'hommes détalèrent. Alors, il esquissa une courbette servile, tel un chambellan désireux de s'attirer les faveurs d'un seigneur en visite.

— Votre lit, bon sirrah.

Roland sourit. Décidément, le baron Poll était impayable. Il s'allongea contre une cheminée de brique pendant que son ami regagnait leur poste.

Très vite, les hommes qu'il avait chassés revinrent furtivement s'allonger autour de Roland.

Une demi-heure plus tard, les défenseurs braillèrent quand une cité s'embrasa, au sud. Levant les yeux, Roland vit le baron Poll et les autres guerriers scruter l'horizon, la lueur des flammes se reflétant dans leurs yeux. Mais il était trop fatigué pour observer les Tisseurs de Flammes. De toute façon, si un mur de feu fonçait sur le château, il ne serait nulle part en sécurité.

Quelques instants plus tard, Roland entendit un grondement sourd. Quand les murs de Carris tremblèrent, il sentit la tour vaciller sous lui. Les défenseurs blêmirent, car Raj Ahten avait déjà fait s'écrouler Longmot, Tal Rimmon et d'autres forteresses grâce au seul pouvoir de sa Voix. Tous étaient persuadés que le même sort funeste les attendait.

Le grondement s'amplifia. Quand il mourut enfin, Carris tenait toujours debout. Mais le soulagement de Roland fut bref, car autour de lui, les soldats crièrent : « Château Trevorsworthy est tombé ! Raj Ahten arrive ! »

Il se releva pour regarder. À une lieue au sud, une cité brûlait. Château Trevorsworthy n'était pas aussi grand que Carris, mais Roland l'avait aperçu pendant son périple dans le brouillard, car il se dressait au sommet d'une colline et émergeait des vapeurs blanches. À présent, un nuage de fumée menaçait de l'engloutir.

À la lueur des flammes, Roland distingua tout ce qui restait de la forteresse : un tas de pierres, deux tours branlantes et quelques sections de mur encore debout. Sous ses yeux, l'une d'elles vacilla comme un ivrogne et s'écroula en soulevant un nuage de poussière.

Il regagna son poste en courant.

— Au moins, grogna le baron Poll, on ne pourra pas dire que Raj Ahten nous a pris en traître.

— Que voulez-vous dire ?

— Ses hommes ont dû parcourir près de six cents lieues au cours des deux dernières semaines. Il sait qu'ils sont épuisés et qu'il ne pourra plus en tirer grand-chose. Alors, il cherche un endroit douillet pour leur permettre de se reposer. Carris est la meilleure hostellerie que Mystarria puisse lui offrir.

— Il veut s'emparer de la citadelle intacte ?

— Évidemment ! S'il avait voulu la détruire, ce serait déjà fait. Je vous parie qu'il nous soumettra les termes de notre reddition dans moins d'une heure.

— Paldane acceptera-t-il ? Il m'a dit que d'ici l'aube, nous en serions réduits à jouer du hachoir.

— S'il refuse, un bon conseil : dès que vous entendrez la Voix de Raj Ahten, sautez par-dessus les remparts et jetez-vous dans le lac. Si la chute ne vous tue pas, si une pierre ne vous tombe pas dessus et si vous savez nager, vous aurez une chance de vous en sortir.

Roland en resta bouche bée. Il attendit pendant une heure, jusqu'à ce que le ciel commence à s'éclaircir à l'est. Malgré sa vigilance, il ne vit pas Raj Ahten approcher du château et put seulement observer le travail de ses Tisseurs de Flammes.

Une lueur phosphorescente traversa le brouillard, comme si un incendie faisait rage au niveau du sol, et se dirigea vers le château à l'allure d'un homme qui marche. Elle était accompagnée par le grincement des harnais, le choc occasionnel d'un bouclier contre un plastron métallique, une quinte de toux ou les jappements d'un molosse…

L'armée de Raj Ahten avançait prudemment, et les

défenseurs de Carris l'observaient avec la même réserve. Paldane et ses conseillers gravirent l'escalier qui conduisait à l'aplomb de la porte du château. Dès qu'ils atteignirent les remparts et purent sonder le brouillard, le duc hurla :

— Archers et artilleurs, préparez-vous !

Les troupes du Seigneur-Loup continuèrent à progresser sans hâte mais sans relâche. Quand la lumière atteignit le pont à l'ouest de Carris et s'immobilisa enfin, Roland attendit que Paldane donne l'ordre de tirer.

La lueur gagna en intensité, comme si le soleil brûlait à l'intérieur du brouillard, jusqu'à ce que ses rayons transpercent enfin les brumes opalescentes sur un rayon d'une centaine de pas. Roland leva un bras pour se protéger les yeux.

Raj Ahten se tenait à l'extrémité du pont, juché sur un étalon impérial. Il était encadré par deux Tisseurs de Flammes pareils à des colonnes de feu, nus à l'exception des flammes qui leur léchaient le corps. Le Seigneur-Loup portait un simple casque de fantassin et une chemise de mailles noire sous son surcot de soie dorée. Il semblait fatigué et affichait une expression sinistre.

Roland s'aperçut qu'il haletait et que son cœur battait la chamade. Raj Ahten était l'homme le plus magnifique qu'il ait jamais contemplé. D'une beauté glorieuse et totalement inattendue ! Roland imaginait un monstre à l'allure cruelle. Mais le Seigneur-Loup semblait incarner tout ce qu'il recherchait chez un seigneur : courageux et impérieux, puissant mais néanmoins capable d'une grande bonté.

Et il lui suffisait d'ouvrir la bouche pour faire écrouler Carris, comme il avait détruit tant d'autres citadelles.

S'il doit me tuer, songea Roland, *qu'il se dépêche*.

Pas un seul projectile ne jaillit des remparts.

Une armée chevauchait sur les talons du Seigneur-Loup. Roland apercevait l'avant-garde qui émergeait du brouillard. Deux douzaines de géants des glaces, dressés tels des murs vivants. À leurs pieds, des mastiffs grondaient derrière leur masque de cuir rouge. Ensuite venaient les Invincibles en armure noire, dont les boucliers ronds reflétaient la lumière des Tisseurs de Flammes comme autant d'yeux jaunes et luisants.

Un moment, personne ne parla. Puis le duc Paldane cria :

— Si vous voulez vous battre contre nous, nous vous attendons de pied ferme ! Mais si vous espérez trouver refuge à Carris, vous serez déçus. Nous ne nous rendrons sous aucun prétexte.

CHAPITRE XXXIII

RÊVES TERRIENS

En atteignant la dernière marche de l'escalier qui conduisait à sa chambre, Gaborn trébucha dans l'obscurité et s'étala sur le sol de pierre.

Aussi loin qu'il se souvenait, le jeune homme n'était jamais tombé. Né prince chez les Seigneurs des Runes, il avait reçu dès son enfance une agilité de funambule qui le rendait très souple et lui donnait un sens aigu de l'équilibre. Jusque-là, il s'était toujours débrouillé pour retomber sur ses pieds. Ses Dons de Constitution lui avaient permis de travailler sans relâche des nuits durant ; un Don de Vue lui avait permis d'y voir dans la pénombre, et un Don d'Intelligence de se souvenir en détail de tous les châteaux qu'il avait visités.

Il se releva avec difficulté, souhaita bonne nuit à son Diem et se dirigea vers la chambre que Groverman lui avait attribuée.

Un enfant dormait roulé en boule sur le seuil. Gaborn se demanda si c'était un des pages du duc, bien qu'il ne voie pas pourquoi celui-ci lui en aurait envoyé un. Il l'enjamba prudemment pour ne pas le réveiller.

À sa grande surprise, il découvrit Iomé plongée dans un profond sommeil. Cinq chiots se pressaient autour d'elle dans le lit. L'un d'eux leva la tête vers Gaborn et aboya.

Une seule chandelle éclairait la pièce. Elle était posée à côté d'une cuvette remplie d'une eau où flottaient des pétales de rose. Une tenue d'équitation propre reposait sur une chaise. Sur la table, Gaborn aperçut un plateau d'argent chargé de nourriture qui répandait dans l'air une plaisante odeur de viande rôtie, comme si le festin achevé une heure plus tôt n'avait pas suffi. Un petit feu brûlait dans l'âtre.

Gaborn comprit que Jureem était passé par là. Aucun serviteur n'avait jamais anticipé ses désirs de la sorte. L'Indhopalais grassouillet semblait être partout à la fois, bien qu'il ne le vît presque jamais.

Gaborn n'avait guère eu le temps de parler à sa femme. Elle avait l'air aussi fatigué que lui, et il se réjouit qu'elle ait pu s'endormir.

Elle aurait besoin de toutes ses forces dans deux heures, quand ils partiraient pour Fleeds.

Sans se soucier d'ôter ses vêtements sales et sa cotte de mailles, le jeune homme s'allongea près d'Iomé. Celle-ci roula vers lui dans son sommeil, posa un bras sur sa poitrine et se réveilla au contact du métal.

— Est-ce déjà l'heure ? dit-elle d'une voix ensommeillée.

— Pas encore. Repose-toi.

Mais la jeune femme se dressa sur un coude pour le dévisager.

Il ferma les yeux.

— Je suis au courant de ce qui s'est passé à la Tour Bleue, dit Iomé. Tu n'arriveras jamais à tenir le coup si tu ne prends pas d'attributs.

Elle s'était exprimée avec quelque hésitation, car elle savait combien Gaborn répugnait à accepter des Dons.

Le jeune homme secoua la tête.

— Je suis un Seigneur Assermenté, se défendit-il. N'étais-tu pas là quand j'ai prêté serment ?

Ce n'était pas une question rhétorique : la plupart de ses souvenirs et de ses connaissances s'étaient envolés en même temps que ses deux Dons d'Intelligence. Le jeune homme craignait de parler avec Iomé, car il ne se rappelait pas l'avoir demandée en mariage, pas plus qu'il ne pouvait évoquer le visage de sa mère disparue.

— Si… Et je comprends tes raisons de refuser les attributs. Mais bientôt, tu n'auras plus le choix. Je te laisserais utiliser mes chiots si c'était possible. Hélas, ils n'ont pas eu le temps de s'attacher à toi. Ton peuple a besoin que tu sois fort pour le défendre.

Gaborn se rembrunit.

— Mon amour, tu dois accepter des Dons ! insista la jeune femme. Tu ne peux pas y renoncer complètement.

Gaborn avait appris qu'un seigneur doté d'une robuste constitution pouvait l'utiliser pour servir inlassablement son peuple. Prendre des attributs était un acte noble, s'il était motivé par de bonnes intentions.

Pourtant, il n'arrivait pas à se défaire de l'idée que c'était mal. D'abord, parce que ça faisait courir des risques terribles aux Dédiés. Ceux qui consentaient un Don de Force mouraient parfois brutalement car leur cœur était trop faible pour continuer à battre. Ceux qui consentaient un Don d'Intelligence oubliaient comment marcher ou se nourrir. Et ceux qui consentaient un Don de Constitution risquaient de succomber à un simple rhume. En revanche, le transfert d'attributs mineurs tels que la vue ou l'odorat était relativement sûr.

Les Dédiés devenaient incapables de se défendre, donc vulnérables à une attaque extérieure. Gaborn avait vu les pièces aux murs couverts de sang où Borenson avait massacré ceux de Sylvarresta.

Dans sa confusion, il se souvint du dessin qu'il avait

découvert dans le journal de l'Emir de Tuulistan, et des enseignements sacrés de la Salle des Rêves, dans la Maison de la Compréhension. Un homme possédait certaines choses : son corps, sa famille, son honneur. Et même si l'émir n'en parlait pas, il possédait aussi sa force et son intelligence. Prendre les attributs d'un autre pour ne jamais les lui rendre était aux yeux de Gaborn une inacceptable violation de tous ses domaines.

Bien qu'il n'osât pas l'avouer, le jeune homme se sentait plus léger et plus heureux que jamais. Pour la première fois de sa vie, il était délivré de sa culpabilité.

Pour la première fois, il n'était que lui-même.

Le trépas de ses Dédiés le plongeait dans un profond chagrin. Mais malgré la fatigue et la tristesse, il ne portait plus le fardeau de sa culpabilité.

— J'espérais bien y renoncer complètement, répondit-il enfin. Je suis le Roi de la Terre. Cela devrait suffire à soutenir n'importe quel homme.

— Cela suffirait si tu étais seul au monde mais, dans les circonstances présentes, j'en doute fort. Quand tu partiras au combat, tu ne risqueras pas seulement ta vie, mais celle de tes sujets.

— Je sais.

— Tes forceps et ton peuple t'offrent la puissance. Le pouvoir de faire le bien ou le mal. Si tu ne l'acceptes pas, Raj Ahten s'en emparera à ta place.

— Je n'en veux pas.

— Tu le dois ! La culpabilité est le prix à payer pour ton rang.

Gaborn savait qu'Iomé avait raison. Il ne pouvait pas se battre sans attributs.

— Demain, avant notre départ, je prendrai les Dons de mes chiots, continua sa femme. J'ai bien réfléchi, et je ne compte pas m'en tenir là. L'avenir fond sur nous ; nous devons nous porter à sa rencontre. Je vais augmenter mon métabolisme pour me préparer au combat.

Cette idée stupéfia Gaborn. Si Iomé voulait se protéger d'un des Invincibles de Raj Ahten, elle aurait besoin de cinq Dons. Ça signifiait qu'elle vieillirait cinq fois plus vite et mourrait d'ici dix ou douze ans, son métabolisme accéléré ravageant son corps comme un poison.

— Iomé..., souffla Gaborn.

— Ne m'oblige pas à te laisser derrière moi ! supplia la jeune femme. Accompagne-moi ! Vieillis avec moi !

Évidemment, la réponse était là ! Elle ne voulait pas vieillir seule. Tous ceux qui acceptaient plusieurs Dons de Métabolisme étaient coupés des gens qui vivaient à un rythme ordinaire, et souffraient d'un isolement croissant.

Pourtant, Gaborn s'interrogeait. Il savait que sa femme répugnait presque autant que lui à prendre des attributs. N'essayait-elle pas de lui forcer la main en lui faisant faire pour elle ce qu'il refusait de consentir pour lui et pour son peuple ?

— Tu n'as pas besoin d'aller jusque-là. Si tu veux vraiment que je prenne des Dons, j'en prendrai. Mais toi, personne ne t'y oblige. Je le ferai seul.

Iomé lui serra la main et ferma les yeux.

Dans le couloir, le jeune pied-bot s'agitait dans son sommeil.

— Qui est l'enfant endormi sur le pas de notre porte ? demanda Gaborn.

— Un infirme qui a parcouru trente lieues à pied pour venir te voir. Je voulais que tu le choisisses, mais quand tu es passé près de lui ce soir, il a eu peur de t'adresser la parole. Alors, je lui ai demandé de t'attendre ici. Je pensais qu'il pourrait travailler aux chenils de Groverman.

— D'accord, soupira Gaborn.

— Comment ça, d'accord ? s'étonna Iomé. Ne vas-tu pas sonder son cœur d'abord ?

— Il a l'air d'un brave petit, se contenta de dire Gaborn, trop fatigué pour en discuter.

— Aujourd'hui, nous avons sauvé les occupants de Château Sylvarresta. Jusqu'au dernier, à l'exception de Donnor.

— Je sais. Jureem m'a tout raconté. C'est bien.

— C'était dur, souffla Iomé d'une voix de nouveau voilée par le sommeil.

Attendant de s'endormir à son tour, Gaborn utilisa ses perceptions terriennes pour voir comment ses Élus s'en sortaient.

Le seigneur Borenson avait atteint les Monts Hest. Il s'était arrêté et, à l'instar de son maître, attendait l'apparition de la lune pour se remettre en route. Depuis plusieurs heures, Gaborn sentait le danger planer sur son ancien garde du corps, comme s'il se jetait dans la gueule du loup.

Quant aux hommes qui l'accompagnaient… Un peu de l'aura menaçante qui les enveloppait s'était dissipée au moment où Myrrima avait abattu l'Éclat Ténébreux. Mais la mort les pourchassait toujours.

La Terre poussait Gaborn à aller dans le Sud. Elle l'exhortait à se battre. Mais elle lui avait également suggéré d'ordonner à ses messagers de fuir Carris. Comment pouvait-on à la fois attaquer et tourner les talons ?

La Terre le laissait-elle passer à l'action parce qu'il en brûlait d'envie, ou attendait-elle de lui quelque chose qu'il ne comprenait pas ? Ses hommes devaient-ils se sacrifier à une cause qui lui échappait ? Allait-il les conduire à la mort ?

Tous ne succomberaient pas. Mais certains se feraient tuer à Carris… La plupart, sans doute. Et pourtant, la Terre encourageait cette violation de ses vœux. N'avait-il pas juré de protéger ses Élus ? N'avait-il pas laissé Agunter Orwynne battre en retraite parce qu'il craignait pour sa vie, bien qu'il n'ait pas osé le dire ?

Comment les sauver tous ?

Dans le couloir, Gaborn entendit le cliquetis d'une

cotte de mailles et le bruit de bottes ferrées. Mobilisant ses perceptions terriennes, il comprit vite que le chevalier qui approchait ne représentait pas une menace. Comme sa chambre était perchée tout en haut d'une tour, il en déduisit que l'homme était venu le voir et attendit qu'il frappe à sa porte.

Mais son visiteur se contenta de s'asseoir contre le mur en lâchant un gros soupir. Il n'osait pas le déranger.

Malgré sa fatigue, Gaborn se leva, saisit la chandelle et alla ouvrir la porte. Il baissa les yeux sur le jeune pied-bot, dont il sonda brièvement le cœur. Iomé ne s'était pas trompée : c'était un brave garçon. Mais il serait incapable de se battre voire de se défendre.

Gaborn était émotionnellement trop épuisé pour lutter contre ses impulsions.

Il le choisit.

L'homme assis sur le sol, de l'autre côté du couloir, portait les couleurs de Sylvarresta : une tunique noire ornée d'un sanglier d'argent. Un capitaine… Il avait des cheveux noirs et un regard hanté. Une barbe de trois jours mangeait ses joues creusées par la terreur. Gaborn ne le reconnut pas.

— Votre Altesse, dit-il en se levant d'un bond pour saluer.

— Avez-vous un message pour moi ? demanda Gaborn à voix basse pour ne pas réveiller Iomé.

— Non, je…

L'homme s'agenouilla et hésita à tirer son épée. Comme il venait de le faire avec le jeune infirme, Gaborn sonda le fond de son cœur. Il y vit un amour profond pour sa famille et pour les soldats qui servaient sous ses ordres.

— Je te choisis, dit-il. Je te choisis pour la Terre.

— Non, gémit le chevalier.

Quand il leva la tête, des larmes voilaient son regard.

— Si, dit Gaborn, trop las pour discuter.

La plupart des ses Élus semblaient se croire indignes d'une telle faveur.

— Ne me reconnaissez-vous pas ? insista l'homme.

Gaborn secoua la tête.

— Je m'appelle Tempest, Cedrick Tempest. J'étais capitaine de la garde à Longmot, avant sa chute. Je m'y trouvais quand votre père est mort. Quand tout le monde est mort !

Ce nom disait vaguement quelque chose à Gaborn. Mais il avait perdu ses Dons d'Intelligence et n'arrivait pas à situer le visage du capitaine.

— Je vois. Allez vous reposer. Vous semblez en avoir encore plus besoin que moi.

— Je... (Cedrick Tempest baissa les yeux et secoua la tête.) Je ne suis pas venu pour vous demander de me choisir, mais pour me confesser.

— Si vous en avez vraiment besoin, je vous écoute...

— Je suis indigne de porter cet uniforme ! J'ai trahi mon peuple !

— De quelle façon ?

— Quand Longmot est tombé, Raj Ahten a rassemblé les survivants et promis la vie sauve à ceux qui parleraient.

— Je ne vois pas de trahison en votre cœur. Que vous a-t-il demandé ?

— Il cherchait des forceps. Il en avait apporté une grande quantité et il voulait savoir qui les avait emportés et où.

— Que lui avez-vous dit ?

— La vérité : que votre père les avait envoyés dans le Sud avec ses messagers.

Gaborn s'humecta les lèvres, retenant à grand-peine un rire douloureux.

— Dans le Sud ? Avez-vous mentionné la Tour Bleue ?

— Non. J'ignorais leur destination, connaissant seulement la direction qu'ils avaient prise.

Mais Raj Ahten avait dû croire que les forceps voyageaient vers la Tour Bleue. Où le roi de Mystarria aurait-il pu les envoyer ? Si Gaborn avait décidé de les utiliser, la Tour Bleue aurait été la seule forteresse susceptible d'accueillir quarante mille nouveaux Dédiés.

Pourquoi n'ai-je pas compris plus tôt ? Le Seigneur-Loup n'a pas détruit la Tour Bleue pour s'emparer de Mystarria, mais pour me donner une leçon d'humilité !

Gaborn eut un rictus. Son ennemi avait dû faire de sacrés cauchemars, sans jamais se douter que les forceps étaient dans un mausolée, en Heredon.

Cedrick Tempest leva un regard brûlant de colère vers le roi. Il n'aimait pas qu'on se moque de lui.

— Vous ne m'avez pas trahi, le rassura Gaborn. Si mon père a envoyé quelque chose dans le Sud, ce n'étaient pas les forceps. Mais il comptait que quelqu'un se méprenne et lance Raj Ahten sur une fausse piste. En parlant, vous avez bien servi votre roi.

J'aurais dû m'en douter.

Mendellas Draken Orden était un bien meilleur stratège qu'il ne le serait jamais. Depuis qu'il était devenu le Roi de la Terre, Gaborn comptait sur ses pouvoirs pour le protéger. Pourtant, son père lui avait enseigné à utiliser son cerveau, à prévoir les actions de ses adversaires et à parer à toutes les éventualités. S'il avait eu deux sous de jugeote, il aurait fait *centupler* la garde de la Tour Bleue pour tendre un piège à Raj Ahten.

— Dites-moi, fit-il après un instant de silence, êtes-vous le seul à avoir révélé des informations sans importance pour ne pas mourir ?

— Non, Votre Altesse, souffla Tempest en baissant la tête. D'autres en ont fait autant.

Gaborn n'osa pas lui dire que des dizaines de milliers d'hommes étaient morts à cause de son mensonge involontaire. Sans compter les centaines de milliers qui, par contrecoup, périraient peut-être au cours de la bataille à venir. Une telle culpabilité serait un fardeau bien trop lourd.

— Donc, si vous n'aviez pas envoyé Raj Ahten dans le Sud, d'autres s'en seraient chargés ?

— Oui.

— Avez-vous songé que vous auriez mal servi votre roi en vous laissant tuer ?

— La mort aurait été préférable au remords qui me ronge.

— Sans aucun doute. Ceux qui se sont tus ont donc choisi la voie la plus facile ?

Le capitaine n'eut pas l'air convaincu par cette logique.

— Votre Altesse, ma femme a attelé mon cheval à notre chariot pour emmener nos enfants à Groverman. J'ai toujours mon armure et mes armes, et je suis un excellent lancier. Bien que je n'aie plus de Dons, je vous supplie de me laisser vous accompagner dans le Sud.

— Vous ne survivriez pas à la première charge.

— Qu'il en soit ainsi !

— À titre de pénitence, je vous refuse le droit de mourir. J'exige que vous viviez pour me servir ! J'emmène des centaines de chevaliers à la guerre, et la plupart n'en reviendront pas. Je vous demande de rester à Groverman, avec votre femme et vos enfants, afin de les protéger et de former de nouveaux soldats. J'aurai besoin d'un millier de jeunes lanciers.

— Un millier ?

— Davantage, si vous pouvez…

Gaborn savait que sa requête était démesurée. D'ordinaire, un chevalier ne formait pas plus de deux ou trois écuyers au cours de sa vie.

— Je vais transmettre au duc la liste de ce qu'il vous faudra. Je vous fournirai des chiots pour servir de Dédiés, et des forceps pour tous les jeunes gens qui se placeront sous votre commandement.

« Enseignez-leur à manier la lance et à s'occuper des chevaux. Puis arrangez-vous pour que d'autres leur apprennent le tir à l'arc et l'entretien d'une armure. N'acceptez que les plus doués et les plus robustes, car vous aurez six mois pour les former. Je veux qu'ils soient prêts au printemps. C'est à ce moment que les maraudeurs attaqueront.

Gaborn n'aurait pu dire d'où lui venait cette conviction. Les monstres faisaient déjà surface un peu partout, mais tout le monde savait qu'ils ne supportaient pas le froid. Originaires des profondeurs de la terre, ils ne s'aventuraient à l'extérieur qu'en été, et battaient en retraite dans le Monde du Dessous aux premières neiges.

— Six mois, répéta Tempest, abasourdi.

Il n'osa pas dire que c'était impossible, mais son expression était assez éloquente. Gaborn hocha la tête.

— J'espère que ce ne sera pas trop…

— Je vais immédiatement m'atteler à la tâche !

Tempest se releva, salua et s'en fut.

Debout dans le couloir, sa chandelle à la main, Gaborn regarda Iomé. Le lit ne lui avait pas semblé confortable : trop dur ou trop mou, peut-être. Doutant d'arriver à dormir, il eut envie de se promener dans les jardins du duc. L'odeur des plantes le ravigoterait bien davantage que deux malheureuses heures de sommeil.

Il descendit l'escalier à pas de loup et sortit par la porte de derrière.

La lumière des étoiles éclairait à peine son chemin. Dans un coin du jardin se dressait une statue blanche représentant un cavalier à la lance pointée vers le ciel. Les branches d'un saule pleureur lui effleuraient les épaules. À ses pieds, un petit bassin renvoyait le reflet de sa monture.

Gaborn souffla sa chandelle. Il aspira à pleins poumons le parfum de la lavande et de la sauge, de l'anis et du basilic. Le jardin du duc ne pouvait se comparer à celui que Binnesman avait entretenu autrefois à Château Sylvarresta, avant que les Tisseurs de Flammes ne l'incendient. Pourtant, le jeune homme s'en trouva ragaillardi et le cœur plus léger.

Il enleva ses bottes pour sentir la terre froide sous ses pieds nus. Ce contact l'apaisa, détendit ses nerfs et régénéra ses forces vacillantes. Il défit son armure et déboutonna sa chemise, avant de réaliser ce qu'il était en train de faire et de jeter un regard coupable autour de lui. Que penseraient ses sujets s'ils le surprenaient en train de vagabonder tout nu ?

À cet instant, le magicien Binnesman émergea d'un buisson de roses jaunes.

— Je me demandais combien de temps vous alliez mettre, fit-il, satisfait.

— Que voulez-vous dire ?

— Vous êtes un serviteur de la Terre... Vous avez besoin de la toucher autant que de respirer.

— Je... je n'allais pas m'allonger...

— Et pourquoi pas ? ricana Binnesman. Jugez-vous cette couche indigne de vous ?

Le jeune homme ne répondit pas. Malgré son embarras, il devait reconnaître que le mage avait raison : sa peau avait soif du contact de la terre. C'était pour ça qu'il n'avait pas réussi à s'endormir. Il avait besoin d'autre chose pour combattre son épuisement.

— Puisse la Terre te dissimuler, entonna Binnesman. Puisse la Terre te guérir. Puisse la Terre te faire sien.

Il frappa le sol avec son bâton. L'herbe s'écarta, révélant une terre brun foncé gorgée d'humidité.

Gaborn se pencha pour en ramasser un peu et la goûter.

— Le pouvoir de la Terre est très fort ici. C'est pour ça que Heredon Sylvarresta y a construit une forteresse. Il choisissait toujours leur emplacement en fonction de la composition du sol. Une heure de repos dans ce jardin vous régénérera plus sûrement qu'une nuit entière dans un lit.

— Vraiment ?

— Vraiment ! Vous servez la Terre, à présent. Si vous la servez bien, elle vous servira en retour.

Le jeune homme résista à l'envie de s'allonger. Levant les yeux vers Binnesman, il l'étudia sous la pâle clarté des étoiles. Son visage émettait une lueur verdâtre qui n'avait rien d'humain.

— J'ai quelque chose à confesser.

— Je vous aiderai si je peux.

— Je… j'ai menti à mes hommes ce soir. Je leur ai dit que la Terre m'ordonnait de frapper Raj Ahten, mais ce n'est pas tout à fait exact.

— Comment ?

— La Terre m'a averti que beaucoup mourront s'ils ne fuient pas. Pourtant, elle m'autorise à attaquer. Je ne suis pas certain de comprendre ce qu'elle veut.

Binnesman se pencha vers le sol.

— Peut-être vous méprenez-vous. Est-ce la Terre qui désire frapper le Seigneur-Loup, ou vous ?

— Évidemment que je le désire !

— Donc, vous brandissez la bannière de la trêve dans une main et la hache de guerre dans l'autre. Offrez-vous la paix ou la mort ? Comment Raj Ahten pourrait-il vous faire confiance, si vous ne savez pas ce que vous voulez ?

— Vous pensez que je devrais lui proposer la paix ? s'étonna Gaborn. En ignorant l'injonction de la Terre qui me pousse à attaquer ?

— Je pense surtout que vous devez regarder au-delà des illusions. Raj Ahten n'est pas votre ennemi ultime. Vous avez été envoyé pour sauver l'humanité, pas pour la combattre. Tant que vous n'en aurez pas conscience, vous ne pourrez comprendre la volonté de la Terre.

« Les maraudeurs aussi sont une illusion. Vous luttez contre les Puissances invisibles. Qui que vous frappiez, vos adversaires de chair et de sang sont de pâles substituts de votre véritable ennemi.

— Je ne comprends pas, dit Gaborn.

— Tout s'éclairera quand vous atteindrez Carris. La Terre connaît ses ennemis, et elle vous prête sa Vision.

Binnesman avait parlé sur un ton rassurant. Mais, l'air inquiet, il posa une main sur l'épaule du jeune homme.

— J'ai autre chose à vous dire. Je ne veux pas vous offenser, mais j'y ai longuement réfléchi.

— De quoi s'agit-il ?

— Vous êtes décidé à partir à la guerre, n'est-ce pas ?

— En effet.

— Dans ce cas, je me demande si vous comprenez bien votre rôle de Roi de la Terre.

— Je le crois. Je dois choisir les graines de l'humanité et les préserver au cours des temps sombres à venir.

— C'est exact. Mais si grand soit votre désir de vous battre, ce n'est pas à vous de le faire. Ne seriez-vous pas offensé si votre maître des écuries décidait de vous servir à dîner ? Ou si votre valet de chambre s'avisait de rendre la justice à votre place ? Le devoir du Roi de la Terre n'est pas de prendre part à une bataille, mais de l'éviter à tout prix.

Gaborn le savait, et il avait du mal à l'accepter !

— Erden Geboren s'est battu il y a deux mille ans, et il a remporté des victoires décisives !

— C'est vrai. Mais seulement quand il fut acculé, sans possibilité de fuir. Il n'a jamais mis son peuple en danger à la légère.

— Êtes-vous en train de me dire que je dois rester les bras ballants ?

— Non. Étant le Roi de la Terre, vous devez choisir les graines de l'humanité. En tant que Guérisseur de la Terre, il me faut l'aider à se remettre des cataclysmes qui l'attendent. Mais quelqu'un d'autre portera le titre de Champion de la Terre. Vous ne pouvez pas vous en emparer.

— Quelqu'un ? Qui ça ?

— Je parle de ma wylde, bien sûr.

La créature à qui Binnesman avait sacrifié une partie de ses forces vitales avait bondi dans les airs dès sa conception. Bien que les hommes de Gaborn l'aient cherchée dans tout Heredon, personne n'avait signalé sa présence.

— J'ai créé un chevalier vert pour se battre au nom de la Terre, et il se battra une fois que je l'aurai achevé. Une wylde n'existe que pour ça. Elle est bien plus puissante et redoutable que vous ne le serez jamais.

— Êtes-vous certain qu'elle est toujours en vie ?

— Oui. J'ai étudié mes grimoires. Elle est vivante et intelligente. Je suppose qu'elle s'est perdue et qu'elle erre dans la nature. Tant que la Terre conservera ses pouvoirs, elle sera presque impossible à détruire.

— Vous dites qu'elle est encore inachevée. Pourtant, je l'ai vue prendre forme près des Sept Pierres Dressées.

Gaborn se souvenait de la façon dont les brindilles, les feuilles mortes et les cailloux disposés sur le sol par Binnesman avaient donné vie à l'étrange créature, si vite qu'il n'avait pas eu le temps de la voir clairement avant son départ.

— Oh, son enveloppe physique est parfaite, mais je dois la *délier*.

— C'est-à-dire ?

— Considérez-la comme une enfant ignorante et dangereuse qui a besoin d'un parent pour lui enseigner la différence entre le bien et le mal. Quand elle en saura suffisamment, ayant appris à se battre pour une juste cause, je la délierai et lui offrirai son libre arbitre afin qu'elle puisse décider comment affronter les ennemis de la Terre. Alors, elle sera capable de la défendre.

— Vous voulez dire qu'elle n'a pas de volonté propre ? Une marionnette qui attend que vous tiriez sur ses fils ? Dans ce cas, elle repose peut-être sous un buisson, qui sait où ! Nous ne la retrouverons jamais !

— Oh, elle peut se déplacer, le détrompa Binnesman. Mais jusqu'à ce que je la délie, elle doit obéir à mes ordres, ou aux injonctions de ceux qui invoqueront son vrai nom. Ensuite, aucun mortel ne pourra la contrôler.

— Mais elle vous obéira quand même, n'est-ce pas ? insista Gaborn. Eldehar avait créé un cheval de guerre pour le monter pendant la bataille.

Binnesman secoua la tête.

— Il n'aurait pas pu le monter après l'avoir délié. Je ne sais pas comment vous expliquer. La wylde est une créature indépendante, mais elle existe seulement quand elle se nourrit du sang de ses ennemis. Avec ou sans moi, elle doit se battre. On ne peut la retenir. Il faut lui permettre de rester sauvage, aussi dangereuse et incontrôlable que le plus vicieux des loups. Elle n'est pas un animal, mais un concept créé par la Terre pour lequel nous n'avons pas de mots.

Serrant son bâton à deux mains, le magicien leva les yeux vers le ciel et répéta :

— Vous ne devez pas prendre part au combat. Ce n'est pas votre domaine. Je me demande si ce n'est pas la colère qui vous pousse…

Gaborn le fixa d'un air serein.

— La Terre ne connaît pas la colère. C'est un appel au secours qu'elle m'adresse. « Frappe, me supplie-t-elle. Frappe avant qu'il ne soit trop tard ! »

— Très bien. Je vous crois. Puisque vous devez absolument frapper, prenez garde à bien choisir votre cible.

— Je suis le Roi de la Terre. Je lui obéirai en tout.

— Parfait, dit Binnesman. Je n'en espérais pas davantage. À présent, vous devez vous reposer, Votre Altesse.

Gaborn était mortellement las. Il ôta ses hauts-dechausse et s'allongea nu sur le sol. Celui-ci lui parut étonnamment tiède, comme s'il avait emmagasiné la chaleur de la journée.

Binnesman agita son bâton ; la terre recouvrit Gaborn.

Gaborn avait fermé les yeux. De minute en minute, il sentait la tension de ses muscles s'évanouir.

Au début, il avait eu peur d'étouffer. Après avoir retenu son souffle aussi longtemps que possible, il s'était aperçu qu'il n'avait pas besoin de respirer. Même ses poumons se reposaient. L'humus tiède s'introduisait dans ses oreilles, se pressait sur sa poitrine et son visage et remplissait les espaces entre ses doigts et ses orteils.

Il ne tarda pas à s'endormir. Dans son sommeil, il rêva qu'il était un lièvre femelle sur la route de Château Sylvarresta. Une hase qui fuyait un danger inconnu pour regagner la sécurité de son terrier. Il traversa un buisson de mûres sauvages, puis s'enfonça dans les ténèbres, d'où montait l'odeur de ses petits. Pantelant, il s'allongea sur le flanc pour laisser les quatre lapereaux téter ses mamelles gonflées de lait.

Alors qu'il reprenait son souffle, la voix de Binnesman résonna à l'extérieur du terrier. Ses longues oreilles aplaties sur son crâne frémirent.

— La Terre nous parle, à vous et à moi, déclara le magicien.

Gaborn s'entendit demander :

— Que dit-elle ?

— Je ne le sais pas encore, avoua Binnesman en se grattant la barbe. Mais c'est ainsi qu'elle s'adresse généralement à moi : à travers l'agitation des lapins et des souris, dans le vol erratique ou les cris des oiseaux. À présent, elle s'adresse à vous aussi. Votre pouvoir ne cesse de grandir.

Puis les chevaux s'éloignèrent, et la hase put reposer

en paix dans son terrier. Elle ferma les yeux, savourant la succion de ses petits. Puis elle s'inquiéta d'une puce qui était en train de lui piquer la patte avant.

Les hommes sont idiots de ne pas écouter la voix de la Terre, songea-t-elle.

Dans son rêve, Gaborn rampait dans la forêt comme un serpent. Il sentait les écailles lisses de son ventre glisser sur la terre aussi aisément que si elle avait été de la glace.

Dardant sa langue fourchue pour goûter l'air, il sentit de la chaleur droit devant. Un lièvre ! Il s'immobilisa un instant pour profiter des derniers rayons du soleil automnal. Devant lui, rien ne bougeait.

Il se faufila parmi les feuilles de chêne mortes jusqu'à ce qu'il aperçoive l'entrée d'un terrier sombre et accueillant. Sa langue lui transmit l'odeur des lapereaux qui s'y tapissaient. En pleine journée, ils devaient dormir.

Le serpent ondula vers eux.

Au-dessus de lui, il entendit le magicien Binnesman qui affirmait :

— La Terre nous parle, à vous et à moi.

Et la propre voix de Gaborn demanda :

— Que dit-elle ?

— Je ne le sais pas encore, avoua Binnesman en se grattant la barbe. Mais c'est ainsi qu'elle s'adresse généralement à moi : à travers l'agitation des lapins et des souris, dans le vol erratique ou les cris des oiseaux. À présent, elle s'adresse à vous aussi. Votre pouvoir ne cesse de grandir.

— Pourtant, je n'entends pas la Terre. Et j'aimerais tellement…

— Il vous serait peut-être utile d'avoir des oreilles plus longues, suggéra Binnesman, ou de les coller sur le sol.

— Mais bien sûr ! C'est exactement ce que je vais faire !

À l'entrée du terrier, Gaborn se concentra, mobilisant sa volonté pour entendre la voix de la Terre. Il darda de nouveau sa langue fourchue, goûtant l'odeur des lapereaux, tout près de lui.

Dans son rêve, Gaborn arpentait un champ fraîchement retourné. Les mottes de terre humide avaient été brisées à la pioche puis ratissées. L'odeur caractéristique qui précède les averses printanières planait dans l'air.

Bien que ses muscles soient douloureux d'avoir travaillé pendant de longues heures, le jeune homme continua à marcher, creusant des trous avec la pointe de son bâton. Dans chacun, il laissait tomber une grosse graine avant de la recouvrir du bout du pied.

Le visage baigné de sueur, il travaillait sans penser à rien quand une voix retentit non loin de lui.

— Salutations.

Gaborn se retourna. Sur un côté du champ se dressait un muret de pierre couvert de volubilis et de plants de petits pois. La Terre l'attendait là et elle avait pris l'apparence du père de Gaborn. Mais le jeune homme s'aperçut que sa silhouette était faite de sable, d'argile, de brindilles et de feuilles plutôt que de chair.

— Salutations. J'espérais vous revoir.

— Je suis toujours là. Regarde tes pieds et tu me trouveras toujours.

Gaborn continua à avancer, semant les graines qu'il tirait de sa poche.

— Tu n'arrives pas à te décider, dit la Terre. Tu ignores si tu dois être le lièvre ou le serpent, le chasseur ou la proie.

— Ne suis-je pas les deux ?

— En effet. La vie et la mort. L'ennemi et le protecteur.

Mal à l'aise, Gaborn regarda autour de lui. La Terre lui était déjà apparue dans le jardin de Binnesman. Le magicien était là pour traduire ses paroles quand elle avait pris la forme de Raj Ahten pour s'adresser à lui.

Cette fois, il n'aurait pas besoin d'intermédiaire : il comprenait ses propos aussi facilement que si elle eût été un de ses voisins l'interpellant depuis le pas de sa porte.

Je dois être en train de rêver, se dit le jeune homme.

Autour de lui, le sol grondait ; le vent agitait les feuilles des chênes, et il distinguait clairement les mots formés par la Terre.

— Quelle différence y a-t-il entre la veille et le rêve ? Je ne comprends pas. Tu écoutes et tu entends.

— Quel message m'apportez-vous ? demanda Gaborn, qui avait désespérément besoin de l'aide de la Terre.

Il se posait tant de questions dont personne n'avait la réponse… Devait-il ordonner à son peuple de fuir Raj Ahten ou d'attaquer ? Comment pouvait-il servir la Terre de son mieux ? Devait-il accepter des Dons humains ?

— Je n'ai aucun message, dit la Terre. Tu m'as appelée, et me voici.

Gaborn n'arrivait pas à y croire. Elle devait bien avoir quelque chose d'important à lui révéler…

— Je… Vous m'avez donné des pouvoirs, mais j'ignore comment m'en servir.

— Je ne comprends pas. De quels pouvoirs parles-tu ?

— La Vision Terrienne. Le choix.

— Ce sont mes pouvoirs, pas les tiens. Je ne te les ai jamais donnés.

— Pourtant, j'y ai recours !

— Tu me sers, et je te sers en retour. Mais tu ne détiens aucun pouvoir, sauf si je te laisse utiliser les miens.

Gaborn étudia l'image de son père, un quadragénaire distingué à la mâchoire et aux épaules larges.

— Je vois. Vous ne m'avez donné aucun pouvoir, vous me les avez seulement prêtés.

La Terre parut réfléchir un moment, comme si elle s'interrogeait sur la pertinence de ce verbe.

— Sers-moi, et je te servirai en retour, répéta-t-elle.

Gaborn comprit alors qu'il se trompait. Elle ne lui prêtait rien du tout : elle souhaitait qu'il la serve, et quand il le faisait, elle le récompensait, lui conférant les pouvoirs nécessaires pour qu'il continue.

— Tu es en train de planter les graines de l'humanité. Tu m'as souvent demandé comment les préserver toutes. Je ne comprends pas.

— Je veux les sauver !

— Tous les grains de blé que tu sèmes sont-ils destinés à germer ? N'en restera-t-il aucun pour remplir l'estomac du bétail et des souris, ou pour pourrir au soleil ? Veux-tu que le monde soit couvert de champs de blé ?

— Non.

— Dans ce cas, tu dois accepter la fatalité. La vie et la mort ne sont qu'une seule et même chose. Beaucoup mourront, peu survivront. La Moisson des Âmes dépend de toi. *Nous* n'avons pas le pouvoir de sauver toutes les graines de l'humanité. *Tu* as seulement le pouvoir d'en choisir quelques-unes.

— Je sais, soupira Gaborn. Mais plus je pourrai en préserver…

— Dérobe-toi à moi, et je me déroberai à toi, chuchota la Terre.

— Ce n'est pas ce que je voulais dire, se défendit Gaborn. Ni ce que j'essaye de faire.

— Regarde les graines que tu tiens dans ta main. Veux-tu en planter des vivantes ou des mortes ?

Le jeune homme dévisagea la Terre. Il n'avait pas encore examiné les graines, ni fait attention à leur forme ou à leur poids. À présent, il les sentait s'agiter entre ses doigts.

Certaines d'entre elles, corrigea-t-il.

Il ouvrit la main pour les observer. Des dizaines de minuscules embryons bruns ou roses comme ceux des souris reposaient sur sa paume. Quelques-uns avaient déjà des membres et un visage. Il identifia celui aux cheveux roux qui se débattait : Borenson. Le plus beau d'entre tous, qui avait cessé de remuer, était comme Raj Ahten.

Creusant un trou avec son bâton, Gaborn se demanda lequel il devait faire tomber dans l'humus. Quand il leva les yeux vers la Terre pour lui demander son avis, il s'avisa que le soleil venait de se coucher. Le temps des semailles était passé ; Gaborn n'y voyait plus.

Gaborn sortit de la tombe peu profonde où il avait dormi. Assis sous la lumière des étoiles, le cœur battant à tout rompre, il chercha Binnesman du regard. Mais le magicien n'était plus dans le jardin.

Le jeune homme avait l'impression que la Terre venait de le mettre en garde contre un risque d'échec. Mais lequel ? Elle lui avait accordé le pouvoir de choisir ; il l'avait accepté avec gratitude et utilisé de son mieux. Se pouvait-il qu'il en ait usé trop libéralement ? En manquant de sagesse ou de clairvoyance ?

Une semaine plus tôt, à Château Sylvarresta, Gaborn avait accepté de sélectionner les graines d'humanité à préserver au cours des temps sombres à venir. Mais il aimait son peuple et ne pouvait se résoudre à perdre ne serait-ce qu'un homme. La Terre lui semblait froide, dure, dénuée de compassion au point d'en devenir cruelle. « *Choisis*, lui avait-elle ordonné. *Peu m'importe comment. La vie et la mort ne sont qu'une seule et même chose.* »

Choisir certains de ses sujets et les sauver, voilà la

tâche qu'elle lui avait confiée. Rien de moins, rien de plus. Ça avait l'air simple, et c'était pourtant impossible. Sur quels critères devait-il fonder sa sélection ? La Terre voulait-elle qu'il rejette les bébés, les infirmes et les vieillards parce qu'ils étaient incapables de se défendre ? Devait-il laisser mourir un brave homme parce qu'un scélérat ferait un meilleur guerrier ?

Comment Gaborn pouvait-il choisir ?

J'ai menti à mes sujets. J'ai dit à des milliers d'individus que je les protégerais, et au fond de mon cœur, je le souhaitais vraiment. Mais je n'en ai pas le pouvoir.

Cette idée le remplissait d'appréhension et de terreur. Il ne pouvait pas tous les sauver. Au combat, il devrait sans doute décider de laisser mourir un homme afin que trois autres vivent. Comment y parviendrait-il en toute bonne conscience ? Quelle logique le guiderait ?

Pourrait-il laisser mourir Iomé ? S'il devait sacrifier un millier d'hommes pour la sauver, cela en vaudrait-il la peine ? Et même s'il estimait que oui, sa femme l'en remercierait-elle, ou le maudirait-elle ?

Que lui avait donc dit Binnesman la veille, au sujet d'Erden Geboren ? Que son cadavre ne portait aucune blessure : il était mort quand son cœur s'était brisé dans sa poitrine. Désormais, Gaborn comprenait qu'une telle chose était possible. La Terre l'avait choisi pour être son roi parce qu'il avait une conscience. Mais réussirait-il à la préserver s'il lui obéissait ?

Le jeune homme réfléchit à ce qui s'était passé au cours de cette journée. Il avait essayé de sauver Theovald Orwynne. Celui-ci l'avait défié, ignorant son avertissement pour se jeter sur l'Éclat Ténébreux. Pendant ce temps, Iomé et Jureem avaient failli périr à Château Sylvarresta en secourant ceux qui refusaient de s'enfuir comme Gaborn le leur avait ordonné.

Je peux les choisir, mais ça ne signifie pas qu'ils me

choisiront. J'essaye de les sauver, mais ça ne veut pas dire qu'ils essayeront de se sauver eux-mêmes.

Il décida que ce serait son premier critère de sélection : il choisirait ceux qui écouteraient sa voix et abandonnerait les autres à leur sort.

Gaborn se releva et récupéra ses vêtements et son armure dans un buisson de lavande. Du plat de la main, il s'épousseta avant de se rhabiller.

Quand il regagna sa chambre, Iomé était en train de se préparer.

Bien que ses étranges rêves l'aient perturbé, Gaborn ne s'était jamais senti en meilleure forme de sa vie.

LIVRE HUITIÈME

PREMIER JOUR DU MOIS DES FEUILLES

UN JOUR DE DÉSOLATION

CHAPITRE XXXIV

ANDERS

Des années d'inquiétude avaient rongé le corps et l'esprit du roi Anders. À présent, sa chair flasque pendouillait sur sa haute carcasse.

Pourtant, alors qu'il reposait dans son lit, il n'éprouvait aucune crainte. Le calme coulait dans ses veines comme l'eau pure d'un torrent de montagne. Le monde était sur le point de changer.

Anders poussa les couvertures, ôta sa chemise de nuit et se dressa complètement nu au milieu de la pièce. Ses appartements étaient au dernier étage du donjon, et toutes les fenêtres étaient ouvertes, y compris celle qui donnait sur le balcon. Une brise fraîche et vivifiante s'engouffrait dans la pièce en agitant les rideaux.

La femme d'Anders tendit une main et tâta son oreiller comme si elle le cherchait. Il repoussa une mèche de cheveux noirs qui lui barrait le visage et souffla : « Dors. » Aussitôt, son corps se détendit et elle sombra dans un profond sommeil.

Une bourrasque fit claquer les tentures et tourbillonna dans la pièce. Bien que le vent soit invisible, ses mouvements étaient palpables. Anders ouvrit grand les bras pour l'accueillir, sentant qu'il l'enveloppait, caressant tout son corps. Grisé par cette sensation délicieuse, il se laissa porter jusqu'au balcon où des gargouilles couvertes de lichen rouge, jaune et vert observaient la cour, deux cents pieds en contrebas.

D'un bond, Anders se percha sur le merlon le plus proche, vacilla un instant et reprit son équilibre. Levant les yeux vers le ciel nocturne, il ne fut pas surpris de voir trois étoiles filantes le traverser l'une à la suite de l'autre. C'était un signe, il en avait la certitude, mais de quoi ? Même s'il l'ignorait, Anders se sentit réconforté par ce spectacle tant attendu.

À cette hauteur, le vent soufflait plus fort que dans les rues endormies, obscures et désertes de la cité. Il hérissait tous les poils d'Anders, faisait durcir ses mamelons, le malmenait avec une aimable rudesse...

Éprouvant une excitation qu'il ne s'expliquait pas, le roi entreprit de faire le tour de son donjon en sautant d'un merlon à l'autre. Si quelqu'un le surprenait, il passerait pour un fou. Les gardes auraient été stupéfaits de le voir bondir dans le noir, nu et risquant une chute fatale à chaque instant. Mais il s'en moquait.

Les sensations avaient une logique propre. Anders se réjouissait de braver la mort. Depuis des années, il se laissait consumer par l'inquiétude. Mais au cours des derniers mois, il avait peu à peu surmonté ses craintes.

Il accéléra. Pour un Seigneur des Runes ayant des Dons de Force, d'Agilité et de Métabolisme, sauter d'un merlon à un autre n'était pas un exploit. Mais en courant, Anders sentit le danger. Ses pieds nus glissaient parfois sur le lichen... à moins que son élan ne le fasse atterrir un peu trop près du bord.

Plonger, songeait-il en ces instants. *Se laisser emporter par le vent...*

Son désir était si impérieux qu'il ne put le contrôler plus longtemps. Bondissant sur le dos d'une gargouille, il se jeta du haut de son donjon.

Aussitôt, il tomba comme une pierre, ses jambes s'agitant encore, ses bras tendus telles les ailes d'un aigle, ses yeux à demi clos par l'extase.

Puis il comprit.

Et alors ? songea-t-il. *Je vais mourir, la belle affaire !*

Avoir goûté le souffle de l'Air en valait la peine. Jamais il ne s'était senti aussi vivant.

En tombant, il porta son regard vers l'ouest. Le vent qui faisait onduler les champs avançait à sa rencontre.

Le roi Anders ferma les yeux et se prépara à affronter sa fin.

Il n'était plus qu'à six pieds du sol quand le vent le rattrapa, s'enroula autour de lui pour le soulever, caressa ses cheveux et sa peau.

Anders ouvrit les yeux.

Une véritable tornade était en train de se former devant lui. Mais sa base restait immobile, et, au lieu de rugir sa fureur, elle soufflait aussi paisiblement qu'un bébé endormi, soulevant en silence la poussière qui jonchait le sol. À travers, Anders distinguait les étoiles pareilles à autant d'yeux lumineux.

De ses mains de vent, l'élémental d'air souleva le roi au-dessus de sa tête.

Depuis des mois, Anders rêvait de cette possibilité sans y croire vraiment.

— Enchanté de faire votre connaissance, dit-il en éclatant de rire.

CHAPITRE XXXV

LA NOURRITURE QUI APAISE LA FAIM

De ses doigts désormais recourbés, Averan se fraya un chemin hors de sa tombe. La nuit s'était abattue sur le village. Son estomac gargouillait, mais une douleur plus pernicieuse que la faim lui tordait les entrailles.

Quand elle avait trois ans, le roi, ayant décidé qu'elle deviendrait une cavalière du ciel, lui avait fait prendre un Don de Force, un de Constitution et un d'Intelligence. La fillette s'était de tout temps sentie robuste et infatigable et avait toujours eu une excellente mémoire. À présent, bien qu'elle vînt juste d'émerger de son sommeil, une faiblesse physique et mentale l'assaillait. Il lui semblait que son esprit était enveloppé dans du coton.

Je ne suis plus qu'une manante. Quelqu'un a tué mes Dédiés pendant que je dormais.

Ça avait dû être horrible. Averan avait souvent survolé la Tour Bleue alors qu'elle allait porter un message à la Cour des Marées. L'énorme forteresse qui se dressait au milieu de l'océan lui avait toujours paru imprenable. Elle n'arrivait pas à concevoir que quelqu'un s'en soit emparé.

Pourtant, au fond de son cœur, la fillette savait que cela avait fini par se produire. Elle éprouvait un sentiment de solitude plus fort que quand elle avait dû abandonner Brand et ses compagnons de Fort Haberd.

Elle avait neuf ans, et sa vie était déjà finie.

Je ne suis plus qu'une enfant ordinaire. Je ne monterai plus jamais de graak.

Privée de ses Dons, il lui semblait n'avoir plus d'avenir. Un instant, elle fut tentée de se recroqueviller sur le sol en pleurant ; puis elle se souvint de ce que Brand lui avait dit un jour : « *Il n'est pas facile de chevaucher un graak. Si tu tombes, la première chose à faire est de t'assurer que tu n'as rien de cassé. Et même si c'est le cas, il te faudra peut-être remonter en selle pour voler jusqu'à un abri. Si tu en es incapable, tu ne deviendras jamais une cavalière du ciel.* »

Averan était tombée de son graak une bonne douzaine de fois, à l'atterrissage. Elle s'était toujours relevée. Alors, malgré son chagrin et sa peur, elle se contenta de se mordre la lèvre en regardant autour d'elle.

Le village obscur et désert avait bien changé depuis le matin. Les noyers qui bordaient la route évoquaient de sinistres vieillards, et Averan s'inquiéta de ce qui pouvait se dissimuler dans leur ombre. Les chaumières rappelaient des mausolées sous la lumière des étoiles.

La fillette se releva. L'air était chargé d'humidité et le vent balayait le sol. Elle enfila ses vêtements. Derrière elle, la femme verte s'extirpa à son tour de la tombe.

— Du sang ?

— J'ignore où tu pourrais en trouver, répondit Averan, et tu ne peux pas avoir le mien. Cherchons plutôt quelque chose à manger.

Elle aida sa compagne à enfiler la cape en peau d'ours que lui avait laissée Roland, puis fouilla le jardin en quête de nourriture.

Ne t'inquiète pas d'avoir perdu tes Dons, se morigéna-t-elle en se mettant à genoux. *Pense plutôt que tu as eu de la chance : après tout, ce n'est pas toi qu'on a tué.*

Les propriétaires du jardin avaient récolté leurs légumes avant de s'enfuir. Dans leur hâte, ils en avaient oublié quelques-uns. Un peu plus tôt, Averan avait aperçu quelques carottes et une poignée de navets, sans compter les grappes de raisin encore pendues à la vigne qui grimpait le long du muret de pierre.

Si elle restait dans le village, la fillette découvrirait de quoi les nourrir toutes les deux pendant quelques jours. Il devait rester des pommes, des poires et des prunes au pied des arbres fruitiers.

À genoux dans la terre fraîchement retournée, Averan chercha des fanes. Sa main effleura les feuilles d'une carotte, mais elle n'eut pas besoin de la déterrer pour savoir qu'elle serait trop petite et amère.

Un peu plus tard, elle ressentit le besoin de creuser à un endroit où aucune fane ne dépassait. À quelques pouces de la surface, elle découvrit une énorme carotte que quelqu'un avait dû essayer d'arracher, renonçant quand les feuilles lui étaient restées dans les mains. Averan dégagea le légume aussi long que son avant-bras et se demanda comment elle avait su qu'il était là.

La femme verte observait le ciel d'un air craintif. Chaque fois qu'une rafale de vent la déséquilibrait, elle hoquetait de surprise et pivotait brusquement, comme si elle croyait qu'un adversaire invisible venait de la pousser dans le dos.

Averan lui montra sa découverte.

— Carotte, dit-elle. Carotte. Ça a bon goût comme le sang. Mais ça ne fuit pas quand tu essayes de manger.

Elle brandit le légume pour le montrer à la femme verte, puis y mordit à belles dents sans se soucier de la terre qui le maculait. Au lieu de la recracher, elle savoura ce goût sur sa langue.

Puis elle tendit la carotte à la femme verte, qui en

croqua un bout et s'accroupit pour le mâchonner pensivement, comme un chiot qui vient de découvrir sa première chaussure.

Averan eut bientôt englouti la carotte. Les yeux fermés, elle recommença à tâtonner. Il lui fallut quelques instants pour dénicher un second légume aussi gros que le précédent. Quand elle se tourna vers la femme verte, elle vit qu'elle était en train d'en déterrer un.

Il est normal que nous puissions les trouver, songea-t-elle. *Nous sommes des créatures de la Terre à présent. Et la Terre sait où sont cachés ses trésors. Tous « les fruits de la forêt et des champs » nous appartiennent.*

Quelque chose d'étrange se produisait. Bien qu'elle ait perdu ses Dons, la fillette avait gagné autre chose.

Non, je ne suis pas une manante. Pas avec le sang vert qui coule dans mes veines.

Elle ajouta quelques navets à son butin, puis se dirigea vers les arbres qui bordaient la maison et découvrit des figues dissimulées dans les hautes herbes, à l'abri du regard des propriétaires.

Quand elle eut assez mangé, elle conduisit la femme verte au grand bâtiment qui se dressait au centre du village : sans doute un entrepôt ou un marché couvert. Ses portes assez larges pour laisser passer deux charrettes de front étaient ouvertes.

Averan risqua un coup d'œil prudent. Elle ne vit rien mais, presque aussitôt, des cris et des sifflements désespérés lui révélèrent la présence de ferrins. Une vingtaine de petites créatures mi-humanoïdes, mi-rongeurs sortirent du bâtiment comme si elles craignaient que la fillette ne veuille les tuer.

L'une d'elles trébucha sur le pied d'Averan et roula cul par-dessus tête, laissant tomber les croûtes de pain qu'elle portait dans un chiffon. Averan aurait pu la chasser d'un coup de pied. Mais bien qu'elle n'aimât guère les ferrins, elle ne leur voulait pas de mal.

— S'ils étaient ici, c'est que l'endroit doit être sûr, dit-elle à la femme verte.

— S'ils étaient ici, c'est que l'endroit doit être sûr, répéta docilement la créature.

Averan entra. Des pigeons roucoulaient bruyamment sur les poutres.

— Je parie que les ferrins espéraient se les mettre sous la dent, dit Averan. (La lumière des étoiles éclairait un petit tas de plumes, sur le sol.) On dirait qu'ils en ont eu un…

La femme verte renifla les restes de l'oiseau.

— Du sang, oui ? demanda-t-elle, pleine d'espoir.

— À ta place, je n'y toucherais pas, répondit Averan. Du sang, non.

La créature eut une moue boudeuse. Elle s'accroupit et entreprit de ronger un navet. Pendant ce temps, la fillette, assise près d'elle, se demandait ce qu'elle pourrait bien faire de sa vie. Tout ce qu'elle savait, c'est qu'elle voulait aller au nord.

Fermant les yeux, elle se remémora les cartes qu'elle avait si souvent examinées dans l'aire des graaks. Elle sentait le Roi de la Terre ; il brillait comme une énorme gemme verte. Mais quand elle chercha à le localiser, elle eut un hoquet de surprise.

— Il se dirige vers nous. Il a déjà parcouru un long chemin…

Averan tenta de manger des champignons, mais bien qu'ils fussent frais et qu'ils eussent un goût de noisette, ils n'apaisèrent pas son estomac. Elle avait besoin d'autre chose. À l'exception du quignon de pain rassis que le baron Gros-Bidon lui avait concédé la veille au soir, elle n'avait rien mangé depuis deux jours.

Averan grignota une figue. Un bon steak bien juteux, voilà ce qu'il lui fallait !

Plongeant la main dans sa bourse, elle en sortit son peigne et entreprit de démêler ses cheveux pleins de terre. La femme verte l'observa avec une curiosité non dissimulée. Quand la fillette eut terminé, elle s'approcha d'elle.

— Peigne, articula-t-elle en le lui agitant sous le nez. Je vais coiffer tes cheveux.

— Mes cheveux, dit la femme verte.

Averan se sentit très fière d'elle. Elle ne se contentait plus de répéter bêtement ; elle était capable de faire la différence entre « le mien » et « le tien ».

— Tu es très intelligente. Maître Brand avait une corneille qui parlait, mais elle est morte. Et quoi qu'en dise le baron Plein-de-Soupe, tu es bien plus futée qu'un oiseau.

— Je est très intelligente, dit la femme verte.

Averan tenta de lui démêler les cheveux. Mais elle ne cessait de tourner la tête pour observer le peigne.

— Tiens-toi tranquille ! Je crois qu'on devrait te trouver un nom. Moi, je m'appelle Averan. Roland s'appelle Roland, et le baron Poll s'appelle le baron Poll, même si je lui donne des sobriquets pas très flatteurs. Tout le monde a un nom. Tu n'en voudrais pas un ?

— Quel… nom ?

Averan se demanda si elle avait vraiment compris la question. Ça paraissait impossible.

— Je ne sais pas trop. Verte, comme ta peau ? suggéra-t-elle.

Quand elle était petite, elle jouait souvent avec une petite appelée Automne Brun qui vivait à Fort Haberd. Automne avait un chat blanc baptisé Blanchet et un chien roux nommé Rouge. Mais Averan trouvait stupide et peu imaginatif de désigner les choses par leur couleur.

— Olive ou Émeraude, ça te plairait ? Je connais une femme appelée Émeraude. Mais tu es bien plus jolie qu'elle.

La créature répéta chaque nom, l'air peu convaincu.

— Épinard ? lança Averan pour rire.

— Épinard ?

— C'est une plante, un genre de laitue.

Averan finit de démêler les cheveux de sa compagne, qui n'avait pas protesté une fois, même quand elle avait été obligée de tirer sur les nœuds.

— Là, j'ai terminé. Ne t'inquiète pas, nous te trouverons un nom qui sonne vrai.

La femme verte lui saisit la main.

— Vrai nom ? demanda-t-elle sur un ton étrange, comme si elle venait de se rappeler quelque chose. Vrai nom ?

Les créatures magiques avaient toutes un vrai nom qui ne devait jamais être prononcé en public, de peur qu'il ne tombe dans une oreille ennemie.

— Oui, vrai nom. Mon vrai nom est Averan. Le tien est… ?

— Lève-toi de la poussière, mon champion, et habille-toi de chair ! récita la femme verte. J'appelle ton nom, Inique Messager, Juste Destructeur !

Averan recula. Le ton de la femme verte et son attitude avaient changé si radicalement qu'on eût dit qu'une autre personne s'exprimait à sa place. La fillette comprit qu'elle répétait des paroles qu'elle avait entendues. Si elle avait eu un doute sur les origines de la femme verte, elle était maintenant certaine qu'un magicien l'avait invoquée.

Averan s'approcha pour caresser les cheveux de la créature. Son vrai nom ne lui disait rien qui vaille : Inique Messager, Juste Destructeur. Pourquoi « inique », et qu'était-elle censée détruire ?

— C'est un très joli nom, mais on devrait t'en trouver un plus court. À partir de maintenant, je t'appellerai Printemps. Oui, Printemps !

Une rafale fit voler la poussière, et une des portes battit en grinçant sur ses gonds. Averan ne s'était pas aperçue qu'il y avait une cheminée ; elle sursauta quand le vent s'y engouffra en gémissant. La femme verte bondit sur ses pieds et poussa un cri où se mêlaient la colère et la terreur.

— Ce n'est que le vent, dit Averan d'une voix apaisante. Il ne te fera pas de mal. Mais une tempête approche.

— Le vent ? répéta la femme verte. Le vent ?

Elle battit en retraite et alla se pelotonner dans un coin.

— Brave fille, la félicita Averan. C'est une bonne cachette. Le vent ne nous trouvera pas ici.

Elle enlaça la puissante créature qui, malgré ses muscles d'acier, tremblait de tous ses membres.

Averan n'avait rien à faire et nulle part où aller. Serrant la femme verte contre elle, elle fredonna une berceuse que lui chantait sa mère quand elle était petite.

Le vent se déchaîne ce soir,
Il secoue les branches dans le noir.
Ne tremble pas devant lui ;
Ce n'est que le vent mon enfant, bonne nuit.

La femme verte ne s'endormit pas. Averan se sentant plus affamée que fatiguée, elle lui tint compagnie et lui raconta des histoires pour la distraire et l'apaiser.

Quelques heures avant l'aube, la femme verte posa une main sur la bouche d'Averan pour lui ordonner de se taire. Tous ses muscles se tendirent alors qu'elle se levait et reniflait l'air.

— Du sang, oui, chuchota-t-elle avec délice.

Le cœur d'Averan battit la chamade.

Les hommes de Raj Ahten sont dehors. Printemps sent des Invincibles.

Elle promena un regard paniqué autour d'elle, mais l'immense bâtiment vide n'offrait aucune cachette : juste un abri contre le vent.

Mais de solides poutres de chêne barraient les piliers

qui soutenaient le toit, formant une sorte d'échelle qui menait sous les combles où nichaient les pigeons.

Si un ferrin peut y grimper dans le noir, je dois en être capable.

Elle approcha du mur, posa les mains sur la poutre la plus basse, qui lui arrivait au niveau de la poitrine, et s'y hissa avec agilité. Mais sans son Don de Force, elle ne tarda pas à fatiguer. L'escalade était difficile, avec les nids de guêpes cachés dans les poutres, les toiles d'araignée tendues entre elles et les échardes qui les constellaient. Averan avait peur de se faire piquer ou de se couper, mais plus encore de perdre l'équilibre et de tomber.

En moins d'une minute, elle eut atteint le toit du bâtiment, trente pieds au-dessus du sol. La lumière des étoiles ne parvenait pas jusque-là. Elle se sentait en sécurité dans le noir total.

— Printemps, chuchota-t-elle. Monte me rejoindre.

La femme verte restait accroupie, comme un félin s'apprêtant à bondir. Si elle avait compris l'avertissement d'Averan, elle ne le montra pas.

Elle semblait prête à se mettre en chasse et la fillette s'en effraya.

Jusqu'où allait sa résistance ? Certes, elle était tombée du ciel et avait survécu à sa chute. Mais elle saignait quand même. Si elle affrontait un Invincible de Raj Ahten, aurait-elle une chance ? Et si elle se retrouvait face à un bataillon ? Elle était peut-être robuste, mais elle ne pouvait pas se battre aussi bien qu'un guerrier ayant des Dons de Métabolisme. Contre un adversaire trop rapide, elle ne tiendrait pas plus de quelques secondes.

— Printemps, je t'en supplie ! Monte te cacher ! chuchota encore Averan.

La femme verte ne bougea pas.

— Du sang, oui, feula-t-elle.

Ces mots mirent l'eau à la bouche d'Averan. Depuis

la veille, elle mourait d'envie de goûter du sang. Bien qu'elle eût l'estomac plein de carottes et de navets, elle songea au cadavre de l'assassin en espérant que la femme verte tuerait quelqu'un.

Non. Je n'espère rien de tel ! Et je ne veux pas boire de sang.

— Printemps, monte immédiatement !

Un son à glacer les sangs résonna à l'extérieur du bâtiment : un sifflement plus grave que celui d'un serpent à sonnettes. Averan l'avait déjà entendu une fois. C'était le son que produisait l'air expulsé par les replis chitineux de l'abdomen d'un maraudeur. La veille, il était dix mille fois plus fort quand elle avait survolé les assaillants de Fort Haberd à basse altitude.

Il a dû me suivre depuis le début, pensa Averan.

Puis elle comprit que c'était impossible, car elle avait fait le plus gros du chemin sur le dos d'un graak.

Ce maraudeur-là devait donc être un éclaireur. En général, ils préféraient voyager par les nuits chaudes et sèches, quand les conditions météorologiques, à la surface, se rapprochaient de leur environnement habituel, dans le Monde du Dessous. Mais cette nuit-là, il faisait froid et humide.

Pas un temps à mettre un maraudeur dehors…

Averan avait entendu dire qu'ils traquaient leurs proies en se repérant au son, à l'odeur et aux mouvements. Si elle restait perchée sur sa poutre sans bouger, elle serait en sécurité. Bien qu'elle mourût d'envie de crier un avertissement à la femme verte, elle garda donc le silence.

Dehors, le maraudeur continuait à siffler. La femme verte leva la tête et cria de ravissement.

Puis elle bondit.

Le maraudeur chargea par les portes grandes ouvertes. Il mesurait dans les vingt pieds au garrot. De son perchoir, Averan aurait pu se laisser tomber sur son dos sans se faire mal. Son énorme tête était aussi massive qu'un chariot, et des rangées de dents cristallines garnissaient sa gueule.

Les maraudeurs n'avaient pas d'yeux, d'oreilles ou de nez. Le long de leur échine, des appendices sensitifs ondulaient comme des serpents. Des runes de pouvoir étaient tatouées sur le front de ce monstre-là, au coin de ses lèvres à la texture de cuir. Dans l'obscurité, elles dégageaient une lueur argentée fantomatique.

Ses quatre pattes postérieures brillaient tel de l'ébène poli. Ses antérieures étaient munies de mains à trois doigts terminés par des griffes aussi longues et acérées que le khivar d'un assassin. Il tenait une énorme épée à la poignée de cristal qu'on aurait crue sculptée dans le tibia d'un de ses congénères. Sa lame épaisse et légèrement incurvée faisait trois fois la taille d'un homme.

Avec un sifflement, il la brandit au-dessus de sa tête et fit mine de l'abattre sur la femme verte. Mais l'arme mordit une poutre, à quelques pas d'Averan, et resta coincée dans le bois de chêne. Avec un cri de triomphe, la femme verte se rua sur son adversaire.

— Printemps, arrête ! cria la fillette.

Au lieu d'obéir, la femme verte fit un geste vif, comme si elle traçait une rune dans l'air. Puis elle bondit. Quand elle frappa le maraudeur à la mâchoire, un grondement pareil à la foudre ébranla les murs, et des éclats d'os traversèrent la chair de la créature.

Averan écarquilla les yeux. Aucune arme au monde ne pouvait produire un tel résultat, y compris un marteau de guerre manié par un soldat ayant vingt Dons de Force.

Le maraudeur cria de douleur et voulut reculer, mais il n'était plus en état de bouger. La femme verte se jeta de nouveau sur lui et le frappa au même endroit, avec le même résultat.

Cette fois, le maraudeur s'abattit sur le sol. Mort. La

femme verte enfonça un bras dans sa tête et en retira une poignée de cervelle.

On prétend qu'un maraudeur n'a pas d'odeur, se contentant de reproduire celle des choses qui l'entourent. Pourtant, tandis qu'elle se blottissait entre les poutres, Averan comprit que la femme verte avait senti ce monstre-là.

De l'ichor dégoulinait des blessures fatales de la créature, faisant monter un parfum riche et entêtant aux narines de la fillette, qui salivait comme devant un festin.

Trop excitée pour tenir en place, Averan se laissa glisser le long des poutres. Elle avait si peur qu'elle faillit uriner dans son pantalon. L'odeur du sang lui faisait perdre la tête. Elle comprit qu'elle serait à jamais incapable d'y résister.

Désormais, elle devrait se nourrir de maraudeurs. Mais contrairement à la femme verte, elle n'avait aucun moyen de les tuer.

Elle courut vers la carcasse.

Le vrai nom de Printemps était Inique Messager, Juste Destructeur. À présent, Averan comprenait qu'elle avait été créée pour détruire. Et elle entrevoyait une partie de sa propre destinée. Le sang de la femme verte coulait en elle. D'une façon qu'elle ne s'expliquait pas, elles étaient liées.

Averan plongea les deux mains dans le crâne du monstre et dévora goulûment la viande tiède et juteuse qu'il abritait.

— Oui, dit la femme verte. Du sang, oui.

— Du sang, oui, répéta Averan en fourrant la cervelle dans sa bouche.

Quand un maraudeur mourait, disait-on, ses congénères le mangeaient pour s'approprier sa magie et sa force. Ainsi, les survivants devenaient de puissants sorciers et de vaillants guerriers.

La fillette avait découvert une nourriture qui apaisait

sa faim et faisait circuler le sang plus vite dans ses veines. *Ça ne devrait pas se passer ainsi*, songea-t-elle. *La viande de maraudeur ne rend pas les humains plus forts. Elle les rend seulement malades.*

Pourtant, elle continua à s'en repaître, remerciant les Puissances de ce cadeau.

CHAPITRE XXXVI

CIBLES DANS LA NUIT

Alors que les sentinelles soufflaient dans leur cor, appelant les troupes de Gaborn à se préparer, Myrrima se réjouit de leur prochain départ. Elle ne tenait pas en place, impatiente de se mettre en route pour Carris. La chevauchée nocturne serait stimulante et bien plus facile si elle devait transporter deux chiots au lieu de quatre.

Pendant que les petites bêtes folâtraient autour d'elle, se pourchassant ou s'efforçant d'attraper leur propre queue, la jeune femme sella sa monture. Elle faisait de même pour celle d'Iomé quand Jureem entra dans l'écurie.

— Ne vous pressez pas, dit-il avec son épais accent taifanais. Sa Majesté ne désire pas partir cette nuit. Elle préfère attendre demain matin.

— À l'aube ? demanda Myrrima, déçue.

Cela leur ferait perdre six bonnes heures.

— Plus tard encore... Elle entend d'abord faire un bon déjeuner, puis prendre les attributs de ses chiots. Elle ne veut pas les emmener au combat, et son cheval est assez rapide pour rejoindre le gros de l'armée.

Myrrima et Iomé avaient choisi leurs chiots en

même temps. Si la jeune femme ne s'était pas trompée dans ses calculs, sa compagne pourrait elle aussi recevoir les Dons de ses deux derniers chiots à l'aube, histoire de bénéficier de leurs attributs pendant le voyage. De plus, Iomé ne pouvait pas traverser Fleeds avec les petites bêtes dans ses sacoches de selle. Sinon, la nouvelle se répandrait comme une traînée de poudre : elle était devenue un Seigneur-Loup.

Myrrima détestait être obligée d'attendre. La veille, ça avait failli lui coûter la vie. Mais elle ne pouvait pas partir sans Iomé : la reine avait besoin d'une femme pour l'escorter, et elle considérait Myrrima comme sa dame d'honneur...

Même si elle espérait être bien davantage que ça.

— Très bien, dit-elle à contrecœur.

Elle se jura de ne pas gaspiller son temps. Il devait bien y avoir un endroit où elle pourrait s'entraîner au tir... Saisissant son arc d'une main, elle prit les chiots sous son autre bras au moment où Gaborn entrait.

Myrrima sentit le jeune homme avant de le voir. Une puanteur épouvantable qui lui donna envie de hurler de peur et de vomir.

Un voile noir s'abattit devant ses yeux. Lâchant son arc et ses chiots, elle cria.

— Arrière ! Arrière !

Les petites bêtes glapirent de terreur et se ruèrent dans une stalle vide. Myrrima se laissa tomber sur le sol, recroquevillée en position fœtale.

— Arrière, mon maître ! Je vous en prie, reculez !

À quarante pas d'elle, Gaborn s'immobilisa sur le seuil de l'écurie, l'air perplexe et alarmé.

— Qu'ai-je fait ? Êtes-vous malade ?

— Pitié ! gémit Myrrima. N'approchez pas ! Vous charriez une odeur de mort !

Gaborn l'observa un long moment, puis sourit.

— Vous êtes devenue un Seigneur-Loup ?

Myrrima hocha la tête, incapable de répondre.

Gaborn plongea une main dans sa poche et en tira une feuille vert sombre en forme d'as de pique.

— C'est de l'aconit tue-chien que vous sentez, rien de plus. Je l'ai cueilli dans la rue.

L'odeur était cinquante fois plus forte maintenant qu'il tenait l'immonde plante dans sa main. La terreur de Myrrima lui fouaillait les entrailles comme un fer chauffé à blanc. Tremblant de tous ses membres, elle détourna le visage.

— Je vous en prie, seigneur... Je vous en prie...

Elle voyait la feuille, consciente que les pouvoirs de Gaborn décuplaient ses propriétés. Elle avait beau se dire qu'une simple feuille ne pouvait pas lui faire de mal, l'instinct qui l'habitait depuis qu'elle avait accepté un Don d'Odorat canin se révoltait.

Gaborn battit en retraite. Dès qu'il fut sorti de l'écurie, Myrrima ramassa son arc et ses chiots et fonça dans la cour.

Elle vit le jeune homme reposer l'aconit sur le sol.

— J'espérais que ça me permettrait de repousser Raj Ahten et ses assassins. Je suis désolé de n'avoir pas pensé que ça vous affecterait...

— Désormais, ces feuilles vous protégeront contre moi... et contre votre femme, dit Myrrima.

— Merci de m'en avoir averti. Je vais jeter mes vêtements et me baigner dans de l'eau persillée pour chasser l'odeur. Ainsi, ma présence ne vous sera pas intolérable lors de notre prochaine rencontre.

— Vous me faites beaucoup d'honneur, Votre Altesse...

— Tout a un prix... Puissent vos attributs vous servir bien.

La jeune femme fit une révérence et s'en fut. Mais il lui fallut vingt minutes pour se remettre et cesser de trembler.

Le pas de tir était sur une pelouse, derrière la Tour du Duc. Myrrima posa les chiots dans l'herbe pour les laisser batifoler. Deux épouvantails montaient la garde au sommet d'une butte de terre, à la lisière du champ. La jeune femme les étudia attentivement. Dans son carquois, elle n'avait que trois flèches émoussées pour s'entraîner ; les autres étaient des projectiles acérés.

Myrrima banda distraitement son arc, acheté deux jours auparavant. Elle aimait le contact du bois huilé à la fois souple et robuste. Ce n'était pas un jouet d'orme ou de frêne, mais un instrument de guerre taillé dans de l'if, plus rouge et plus sec au milieu, plus blanc et gorgé de sève aux extrémités. Mesurant cinq pouces de plus que Myrrima, il était très difficile à bander.

Hoswell lui avait recommandé de bien l'entretenir pour que l'humidité ne le déforme pas. Il lui avait montré comment vernir le bois en faisant de petits mouvements circulaires, et comment appliquer de la cire d'abeille sur la corde.

Myrrima examina son arc, craignant que son séjour dans les douves de Château Sylvarresta ne l'ait endommagé. À chaque extrémité, un petit morceau de corne évidé était collé par un mélange de poix et de poussière de charbon pour protéger le bois contre le frottement de la corde.

Hoswell lui avait conseillé de faire sécher la corne près du feu une ou deux fois par an, avant de l'enduire d'huile de lin pour assurer son imperméabilité.

Myrrima saisit une flèche d'entraînement et éprouva sa pointe.

Tous les seigneurs du Rofehavan utilisaient la même méthode pour produire des flèches bien droites. Mais Hoswell avait prévenu Myrrima qu'elle ne devrait utiliser aucun projectile fabriqué au cours des dernières semaines, car les artisans heredoniens avaient travaillé jour et nuit à raidir du bois vert qui risquait de se déformer, de ne pas filer droit et de plier au moment de l'impact plutôt que de pénétrer dans la cible.

Il lui avait également appris à reconnaître les différents types de pointes de flèches utilisées pour la guerre, et recommandé d'utiliser celles qui avaient des reflets bleutés : faites de l'acier le plus pur, elles transperceraient un casque indhopalais.

Myrrima encocha sa flèche d'entraînement émoussée et retint son souffle avant de tirer. Elle regarda le projectile passer trop haut sur la droite d'un épouvantail et rectifia sa position. Sa deuxième flèche manqua la cible de peu.

Myrrima se mordit la lèvre et soupira, exaspérée. Elle ne se sentait pas à la hauteur de la tâche qu'elle s'était fixée. Il lui semblait avoir beaucoup mieux tiré la veille. Si Erin Connal avait été là pour lui apprendre…

Sa troisième flèche atteignit le mannequin de paille à l'épaule. Dans l'obscurité, la jeune femme avança vers la butte de terre pour récupérer ses projectiles. Elle n'y voyait rien, car la lumière des étoiles n'était pas assez forte pour éclairer les plumes blanches de leur empennage, mais se repérait à l'odorat.

Au moment où elle regagnait sa place, elle entendit les cors appeler les troupes à monter en selle. Une pâle lueur argentée baignait les champs, et à l'est, la lune se levait au-dessus des collines.

Myrrima aurait tant voulu partir avec Gaborn et les autres !

— C'est très bien. Je vois que vous prenez le temps de vous entraîner, dit une voix masculine près d'elle.

Elle regarda par-dessus son épaule. Le seigneur Hoswell venait de sortir de l'ombre de la Tour du Duc. Myrrima était seule avec lui dans l'obscurité, à un endroit où personne ne pouvait les voir.

— Que faites-vous ici ?

Plongeant une main dans son carquois, elle en tira une flèche de guerre à la pointe acérée et l'encocha, prête à tirer sur Hoswell en cas de besoin. Le noble s'immobilisa et la dévisagea, comme s'il la mettait au défi d'agir.

— Nous partons à la guerre demain. Je suis venu m'entraîner. J'ignorais que vous seriez là. Ne vous inquiétez pas, je ne vous ai pas suivie.

— C'est étrange, mais j'ai du mal à vous croire...

— Non, c'est normal. Je n'ai rien fait pour gagner votre confiance. Ou votre respect. Et je crains de ne jamais y parvenir.

La veille, quand elle était en danger, la voix de Gaborn avait prévenu Myrrima. La jeune femme n'entendait aucun avertissement dans sa tête. Mais elle ne baissa pas sa garde pour autant.

Le cœur battant la chamade, elle continua à fixer Hoswell. Ayant des Dons de Métabolisme, il aurait pu couvrir les quatre-vingts pas qui les séparaient en quelques secondes, mais pas avant qu'elle lui ait tiré dessus. Son visage était encore tuméfié à l'endroit où Erin Connal l'avait frappé.

— Fichez le camp ! grogna Myrrima.

— Il est difficile de tirer sur un homme, pas vrai ? Mais vous retenez bien votre respiration, et votre main ne tremble pas. Vous feriez un parfait assassin.

— Je vais compter jusqu'à trois...

— La nuit, un œil fatigué a du mal à évaluer les distances. Vous devriez baisser un peu votre arc, sinon vous ne m'atteindrez pas.

Myrrima suivit le conseil.

— Un !

— C'est mieux. Là, vous pourriez aisément me transpercer. Mais vous devez travailler votre rapidité. Si vous êtes incapable de décocher quinze flèches à la minute, vous ne servirez à rien sur un champ de bataille.

— Deux !

Hoswell soutint son regard. Les doigts de la jeune femme glissaient sur la corde. Elle décida de baisser son arc et d'en ôter la flèche à l'instant où le noble s'éloignerait.

— Nous sommes du même côté, dame Borenson, dit Hoswell en tournant les talons. Demain soir, nous nous battrons peut-être côte à côte.

Comme la jeune femme ne répondait pas, il la regarda par-dessus son épaule.

— Trois !

Hoswell parcourut une vingtaine de pas avant de lancer :

— Vous aviez raison, dame Borenson. Je vous ai suivie ici ce soir parce que l'honneur l'exigeait... Ou peut-être le déshonneur. Je suis venu vous présenter mes excuses...

— Gardez-les ! Vous avez peur que je n'en parle à mon mari ou au roi !

Hoswell se tourna vers elle.

— Dites-leur si ça vous chante. Ils me tueront peut-être, tout comme vous pourriez me tuer. Ma vie est entre vos mains.

L'idée de pardonner au noble faisait aussi mal à Myrrima que celle d'absoudre Raj Ahten.

— Comment pourrais-je vous faire confiance ?

Hoswell haussa les épaules.

— Ce qui s'est passé il y a deux jours... Je n'avais jamais rien fait de pareil. C'était un acte idiot et impulsif. Je vous trouvais belle, et j'espérais que vous me désireriez aussi. J'avais tort. Mais je peux me racheter. Ma vie vous appartient. Demain, je chevaucherai près de vous pendant la bataille. Moi vivant, personne ne vous fera de mal. Je serai votre protecteur.

Myrrima hésitait. La veille, quand elle était en danger, Gaborn l'avait avertie en utilisant ses pouvoirs. À présent, seule sa peur lui martelait les tempes.

Hoswell devait être sincère. Mais elle n'avait que faire de ses excuses ou de sa protection et une seule pensée l'empêcha de l'abattre sur place : *Si Gaborn est capable de pardonner à Raj Ahten, ne puis-je en faire autant avec ce misérable ?*

Le seigneur Hoswell s'éloigna.

Myrrima resta immobile un bon moment, le cœur battant à tout rompre.

Quand le soleil se leva à l'horizon, elle avait passé des heures à s'entraîner.

CHAPITRE XXXVII

APRÈS LE FESTIN

La peau à la texture de cuir du maraudeur était gluante de sang quand Averan fut enfin repue de cervelle. Rassasiée, elle s'allongea sur le monstre. Le soleil n'allait pas tarder à se lever, et elle avait du mal à garder les yeux ouverts.

Des rêves terrifiants l'assaillirent, images fugaces et indéchiffrables du Monde du Dessous. De longues files de maraudeurs remontaient à la surface. Un sorcier surnommé le Seul et Unique Maître les conduisait là où ils répugnaient à aller.

Mais plutôt que sous forme d'images, ces visions se manifestaient à Averan par de puissantes odeurs, des vibrations et l'aura scintillante qui enveloppe tout être vivant. Et les maraudeurs y chantaient des arias éloquentes émises par des odeurs trop subtiles pour qu'un nez humain les perçoive.

Un long moment, Averan tenta de se souvenir de ce qu'elle cherchait dans son rêve. Puis ça lui revint : le Sang des Fidèles.

La fillette rouvrit les yeux, s'efforçant de réprimer un cri. Au plus profond d'elle-même, elle savait qu'elle n'avait pas fait un cauchemar, mais venait d'explorer les souvenirs du maraudeur dont elle avait consommé le cerveau.

Les monstres approchaient et ils n'allaient pas tarder à traverser ce village.

— Nous devons partir, dit Averan à la femme verte. Un mage funeste approche. Il est peut-être déjà trop tard.

La fillette tenta de conjurer les mauvais présages de son rêve. Les maraudeurs ne pouvaient « voir » très loin grâce à leur perception des champs d'énergie : quatre cents pas tout au plus. Tant qu'Averan gardait une longueur d'avance sur leurs éclaireurs, elle serait en sécurité.

Mais ces créatures étaient dotées d'un odorat très développé, et la femme verte avait tué un porteur de lame qui serait bientôt suivi par des milliers d'autres. Ils sentiraient Averan et se lanceraient à sa poursuite. La fillette devait s'enfuir aussi vite que possible. Hélas, elle n'avait pas de cheval…

Le Roi de la Terre pourrait nous protéger, songea-t-elle.

Fermant les yeux, elle se remémora la carte. La flamme émeraude avait déjà parcouru soixante lieues. Mais le Roi de la Terre était encore loin, dans le sud d'Heredon. À la vitesse où il se déplaçait, il n'arriverait pas avant le soir. Averan ne pouvait pas se permettre de l'attendre.

Les maraudeurs étaient trois fois plus grands que des chevaux et ils couraient très vite. La fillette étudia le cadavre immobile dans l'obscurité. Sa bonde rectale sécrétait une senteur piquante que ses congénères pourraient suivre sans peine : l'odeur de sa terreur quand la femme verte lui avait brisé le crâne. Une heure plus tôt, Averan ne l'aurait pas remarquée. À présent, elle la faisait presque suffoquer.

La fillette se frotta à la bonde pour se laisser envelopper par les effluves qui semblaient lui hurler : « La mort est là ! Prenez garde ! »

La femme verte s'approcha et renifla. Puis elle recula d'un bond et agita les bras. À l'instar de la fillette, elle avait mangé la cervelle du maraudeur et réagissait à son odeur comme un de ses congénères : avec une terreur abjecte.

Les nuages filaient dans le ciel. À la lumière des étoiles, Averan scruta le sol jusqu'à ce qu'elle découvre un long bâton susceptible de lui servir de canne.

Elle l'enfonça dans la bonde du cadavre pour l'imprégner de l'avertissement posthume émis par le maraudeur.

— Viens, Printemps, dit-elle à la femme verte. Partons.

Mais la créature sentit l'odeur de mort sur son bâton. Paniquée, elle chercha une cachette du regard. Averan craignit qu'elle ne s'enfuie, car les maraudeurs la pourchasseraient certainement. Bien qu'elle vienne d'en tuer un, elle aurait du mal à s'en tirer face à des dizaines. Surtout s'ils étaient accompagnés par un mage funeste.

— Printemps !

Mais la femme verte ne voulut rien entendre. Elle se détourna et dévala les rues du village vers les chaumières.

Averan tenta d'attirer son attention de la seule façon qu'elle connaissait :

— Inique Messager, Juste Destructeur, suis-moi !

Elle n'avait pas espéré obtenir un résultat aussi radical. On eût dit que la femme verte avait un fil invisible attaché dans le dos. Quand Averan l'appela, elle s'immobilisa et se retourna pour observer la fillette d'un air stupéfait. Puis elle revint sur ses pas.

— C'est bien, l'encouragea Averan. Je suis ta maîtresse, à présent. Suis-moi sans faire de bruit. Nous ne voulons pas attirer d'autres maraudeurs.

Averan partit en direction du Nord. La nuit était

froide et le vent soufflait en rafales entre les noyers. Des feuilles mortes tourbillonnaient tandis que les nuages faisaient la course dans le ciel, charriant une odeur de pluie.

Averan craignait d'être incapable de courir plus de quelques minutes. Depuis la chute de la Tour Bleue, elle se sentait si faible ! Mais la cervelle tiède qu'elle avait consommée la remplissait d'une énergie surprenante.

Elle n'était pas assez puissante pour pulvériser le crâne d'un maraudeur d'un simple coup de poing. Pas comme si elle avait reçu un ou plusieurs Dons de Force... Plutôt comme si elle avait absorbé un tonique très puissant.

Elle courut près d'une heure, plus vite qu'aucun enfant de son âge ne l'aurait pu. Tous les deux cents pas environ, elle se retournait pour tracer sur le sol un trait du bout de son bâton, imaginant avec délice la réaction des porteurs de lame quand ils entendraient l'avertissement dans leur tête.

« *La mort est là ! Prenez garde !* »

Ils seraient forcés de resserrer les rangs, d'adopter une formation défensive et d'avancer à une allure d'escargot.

Averan s'arrêta net.

Comment sais-je tout ça ? se demanda-t-elle.

Elle ne se souvenait d'aucun détail de son rêve qui lui permît de prévoir le comportement des maraudeurs. Pourtant, elle savait.

D'autres questions l'assaillirent. Qui était le Seul et Unique Maître ? Que voulait-il ? Le Sang des Fidèles — autrement dit, des humains —, mais pour quoi faire ?

Dans son esprit se forma l'image d'un monstrueux mage funeste accroupi sur un lit d'ossements cristallins, enseignant à ses inférieurs comment créer des runes qui affaibliraient et épouvanteraient la Terre.

Averan savait que les maraudeurs se dirigeaient vers Carris, car c'était là qu'ils trouveraient le Sang des Fidèles.

Pauvre Roland, songea-t-elle. *J'espère qu'il ne traînera pas là-bas.*

Si elle voulait rejoindre le Roi de la Terre et se placer sous sa protection, la meilleure tactique était de s'enfoncer dans les montagnes, où les créatures ne la suivraient peut-être pas.

À la croisée des chemins suivante, la fillette bifurqua vers l'est, empruntant un sentier de mules qui longeait un canal.

Averan le savait : en posant les pieds sur le sol, elle laissait une trace d'énergie que les créatures percevaient sous forme d'aura, mais qui se dissipait au bout d'une demi-heure. Les maraudeurs n'appréhendaient pas assez bien la notion de profondeur pour se guider d'après ses empreintes. Donc, ils devraient se fier à leur seul odorat.

Quand Averan était petite, maître Brand lui racontait souvent comment il avait aidé le duc Haberd à se montrer plus malin que les animaux qu'il chassait. Leur seigneur était du genre à payer un braconnier pour capturer un renard, puis à verser de la térébenthine sur son dos afin de s'assurer que les chiens ne le perdraient pas.

Pour survivre, la malheureuse bête devait déployer des trésors d'ingéniosité. Chaque fois que les molosses s'approchaient trop, elle courait en cercle pour brouiller sa piste. Puis elle les laissait tourner en rond pendant qu'elle se tapissait sous un buisson.

Les maraudeurs étaient pareils à des chiens de chasse, et Averan devait se montrer plus rusée qu'eux. Elle adopta la même tactique que les renards, sprintant sur quelques centaines de pas pour prendre un peu d'avance avant de zigzaguer.

Deux heures plus tard, elle était toujours dans la

plaine qui s'étendait à l'ouest de Carris. Mais les villages se faisaient de plus en plus rares et espacés. La fillette connaissait bien cet endroit pour l'avoir survolé à plusieurs reprises à dos de graak. Au loin se dressaient les collines vallonnées qui annonçaient les Monts Hest. Si elle les atteignait, elle serait sauvée, car les maraudeurs ne voudraient pas s'engager dans les montagnes où il faisait trop froid pour eux.

Averan entra dans un petit bois où elle tourna en rond, revint sur ses pas et grimpa au sommet d'un arbre pour que sa piste se perde en hauteur. Partout, elle semait son avertissement dans le sol.

« *La mort est là ! Prenez garde !* »

Une bruine glaciale tombait. Averan reprit la direction du canal, plongea et nagea jusqu'à la rive opposée.

Pendant toutes ses tribulations, la femme verte l'avait suivie aussi fidèlement qu'un chiot. Mais dès qu'elle sauta dans l'eau, la fillette vit la faille de son plan : sa compagne ne savait pas nager. Elle se débattait, gémissait, disparaissant un instant avant de refaire surface et de jeter autour d'elle des regards désespérés.

Averan revint en arrière pour l'aider. Sans son Don de Force, elle coula dès que la femme verte s'agrippa à elle. Elle eut beau lutter, le poids de la créature l'entraînait vers le fond et sa poigne de fer menaçait de l'étouffer.

Dès que ses pieds s'enfoncèrent dans la vase, la fillette se dégagea en poussant sur ses jambes.

Quand elle revint à la surface, sa compagne n'était nulle part en vue.

— Printemps ! appela-t-elle. Printemps !

Mais rien ne bougeait autour d'elle.

Averan se demanda que faire... La femme verte réapparut, flottant sur le ventre, inconsciente. La fillette saisit sa cape en peau d'ours et la tira péniblement jusqu'à la berge d'en face, puis passa les bras sous ses aisselles pour la traîner sur la rive.

Dès qu'elle la retourna sur le dos, la femme verte toussa, s'étrangla et sanglota comme un bébé. Quand elle eut fini de recracher de l'eau boueuse, Averan s'aperçut qu'elle avait perdu son bâton. Même si le courant était paresseux, il les avait entraînées sur cinq cents pas. Dans l'obscurité, la fillette n'avait aucune chance de retrouver un bout de bois.

Elle se releva en titubant. Selon ses estimations, elle était encore à deux lieues à l'ouest de Carris.

Mais elle mourait d'envie de continuer vers le nord ; au sud, elle distinguait des feux au sommet des collines. Le vent soufflait toujours aussi fort. La pluie tombait de plus en plus dru et les nuages s'étaient tellement épaissis qu'Averan n'y voyait presque rien.

Avec un peu de chance, un orage éclatera.

Tout le monde savait que les maraudeurs craignaient le tonnerre. Mais la fillette avait mangé le cerveau d'un monstre et appris tous ses secrets : la foudre n'effrayait pas les créatures, elle les aveuglait, leur causant une vive douleur.

Je dois être la seule au monde à le savoir, se dit Averan.

Fatiguée d'avoir couru des heures, la fillette se remit en route vers l'ouest au petit trot. La femme verte se traînait derrière elle…

Une heure avant le lever du soleil, un étrange grondement retentit au sud de Carris, faisant trembler le sol sous leurs pieds. Puis les oiseaux s'éveillèrent et pépièrent. Averan trouva bizarre d'entendre des gazouillis aussi joyeux au début de ce qui s'annonçait comme une funeste journée.

À l'aube, la fillette escalada une petite colline boisée et décida de jouer jusqu'au bout le rôle du renard. Tapie dans un bosquet de fougères, au pied d'un immense pin, elle attendit qu'il fasse jour. De son perchoir, elle verrait les maraudeurs approcher à des lieues, s'ils n'avaient pas perdu sa trace.

La femme verte s'allongea près d'Averan.

Celle-ci ouvrit sa cape encore humide, se glissa dessous et se blottit contre la poitrine de sa compagne.

CHAPITRE XXXVIII

UN VENT GLACIAL SOUFFLE SUR CARRIS

À Carris, le vent avait tourné une heure avant l'aube. Venues du Nord-est, des rafales glaciales battaient les remparts. Entre le brouillard qui masquait toujours la plaine et les nuages bas qui volaient vers la forteresse, il faisait de plus en plus sombre malgré le lever imminent du soleil.

La seule lumière provenait des Tisseurs de Flammes de Raj Ahten, qui se tenaient à l'extrémité du pont. Encadré par ces piliers de feu, le Seigneur-Loup balayait du regard les défenseurs massés sur le chemin de ronde. Des géants des glaces, des molosses de guerre et des Invincibles attendaient en silence derrière lui.

— Si vous voulez vous battre contre nous, nous vous attendons de pied ferme ! Mais si vous espérez trouver refuge à Carris, vous serez déçus. Nous ne nous rendrons sous aucun prétexte.

Autour de Roland, les hommes brandirent leurs armes et tapèrent sur leur bouclier de leur marteau ou de leur épée en signe de soutien à leur seigneur.

Raj Ahten n'accorda qu'un coup d'œil méprisant au Chasseur. Son regard se posa un instant sur Roland, qui tenta de le soutenir mais n'y parvint pas. L'assurance suprême du Seigneur-Loup lui montrait à quel point il était faible et pitoyable. L'un après l'autre, les défenseurs cessèrent leur vacarme et laissèrent mollement retomber leurs bras.

— Un très noble discours, dit Raj Ahten.

Au loin montait la plainte aiguë des cors de guerre indhopalais, accompagnée par le grondement des tambours. Les géants regardèrent furtivement en direction du sud et les chevaux raclaient nerveusement le sol de leurs sabots.

— Ils sonnent la retraite, s'émerveilla le baron Poll.

Quelque part dans le brouillard, les troupes du Seigneur-Loup s'enfuyaient. Devant les Chevaliers Équitables, peut-être, ou des renforts venus de la Cour des Marées.

— Le Roi de la Terre arrive ! s'exclama une voix pleine d'espoir. C'est son armée qui leur fait peur !

Trois formes noires jaillirent de la brume et passèrent en sifflant près de l'oreille de Roland. Il crut d'abord que c'étaient des chauves-souris, puis s'aperçut qu'elles étaient trop petites. Alors, il reconnut des grees. Ces créatures du Monde du Dessous s'aventuraient très rarement à la surface.

— Allez-vous-en ! beugla Paldane. Vous ne trouverez pas refuge ici ! Archers !

— Ce n'est pas le Roi de la Terre qui arrive du Sud, dit Raj Ahten assez fort pour que tous l'entendent sur les remparts.

Ses mots semblèrent s'infiltrer dans l'esprit de Roland puis le transpercer comme une lame, éveillant en lui une peur subtile.

— Et ce ne sont pas non plus des renforts venus vous sauver. Le duc Paldane sait de quoi il s'agit ; ses messagers ont traversé nos lignes. Des dizaines de milliers de maraudeurs viennent de sortir du Monde du Dessous. Ils seront ici dans une heure.

Le cœur de Roland battit la chamade.

Des maraudeurs, pensa-t-il, horrifié.

Depuis seize cents ans, l'humanité n'avait pas livré de bataille majeure contre eux. De temps à autre, on entendait parler de paysans vivant au pied des Monts Alcair qui se faisaient massacrer par un éclaireur ou traîner dans une caverne pour y être dévorés. Mais de mémoire de vivant, jusqu'à ce qu'elles attaquent Fort Haberd, les créatures n'avaient jamais lancé d'assaut.

Roland aurait préféré combattre deux Raj Ahten plutôt qu'une horde de maraudeurs. Un coup bien placé pouvait venir à bout d'un Invincible. Mais ces monstres étaient plus gros que des éléphants ! Aucun homme muni d'une dague n'aurait pu leur transpercer la peau.

Le brouillard dissimulait toujours la plaine. Au loin retentit un sifflement rageur, pareil au ressac sur un rivage sablonneux. Les murs du château frémirent imperceptiblement.

— Vous n'avez pas de soldats de force pour défendre ce tas de cailloux contre les maraudeurs, continua Raj Ahten. Moi, si. À genoux devant moi ! À genoux devant votre seigneur et maître ! Ouvrez-moi vos portes, et je vous protégerai !

Sans le vouloir, Roland mit un genou en terre. La Voix du Seigneur-Loup était si persuasive qu'il ne pouvait rien faire d'autre. Autour de lui, les défenseurs applaudirent. Beaucoup dégainèrent leur arme pour la brandir en signe d'allégeance.

Debout au-dessus de la porte, la main crispée sur le pommeau de son épée, le duc Paldane n'avait pas frémi. Bien que risible dans son impuissance, il paraissait vouloir se dresser seul contre le Seigneur-Loup.

L'imbécile ! Ne voit-il pas que Raj Ahten a raison ? pensa Roland. *Sans son soutien, nous sommes tous morts !*

Malgré lui, un cri enthousiaste jaillit de sa gorge.

Le pont-levis s'abaissa. Porté par l'allégresse des défenseurs, Raj Ahten entra en vainqueur dans Carris.

— Protégez le pont, ordonna-t-il. Et bannissez ce brouillard afin que je voie à quoi nous avons affaire.

Ses Tisseurs de Flammes se détournèrent et tracèrent des runes de feu dans les airs. Autour d'eux, le sol parut aspirer la brume puis en recracher une partie. Elle montait désormais jusqu'à la taille des géants et la tête des cavaliers en émergeait tout juste.

Dans le lointain, Roland entendit des hurlements et des hennissements affolés tandis que les troupes de Raj Ahten affluaient vers Carris en sonnant la retraite.

Les maraudeurs approchaient et les soldats de Raj Ahten tentaient de les prendre de vitesse pour se réfugier dans la citadelle. Ils arrivaient, interminables files de lanciers et de chevaliers aux traits creusés par la fatigue...

Roland sonda la plaine. Bien que les Tisseurs de Flammes aient commencé à bannir le brouillard, c'était presque le matin, et l'humidité qui montait du sol était lente à se dissiper.

Roland attendit de longues minutes, l'estomac noué par la terreur. Une pluie lourde et froide commença à tomber, imbibant sa tunique et ruisselant sur son visage. Autour de lui, ses camarades relevaient leur capuche ou se recroquevillaient sous leur bouclier comme si les gouttes d'eau étaient une volée de flèches meurtrières. Mais celui de Roland était si petit qu'il lui protégeait à peine la tête et le cou.

Des centaines d'autres grees le survolèrent. Coincé entre le brouillard et les nuages, le perchoir de Roland prenait des allures fantomatiques et surnaturelles. Dans la brume humide, des goélands, des colombes et des corbeaux dérangés par le brouhaha battaient furieusement des ailes.

Alors que l'excitation retombait, Roland trembla de tous ses membres. Comme s'il s'éveillait d'un rêve, il comprit qu'il venait de se parjurer en laissant le Seigneur-Loup entrer dans la citadelle sans esquisser un geste pour la défendre.

— Qu'est-ce que ça signifie ? demanda-t-il au baron Poll. Si le Roi de la Terre arrive, serons-nous forcés de le combattre ?

— Je suppose, dit le chevalier obèse en haussant les épaules.

Il cracha par-dessus les remparts. Son calme prouvait qu'il avait déjà réfléchi à la question et qu'elle ne le perturbait guère.

— Je ne le ferai pas, dit Roland avec toute l'assurance dont il était capable. Non, je ne me dresserai pas contre le Roi de la Terre !

— Vous ferez ce qu'on vous ordonnera, lâcha le baron Poll. Quand Raj Ahten vous aura fait prêter serment, vous lui appartiendrez.

Si le Seigneur-Loup s'emparait du château, il ne laisserait pas à ses occupants d'autre choix que de lui jurer fidélité ou de mourir.

— Je suis un serviteur de la Maison Orden. Poll, je ne me parjurerai pas, je ne tirerai pas les armes contre mon roi !

— Ce sera votre parole ou votre vie, répliqua le baron, toujours pragmatique. Si vous avez deux sous de jugeote, vous prêterez serment — et vous consentirez un don à la première occasion.

— Je n'ai jamais prétendu être intelligent, lâcha Roland, très digne.

Il ne savait ni lire ni compter et n'avait jamais rien trouvé à répondre aux piques venimeuses de son épouse. Et il lui avait fallu toute une journée pour atteindre Carris au milieu du brouillard. Mais il s'était toujours montré loyal.

— Écoutez-moi ! dit le baron Poll. Prêtez serment à Raj Ahten ! Quand le Roi de la Terre arrivera, vous n'aurez pas besoin de vous battre contre lui. Contentez-vous de pousser des grognements en agitant votre arme d'un air hostile, et en braillant à ses troupes d'aller se faire voir ailleurs. Inutile que le sang coule.

— C'est Raj Ahten qui peut aller se faire voir ailleurs, s'entêta Roland.

Mais quand les soldats du Seigneur-Loup montèrent sur les remparts, il n'osa pas dégainer son arme. Il se plaqua contre un créneau, souhaitant de nouveau n'avoir pas donné sa cape en peau d'ours à la femme verte. Le froid lui semblait plus mordant que la nuit précédente ; il le transperçait jusqu'au cœur, le laissant engourdi et hébété.

Une demi-heure plus tard, toutes les troupes de Raj Ahten n'étaient pas encore à l'abri dans la citadelle. Mais les Tisseurs de Flammes avaient tracé des runes dans un grand cercle, au bout du pont. Les symboles de feu restaient suspendus en l'air telle une tenture jusqu'à ce que les sorciers les poussent. Alors, elles se dissolvaient. Le brouillard reculait, ouvrant une petite fenêtre sur la plaine.

Puis le vacarme des maraudeurs s'amplifia comme le grondement d'un orage qui se rapproche. Sous le couvert de la brume, les créatures convergeaient vers Carris à partir du Nord, du sud et de l'ouest.

Non loin de là, des cors de guerre résonnèrent dans la purée de pois. Des chevaux hennirent de panique, piétinant le sol et tournant en rond.

— Ils sont perdus ! Nos camarades n'arrivent pas à nous trouver ! s'exclamèrent quelques hommes sur les remparts.

Roland leur accordait toute sa sympathie. Il savait à quel point il pouvait être frustrant d'errer sans fin dans le brouillard. Les Tisseurs de Flammes commençant tout juste à le dissiper, il retint son souffle en voyant réapparaître les vastes étendues herbeuses, les chaumières aux murs blanchis à la chaux, les vergers aux branches lourdes, les champs jonchés de balles de foin et les canaux qui les traversaient. Près d'un puits de brique, un canard solitaire leva la tête et agita les ailes comme pour saluer le retour de la lumière.

C'était un paysage d'une telle beauté que Roland trouva plus décourageant encore d'être debout sous la pluie à tendre l'oreille pour guetter des bruits de combat. Autour de lui, les hommes soufflèrent dans des cors de guerre pour signaler leur position aux troupes indhopalaises perdues dans ce maudit brouillard.

Les soldats réagirent en faisant volte-face et en galopant vers la citadelle. Toutes les cinq secondes, Roland entendait un cheval trébucher et son cavalier s'écraser sur le sol.

Les premiers hommes apparurent enfin à la lisière de la brume, à moins de mille pas de Carris. Ce n'étaient pas de farouches soldats de force, mais des archers vêtus d'un simple burnous blanc sous leur armure de cuir, des artilleurs en casque de bronze n'ayant qu'un poignard pour se défendre, ou de jeunes écuyers plus habitués à polir une armure qu'à en porter une.

Bref, l'arrière-garde de l'armée indhopalaise : des manants venus pour servir de garnison au cas où Raj Ahten s'emparerait de Carris. La plupart se déplaçaient à pied. Seuls leurs chefs montaient des chevaux. Dès qu'ils aperçurent la forteresse, ils galopèrent sans se soucier de ce qu'il adviendrait de leurs hommes.

Ceux-ci s'élancèrent à toutes jambes, traversant les villages et les champs alors que le grondement des maraudeurs s'amplifiait autour d'eux. Une odeur de poussière et de sang saturait l'air, se mêlant à leurs cris de terreur.

Bien que Roland n'eût pas encore aperçu l'ombre d'un monstre, il comprit que ces malheureux luttaient pour leur vie. Partout sur le chemin de ronde, les défenseurs criaient des encouragements à leurs camarades. Ils devaient être plus de vingt mille là dehors…

Puis les maraudeurs apparurent.

L'un d'eux jaillit de la brume, traînant de longs tentacules de vapeur, comme s'il était en feu. Jamais semblable créature n'avait vu le jour dans le Monde du Dessus. C'était un porteur de lame, un guerrier dépourvu des runes de feu qui étaient l'apanage des mages.

Il se déplaçait sur ses quatre pattes postérieures, tenant son arme dans ses deux antérieures massives. Sa forme évoquait celle d'un crabe géant. Sur le dessus, sa carapace avait la couleur du granit, mais s'éclaircissait sous son abdomen. Sa tête aussi grosse qu'un chariot avait la forme d'une pelle ; des rangées d'appendices sensitifs — appelés « philia » — couraient de l'arrière de son crâne jusqu'à ses mâchoires. Ses dents cristallines brillaient comme du quartz. Il n'avait ni yeux, ni oreilles, ni narines.

Sa respiration mise à part, il ne faisait aucun bruit en dépassant les soldats indhopalais, tel un chien de berger qui tente de prendre des moutons de vitesse, pour leur couper la retraite. Bien avant d'atteindre le château, il s'immobilisa, fit volte-face et se mit au travail.

Dans ses pattes, il tenait un marteau au manche d'acier noir à la tête de plus de six cents livres. Son premier coup rasa le sol sans le toucher, évoquant le geste d'un fermier qui fauche le foin. Cinq hommes tombèrent, et Roland vit leurs cadavres voler trente pas plus loin.

Quelques soldats dégainèrent leurs armes pour se frayer un passage ; d'autres tentèrent de contourner le monstre qui leur barrait le chemin ; d'autres encore tournèrent les talons et allèrent se tapir sous des buissons. Le marteau du maraudeur s'élevait et s'abattait en cadence, avec une grâce et une précision qui stupéfièrent Roland. Pour une créature aussi massive, le porteur de lame se déplaçait avec une agilité étonnante. En dix secondes, il eut abattu une cinquantaine d'hommes. Et il ne faisait que commencer.

Sonné par la vision de ce carnage, Roland avait du mal à respirer. La tête lui tournait ; il tituba et craignit que les autres ne le prennent pour un lâche. Regardant autour de lui, il aperçut un jeune homme pâle de terreur qui se tenait très droit, les mâchoires contractées. Roland trouva qu'il s'en tirait plutôt bien, jusqu'à ce qu'il remarque le filet d'urine qui coulait le long de sa jambe droite.

Sur les barbacanes retentit le « chtong ! » des balistes. Des carreaux d'acier de trente livres volèrent vers la plaine et manquèrent leur cible, s'abattant sur les soldats en fuite. Les artilleurs se hâtèrent de recharger.

— Ne tirez pas avant que le maraudeur arrive à portée, ordonna leur officier.

Une centaine d'hommes étaient déjà morts. Un cri monta des remparts.

— Regardez ! Regardez !

À la lisière du brouillard apparaissaient d'autres porteurs de lames : pas par dizaines ni par centaines, mais par milliers. Chacun brandissait une épée, un marteau ou une gaffe de chevalier dont le long manche se terminait par un crochet. Au milieu avançaient des mages au corps couvert de runes de feu.

Les cris terrifiés des défenseurs devinrent un brouhaha indistinct aux oreilles de Roland. Ses jambes mollissaient et n'allaient plus le porter très longtemps. À son tour, il sentit un filet de liquide chaud couler le long de sa jambe.

— Par les Puissances ! rugit le baron Poll.

Plutôt que d'affronter les maraudeurs, beaucoup d'hommes sautèrent par-dessus les remparts et plongèrent dans le lac. Quelque part, un crétin doté d'une voix de crieur des rues s'exclama :

— Gardez votre calme ! Restez optimistes mais vigilants, et je suis certain que nous nous en sortirons !

Roland se demanda si le type essayait de les rassurer, ou s'il voulait affronter la mort avec panache comme les chevaliers des légendes.

Mais s'il y avait jamais eu un moment pour paniquer, c'était maintenant.

Les premiers rayons du soleil éclairèrent le visage grimaçant du baron Poll.

— Prenez une bonne inspiration, mon ami, cria-t-il à Roland pour se faire entendre par-dessus le fracas des armes et les hurlements des agonisants. Ce sera peut-être la dernière.

CHAPITRE XXXIX

UN MONDE À PART

Quand le jeune pied-bot vint chercher Myrrima sur le pas de tir une heure après l'aube, la jeune femme crut que le moment était venu de se mettre en selle. Au lieu de cela, il l'invita simplement à rejoindre Iomé au Donjon des Dédiés.

Myrrima se hâta d'aller retrouver son amie.

De la cour où des pigeons et des colombes se perchaient sur les poteaux servant à attacher les montures, la jeune femme distinguait la plaine sur trois ou quatre lieues : le fleuve Vent qui serpentait entre les bruyères tel un ruban argenté, les chaumières qui se dressaient sur ses berges, le bétail et les chevaux éparpillés çà et là…

Myrrima se dirigea vers le Donjon des Dédiés dont les murs de grès brun n'étaient pas destinés à abriter plus de deux cents occupants. En approchant, elle eut la surprise d'entendre de la musique filtrer de la cour intérieure. Quelques flûtes, deux ou trois tambours, un tambourin et plusieurs voix : en dépit de l'heure matinale, les Dédiés qui n'étaient pas trop affaiblis par la perte de leurs attributs semblaient faire la fête.

Une foule de curieux se pressait autour de la pelouse.

Tandis que Myrrima passait près d'elle, une vieille femme chuchota :

— C'est elle qui a tué l'Éclat Ténébreux ! Tout le monde l'appelle la Gloire d'Heredon !

Myrrima sentit le rouge lui monter aux joues.

— Elle a passé toute la nuit à s'entraîner, dit un adolescent. J'ai entendu raconter qu'elle peut planter une flèche dans l'œil d'un faucon en vol à deux cents pas. Aujourd'hui, elle est en route pour tuer Raj Ahten en personne !

La jeune femme baissa la tête et tenta d'ignorer les rumeurs.

— Dans l'œil d'un faucon en vol, marmonna-t-elle entre ses dents. Alors que j'ai de la chance quand je ne fais pas des nœuds à la corde de mon arc en la tendant...

Sur la pelouse, elle fut stupéfaite de découvrir tous les Dédiés de Groverman. Ceux qui avaient fait don de leur Force, de leur Agilité ou de leur Métabolisme — donc, qui ne pouvaient plus se mouvoir seuls — gisaient à l'ombre d'un énorme chêne. Les autres festoyaient autour de tables chargées de boisson et de victuailles.

Des couples d'aveugles dansaient en prenant garde à ne pas se marcher sur les pieds, tandis que les sourds et les muets se lançaient dans une gigue effrénée et que les idiots riaient aux éclats. Myrrima s'immobilisa pour contempler cet étrange spectacle.

Un vieil aveugle était assis en tailleur non loin d'elle ; il se goinfrait de tartelettes aux fruits et tutoyait un pichet de vin. Des cheveux filasse encadraient son visage sillonné de rides.

— Pourquoi dansent-ils ? lui demanda Myrrima, éberluée. Hostenfest est fini depuis deux jours !

Le vieil homme leva la tête et sourit en lui tendant son pichet.

— C'est la tradition, expliqua-t-il. Aujourd'hui nous nous réjouissons car nos seigneurs partent à la guerre !

— Vous voulez dire que les Dédiés font toujours ça avant une bataille ?

— Dame, oui. Buvez donc un coup.

— Euh… Non, merci.

Myrrima était perplexe. Elle n'avait jamais entendu parler de cette tradition. Mais Heredon n'avait jamais été en guerre depuis sa naissance.

La jeune femme leva le nez vers les murs surmontés par quatre tours de garde. Une fois qu'un vassal entrait ici, il renonçait au reste du monde jusqu'à la mort éventuelle du seigneur à qui il avait concédé un Don. Myrrima n'avait jamais envisagé que le Donjon des Dédiés puisse devenir un univers à part, coupé des préoccupations de l'extérieur. Un monde à l'intérieur du monde.

— Et ça va durer toute la journée ?

— Jusqu'à la bataille, oui…

— Ah, je vois, dit Myrrima en hochant la tête. Si votre seigneur meurt, vous recouvrerez la vue. Quelle meilleure raison de faire la fête ?

Le vieil homme brandit son pichet comme s'il songeait à le lui fracasser sur le crâne.

— N'avez-vous donc pas de cœur ? s'indigna-t-il. Aujourd'hui, nous nous réjouissons parce que nous partons à la guerre. (Il se frappa la poitrine.) Le duc se servira de mes yeux, mais je me battrais volontiers à ses côtés si j'en étais capable !

Il répandit un peu de vin sur le sol.

— Par cette libation, j'implore la Terre : puisse mon seigneur rentrer victorieux pour livrer une prochaine bataille ! Longue vie au duc de Groverman !

Il porta le pichet à ses lèvres et but à la santé de son maître.

Myrrima avait parlé sans réfléchir. Même si ce n'était pas son intention, elle avait insulté le fidèle serviteur.

Au pied d'un mur, elle aperçut Iomé, qui se tenait un

peu à l'écart des festivités, entourée par une trentaine de paysans des deux sexes et d'âges divers. Tous s'étaient pris par la main et décrivaient une ronde lente autour de leur reine.

Deux ménestrels jouaient une marche douce pour flûte et tambourin.

Myrrima comprit aussitôt ce qui se passait. Quand un guerrier recherchait des Dons, il allait chez l'officiant pour consulter la liste de ceux qui s'étaient proposés comme Dédiés. L'officiant rassemblait alors les candidats. Parce qu'il était impératif qu'ils cèdent leurs attributs librement, le guerrier leur expliquait pourquoi il en avait besoin et comment il les mettrait à profit pour servir son peuple.

Myrrima ne fut guère surprise d'entendre le discours d'Iomé :

— Ce n'est pas pour moi que je vous le demande. La Terre a prévenu mon mari que la fin de l'Âge de l'Humanité approchait. Nous ne nous battrons pas seulement pour nous-mêmes, mais pour sauver tous les hommes !

— Votre Altesse, dit un des gaillards qui l'entouraient, pardonnez-moi, mais vous n'êtes pas une guerrière. Mon attribut ne servirait-il pas mieux un autre seigneur ?

— Vous avez raison. Je sais manier le sabre, et si j'avais un Don de Force, je pourrais porter le marteau aussi bien que n'importe quel guerrier. Cela dit, je ne prétends pas être très douée ou très compétente. Voilà pourquoi je choisirai de me distinguer par ma rapidité plutôt que par ma précision, en prenant des Dons de Métabolisme.

— Pourquoi tenez-vous donc à mourir jeune ? demanda une vieille femme qui se détacha du cercle pour s'approcher d'Iomé.

Myrrima eut pitié de son amie. Elle ne savait pas faire

de beaux discours et n'arriverait jamais à persuader un étranger de lui faire don de son bien le plus précieux.

— Je porte le fils du roi, dit Iomé. Hier, quand l'Éclat Ténébreux est venu à Château Sylvarresta, c'est lui qu'il cherchait, pas moi. Si je dois le porter à terme, le prince ne naîtra pas avant le milieu de l'été prochain. Mais si je reçois suffisamment de métabolisme aujourd'hui, j'accoucherai dans six semaines.

Bien joué, songea Myrrima.

Tous les Dédiés devaient comprendre ce que son amie désirait : devenir une guerrière et donner sa vie en échange de celle de son bébé. Cela les convaincrait peut-être…

La vieille femme mit un genou en terre.

— Mon métabolisme vous appartient, à vous et à votre enfant.

Les autres paysans continuèrent à bombarder Iomé de questions.

Myrrima sentit qu'on lui tapait sur l'épaule. Se retournant, elle dut lever les yeux pour dévisager l'un des colosses les plus impressionnants qu'elle ait jamais rencontrés. Il semblait capable de porter un cheval. Son ombre s'étendait sur le cercle de paysans et, à en juger par l'odeur de résine qui émanait de lui, il devait être bûcheron. Son gilet de cuir porté à même la peau laissait entrevoir sa poitrine musclée. Il paraissait avoir dans les trente-cinq ans.

— C'est vous ? demanda-t-il avec une grimace émerveillée.

— C'est moi qui quoi ?

— Vous qui avez tué l'Éclat Ténébreux.

Myrrima hocha la tête.

— Je l'ai vu, affirma l'homme. Quand il m'a survolé, le ciel est devenu tout noir. Je ne croyais pas que quelqu'un en viendrait à bout.

— Je l'ai abattu. Mais vous en auriez fait autant à ma place.

— Ça m'étonnerait beaucoup ! cracha l'homme. J'aurais pris mes jambes à mon cou et je serais encore en train de courir.

Myrrima accepta ce compliment, sachant qu'il avait raison.

— Vous aurez besoin d'un nouvel arc, dit timidement le bûcheron.

La jeune femme voyait qu'il ne devait pas briller par son intelligence. Elle jeta un coup d'œil inquiet à son arme : peut-être l'avait-elle endommagée sans s'en rendre compte.

— Que voulez-vous dire ?

— Il vous faudra un arc d'acier, parce que je pourrais briser celui-là en deux sur mon genou.

Alors, elle comprit. Sa réputation l'avait précédée, même si elle avait le sentiment de ne pas la mériter. Cet homme lui offrait un Don de Force. Beaucoup de chevaliers auraient payé un tel attribut cinquante aigles d'or, soit dix ans de travail d'un ouvrier.

— Je vois, murmura Myrrima.

Elle n'osa pas lui parler des doutes qu'elle nourrissait sur sa propre valeur. Si elle lui prenait sa force, elle pourrait sans doute devenir le genre d'héroïne pour laquelle il la prenait.

D'autres paysans coururent alors vers la jeune femme. La foule de curieux qu'elle avait dû fendre n'était venue que pour elle. Tous ces gens l'attendaient pour lui proposer leurs attributs.

Contrairement à Iomé, la Gloire d'Heredon n'aurait pas besoin de les convaincre par de beaux discours.

CHAPITRE XL

HISTOIRES DE DÉMENCE

L'aube surprit Gaborn en train de traverser les basses terres de Fleeds. Le nord du royaume était semé de collines, de huttes de bergers et de routes étroites que longeaient des murets de pierre. D'énormes rochers surplombés de pins au tronc noueux se dressaient au bord du chemin telles d'antiques sentinelles.

Malgré l'aura de danger qui enveloppait Carris, Gaborn n'avait pas osé pousser sa monture. Bien qu'il ait commencé à accepter des Dons, une chute de cheval pouvait encore lui briser la nuque comme à n'importe quel manant.

Tout en galopant, il sentait augmenter ses forces et son pouvoir. À Château Groverman, une heure lui avait suffi pour recevoir un Don de Force, un de Métabolisme, un d'Agilité et un de Constitution. Puis il s'était mis en route, laissant à l'officiant le soin de trouver d'autres candidats prêts à lui conférer leurs attributs par l'intermédiaire de ses nouveaux vecteurs. Il en avait exigé une cinquantaine avant le lever du soleil, et devenait un peu plus robuste et rapide à chaque heure.

Bien que cela lui répugnât, Gaborn ne pouvait nier que le mal avait un goût délicieux. Il se demanda même si, à l'instar de Raj Ahten, il ne pourrait pas utiliser ses forceps pour devenir l'Homme Total. Mais il rejeta aussitôt cette pensée indigne d'un roi.

Le jeune homme chevauchait avec le magicien Binnesman et cinq cents seigneurs d'Orwynne et d'Heredon. Il avait fourni un étalon de force à son Diem pour qu'il puisse les suivre.

À l'aube, la colonne atteignit le sommet d'une colline et balaya du regard la plaine, en contrebas. Un pâle soleil se levait à l'horizon, et une brume paresseuse flottait sur les champs de Fleeds. Afin de se préparer au galop qui allait suivre, Gaborn ordonna une halte pour nourrir et abreuver les chevaux, près d'un lac placide à la berge envahie par la vesce pourpre et l'avoine.

L'eau glaciale était d'une clarté limpide ; des truites grasses remuaient la queue entre les pierres du fond. Des alouettes chantaient dans les saules le long de la route. À l'approche du jeune homme, elles s'envolèrent à tire-d'aile comme les étincelles jaillies de l'enclume d'un forgeron.

— Quinze minutes de repos, annonça Gaborn. En nous dépêchant, nous arriverons à Tor Doohan d'ici une heure. De là, nous continuerons vers le sud en espérant atteindre Carris en milieu d'après-midi.

— En milieu d'après-midi ? répéta le seigneur Langley, surpris. Avez-vous une raison de vous presser ainsi ?

Carris était si loin qu'aucun courrier n'avait pu lui apporter de nouvelles datant de moins d'une journée.

— Oui, avoua Gaborn. Je pense que Raj Ahten est aux portes de Carris. Il y a cinq minutes, mes messagers couraient un danger mortel… Celui-ci s'est dissipé quelques instants, avant de revenir en force.

Les seigneurs murmurèrent. Le Seigneur-Loup avait la réputation de s'emparer très vite de ses cibles. Très peu d'hommes pensaient que Carris tiendrait la journée. Si tel avait été le cas, ils auraient toujours pu donner la chasse à leur ennemi. Mais personne n'aurait cru le trouver accroupi devant les murs de la forteresse.

Si Gaborn avait dû faire le siège de Carris, il aurait sans doute réussi à court terme. Mais combien de temps aurait-il pu le prolonger ? Les renforts de Raj Ahten seraient arrivés en moins d'une semaine. Autrement dit, Gaborn aurait dû déloger le Seigneur-Loup très vite ou repousser les soldats venus lui prêter main-forte. Dans cette hypothèse comme dans l'autre, il s'ensuivrait une bataille de proportions épiques.

Tout paraissait si simple. Des seigneurs venus des quatre coins du Rofehavan allaient se rassembler sous sa bannière. Déjà, il disposait des guerriers de Beldinook, d'Heredon et de Mystarria, sans compter les Chevaliers Équitables et les cavaliers de Fleeds. Avec tant de troupes à sa disposition, il ne devrait pas être bien difficile de déloger Raj Ahten. Le jeune homme espérait presque que son ennemi se serait déjà emparé de Carris, où il serait pris au piège comme un rat.

Pourtant, Gaborn était troublé. Il sentait la mort marcher sur les talons de ses hommes. La bataille qui se déroulerait à Carris n'attendrait pas une semaine. Il craignait que Raj Ahten ne lui ait tendu un piège. Et si, même avec l'aide de Lowicker et d'Herrin la Rouge, il ne parvenait pas à rassembler assez de soldats ?

Perdu dans ses pensées, Gaborn s'approcha du bord de l'eau. Des primevères dorées fleurissaient entre les cailloux ; il se pencha pour en cueillir une. Enfant, il les avait toujours considérées comme des trésors, même s'il savait à présent combien elles étaient communes. D'une certaine façon, elles ressemblaient aux humains : chacun était précieux pour lui, bien que la Terre l'eût averti qu'il ne pourrait en sauver que quelques-uns.

Son Diem le rejoignit et rabattit sa capuche, révélant ses cheveux coupés très court. Dans son visage squelettique, creusé de rides d'inquiétude, ses yeux étaient hagards. Il s'agenouilla et plongea les mains dans l'eau pour boire à longs traits.

— Que se passe-t-il à Carris ? demanda Gaborn.

L'érudit sursauta.

— Vous le saurez bien assez tôt, Votre Altesse…

— Vous ne pouvez vous contenter d'*archiver* la mort des hommes ! insista Gaborn. Vous avez beau essayer de le cacher, je vois bien que vous avez des sentiments. Hier, quand la Tour Bleue est tombée, vous sembliez horrifié.

— Je suis le Témoin du Temps. Je ne puis m'impliquer.

— La mort traque chaque homme et chaque femme de cette colonne, plus les milliers de personnes qui occupent actuellement Carris. Assisterez-vous au massacre sans lever le petit doigt ?

— Je ne peux rien faire pour l'empêcher…

L'érudit tourna enfin la tête vers Gaborn. Le soleil matinal se refléta sur les larmes qui coulaient de ses yeux.

Il ne peut pas, ou il ne veut pas ? se demanda le jeune homme.

Le piège de Raj Ahten était-il si diabolique ?

Gaborn devait en savoir davantage.

— La nuit dernière, vous m'avez demandé si je choisirais un Diem. Ma réponse est oui, à condition qu'il accepte de servir l'humanité.

— Vous voulez acheter mon allégeance ? s'étonna l'érudit.

— Je veux surtout sauver le monde.

— Vous risquez d'être déçu.

— Comme ce doit être confortable de se cantonner à un rôle de voyeur, de prétendre que l'indifférence est une vertu et que seul le temps scelle notre destin !

— Vous espérez m'amener à trahir mes vœux sous le coup de la colère ? Je croyais que vous seriez au-dessus du chantage. Mon estime pour vous en est diminuée. Ce sera noté dans les chroniques de votre vie.

— Que m'importe, s'il ne se trouve plus personne pour les lire ? Le chantage, les supplications, le harcèlement : rien n'est au-dessous de moi. Je vous demande quelque chose de difficile, mais pas pour moi. Autant vous prévenir : je ne vous choisirai pas. Je vais partir au combat, vous serez à mes côtés, et je ne vous aurai pas choisi. Si vous refusez de me révéler la menace qui nous attend à Carris, vous ne survivrez sans doute pas à cette journée.

Le Diem tremblait de tous ses membres. Il serra les dents. Son silence seul en disait long : la menace qui pesait sur Carris était si terrible qu'il pensait réellement ne pas y survivre. Malgré tout, il préférait mourir plutôt que de rompre son vœu de non-ingérence dans les affaires de l'humanité.

Erin Connal s'approcha des deux hommes. La veille, elle avait averti Gaborn qu'elle voulait lui parler en tête-à-tête. À présent, elle s'assit près de lui et déclara :

— Votre Altesse, j'ai eu vent d'une conspiration…

Elle décrivit rapidement le plan du roi Anders.

Gaborn en fut abasourdi : il ne comprenait pas ce qui poussait le père de Celinor à faire une chose pareille. Ça lui semblait un tel gaspillage de temps et de ressources…

Le jeune homme avait d'abord pensé que tous se réjouiraient d'apprendre l'avènement d'un nouveau Roi de la Terre. Mais ses ennemis jaillissaient du sol à chaque pas comme les primevères sur la berge de ce lac.

Après s'être entretenu quelques minutes supplémentaires avec Erin Connal, il l'envoya chercher le prince Celinor pour le questionner.

— Erin m'a averti que votre père complotait contre moi, lança-t-il dès que le jeune homme fut assis. Croyez-vous qu'il soit vraiment sérieux ? Irait-il jusqu'à m'envoyer des assassins ou à me déclarer la guerre ?

Celinor répondit avec franchise, comme s'il avait passé toute la nuit à retourner les mêmes questions.

— Je l'ignore. Jusque-là, pour autant que je sache, il n'avait jamais cherché à nuire à un autre seigneur du Rofehavan. Mais il n'est plus lui-même depuis quelques mois. Je crains qu'il ne soit devenu fou.

— Qu'est-ce qui vous le fait croire ?

Celinor regarda autour de lui pour s'assurer que personne ne pouvait les entendre.

— Il y a trois semaines environ, pendant que tout le monde dormait, il est entré dans ma chambre avec une bougie à la main. Il était entièrement nu et affichait un sourire béat que je voyais pour la première fois sur son visage. Il m'a réveillé pour m'annoncer d'une voix douce et rêveuse qu'il avait vu un signe dans les cieux : il se savait destiné à devenir le prochain Roi de la Terre.

— Quel signe ? demanda Erin.

— Trois étoiles filantes en succession rapide. Selon lui, elles sont tombées du ciel et, juste avant d'atteindre l'horizon, ont modifié leur course pour tracer un cercle de flammes autour du Crowthen Méridional.

Gaborn fut décontenancé. Les météores ne figuraient dans aucune légende traitant des pouvoirs de la Terre.

— Et il a cru que c'était un signe de la Terre ?

— Oui. Moi, j'ai pensé qu'il avait rêvé. Pour le lui prouver, je suis sorti interroger les gardes et le guetteur.

— Qu'ont-ils dit ?

— Les gardes du Donjon des Dédiés n'avaient rien vu, car ils faisaient leur ronde dans la cour. Quatre d'entre eux manquaient à l'appel. Quant au guetteur, sur les remparts, il était mort.

— Mort ? répéta Erin. Comment ?

— Tombé dans les douves. Avait-il sauté de son plein gré, glissé ou été poussé ? Je ne saurais le dire…

— Et les gardes disparus ?

— Mon père a refusé de me révéler où ils étaient partis. Il m'a juste laissé entendre qu'il les avait envoyés en mission. « Le devoir les appelait ailleurs. »

— Croyez-vous qu'il ait assassiné son guetteur et éloigné les témoins gênants ?

— C'est possible. J'ai fait fouiller le royaume. Au bout d'une semaine, un paysan a rapporté qu'il avait vu un des quatre soldats chevaucher vers le sud. Il l'a interpellé, mais l'homme ne semblait rien voir et rien entendre, comme un somnambule. Des recherches plus poussées m'ont appris que ses compagnons étaient partis respectivement en direction du sud, de l'est et de l'ouest. Aucun d'eux n'a adressé la parole à personne en chemin.

— Ça sent la sorcellerie, murmura Gaborn.

Il n'aimait pas ça du tout. Ça n'avait rien à voir avec les pouvoirs de la Terre.

— C'est aussi ce que j'ai pensé, dit Celinor. Une herboriste vivait dans nos collines. Nous l'appelions la Femme aux Noix, car elle passait son temps à en ramasser. Apparemment, elle s'occupait des écureuils. Je suis allé dans sa caverne pour découvrir si telle était la volonté de la Terre… Mais bien qu'elle ait résidé là plus d'un siècle, elle avait disparu. Le plus étrange, c'est que tous les écureuils de la forêt s'étaient évaporés avec elle.

Erin s'humecta nerveusement les lèvres. La Femme aux Noix servait sans doute la Terre, comme Binnesman mais avec un domaine d'intervention différent.

— En avez-vous parlé à Binnesman ? demanda Gaborn.

Celinor secoua la tête.

— Je n'ai pas de preuve pour étayer mes soupçons. Depuis cette fameuse nuit, mon père ne m'a plus reparlé de ses illusions de grandeur, bien qu'elles semblent à l'origine de tous ses gestes.

— Que voulez-vous dire ? lança Erin.

— Il a contacté tous les seigneurs du royaume pour renforcer ses défenses. Sur le coup, j'ai trouvé que c'était une bonne idée : trois jours avant Hostenfest, il a arrêté un groupe d'assassins envoyés par Raj Ahten. Son attitude m'a convaincu que son délire avait des retombées positives. J'ai même commencé à me demander s'il n'avait pas vu juste.

« Puis quelque chose de nouveau s'est produit la semaine dernière. En apprenant qu'un autre seigneur prétendait être le Roi de la Terre, mon père est entré dans une rage indescriptible. Il a hurlé et cassé tout ce qui lui tombait sous la main, déchiré des tapisseries à mains nues, renversé son propre trône et fait rosser le messager qui lui avait apporté la nouvelle.

« Quand il s'est enfin calmé, quelques heures plus tard, il a dit qu'il aurait dû prévoir que des usurpateurs tenteraient de s'emparer de sa couronne. Alors, il a cherché un moyen de vous discréditer. Ses arguments étaient si convaincants que j'ai failli m'y laisser prendre. Mais il paraissait si instable… Il n'arrêtait pas de sauter du coq à l'âne ou de crier des ordres sans aucun rapport avec la conversation. Et il bougeait bizarrement.

— Il a l'air dangereux, dit Gaborn. Pourquoi n'en avez-vous parlé à personne ?

— Quand j'avais dix ans, mon grand-père est devenu fou. Il souffrait d'hallucinations. Pour sa propre sécurité, mes parents l'ont fait enfermer. Sa « cellule » était sous ma chambre ; chaque nuit, je l'entendais marmonner et rire tout seul.

« Mon père m'a appris que cette malédiction pesait sur notre famille. Il n'aspirait qu'à adoucir les dernières années de son propre père. Pour que la fin arrive plus vite, nous lui avons fait donner du Métabolisme par quatre serviteurs, et nous avons répandu la nouvelle de sa disparition.

« Mon père m'a fait jurer, s'il présentait les mêmes symptômes un jour, de le traiter de la même façon. Je me suis toujours montré loyal. S'il est vraiment fou, j'ose espérer qu'il mérite notre compassion !

— Bien entendu, dit Gaborn.

Pourtant, il s'inquiétait. Avoir un dément pour voisin ne l'arrangeait pas. Sans compter qu'il avait espéré s'allier avec Anders comme avec Orwynne et Lowicker.

Gaborn ordonna à ses hommes de remonter en selle et se dirigea vers Tor Doohan avec une vigueur renouvelée. La lumière matinale était claire, et les chevaux galopaient bien sur la route sèche. Peu à peu, la file de cavaliers s'étira, les montures les plus rapides prenant des lieues d'avance sur le reste de la compagnie.

Une heure plus tard, Gaborn, le magicien Binnesman et une poignée de seigneurs arrivèrent au bout de la Route d'Atterphilly et entrèrent dans Tor Doohan. Le palais, qui n'en était pas un selon les conventions modernes, se composait d'une gigantesque tente écarlate entourée par un cercle de pierres blanches. D'une trompeuse fragilité, il se dressait là depuis toujours.

Des pierres d'une centaine de pieds de haut sur cinquante de large s'élevaient du sol telles des dents mal alignées. Au sommet de celles qui faisaient office de piliers, d'autres avaient été placées à l'horizontale, en guise de poutres. Chacune devait peser plusieurs milliers de tonnes. Nul ne savait qui les avait assemblées ainsi.

Une légende très ancienne prétendait qu'une race de géants avait construit cette structure pour servir de corral à la Jument Blanche, avant qu'elle ne s'échappe et ne devienne une constellation. Mais même pour des géants des collines comme ceux qui vivaient encore en Inkarra, c'eût été une tâche monumentale. Gaborn soupçonnait que les pierres marquaient la tombe d'un ancien roi des géants.

Depuis près de trois millénaires, les clans de Fleeds se rassemblaient là pour un tournoi annuel et chaque fois qu'ils devaient tenir un conseil de guerre. Ainsi, Tor Doohan avait fini par devenir la résidence permanente de la haute reine.

Les cavaliers de Fleeds avaient longtemps méprisé les sédentaires. L'énorme tente qui constituait leur palais se dressait au centre des pierres depuis trente générations. Peu à peu, des villages avaient été construits le long du fleuve Roan, à l'ouest, et dix-huit forteresses piquetaient maintenant la vallée. Pourtant, le pavillon écarlate demeurait le cœur symbolique du royaume. Deux énormes juments de bronze dressées sur leurs pattes arrière flanquaient son entrée.

À l'extérieur du cercle de pierres, quelques centaines de seigneurs des clans avaient dressé leurs propres tentes dans l'ombre du palais. Gaborn s'inquiéta de les voir si peu nombreux : il avait espéré qu'Herrin la Rouge lui proposerait le soutien de ses troupes.

Mais trop d'hommes et de femmes étaient morts pendant la bataille contre Raj Ahten, et beaucoup d'autres étaient partis dans le Sud reprendre Château Fells. Fleeds était un royaume pauvre ; la haute reine ne devait plus avoir beaucoup de troupes à lui offrir.

Pourtant, des centaines de jeunes cavaliers caracolaient autour du palais. Selon la légende, tout guerrier qui faisait sept fois le tour du cercle de pierres en soufflant dans son cor de guerre serait accompagné par la chance lors de son prochain combat.

En approchant du pavillon écarlate, Gaborn entendit des murmures de surprise et d'approbation parmi les quelques dizaines de seigneurs qui l'accompagnaient. Les jeunes cavaliers, eux, s'arrêtèrent pour mieux dévisager le Roi de la Terre. Beaucoup de lanciers et d'archers tirèrent sur les rênes de leur monture pour qu'elle se cabre, indiquant par là qu'ils étaient prêts à se mettre au service de Gaborn. Mais celui-ci n'osa pas en choisir un seul avant de s'être entretenu avec Herrin la Rouge.

Suivi par Binnesman, son Diem et sa suite, le jeune homme passa entre les statues de bronze et mit pied à terre. Des serviteurs se hâtèrent d'emmener les chevaux aux écuries royales.

Gaborn s'était rarement senti aussi humble que devant ces immenses pierres dressées. Un vent froid soufflait sur les collines, faisant onduler et claquer les parois de soie écarlate du pavillon. Les sentinelles postées à l'entrée du palais écartèrent les pans qui la masquaient.

Les seigneurs entrèrent dans l'antichambre, dont le plafond culminait à cent pieds de haut, et attendirent qu'on annonce leur arrivée à la haute reine. Les rayons du soleil filtrant à travers la soie baignaient la pièce d'une lueur rougeâtre. De vastes tapisseries couvraient les cloisons. Elles représentaient l'emblème de Fleeds : une jument roanne dressée sur ses pattes arrière et crachant des flammes par les naseaux. Le champ où elle évoluait était dépeint en détail jusqu'au plus petit brin d'herbe, jusqu'à la dernière fourmi.

Dehors, les cavaliers se remirent à galoper autour du cercle de pierres en soufflant dans leur cor de guerre.

— Je ne vois pas comment nous allons tenir un conseil avec tout ce raffut, fit remarquer le seigneur Langley.

Comme il n'était jamais venu à Tor Doohan, son ignorance était excusable. Le Sanctuaire de la reine, au cœur du palais, bénéficiait d'une parfaite isolation sonore.

Le toit de l'énorme pavillon se composait de trois couches de soie superposées mesurant chacune près de six cents pieds de long. L'intérieur était divisé en pièces par des rideaux et des tapisseries suspendus aux piliers de bois dressés à intervalles réguliers. Avec son parquet et ses escaliers sur trois niveaux, le palais d'Herrin la Rouge semblait moins solide qu'une forteresse de pierre, mais plus confortable qu'une tente ordinaire.

La haute reine entra dans l'antichambre. Grande et musclée, elle avait des cheveux d'un roux flamboyant, la peau pâle et des yeux d'un bleu presque marine. Elle eut un sourire sans joie pour saluer ses visiteurs.

Elle sait que je vais la supplier de me prêter des troupes, et qu'elle sera obligée de m'opposer un refus, songea Gaborn.

Herrin portait une cotte de mailles et une targe d'argent sur laquelle l'emblème de Fleeds se détachait en émail rouge. Elle tenait le sceptre royal : une cravache d'or ornée d'une queue de cheval rouge.

— Votre Altesse…, dit-elle à Gaborn.

Puis elle fit l'impensable : elle se laissa tomber à genoux devant lui et baissa la tête en lui tendant son sceptre.

Aucune cavalière de Fleeds ne s'était jamais inclinée devant un homme.

Gaborn voulait supplier la haute reine de lui prêter quelques chevaliers et de lui donner de quoi nourrir ses troupes. Et voilà qu'elle venait de lui offrir son royaume.

CHAPITRE XLI

L'ODEUR DE LA TEMPÊTE À VENIR

En fin de matinée, Iomé éperonna son cheval et prit au grand galop la direction de Fleeds, Myrrima et le seigneur Hoswell la suivant de près. Comme son étalon était incapable de soutenir la même allure, la Diema de la jeune femme dut rester en arrière.

À Château Groverman, Iomé avait pris des attributs : plus qu'elle ne s'y attendait, mais moins que Myrrima. À présent, elle avait deux Dons humains de Force, un d'Agilité, un de Vue et quatre de Métabolisme. Et c'était sans compter ses Dons canins : un d'Ouïe, deux d'Endurance et deux d'Odorat. Elle se sentait vraiment devenue un Seigneur-Loup. La puissance lui montait à la tête et lui donnait une conscience encore plus aiguë de ses responsabilités.

Quant à Myrrima… Les paysans avaient entendu le récit de son combat contre l'Éclat Ténébreux, et ils avaient accouru pour lui offrir leurs attributs. Iomé s'était sentie obligée de proposer à son amie davantage de forceps puisés dans sa réserve personnelle. Seize hommes et femmes avaient consenti des Dons à Myrrima ; si on comptait ceux que la jeune femme avait déjà pris à ses chiots, elle en avait presque autant qu'un capitaine de la garde heredonienne.

Myrrima avait toujours eu une robuste charpente et une silhouette voluptueuse ; ses nouveaux attributs lui donnaient l'air féroce.

Les trois Seigneurs des Runes n'avaient pas éprouvé le besoin de s'encombrer d'une escorte, se jugeant capables de se défendre eux-mêmes. Pourtant, tandis qu'ils chevauchaient, Iomé remarqua qu'Hoswell maintenait une distance respectueuse avec elle et Myrrima, qui paraissait mécontente de sa présence.

Le vent frais faisait onduler les hautes herbes, semblant pousser Iomé vers le sud. Malgré le bleu azur du ciel, une odeur de tempête planait dans l'air. Les pluies de la semaine précédente avaient couvert les bruyères de minuscules fleurs violettes qui donnaient une teinte étrange aux champs. La monture d'Iomé galopait comme si elle voulait battre le vent à la course. Mais bien que son allure fût vive, la jeune femme n'eut pas vraiment l'impression qu'elle forçait beaucoup.

Autrefois, quand Iomé montait un cheval de force, elle n'arrivait pas à suivre du regard le mouvement de ses sabots. Depuis qu'elle avait reçu ses Dons de Métabolisme, ce n'était plus le cas. C'était comme si le reste du monde avait ralenti. Un corbeau qui luttait à grand-peine contre le vent lui semblait suspendu en l'air. Le bruit que produisaient les sabots de sa monture sur la terre battue était aussi sourd que le roulement d'un tambour.

Même les pensées d'Iomé s'étaient accélérées. Son voyage, qui allait prendre une journée, durerait cinq fois davantage pour elle. La jeune femme avait rarement disposé d'autant de temps pour réfléchir. À son arrivée, elle devrait encore attendre une nuit entière, et les treize heures de ténèbres compteraient comme soixante-cinq à ses yeux. Au plus profond de l'hiver, les soldats de force devenaient irritables. À présent,

Iomé comprenait pourquoi : il devait leur sembler que les beaux jours ne reviendraient jamais.

Elle passa en trombe devant un bosquet de chênes solitaires dont le vent avait emporté la plupart des feuilles, et dont les branches n'étaient plus couvertes que de lierre grimpant. Un ruisseau boueux serpentait dans la prairie ; assis sur un étroit pont de bois, un homme abreuvait son cheval à l'ombre maigre d'un chêne.

Malgré la distance qui l'en séparait encore, Iomé distingua sa tunique bleue ornée du chevalier vert de Mystarria sur le côté droit de la poitrine. Il portait un sabre à la ceinture et un casque d'acier muni d'une longue visière.

Un messager, conclut la jeune femme en levant une main pour faire signe à ses compagnons de ralentir.

Myrrima fronça les sourcils en observant le petit homme dont les longs cheveux grisonnaient prématurément. Quelque chose lui déplaisait. Elle avait déjà rencontré plusieurs courriers de Gaborn, mais elle n'aurait su mettre le doigt sur ce qui la tracassait.

Le messager aperçut les trois cavaliers. Il se releva, épousseta sa tunique, puis remonta en selle et sortit de l'ombre du bosquet en examinant les nouveaux venus avec soin, comme s'il craignait d'avoir affaire à des hors-la-loi.

Iomé tira sur les rênes de son cheval pour le laisser approcher. Elle aussi le trouvait étrange. Son sourire n'était ni timide ni peureux, mais plein de la malice qui pétillait dans son regard.

— Où allez-vous donc, sirrah ?

Le courrier s'arrêta devant elle.

— Je porte un message au roi.

— De la part de qui ?

— C'est bizarre, mais la dernière fois que je l'ai vu, le roi n'avait pas de nichons.

C'était sa façon de dire à Iomé qu'elle se mêlait de

ce qui ne la regardait pas. Mais Myrrima n'avait jamais entendu de Mystarrien s'exprimer aussi grossièrement.

— La dernière fois que je l'ai vue, la reine en avait, dit Iomé.

Le sourire du messager s'évanouit, mais ses prunelles continuèrent à briller comme si on venait de lui raconter une bonne blague.

— Vous êtes la reine ?

Iomé fit oui de la tête. Le ton du petit homme laissait entendre qu'elle n'arrivait pas à la cheville de ce qu'il avait imaginé. Bien qu'elle eût accepté plusieurs Dons, elle n'avait pas pris de Charisme ni de Voix…

Devait-elle faire battre cet homme pour son insolence, ou seulement le renvoyer ?

— Mille excuses, Votre Altesse. Je ne vous avais pas reconnue. Nous ne nous sommes jamais rencontrés.

Le ton moqueur du courrier démentait ses paroles contrites.

— Faites-moi voir ce message, ordonna Iomé.

— Je suis navré, mais il est destiné au roi.

Iomé sentit la colère monter en elle en même temps que ses soupçons.

Le courrier parlait très vite. Il devait avoir plus d'un Don de Métabolisme, ce qui n'était pas très courant dans sa profession. Iomé le renifla, mais ne détecta rien de suspect : il sentait le crottin, la poussière, le lin, le coton et le liniment.

— Je porterai moi-même ce message. Vous n'allez pas dans la bonne direction, et votre cheval semble épuisé. Jamais vous ne rattraperez le roi.

Consterné, l'homme regarda la route. S'il venait de Tor Doohan, il aurait dû croiser Gaborn. Ce qui signifiait qu'il n'avait pas emprunté le chemin le plus direct, mais une voie détournée.

— Où puis-je le trouver ? demanda-t-il.

— Donnez-moi ce message ! insista Iomé.

Le courrier leva un sourcil. Derrière elle, Iomé

entendit le seigneur Hoswell tirer son marteau du fourreau pendu à sa selle. Pourtant, le petit homme s'obstina à ne pas obtempérer.

— C'est un ordre ! cria Iomé.

— Je... je voulais juste vous épargner cette peine, Votre Altesse...

Il porta une main à sa sacoche et en tira un étui à parchemin laqué bleu.

— Pour le roi et lui seul.

Iomé voulut prendre l'étui. Mais la voix de Gaborn retentit dans son esprit.

Attention !

Elle étudia le messager. Il ne fit pas mine de plonger sur elle ni de dégainer son arme. Pourtant, il devait être dangereux.

Iomé examina l'étui sans le toucher. Elle avait entendu dire que les assassins du Sud y plaçaient parfois des aiguilles empoisonnées, mais elle ne vit rien de suspect. Le sceau de cire ne portait le cachet d'aucun seigneur.

Le courrier se pencha vers la reine et plongea son regard dans le sien. Un sourire flotta sur ses lèvres.

Il me met au défi de le prendre, comprit Iomé.

Elle tendit la main et saisit non l'étui mais le poignet du petit homme.

Il écarquilla les yeux puis éperonna sa monture avec une telle force que du sang coula sur les flancs de l'animal. Mais Iomé avait davantage de Dons que lui ; il eut beau se débattre pour lui échapper, elle ne le lâcha pas.

Au cours de leur lutte, le bras de la jeune femme effleura l'étui à parchemin, et elle éprouva une sensation indescriptible, comme si des milliers d'araignées grouillaient à la surface de la laque. Horrifiée, elle tordit le poignet du courrier pour lui faire lâcher prise. À sa grande surprise, elle entendit les os de l'homme se briser.

Ayant reçu ses Dons deux heures auparavant, elle n'avait pas encore conscience de sa force.

L'étui tomba sur le sol, et la monture de l'homme s'élança. Mais Myrrima volait déjà au secours de sa compagne. L'étalon de Borenson heurta de plein fouet celui du courrier, qui recula en titubant. Sous le choc, son cavalier désarçonné roula à terre, tandis que Myrrima s'accrochait à l'encolure de son cheval pour ne pas subir le même sort.

Craignant que le messager ne se jette sur son amie, Iomé bondit. Gaborn l'avait avertie du danger, mais ils étaient trois contre un, et elle se sentait confiante. Elle tira sur les rênes de son étalon, qui se cabra et fouetta l'air de ses sabots avant.

Le courrier se releva d'un bond, les yeux roulant en tout sens. Il éclata d'un rire hystérique. Puis, voyant que le seigneur Hoswell avançait à son tour, il bondit soudain dans les airs et… s'envola.

Il n'eut pas besoin d'agiter les bras comme des ailes, ni de faire de mouvement étrange : il se contenta de laisser le vent le soulever. Une bourrasque tourbillonna, faisant claquer sa cape bleue et l'arrachant au sol. D'un bond, il survola Iomé, s'éleva à une centaine de pieds du sol et alla se poser dans un énorme chêne qui surplombait le ruisseau boueux. Les branches ployèrent sous son poids.

— Par les Puissances ! jura le seigneur Hoswell en courant vers l'arbre.

Il passa une main dans son dos pour en tirer l'arc d'acier que sa force lui avait permis de bander en selle, et y encocha une flèche pour abattre le messager.

Accroupi sur une fourche tel un corbeau géant, celui-ci continuait à ricaner. Iomé avança prudemment, car elle se demandait ce qui avait pu provoquer un si brusque changement d'attitude. Pourquoi l'assassin grimaçant s'était-il transformé en hystérique ?

— C'est un Seigneur des Cieux ! s'exclama Myrrima.

— Ça m'étonnerait ! cracha Hoswell. Un Seigneur des Cieux aurait volé jusqu'ici. C'est juste un foutu magicien inkarran !

Maintenant qu'il en parlait, Iomé s'aperçut que le petit homme avait l'air inkarran. Les cheveux argentés étaient plutôt rares dans le Nord. Mais sa peau n'était pas assez pâle, et ses yeux marron plutôt que gris.

Un métis, donc, déduisit la jeune femme.

Hoswell décocha sa flèche qui fut déviée par une soudaine rafale et manqua sa cible. Iomé leva une main pour interdire à son compagnon de tirer de nouveau.

Elle étudia attentivement le faux messager. À présent qu'elle se concentrait, elle sentait la Puissance qui le manipulait. Cet homme n'était pas un assassin froid et calculateur, mais une âme passionnée, chaotique et totalement imperméable à la peur. Il s'était donné à l'Air. Au premier regard, Iomé avait vu que quelque chose clochait chez lui, même si elle avait mis du temps à savoir quoi.

Le courrier n'en finissait plus de ricaner comme un dément. Iomé n'y connaissait pas grand-chose en magie de l'Air, un élément imprévisible. Pour le combattre, il fallait déchiffrer ses humeurs et les imiter : agir comme un miroir, en quelque sorte. L'assassin ne s'était pas tout à coup transformé en pitoyable créature ; il faisait seulement semblant pour s'attirer les faveurs du vent. Mais celui-ci était un maître instable, capable d'accorder à un serviteur dix fois plus de pouvoir que nécessaire ou de l'abandonner à son sort.

Iomé songea à l'Éclat Ténébreux et à l'élémental d'air qui s'en était échappé. Se pouvait-il qu'il leur ait envoyé un assassin ?

— Qui sers-tu ? gronda le seigneur Hoswell.

— Qui ? Qui ? hurla le messager en battant des bras comme s'il se prenait pour un hibou.

Il frémit et regarda son poignet cassé qui pendait lamentablement.

— Ça fait mal, dit-il sur un ton de reproche.

Iomé lui fit son sourire le plus amical.

— Pourquoi ne descendez-vous pas ?

— Descendre ? Par terre ? Non ! (Le regard de l'homme s'éclaira.) Je suis comme un chardon ! Un chardon qui se change en duvet et s'envole. Vous devriez essayer. Transformez-vous et vous volerez. Comme dans vos rêves !

Le cœur de la jeune femme fit un bond dans sa poitrine. La semaine précédente, elle avait rêvé qu'elle se changeait en duvet de chardon et qu'elle survolait Château Sylvarresta, le vent l'emportant loin de ses problèmes.

Le messager écarquilla les yeux et tendit vers elle sa main valide.

— Venez à moi, ô balourde Reine des Cieux ! Vous n'avez pas besoin d'ailes de plumes pour voler !

Il est sérieux, comprit Iomé. *Il veut que je le rejoigne.*

Une rafale heurta la jeune femme dans le dos, manquant l'arracher à sa selle. Elle s'agrippa au pommeau. Se souvenant de la mise en garde de Gaborn, elle maudit sa propre stupidité. Si elle lâchait prise, les Puissances seules savaient où le vent l'emporterait !

Iomé cria de détresse.

Hoswell décocha une seconde flèche. Elle se logea dans le tronc de l'arbre, non loin de la tête de l'assassin dont elle brisa la concentration. Le vent retomba autour d'Iomé, tandis que le petit homme grognait et montrait les dents comme un chien en colère.

— Non ! cria-t-il. Elle ne veut pas venir. Elle ne veut pas grandir. Pas comme le fils dans son ventre. Donnez-moi le fils du roi. Donnez-le-moi ou je viendrai le prendre !

Il arracha la flèche de l'écorce et la lança en direction de Hoswell. Le projectile fila à une vitesse ahurissante, suivant une trajectoire qui désobéissait à toutes les lois de la nature. Il atteignit sa cible à l'épaule, mais rebondit sur l'armure sans réussir à la pénétrer.

Attention ! répéta la voix de Gaborn.

Iomé plongea à temps pour éviter le projectile qui avait fait demi-tour et volait vers elle. La flèche passa au-dessus de sa tête et disparut dans le lointain. Sans ses Dons de Métabolisme, la jeune femme aurait été transpercée.

— Maudit sorcier ! cracha Hoswell. Je vais monter le cueillir, s'il ne me laisse pas d'autre choix !

— Attendez ! cria Iomé.

Elle leva les yeux vers l'assassin, qui la toisa en ricanant. Elle sentait la Puissance qui le manipulait telle une marionnette. Jamais elle n'avait rencontré de magicien de l'air. Un mur d'indécision, d'instabilité tourbillonnante enveloppait cet homme qui n'avait plus de volonté propre. Il s'était abandonné au vent, et continuait dans l'espoir que le vent le préserverait.

Iomé comprit qu'elle s'était trompée. Il ne faisait plus semblant. Il était réellement devenu une créature pathétique et caquetante incapable de réfléchir. Et il voulait qu'elle le rejoigne, qu'elle devienne comme lui !

À présent, la jeune femme se souvenait qu'elle avait rêvé de se transformer en duvet de chardon pendant une tempête. Les Puissances de l'Air avaient jeté leur dévolu sur elle.

Élance-toi dans le ciel. Laisse-nous t'emporter.

— Ainsi, mon brave, dit Iomé pour détourner son attention, tu crois pouvoir m'apprendre à voler ?

— Voler ? Voler comme une mouche ? Marcher comme une mouche. Parler comme une mouche. Parler au ciel. Pourquoi ? Pourquoi ? Elle ne demande pas pourquoi.

Il passa sa main valide sur le tronc de l'arbre. Iomé

fut surprise de le voir arracher de gros morceaux d'écorce. Il était plus fort qu'il n'en avait l'air.

La jeune femme approcha calmement du seigneur Hoswell, qui avait encoché une nouvelle flèche mais hésitait à tirer, puisque son dernier trait avait failli éventrer sa reine. Iomé s'humecta les lèvres, puis lécha la pointe du projectile, sa hampe et les plumes de son empennage pour le mouiller comme celui avec lequel Myrrima avait abattu l'Éclat Ténébreux.

— Allez-y maintenant, chuchota-t-elle.

L'assassin cria et chercha un moyen de s'échapper. Sa terreur subite indiquait que la reine avait vu juste.

Hoswell tendit son arc d'acier. Le petit homme bondit dans les airs alors que le vent tourbillonnait autour de lui, en agitant les pans de sa cape comme des ailes. La flèche vint se planter dans son épaule. Il tourna cinq ou six fois sur lui-même ; puis l'étrange bourrasque qui le portait se dissipa soudain, et il dégringola vers le sol où il atterrit avec un bruit sourd.

Un grognement s'échappa de sa gorge et monta en spirale autour du chêne. Horrifiée, Iomé leva les yeux. Le corps du magicien gisait peut-être à leurs pieds, mais une part de lui avait survécu, s'était échappée et continuait à gémir.

Hoswell se laissa glisser à terre et retourna le cadavre. Très peu de sang s'échappait de sa plaie. Une simple flèche dans l'épaule n'aurait pas dû le tuer. Pourtant, il ne bougeait plus, ne respirait plus et avait le regard fixe d'un mort.

Nous ne l'avons pas abattu, songea Iomé. *Pas de la façon dont Myrrima a tué l'Éclat Ténébreux. Ce magicien a choisi de quitter son corps.*

Hoswell serra la gorge de l'assassin. De sa main libre, il gratta un peu de terre dont il lui remplit la bouche et les narines.

— Si on désincarne un Seigneur des Cieux, il faut l'enterrer le plus vite possible, expliqua-t-il à Myrrima et à Iomé. De cette façon, il ne peut plus récupérer son corps. Mieux vaut également lui coudre la bouche et les narines, mais mon intervention devrait suffire à l'immobiliser quelque temps.

Iomé n'y connaissait pas grand-chose : n'étant pas une guerrière, elle n'avait jamais imaginé combattre un jour des créatures magiques. Mais comme elle n'avait rien fait de tel au cadavre de l'Éclat Ténébreux, elle craignit soudain qu'il ne revienne.

Une bourrasque jaillit du ciel avec un sifflement, bouscula Hoswell et le plaqua au sol. Le corps du magicien fut pris de convulsions. Hoswell jeta une poignée de terre en l'air, et le vent battit en retraite. Frustré, il s'éleva en rugissant vers la cime des arbres, dont il détacha les dernières feuilles mortes pour les faire tomber en pluie.

— Attendez ! ordonna Iomé.

Hoswell lui jeta un regard curieux.

— Je veux savoir ce que cet homme cherchait. Pourquoi nous a-t-il attaqués ?

— Vous n'obtiendrez aucune réponse en le questionnant…

— Fouillez-le !

La bourse du magicien ne contenait rien d'intéressant. Sous sa botte droite, son pied et son mollet étaient couverts des tatouages bleus en vogue à Inkarra. Mais au lieu de représenter son arbre de vie, ils montraient le symbole des vents entouré par ses noms de famille. Iomé avait beaucoup de mal à déchiffrer les glyphes.

Hoswell se gratta la mâchoire en les étudiant.

— C'est bien un Inkarran, commenta-t-il. Il s'appelle Pilwyn. Zandaros du côté de son père, mais la chienne qui l'a engendré se nommait Yassaravine.

Il leva un regard troublé vers Iomé.

— Yassaravine coly Zandaros ? La sœur du Roi des Tempêtes ? s'étonna la jeune femme.

Le Roi des Tempêtes était le plus puissant seigneur

d'Inkarra. Selon la légende, il descendait en droite ligne des Seigneurs des Cieux, mais son aïeul était tombé en disgrâce. Autrement dit, le magicien qu'Iomé tenait à sa merci n'était pas n'importe quel manant.

Les Inkarrans ne faisaient pas la guerre. Leurs chefs réglaient les conflits en se battant entre eux. Mais leurs méthodes étaient souvent subtiles et perverses. Il était très rare qu'un seigneur prenne les armes ; la plupart préféraient empoisonner leurs victimes, les humilier, les rendre folles ou les pousser au suicide.

Iomé s'interrogea. Cet homme avait sans doute pris beaucoup de plaisir à se faire passer pour un messager du royaume qu'il aspirait à détruire. À présent, la jeune femme comprenait l'étrange sensation qu'elle avait éprouvée en touchant l'étui à parchemin. Celui-ci devait être couvert de runes magiques. Si Gaborn l'avait ouvert, son contenu l'aurait anéanti. Pis encore, l'assassin avait réussi à lui envoyer un rêve, ou tout au moins à lire dans son esprit.

— Est-ce bien ce que je pense ? demanda-t-elle d'une voix sourde.

— J'en ai peur, soupira Hoswell. Pour la première fois dans l'histoire, les Inkarrans viennent d'entrer en guerre contre le Rofehavan, et ils vont nous enseigner un tout nouveau genre de bataille.

Iomé serra les poings, levant les yeux vers le ciel. Elle ne voulait tuer personne, surtout pas un seigneur étranger dont la famille très puissante réclamerait réparation. Pourquoi les Inkarrans souhaitaient-ils la guerre ? Peut-être pourrait-elle raisonner celui-ci…

Le vent continuait à gémir dans les branches des chênes.

— Pilwyn coly Zandaros, appela la jeune femme. Parlez-moi !

La masse d'air s'immobilisa comme si elle l'écoutait.

— Nous n'avons pas attaqué votre peuple, et nous n'avons aucune intention de le faire. Nous espérions plutôt nous allier à vous pour affronter les temps sombres à venir.

Le vent ne répondit pas. Iomé n'était pas sûre que l'assassin puisse s'adresser à elle sous cette forme.

— Seigneur Hoswell, ôtez la terre de sa bouche et de son nez, ordonna-t-elle.

— Votre Altesse…

— Faites-le !

Hoswell s'exécuta à contrecœur, mais le magicien ne revint pas à la vie. Il demeura immobile, un sourire mystérieux sur les lèvres, le regard fixé vers le ciel. Iomé remarqua qu'aucun voile ne ternissait ses prunelles.

La jeune femme s'éloigna de quelques dizaines de pas, scrutant le sol devant les sabots de sa monture. Enfin, elle aperçut ce qu'elle cherchait. N'osant pas le toucher, elle descendit de sa selle et jeta dessus plusieurs poignées de terre. Deux runes ondulèrent à ses pieds avant de se dissiper. Alors, Iomé se baissa pour ramasser l'étui à parchemin et lire le message qu'il contenait.

Ah, ne plus jamais respirer
Le doux parfum de l'air frais !

Une malédiction. Une malédiction qui aurait étouffé Gaborn s'il avait eu le malheur d'ouvrir l'étui. Iomé déchira le parchemin et le piétina, puis remonta en selle.

— Nous allons emmener son cheval à titre de dédommagement, dit-elle à ses compagnons en les rejoignant. Je ne veux pas qu'il nous suive. Mais laissons-lui sa nourriture et son argent pour qu'il puisse rentrer chez lui.

— Vous allez l'épargner ? s'étrangla Hoswell.

C'était très risqué.

— Le Roi des Tempêtes souhaite peut-être nous

déclarer la guerre, mais nous n'aspirons qu'à la paix, répondit Iomé. Laissons Pilwyn coly Zandaros rapporter ce message à son oncle.

Ils abandonnèrent le corps au pied du chêne. Le magicien n'avait toujours pas bougé ; Hoswell lui laissa sa flèche plantée dans l'épaule.

Ils n'avaient pas parcouru deux cents pas quand le projectile siffla au-dessus de la tête d'Iomé. La jeune femme regarda en arrière. L'Inkarran s'était relevé et les observait, le vent fouettant ses cheveux argentés.

— L'honneur m'oblige à payer votre générosité en retour, lança-t-il d'une voix forte. Je vous laisse la vie en échange de la mienne.

Iomé eut un bref hochement de tête.

— Que la paix règne entre nous.

Mais le magicien fit un signe de dénégation.

— Le Roi de la Terre aura beau agiter les poings et protester, le vent lui apporte la guerre. Il n'est plus d'espoir pour lui, ni pour les immenses hordes de l'humanité. Les Puissances de la Terre s'affaiblissent, mais mon offre tient toujours. Le Roi des Tempêtes vous offrira un refuge si vous le désirez.

Il désigna un énorme cumulonimbus, à l'horizon.

Iomé se détourna et repartit vers le sud.

CHAPITRE XLII

UN SEIGNEUR DU MONDE DU DESSOUS

Les murs de Carris tremblèrent quand la horde de maraudeurs jaillit de la brume.

Dans la plaine, les fantassins indhopalais continuaient à fuir les créatures alors que les sentinelles remontaient le pont-levis. Beaucoup se jetèrent à l'eau et nagèrent vers les barbacanes, comptant sur leurs camarades pour les tirer de là. L'air résonnait de bruits d'éclaboussures, d'appels au secours et des cris des hommes qui se noyaient.

Quant à ceux qui n'avaient pas été assez rapides, les maraudeurs les massacrèrent sans pitié. Au grand étonnement de Roland, la plupart des soldats, confrontés aux monstres qui leur barraient la route, battaient en retraite vers la plaine où le danger était plus grand encore, ou se recroquevillaient en gémissant. Des milliers de soldats se retrouvèrent ainsi coupés de Carris.

Les corbeaux et les goélands avaient déserté la ville que survolaient maintenant des grees. Neuf mages avançaient vers le château, tête haute et bâton tendu, comme attirés par l'odeur de ses habitants. Sur les remparts, les soldats hurlaient de terreur.

Les Tisseurs de Flammes de Raj Ahten s'élancèrent

sur le chemin de ronde vers les portes de la ville. Tout le monde s'écartait sur leur passage, car ils n'étaient plus vêtus que de feu vivant.

L'un d'eux leva la main, puisant de la force dans la lumière du ciel. Un moment, il fut enveloppé de ténèbres tandis que les rayons du soleil tourbillonnaient et venaient se concentrer dans sa paume. Puis il traça une rune et la poussa en avant. Un splendide bouclier de flammes vertes descendit en flottant vers le pont et resta suspendu deux cents pas devant les portes de la forteresse. Quand deux de ses confrères l'eurent imité, le sorcier créa une quatrième rune.

La température baissa brutalement d'une dizaine de degrés, car les Tisseurs de Flammes absorbaient la chaleur des cieux. La pluie froide qui tombait depuis des heures se changea en grêle. Mais trente secondes plus tard, un mur circulaire de quatre boucliers de feu barra le pont, coupant à la fois la retraite aux défenseurs et l'accès du château à ses ennemis.

Pendant ce temps, le gros de l'armée des maraudeurs se dirigeait vers le nord, comme s'ils ne se souciaient pas de Carris. Roland reprit espoir.

Nous ne comptons pas pour eux. Quoi qu'ils aient l'intention de faire, Carris ne représente rien à leurs yeux.

Mais dans la plaine, le groupe de mages adopta une formation de bataille en V.

Nous ne représentons presque rien, corrigea Roland, *de sorte qu'ils envoient seulement une poignée de sorciers nous régler notre compte.*

La plus grosse créature prit la tête. Elle devait mesurer près de vingt pieds au garrot ; des runes de feu lui couvraient le visage et les avant-bras. Sans manifester de crainte, elle s'approcha du pont en brandissant son bâton. La lumière azur pâle qu'il émettait vira à l'écarlate, et une fumée noire s'en échappa.

Les artilleurs décochèrent une volée de carreaux de

balistes, dont le sifflement fut ponctué par les ordres de l'officier — « Rechargez ! » — et par le grincement des rouages. À si faible distance, les projectiles auraient dû faire mouche. Mais pour une raison inconnue, tous manquèrent largement leur cible.

De la magie, comprit Roland. *Nous ne pouvons pas les toucher. C'est sans espoir…*

Le maraudeur de tête atteignit l'extrémité du pont et marqua une pause face aux boucliers de flammes vertes. Il se tordit le cou comme pour mieux les étudier. Puis il tendit son bâton vers la roue de feu vivant.

Il va la dissiper. Elle s'évaporera comme si de rien n'était…

Mais les boucliers explosèrent avec une violence qui fit trembler la forteresse sur ses fondations. Roland bascula et atterrit les quatre fers en l'air. Des éclairs verts fusèrent vers le ciel. Une bouffée d'air brûlant monta jusqu'aux remparts. Bien que deux cents pas le séparent des flammes, Roland eut l'impression de s'être penché au-dessus d'une forge. Les défenseurs les plus exposés poussèrent des cris de douleur et plongèrent à couvert.

Des flammes si fortes assaillaient Carris que les runes aquatiques qui protégeaient la forteresse s'activèrent. Un geyser de vapeur monta dans les airs, formant un rideau qui boucha la vue de Roland. Des gouttelettes se condensèrent sur son front et coulèrent dans ses yeux ; il les essuya d'un revers de manche.

Levant la tête, il aperçut un arc-en-ciel d'une beauté à couper le souffle. Il se redressa. Le nuage de vapeur continua à monter, obscurcissant tout. Pendant quelques minutes, Roland ne vit plus rien.

Bien que les murs de Carris soient renforcés par des runes de terre, l'explosion les avait malmenés. De grandes plaques de plâtre se détachèrent des remparts à l'intérieur comme à l'extérieur, mettant à nu la pierre blanche pour l'exposer à la gifle froide de la grêle.

Puis les défenseurs qui étaient le plus près des portes de la ville commencèrent à crier, à siffler et à applaudir. Roland repéra le mage qui gisait à deux cents pas de l'extrémité du pont, carbonisé et plus hideux qu'un cauchemar.

La créature ne remuait plus. De la fumée verte s'élevait de ses plaies là où les lances de feu l'avaient transpercée. Derrière, d'autres mages noircis par les flammes avaient basculé de côté et grattaient faiblement le sol de leurs membres brisés. Les quatre qui fermaient la marche se replièrent en boitant.

Roland soupira de soulagement.

Nous les avons battus, se réjouit-il. *Nous avons repoussé leur attaque.*

Autour de lui, les soldats laissaient éclater leur allégresse.

Dans la plaine, quelques milliers de fantassins étaient toujours pourchassés par deux ou trois douzaines de maraudeurs restés en arrière. Certains atteignirent le pont et purent se jeter à l'eau pour échapper au massacre.

Roland sonda la plaine du regard. Le brouillard continuait à se dissiper ; non loin de la forteresse, les maraudeurs marchaient vers le nord en rangs serrés. Le choc de leur carapace contre les pierres produisait un bruit assourdissant comme celui du ressac.

Roland savait qu'il existait différentes espèces de maraudeurs, même si la majorité des images représentaient la plus commune : les hordes de porteurs de lames et les mages qui les guidaient. Mais les défenseurs de la citadelle découvraient les vers aux multiples pattes que leurs ancêtres surnommaient « baveurs », ainsi que les créatures arachnéennes couleur d'urine appelées « hurleurs » à cause des sons stridents qu'elles émettaient de temps à autre. Bien qu'elles ne ressemblent pas aux maraudeurs les plus courants, elles s'intégraient dans leur société. En tant qu'esclaves, peut-être ?

Puis le chef de la horde émergea du brouillard. C'était un monstre de légende, un seigneur maraudeur comme on n'en avait plus vu à la surface depuis des millénaires.

— Un mage funeste ! hurlèrent les défenseurs.

Une centaine de mages ordinaires le portaient sur un palanquin au-dessus de leur tête. Même s'ils faisaient la taille d'un éléphant, ils paraissaient ridicules à côté de leur maître.

Une fois et demi plus haut et deux fois plus long qu'eux, le mage funeste était couvert de runes dont la phosphorescence l'enveloppait tel un voile. Il se vautrait sur un lit de cristaux si brillants que Roland les prit d'abord pour des diamants.

Non, pensa-t-il en frissonnant.

Ce n'étaient pas des cristaux mais des os de maraudeurs dont la chair avait été dévorée ou consumée par des langues de flammes. Les os de ses ennemis vaincus. Dans ses pattes, il tenait un monstrueux bâton qui émettait une lueur d'un jaune malsain.

Il est magnifique…

Les maraudeurs ordinaires faisaient si peur à Roland qu'il ne savait pas comment réagir face à celui-là. Il guetta du coin de l'œil la réaction de ses compagnons, soupçonnant qu'ils seraient davantage capables d'évaluer la menace. Le baron Poll, qui avait plaisanté à la vue des neuf premiers mages, était livide d'horreur. Même Raj Ahten avait les yeux écarquillés et les narines frémissantes.

Un instant plus tôt, Roland avait soupiré de soulagement. À présent, ses cheveux se dressaient sur son crâne et il avait la chair de poule. Un véritable Seigneur du Monde du Dessous avançait vers eux, et les mages qui avaient goûté le feu des Tisseurs de Flammes couraient vers son palanquin.

— Oh, oh, marmonna le baron Poll. S'il y a une chose que je déteste, c'est bien les rapporteurs.

Peut-être le mage funeste ne se souciera-t-il pas de nous, songea Roland. *Peut-être a-t-il mieux à faire dans le Nord.*

Les quatre mages ordinaires tombèrent à genoux devant leur maître et baissèrent leur tête en forme de pelle d'une façon qui n'était pas sans rappeler le salut des chevaliers devant leur seigneur. Le mage funeste leva la queue et l'agita comme le dard d'un scorpion. Les maraudeurs qui portaient son palanquin s'immobilisèrent.

Se tournant vers Carris, il se dressa sur ses deux pattes arrière comme une marmotte devant son terrier, ses pattes du milieu et de devant pendant contre ses flancs. La lumière grisâtre de l'aube faisait scintiller sa carapace. Ses philia palpitèrent le long de son échine et remuèrent comme les spicules d'une anémone de mer en quête de nourriture.

— Il ne peut pas nous voir d'où il est, n'est-ce pas ? demanda Roland.

— Mais il sent jusqu'au dernier des huit cent mille humains réfugiés ici, répondit le baron Poll.

Le mage funeste prit son bâton à deux mains, puis sauta à terre et se dirigea vers Carris. Dans son dos, une armée de milliers de maraudeurs lui emboîta le pas telle une marée noire.

Les Tisseurs de Flammes puisèrent désespérément dans la lumière du ciel pour lever un nouveau bouclier. La température baissa encore tandis qu'ils absorbaient jusqu'à la chaleur résiduelle des pierres, qui se couvraient de givre. La grêle se changea en neige.

Les sorciers tracèrent neuf autres runes. Le feu qui léchait leur peau s'éteignit et ils se retrouvèrent nus dans le froid glacial. Tous leurs cheveux et leurs poils avaient brûlé depuis longtemps. Les flocons fondaient en sifflant au contact de leur peau. Ils étaient épuisés.

À leur expression, Roland constata qu'ils ne croyaient pas leur bouclier capable de retenir un mage funeste.

Beaucoup de maraudeurs ralentirent l'allure le temps de saisir entre leurs crocs les corps des fantassins indhopalais. Au lieu de les dévorer ou de les broyer, ils les portèrent délicatement jusqu'au pont, comme s'ils voulaient les y laisser en guise d'offrande, tel un chat qui dépose des souris mortes aux pieds de son maître. Certains hommes, seulement blessés, poussèrent des gémissements et des cris de détresse. Leurs supplications fendirent le cœur de Roland, mais il ne pouvait rien pour eux.

À quatre cents pas du château, le mage funeste s'immobilisa. Une centaine de mages mineurs se déployèrent pour le flanquer. Dix mille maraudeurs se massaient derrière lui et chacun portait un homme entre ses dents cristallines.

Le mage funeste leva son bâton jaune et fit un grand geste comme s'il s'apprêtait à lancer un sort. Les défenseurs plongèrent à couvert.

Maintenant, il va nous montrer de quoi il est capable, pensa Roland.

CHAPITRE XLIII

DE LA FRAGILITÉ HUMAINE

Gaborn prit peu de repos à Tor Doohan. Un besoin impérieux de se battre au nom de la Terre le poussait vers le sud.

L'officiant de Château Groverman avait dû travailler toute la nuit. En début de matinée, Gaborn avait reçu les cinquante Dons réclamés. Il sentait ses muscles rouler sous son armure et son sang battre dans ses veines.

Avant midi, il se remit en route avec cent seigneurs d'Orwynne et d'Heredon, plus cent cinquante cavaliers de Fleeds. C'était peu et beaucoup à la fois, car ces guerriers étaient les meilleurs des trois royaumes réunis.

Bientôt, Gaborn unirait ses forces à la grande armée du roi Lowicker, et avant d'atteindre Carris, il recevrait peut-être le renfort des Chevaliers Équitables et des seigneurs mystarriens. Il se retrouverait ainsi à la tête d'un demi-million d'hommes conduits par les plus puissants Seigneurs des Runes du monde.

Gaborn se réjouissait à l'idée que le roi Lowicker chevauche bientôt à ses côtés. Il ne s'attendait pas à ce que le vieillard ait un tel sursaut de combativité. Certains le qualifiaient de fragile ; encore étaient-ce les plus indulgents. Sa fragilité ne semblait pas tant physique que mentale. Les deux dernières années, ses capacités de raisonnement avaient baissé dramatiquement, le conduisant au bord de la sénilité. Beaucoup affirmaient que seuls ses trois Dons d'Intelligence, et la mémoire des Dédiés à laquelle il avait accès, lui permettaient de dissimuler la gravité de son affliction.

Pourtant, Lowicker avait toujours été un des alliés les plus fiables du roi Orden. Moins de trois semaines plus tôt, il l'avait reçu en grande pompe alors qu'il traversait son royaume pour aller dans le Nord à l'occasion des chasses d'Hostenfest. À cette occasion, il avait chaudement loué Gaborn, insinuant que le jeune homme ferait un parfait époux pour sa fille : une adolescente rondelette aussi dépourvue de vices que de vertus.

Gaborn se souvenait d'une nuit où son père et Lowicker avaient échangé des histoires de chasse en sirotant du vin chaud devant un feu de cheminée. Depuis que le vieillard s'était brisé la hanche lors d'une mauvaise chute, trois ans plus tôt, il évitait de monter à cheval. Il ne chasserait plus jamais, et Orden s'en était attristé.

Alors qu'il se dirigeait vers le sud, Gaborn imagina la colère d'Iomé quand elle découvrirait qu'il ne l'avait pas attendue. Il avait avancé son départ de Tor Doohan en partie parce que l'impression de danger se faisait plus pressante et parce qu'il croyait devoir attaquer au plus vite. Mais surtout parce qu'il espérait décourager sa femme de le suivre. Il savait qu'elle avait été en danger près de la frontière heredonienne, et que beaucoup de ses soldats mourraient aujourd'hui. Il ne voulait pas qu'Iomé soit du nombre.

Le Mur de Kriskaven s'étendait sur plus de trente lieues à la frontière de Fleeds et de Beldinook. Ce bastion de pierre noire mesurait vingt pieds de haut sur autant de large à la base. Une tranchée avait été creusée des siècles auparavant le long de sa face nord. Il y coulait une rivière peu profonde qui s'asséchait au plus fort de l'été. Deux chevaux pouvaient galoper de front au sommet du mur, mais les seigneurs de Beldinook n'avaient pas jugé utile d'y maintenir une garnison digne de ce nom depuis près de deux cents ans.

Quand Gaborn se dirigea vers la Porte de Feyman en début d'après-midi, il se réjouit de voir les remparts bondés de guerriers — un millier, estima-t-il rapidement — et d'entendre des cors de guerre le saluer. Le Mur de Kriskaven serait un formidable obstacle pour les troupes de Raj Ahten si elles s'avisaient de passer par ici.

Mais tandis qu'il s'approchait, flanqué de la centaine de chevaliers qui avaient pu le suivre, le jeune homme eut un picotement familier, comme si un linceul venait de s'abattre sur ses compagnons. La Terre l'avertissait d'un danger.

Gaborn ordonna une halte à deux cents pas de la porte pour examiner les sentinelles, qui portaient l'uniforme de Beldinook, un haut casque d'argent et un arc long. Leur bouclier était frappé du cygne blanc sur champ de sable. Au sommet du mur, un capitaine fit signe à Gaborn d'avancer.

Quelque chose clochait. Pourtant, la Porte de Feyman large de plus de quarante pieds était grande ouverte et accueillante. La partie de mur qui la surplombait était trouée de dizaines de meurtrières. En silence, Gaborn mit ses Élus en garde contre une attaque imminente. Autour de lui, l'air retentissait de bruits métalliques pendant que les seigneurs abaissaient leur visière et détachaient le bouclier du dos de leur monture. Les étalons reconnurent les signes avant-coureurs d'une bataille ; impatient de charger, celui de Gaborn gratta le sol de ses sabots avant.

Le prince Celinor chevauchait à côté d'Erin Connal. Il jeta un coup d'œil nerveux à la ronde, se demandant ce qui se passait.

— Qui s'oppose à nous ? cria Gaborn sans bouger.

La poussière de la route menaçait de l'étouffer. Comme il n'avait pas accepté un seul Don de Voix, le vent qui soufflait du Nord-ouest lui renvoya ses mots à la figure et il ne put pas être certain que les sentinelles l'avaient entendu.

Les hommes de Beldinook observaient Gaborn d'un air maussade. Beaucoup portèrent une main à leur carquois et reculèrent pour se mettre à l'abri des créneaux.

— Qui ose s'opposer au Roi de la Terre ? lança la haute reine.

Sa Voix résonna mieux que celle de Gaborn n'aurait pu le faire, même dans des conditions idéales.

Soudain, un roulement de sabots retentit de l'autre côté du mur. Deux files de cavaliers venus de la gauche et de la droite convergèrent vers la porte ouverte, bloquant le passage à Gaborn. Il n'apercevait que les premiers rangs, mais estima qu'il y avait plus d'un millier d'hommes.

À leur tête chevauchait le vieux roi Lowicker en personne. De longs cheveux blancs tressés, un visage étroit, des yeux bleus qui viraient peu à peu au gris… Il ne portait pas d'armure, comme s'il méprisait Gaborn au point de penser que ça n'était pas nécessaire face à si piètre guerrier. Son expression indiquait que monter à cheval lui était toujours aussi pénible.

— Rentre chez toi, Gaborn Val Orden ! ordonna-t-il. Retourne en Heredon tant que tu le peux encore ! Tu n'es pas le bienvenu en mon royaume. Les frontières de Beldinook te sont fermées !

— Votre messager m'a dit le contraire il y a deux jours. Pourquoi ce brusque revirement ? Nous sommes amis depuis longtemps.

Le jeune homme s'efforçait de garder son calme, mais son sang bouillait. Il se sentait désarçonné et trahi. Lowicker lui avait promis son soutien, le pressant de le rejoindre pour combattre à ses côtés. Et pendant ce temps, il prévoyait de l'abattre comme un chien.

— Ton père et moi étions amis depuis longtemps, corrigea le vieillard. Mais je ne serai pas le complice d'un régicide. (Il pointa un index accusateur vers Gaborn.) Dès que tu l'as pu, tu t'es approprié la couronne de Mendellas ! Mais ça ne t'a pas suffi, et maintenant, voilà que tu te fais passer pour le Roi de la Terre ! Dis-moi, les malheureux qui t'accompagnent sont-ils les seuls imbéciles à t'avoir fait confiance ?

— D'autres arrivent, le détrompa Gaborn.

Lowicker le dévisagea et secoua la tête.

— Quand tu as commencé à étudier dans la Salle des Visages, j'ai eu des doutes. Il me semblait que tu ne voulais pas apprendre à tenir ton rôle de souverain, mais plutôt à en donner l'impression. À présent que je te vois te pavaner à la tête de tes pitoyables forces, je regrette de te dire que tu ne m'impressionnes guère. Retourne dans le Nord, jeune imposteur, avant qu'il ne soit trop tard.

Gaborn sentit l'impression de danger augmenter. Lowicker ne lançait pas des menaces en l'air. Erin et Celinor l'avaient averti que le roi Anders cherchait à monter les autres seigneurs du Rofehavan contre lui et, apparemment, il y avait réussi. Lowicker avait tendu une embuscade à Gaborn ; il s'apprêtait à donner à ses troupes l'ordre de charger. Mais le jeune homme espérait encore lui faire entendre raison.

— Vous m'accusez de régicide, et pourtant, vous complotez mon assassinat. Je crains que vous ne soyez devenu le pion du roi Anders. Raj Ahten rirait bien s'il vous voyait !

— Ce n'est pas un régicide que d'exécuter un criminel, dit Lowicker, même s'il s'agit d'un garçon que j'ai toujours considéré comme mon propre fils. J'aimerais croire que tu es bien le Roi de la Terre.

Mais Gaborn doutait de sa sincérité.

— Je suis le Roi de la Terre, affirma-t-il.

Utilisant ses pouvoirs, il sonda le cœur de Lowicker. Il vit un homme qui aimait la richesse et la gloire davantage que la vérité. Un homme qui avait toujours jalousé le roi Orden et cherché à gagner son affection pour mieux s'emparer de son royaume. Un homme qui avait épousé par intérêt une femme qu'il détestait.

Gaborn se souvenait encore de la tristesse de son père quand on lui avait annoncé la mort de l'épouse de Lowicker, des années auparavant. Mais dans le cœur du vieillard, il vit comment il avait singé l'amour des années durant. Ainsi, quand sa femme avait fait une chute mortelle au cours d'une partie de chasse, sans autre témoin que lui-même, personne n'avait mis en doute sa version des événements.

Il vit un homme qui se croyait sage et se félicitait de la façon magistrale dont il s'était débarrassé de sa femme. Un homme frustré que Gaborn ait refusé d'épouser sa fille, car il avait déjà prévu de s'emparer de Mystarria à travers lui et organisé sa disparition dans des circonstances tragiques.

Gaborn fouilla l'âme du roi qu'il avait toujours considéré comme un ami et découvrit une coquille vide et desséchée. Derrière le masque de dignité et d'honneur se tapissait une monstrueuse cupidité. Lowicker n'était pas le pion d'Anders, mais à tout le moins son coconspirateur.

La nausée tordit l'estomac du jeune homme.

— Dans ce cas, dit Lowicker, donne-moi un signe auquel je puisse croire et qui me pousse à m'incliner devant toi.

— Tous ceux qui refuseront de me servir périront au cours des temps sombres à venir.

— Facile à dire, difficile à prouver ! ricana Lowicker. Et comme beaucoup périront, qu'ils te servent ou non, je ne vois aucun avantage à plier mes genoux arthritiques devant toi.

— J'ai sondé votre cœur. Je connais tous vos secrets. Vous me traitez de régicide, mais voilà huit ans, au cours d'une chasse, vous avez brisé la nuque de votre femme avec votre lance. Et vous n'avez pas éprouvé plus de regret qu'en abattant un sanglier. Ça vous suffit comme preuve ?

Le sourire de Lowicker s'évanouit, comme si le vieillard envisageait enfin que le jeune homme puisse être le Roi de la Terre.

— Personne ne croira tes mensonges. Tu n'es rien, Gaborn Val Orden : ni un roi ni un comédien convaincant. Ton temps n'est pas révolu, il n'a jamais commencé. Archers !

Sur les remparts, des centaines d'hommes tendirent leur arc. Gaborn se tenait à deux cents pas du Mur de Kriskaven. Toute flèche décochée d'une telle distance aurait du mal à percer une armure, mais les chevaux de ses compagnons n'en avaient pas, et il ne pouvait se permettre de les sacrifier à la soif de sang de Lowicker.

Au dernier moment, le vieillard hésita.

— Attendez ! dit Gaborn en levant la main gauche. Je vous donne un dernier avertissement : je suis le Roi de la Terre. Si je la sers, elle me sert en retour… J'ai été désigné pour choisir les graines de l'humanité ; ceux qui se dresseront contre moi le feront au péril de leur vie. Je vous demande une dernière fois de me laisser passer.

Les archers éclatèrent d'un rire méprisant ; Gaborn fut stupéfait qu'un seul homme ait réussi à en corrompre autant.

— Rentre chez toi ! répéta Lowicker.

Gaborn s'aperçut que quelque chose l'empêchait de les cribler de flèches. Comme il s'était amputé de sa conscience avec une précision chirurgicale, ça ne pouvait être que la peur.

Le roi regarda autour de lui. Binnesman l'accompagnait, ainsi que Langley et beaucoup d'autres seigneurs d'Orwynne, la haute reine de Fleeds, sa fille et le prince Celinor du Crowthen Méridional. Attaquer un tel groupe aurait des conséquences dont Lowicker se serait bien passé. Sans doute craignait-il la réaction d'Anders s'il assassinait son héritier. De fait, son regard se posa un instant sur Celinor, comme pour l'implorer de tourner les talons.

Gaborn faillit éclater de rire. Soudain, il comprenait comment la Terre pouvait le servir dans cette situation. Il sauta de son cheval.

Avant de tailler un bloc de pierre, les maçons y dessinaient une rune d'affaiblissement pour qu'il se conforme mieux à leurs désirs. Une semaine plus tôt, Binnesman avait détruit le pont de Gorge-Blessure de cette façon.

Gaborn s'en sentait aussi capable. Il mobilisa ses pouvoirs pour sonder le Mur de Kriskaven, dont l'intégrité était assurée par de grandes quantités de mortier. Il ne lui fallut pas longtemps pour déceler ses faiblesses — une fissure à l'endroit où une racine avait fait éclater une pierre, par exemple —, de sorte que tout l'édifice lui apparut comme un réseau de points vulnérables. Il lui suffirait d'appliquer la pression voulue aux bons endroits pour le faire s'écrouler.

— Si c'est un signe que vous voulez, qu'il en soit ainsi ! cria Gaborn à Lowicker. Je vais vous en donner un que vous n'oublierez pas !

Il se tourna vers Binnesman, toujours en selle.

— Votre Altesse, que préparez-vous ? chuchota le magicien sur un ton inquiet.

— Je rejette le roi Lowicker et tous ceux qui le soutiennent, répondit Gaborn. Prêtez-moi votre bâton.

Binnesman le lui tendit.

— Êtes-vous certain que ce soit sage ?

— Non, mais je suis certain que c'est juste.

Gaborn leva les yeux. Sous la Porte de Feyman,

Lowicker souriait. Mais le Diem du vieillard recula nerveusement.

Du bout de son bâton, Gaborn traça une rune d'affaiblissement dans la poussière de la route. Le symbole évoquait une mante religieuse à deux têtes et trois pattes, prisonnière dans un cercle.

— Je ne me suis pas trompé ?

— Les pouvoirs de la Terre ne peuvent pas être utilisés pour tuer, dit Binnesman.

— La Terre autorise la mort. Même la nôtre. J'épargnerai tous ceux que je pourrai.

Pourtant, il hésitait à laisser Lowicker en vie. Il devait protéger son peuple, et la Terre ne lui avait pas interdit de prendre la vie de ses ennemis. Éliminer un humain aussi vicieux que le roi de Beldinook n'était pas pire que d'abattre un maraudeur.

Brandissant le bâton de Binnesman, Gaborn hurla :

— Par la Terre que je sers, je commande à ce mur. Qu'il ne soit plus que pierres brisées et poussière !

Il utilisa ses pouvoirs pour effleurer une centaine de points de pression, puis frappa la rune d'affaiblissement avec son bâton. Aussitôt, le sol gronda comme s'il allait se fissurer, et les archers poussèrent des cris de terreur.

L'ordre de Gaborn ne venait pas d'un pauvre maçon qui servait la Terre pour obtenir quelque chose en échange, mais de son souverain absolu. Le cheval de Lowicker rua et lui fit vider les étriers, tandis que les chevaliers de sa suite rompaient les rangs et faisaient demi-tour en hâte. Sur les remparts, les sentinelles couraient vers les escaliers.

Le Mur de Kriskaven se dressait en ces lieux depuis un millénaire. Avec un grincement de protestation, le pouvoir du Roi de la Terre se déchaîna contre lui. Les pierres frémirent et se tordirent sur cinq cents pas dans les deux directions, évoquant un gigantesque serpent.

Pourtant, Gaborn ne pouvait tuer à la légère ceux qui avaient osé le défier. Au moment où le mur allait s'écrouler, il le retint le temps que ses défenseurs se mettent en sécurité.

Puis sa volonté ne suffit plus à empêcher l'explosion. Avec un grondement pareil à celui d'un animal enragé, des pierres fusèrent vers le ciel et retombèrent sous forme de grêlons minéraux. Un nuage de poussière s'éleva dans les airs, fut capturé par le vent et entraîné vers le nord. Les archers s'aplatirent sur le sol, se couvrant la tête avec leurs bras.

Quand la poussière retomba, le Mur de Kriskaven s'était effondré sur près d'un quart de lieue. À l'emplacement de la Porte de Feyman, il restait un amas de débris.

Quelques sentinelles qui avaient sauté des remparts s'étaient cassé une jambe ou un bras. Une douzaine de chevaliers désarçonnés gisaient sur le sol. Mais pour autant que Gaborn puisse voir, il n'avait pas fait une seule victime. Et les chevaliers de Lowicker fuyaient comme s'ils avaient une horde de maraudeurs aux trousses.

Erin, Celinor et une dizaine de cavaliers avancèrent pour entourer Lowicker et lui interdire toute retraite. Gaborn remonta en selle et s'approcha lentement de son ancien ami. Une grimace de douleur déformait ses traits ; sa jambe droite formait un angle bizarre avec le reste de son corps, comme s'il s'était de nouveau brisé la hanche.

— Maudit sois-tu, Gaborn Val Orden ! cracha-t-il. J'espère que Raj Ahten et toi vous entre-tuerez !

— Ça semble probable…

Il considéra longuement Lowicker. Il ne voulait tuer personne. Pourtant, il ne voyait pas ce qu'il pouvait faire d'autre. Le laisser à la tête du second royaume le plus puissant du Rofehavan eût été un suicide. En outre, il espérait toujours s'assurer le soutien de ses troupes.

— Je vous ai donné un signe, déclara-t-il. Me prêterez-vous allégeance ? Vous repentirez-vous de vos crimes ?

Lowicker éclata d'un rire amer.

— Mais bien entendu, Votre Altesse ! Si vous consentez à me laisser vivre, je vous jure par les Puissances de nettoyer votre pot de chambre chaque matin !

— Vous préférez la mort à une existence de servitude ? s'étonna Gaborn.

— La servitude, ça a toujours été bon pour les autres !

Gaborn secoua tristement la tête et se tourna vers ses hommes. Tuer un roi, même au plus chaud d'une bataille, était un acte susceptible de provoquer la vengeance d'un puissant vassal. Mais l'exécuter de sang-froid serait plus périlleux encore. Le jeune homme ne voyait pas qui accepterait de s'y risquer.

Le plus sage aurait été de s'en charger lui-même, car il avait un rang égal à celui de Lowicker. Mais il ne pouvait s'y résoudre.

— L'un de vous veut-il l'achever ? demanda-t-il à la ronde.

— Moi, répondit vivement Herrin la Rouge d'une voix dure. J'ai toujours admiré sa femme, et j'accueille avec joie cette occasion de la venger.

Celinor fit un pas en avant.

— Cet honneur vous revient, ma dame. Mais je serais honoré que vous acceptiez d'utiliser mon épée.

Herrin sauta de sa jument et prit l'arme qu'il lui tendait. Puis elle marcha vers Lowicker.

— Non, je vous en prie, croassa-t-il, rampant pour lui échapper.

Bien que blessé, il n'était pas sans défense car il avait plusieurs Dons de Force et de Métabolisme. Quand Herrin fut à sa portée, il tira un couteau de sa ceinture et le lança d'une main experte. La haute reine tenta de parer avec son épée, mais la lame l'atteignit à la poitrine.

Sa cotte de mailles et son épaisse tunique de cuir la sauvèrent. Lowicker écarquilla les yeux en la voyant brandir son épée et se ruer sur lui.

À Fleeds, le châtiment d'un régicide consistait à couper les pieds et les mains du criminel, puis à l'abandonner jusqu'à ce qu'il meure de ses blessures. Lowicker avait tant de Dons de Constitution que son trépas serait long et douloureux.

Selon ceux qui arrivèrent plus tard sur les lieux, il survécut jusqu'au coucher du soleil. Puis le froid de la terre absorba la chaleur de son corps et il mourut comme un serpent.

CHAPITRE XLIV

STATU QUO

Le mage funeste s'était immobilisé devant les murs de Carris.

Roland supposait qu'il allait lancer un horrible sort. À coup sûr, les barbacanes se changeraient en boue ou s'effondreraient. Au lieu de cela, la créature pointa son bâton vers les portes du château.

Un long moment, rien ne se produisit.

Roland était bon nageur. En cas de besoin, il se débarrasserait de ses vêtements et plongerait. Dès qu'il aurait parcouru un quart de lieue en direction du sud, il gagnerait le rivage ; alors, peut-être réussirait-il à s'échapper.

Soudain, il comprit le plan du mage qui n'entendait pas gaspiller ses sorts en vain.

Un maraudeur se détacha des rangs de l'armée qui en comptait des dizaines de milliers. Comparé à ses congénères, il était plutôt rabougri et couvert de cicatrices. Seul, il avança vers les neuf boucliers de feu vert créés par les Tisseurs de Flammes.

Tous les défenseurs comprirent en même temps ce qui allait se passer. Le capitaine des artilleurs ordonna à ses hommes de tirer, ce qu'ils firent sans tarder. Mais comme les fois précédentes, les carreaux de balistes manquèrent largement leur cible. Le pitoyable petit maraudeur continua vers l'extrémité du pont et atteignit les boucliers.

Roland ne vit pas ce qu'il advint de lui, car il plongea à couvert avant que la créature n'active les runes de protection. Mais il sentit les murs du château trembler et le nuage de chaleur brûlante monter vers le ciel pendant que de la lumière et de la poussière tourbillonnaient dans les airs.

Puis Carris fut à la merci de ses assaillants.

Les Tisseurs de Flammes avaient épuisé leur énergie pour rien. En se relevant, Roland les regarda. Deux d'entre eux, qui n'émettaient plus d'étincelle, se laissèrent glisser au pied des escaliers comme pour battre en retraite. Le troisième demeura immobile, étudiant les cendres du bouclier.

Le mage funeste se détourna et se remit en marche vers le nord, comme si Carris avait cessé de l'intéresser. Mais le soulagement de Roland fut bref : un millier de porteurs de lames demeurèrent sur place, formant un immense mur devant le château, hors de portée des balistes. Leurs intentions étaient limpides : personne ne s'échapperait vivant de Carris..

Le mage funeste entraîna le reste de son armée vers une petite butte nommée Colline des Ossements, car les seigneurs qui espéraient s'emparer de la forteresse s'y étaient battus pendant des siècles. Il s'arrêta et inclina la tête vers le sol comme un chien qui renifle une piste. Lentement, il fit le tour de la butte pendant que ses fidèles s'immobilisaient à une distance respectueuse. Sur son passage, son museau en forme de pelle creusait un sillon qu'il approfondit en décrivant un deuxième, puis un troisième cercle.

Les autres maraudeurs sifflèrent. Quelques instants plus tard, le vent charria une odeur inconnue de Roland, mêlée à celles de la neige et des cendres. Elle était plus douce, plus fragile et plus exotique que le nectar d'une rose.

Merveilleuse, songea Roland en inspirant à fond pour s'en remplir les poumons.

La tête lui tourna légèrement.

— C'est quoi ce parfum ? demanda un fermier au baron Poll.

— Ce sont les maraudeurs qui le produisent.

— Mais… J'ai toujours entendu dire qu'ils n'avaient pas d'odeur.

— Mon bon sirrah, ce que sait le plus grand érudit du monde au sujet de ces créatures tiendrait sur dix pages. Et une fois que vous les auriez lues, vous pourriez aussi bien les jeter dans une fosse d'aisance.

« Certains affirment que les maraudeurs n'ont pas d'odeur ; d'autres, qu'ils imitent celle de leur environnement ; j'ai même entendu dire qu'ils pouvaient en fabriquer à volonté. Mais voilà deux millénaires que nous ne nous sommes pas battus contre eux à la surface. Le savoir d'autrefois s'est perdu. Il nous reste des exagérations et des demi-vérités.

Quand le mage funeste eut fait neuf fois le tour de la colline, il monta à son sommet. D'autres maraudeurs allèrent chercher des crânes cristallins sur son palanquin et les déposèrent en cercle à ses pieds pour qu'ils semblent surveiller toutes les directions malgré leurs orbites vides.

Puis le mage funeste leva son bâton tandis que les mages mineurs formaient un cercle au pied de la colline. Chacun d'eux portait un soldat mort ou agonisant dans les mâchoires. Ils s'en saisirent avec leurs pattes antérieures et les tordirent comme de vulgaires chiffons, répandant leur sang, leurs entrailles et leurs fluides corporels. Puis ils les jetèrent au sommet de la butte. Une nouvelle odeur s'éleva, très désagréable cette fois : un mélange de fumée et de pourriture.

Les hurleurs et les porteurs de lames abandonnèrent

la Colline des Ossements et se répandirent dans la plaine. Ils démantelèrent les constructions humaines, faisant s'écrouler les forteresses et les chaumières, déracinant les arbres des vergers, écrasant des murs qui se dressaient là depuis des siècles. Ils démolirent tout avec une vitesse et une efficacité terrifiantes.

Les baveurs dévorèrent les plantes, puis mastiquèrent des arbres entiers et le chaume des toits effondrés avant de les recracher sous forme de salive gluante. Les hurleurs saisirent cette pulpe pareille à de la mélasse et tressèrent des cordes avant qu'elle ne durcisse au contact de l'air. Puis ils les traînèrent au pied de la Colline des Ossements et les entortillèrent pour former une sorte de cocon rigide derrière lequel les mages continuèrent à s'affairer, grattant le sol pour former d'étranges motifs. Pendant ce temps, les porteurs de lame creusaient des tranchées, un peu plus au sud.

Une heure plus tard, le brouillard magique finit de se dissiper, et Roland distingua enfin le paysage sur plusieurs lieues à la ronde. Son cœur se serra : au sud, une interminable file de maraudeurs descendait des montagnes pour se diriger vers Carris. Les vingt mille créatures qui occupaient déjà la plaine n'étaient que l'avant-garde de leur armée.

Roland avait espéré que les maraudeurs se dirigeraient vers le nord. Mais apparemment, ils avaient découvert ce qu'ils cherchaient : un nouveau foyer.

Campé sur les remparts, entouré par ses conseillers, son Diem et ses Tisseurs de Flammes, Raj Ahten observait les collines. Tous les quatre cents pas environ, des maraudeurs, par groupes de trois ou de neuf, formaient une longue file qui reliait Carris aux Monts Brace. Une vision de cauchemar. Le mur de porteurs de lame dressé devant le pont bloquerait toute tentative de sortie, de charge ou d'évasion.

Pendant que Raj Ahten s'interrogeait, le duc Paldane le rejoignit.

— Seigneur, dit-il, puis-je m'entretenir avec vous ?

Raj Ahten l'étudia non sans curiosité. Son attitude paraissait humble à souhait, mais le Chasseur avait la réputation d'un homme brillant et d'un fin stratège. Le Seigneur-Loup avait toujours pensé qu'il serait son adversaire le plus redoutable au cours d'une guerre classique. Et voilà qu'il se présentait devant lui tout penaud, comme un chien avec la queue entre les jambes !

— Oui ?

— J'ai un plan pour abandonner le château, dit Paldane. Vous l'ignorez peut-être, mais il y a un aqueduc dans le mur nord, et…

— Je sais, coupa Raj Ahten. Voici sept cent quatorze ans, pendant le Siège des Pairs, le duc Bellonsby a fait semblant d'évacuer la ville par bateau. Mais quand les hommes du kaifba Hariminah sont entrés à Carris et se sont soûlés pour fêter leur victoire, les défenseurs ont jailli des caves et les ont massacrés.

Le Seigneur-Loup montrait ainsi à Paldane qu'il avait prévu toutes ses tactiques.

— Je suppose que vous disposez d'un grand nombre d'embarcations ?

— C'est exact : près de huit cents. Nous pouvons commencer à évacuer les femmes et les enfants. À raison de dix mille personnes par flottille, j'estime faisable d'effectuer un aller-retour vers la rive est du lac toutes les deux heures. Ça ferait cent mille rescapés par jour. Si les maraudeurs n'attaquaient pas avant la fin de la semaine, nous pourrions sauver tout le monde.

Raj Ahten dévisagea Paldane d'un air incrédule. Les femmes et les enfants ? Il aurait dû se douter que ce serait la priorité de ces gens du Nord au cœur trop sensible.

Quelle hypocrisie ! S'étaient-ils souciés du bien-être

des femmes et des enfants indhopalais ? Au cours des cinq dernières années, les Chevaliers Équitables avaient massacré la plus grande partie de sa famille : son père, sa sœur, plusieurs de ses épouses et de ses fils. La guerre qui l'opposait aux seigneurs du Rofehavan avait été sanglante et personnelle. En envahissant le Nord, il l'élevait au niveau de conflit sanglant et impersonnel.

Le Seigneur-Loup pouvait évacuer ses Invincibles en un seul voyage et abandonner les défenseurs de Carris à leur triste sort. Même s'il voulait emmener toute son armée, il aurait fini à la fin de la journée.

— Qu'est-ce qui vous fait croire qu'ils seront en sécurité sur la rive est ? Ne pensez-vous pas que les maraudeurs montent la garde tout autour du lac ?

Le Lac Donnestgree mesurait près de dix lieues dans sa dimension nord-sud, et une dans sa dimension est-ouest.

— Peut-être, concéda Paldane. Mais mes guetteurs n'ont repéré personne.

Raj Ahten voyait presque les doutes, les craintes et les inquiétudes se bousculer dans la tête du Chasseur. Du menton, il désigna la file de maraudeurs qui descendait des montagnes.

— Ils peuvent attendre des renforts ou avoir dissimulé des troupes derrière les collines. Je ne commettrai pas l'erreur de sous-estimer le mage funeste. Il serait absurde d'exposer les femmes et les enfants à un danger plus grand encore.

Il savait que des villages se dressaient à l'est du Lac Donnestgree, ainsi qu'une poignée de forteresses dont les siens pourraient s'emparer. Mais le rivage était si rocailleux, le terrain si escarpé que seuls quelques bergers et bûcherons s'étaient installés là. Il se tourna vers son plus ancien conseiller.

— Choisissez vingt embarcations et remplissez-les pour moitié d'hommes à nous, et pour moitié d'hommes de Paldane. Qu'ils fouillent la rive est pour s'assurer qu'aucun maraudeur ne s'y trouve. Puis qu'ils occupent une des forteresses et renvoient un messager nous informer du déroulement des opérations.

Sous ses paupières lourdes, Feykaald dévisagea son maître en réprimant un sourire. Il comprenait le plan de Raj Ahten. Établir une tête de pont serait très utile s'il voulait évacuer ses troupes.

— Ce sera fait, ô Lumière Universelle.

Aussitôt, Feykaald distribua des ordres aux capitaines pour qu'ils organisent l'expédition.

— Seigneur, dit encore Paldane, entre les poutres des maisons et les barrières des corrals, nous disposons d'une grande quantité de bois. Nous pourrions demander aux hommes de construire des radeaux, ce qui nous permettrait d'évacuer une centaine de milliers de personnes supplémentaires en un clin d'œil.

Raj Ahten sonda brièvement son visage en lame de couteau, ses cheveux presque blancs et ses yeux bleu foncé qui trahissaient une intelligence hors du commun.

— Pas encore. Je ne veux pas que les soldats concentrent leurs forces et leurs espoirs sur une tentative de fuite, au lieu de réfléchir au meilleur moyen de tenir nos positions. Défendre Carris reste notre priorité.

— Vu la quantité d'ennemis qui arrivent, dit Paldane, je soupçonne que la fuite est notre meilleure, sinon notre seule option.

Raj Ahten eut un sourire glacial.

— Rompez ! ordonna-t-il.

Après que le brouillard se fut dissipé, la nouvelle se répandit dans la forteresse : Raj Ahten avait envoyé une expédition de l'autre côté du lac avec l'idée de faire évacuer Carris.

Un peu rasséréné, Roland profita de ce répit pour observer la cité fortifiée que la brume lui avait jusque-là dissimulée. Au pied du mur sur lequel il était se dressaient plusieurs maisons ainsi qu'un amandier dont les branches montaient si haut qu'il aurait pu s'y jeter sans se blesser. Tout autour, la ville s'étendait. Dans la cour intérieure, à l'ouest, il distingua des milliers d'habitants et les chevaux que les Invincibles de Raj Ahten avaient attachés dans les rues.

Une quarantaine de géants des glaces s'adossaient contre le mur est de la cour extérieure. Chacun d'eux mesurait vingt pieds de haut. Sous leur cotte de mailles, leur fourrure d'un jaune brunâtre imbibée par la pluie paraissait plus sombre que d'habitude. Ces êtres se nourrissaient de viande fraîche, et Roland n'aima pas la façon dont ils fixaient les enfants de Carris qui les observaient d'un air craintif derrière les fenêtres ou à l'abri des porches.

Les molosses de guerre étaient tout aussi impressionnants avec leur masque de cuir laqué rouge et leur collier garni de longues pointes. C'étaient des mastiffs de force, entraînés pour la guerre et munis de Dons de Force, de Constitution et de Métabolisme canins.

Mais dans l'armée de Raj Ahten, la palme de l'horreur revenait sans nul doute aux Invincibles, qui détenaient tous une vingtaine d'attributs au minimum. Aucune autre unité au monde ne leur arrivait à la cheville.

Carris abritait également plus de trois cents mille soldats ordinaires venus de Mystarria, d'Indhopal ou de Fleeds, qui se massaient sur le chemin de ronde ou se pressaient dans les tours de garde comme de la viande de porc à l'intérieur d'un boyau de saucisse. Les cours et les rues grouillaient de lanciers. En principe, une force pareille aurait suffi à repousser n'importe quelle armée. Pourtant, si les maraudeurs attaquaient, Roland savait bien qu'ils se feraient tous étriper.

Tandis qu'il observait la flottille de vingt embarcations se diriger vers l'est, il espéra de tout son cœur que les hommes reviennent avec de bonnes nouvelles et que l'évacuation de Carris commence dans les meilleurs délais. Juste au cas où, il scruta le lac à la recherche de la meilleure voie d'évasion, s'il devait s'enfuir à la nage.

Les maraudeurs noircissaient la plaine ; ils continuèrent à affluer pendant toute la matinée. Ils étaient impossibles à compter, mais Roland estima que des dizaines de milliers de créatures s'agitaient fiévreusement autour de Carris.

Le vent soufflait férocement, et une pluie fine tomba deux heures après l'aube. Une pellicule luisante recouvrit bientôt la carapace des maraudeurs. Les occupants de Carris observaient les cieux car si un orage éclatait, la foudre ferait battre en retraite leurs assaillants.

Les hurleurs ne cessaient de s'agiter, creusant la boue et érigeant des défenses en hâte. Déjà, des tranchées profondes s'étendaient au sud et à l'ouest, remplies de l'eau du Lac Donnestgree comme des douves monstrueuses.

Des sons étranges montaient de la plaine : grondements et respiration sifflante des porteurs de lame, cris soudains et inexplicables des hurleurs, bruits de succion des baveurs, couinements des grees qui survolaient la horde de maraudeurs. En fermant les yeux, Roland croyait presque avoir été transporté dans un autre monde.

Au nord, les mages et les baveurs s'affairaient autour de la Colline des Ossements, modelant la pierre pour former une sorte de bas-relief hautement maléfique. En travaillant, les mages pulvérisaient les fluides émis par leur bonde sur certaines protubérances de la sculpture, répandant d'ignobles relents de putréfaction.

Pendant ce temps, à un quart de lieue au sud de Carris, les maraudeurs érigeaient une curieuse tour noire, enroulée sur elle-même comme la corne d'un narval et inclinée selon un angle bizarre vers la Colline des Ossements. Non loin de là, sur la rive du Lac

Donnestgree, ils avaient déjà construit plusieurs dômes assemblés avec la résine des baveurs. Certains hommes pensaient qu'il s'agissait de chambres de ponte.

Les maraudeurs n'attaquaient pas Carris. Ils démantelaient les hameaux voisins, démolissaient les forteresses, défonçaient les routes et les jardins, mais ils n'attaquaient pas. De toute façon, tant que les mille porteurs de lame bloquaient le seul accès terrestre, les défenseurs ne pouvaient ni s'enfuir ni tenter une charge.

On ne se fait pas non plus massacrer, et pour l'instant, ça me suffit, songea Roland.

Au fil des heures, il parvint presque à oublier sa terreur et les cris déchirants des fantassins de Raj Ahten déchiquetés par les maraudeurs. Il osa reprendre espoir, et il ne fut pas le seul, car ses camarades se remirent à bavarder avec animation. Ils ne tarderaient sûrement pas à avoir des nouvelles de l'expédition. Il était normal que les hommes envoyés en éclaireurs ne soient pas pressés de regagner Carris.

Mais ils ne virent aucun bateau approcher.

CHAPITRE XLV

LE FRAGILE ROI LOWICKER

Une semaine plus tôt, Myrrima ne s'était jamais éloignée de plus de deux lieues de Bannisferre, la ville où elle avait grandi. En traversant Fleeds à cheval, il lui sembla que tout ce qu'elle avait connu jusque-là lui échappait.

Elle avait laissé derrière elle sa famille et son pays. Peu à peu, le paysage se modifiait subtilement autour d'elle. Elle avait d'abord franchi les plaines du sud d'Heredon, puis les canyons du Nord de Fleeds, et venait d'entrer dans une vallée au sol humide, riche et fertile. Les arbres qui bordaient la route lui étaient inconnus, et les gens semblaient différents.

Les bergers de Fleeds étaient plus petits et avaient le teint plus mat que les Heredoniens, tandis que les cavaliers étaient plus grands et avaient la peau plus pâle. Les chaumières d'adobe avaient cédé la place à des maisonnettes de pierre. Même l'air charriait une odeur bizarre. Mais c'était peut-être à cause de son Don d'Odorat canin…

Pourtant, c'était surtout elle-même que la jeune femme avait du mal à reconnaître. Désormais, elle avait la force de trois hommes, l'agilité de quatre, la rapidité de cinq et la constitution de ses chiots. Jamais elle n'avait eu autant conscience de son pouvoir.

Au fond, elle craignait de n'avoir pas tant changé que ça. Elle aimait toujours de la même façon, nourrissait toujours les mêmes doutes. Malgré ses nouveaux attributs, elle se sentait impuissante : Seigneur-Loup et néanmoins ordinaire.

Myrrima ignorait comment Borenson réagirait en apprenant qu'elle comptait l'accompagner dans le Sud. Elle espérait atteindre Carris avant la tombée de la nuit et se présenter à lui. Bien qu'elle soit encore loin d'égaler ses talents de guerrier, elle pensait avoir gagné le droit de chevaucher à ses côtés jusqu'en Inkarra.

Mais sa rencontre avec le seigneur Pilwyn coly Zandaros l'avait ébranlée. Quel genre d'ennemis devrait-elle affronter dans le Sud ? Comment les combattre ? Ses attributs ne suffiraient pas face à des magiciens tels que le Roi des Tempêtes.

À Tor Doohan, Myrrima et ses compagnons découvrirent une belle pagaille. L'armée désorganisée du Roi de la Terre était éparpillée sur des lieues. Alors que certains cavaliers arrivaient à peine, un passant leur apprit que Gaborn était reparti vers le sud une heure auparavant.

Un chevalier émergea de l'ombre du cercle de pierres blanches qui entourait le pavillon de soie écarlate et s'adressa à Iomé :

— Votre Altesse, Sa Majesté le roi Orden m'a chargé de vous informer qu'il avait dû continuer vers Carris en toute hâte, et de vous remettre cette missive.

Iomé déroula le parchemin, le parcourut rapidement, le renifla pour s'assurer qu'il portait bien l'odeur de Gaborn et le fourra dans sa poche d'un geste rageur.

— De mauvaises nouvelles ? demanda le seigneur Hoswell. Puis-je faire quelque chose ?

Iomé lui jeta un regard distrait.

— Non. Mon époux est très pressé d'atteindre

Carris ; il nous prie de nous dépêcher. Nous ne pourrons guère prendre de repos si nous voulons le rattraper avant la tombée de la nuit.

— Est-il bien sage d'essayer ? Depuis hier matin, vous avez parcouru plus de cent lieues. Votre monture aura du mal à tenir encore…

C'était la vérité, dut admettre Myrrima. L'étalon de force de Borenson avait perdu trente ou quatre-vingts livres de graisse en deux jours.

Quand ils voyageaient à vive allure, les seigneurs du Rofehavan nourrissaient leur monture de miln, un mélange énergétique d'avoine et d'orge agrémenté de luzerne et de mélilot. Les chevaux en raffolaient. Il leur donnait la force de galoper pendant de longues heures, alors que les bêtes nourries d'herbe avaient souvent des « jarrets de paille » : autrement dit, elles fatiguaient très vite.

Mais le miln ne pouvait pas accomplir de miracles. Grâce à ses trois Dons de Métabolisme, l'étalon de Myrrima n'aurait besoin que de quelques heures de repos pour récupérer complètement.

— Gaborn pousse bien sa monture, répliqua Iomé.

Hoswell secoua la tête.

— Ce n'est pas à moi de donner des conseils au Roi de la Terre, mais Gaborn sait vers quel danger il galope. À cette allure, la moitié de nos chevaux périront avant d'atteindre Carris.

— Nous ferons une halte de deux heures, décida Iomé. Nous n'aurons qu'à nourrir les bêtes ici et emmener assez de miln pour les alimenter jusqu'à ce que nous atteignions Beldinook.

Hoswell jeta un coup d'œil à sa monture, qui était en bien plus piteux état que celles des deux jeunes femmes, car beaucoup plus maigre avant leur départ. S'il élevait des objections, Myrrima savait que c'était dans son seul intérêt. À supposer que l'étalon survive jusqu'à Carris, il serait trop faible pour le porter pendant la bataille, et encore plus pour battre en retraite le cas échéant.

— Qu'il en soit ainsi, capitula Hoswell.

Il sauta à terre et prit son cheval par la bride pour le conduire aux écuries, afin de lui laisser le plus de temps possible pour se reposer. Il emmena également le palefroi de l'assassin inkarran. Myrrima le suivit du regard.

— Pourquoi le détestes-tu à ce point ? s'étonna Iomé en voyant l'expression orageuse de sa compagne. S'est-il passé quelque chose entre vous ?

— Rien du tout, mentit Myrrima.

Hoswell était un Seigneur de la Société Royale d'Archerie, qui avait passé plusieurs années dans le Sud à étudier la fabrication des arcs de corne ; il jouissait d'une excellente réputation et des faveurs du roi. Elle ne pouvait pas l'accuser sans preuves.

Juchée sur l'étalon de Borenson, la jeune femme bouillait d'envie de continuer sans tarder. Iomé dut s'en rendre compte.

— Dans son message, Gaborn me supplie de rester ici, souffla-t-elle. Il pense que la route ne sera pas sûre et que Carris est condamnée. La Terre l'implore d'attaquer et de fuir avec la même ferveur. Il ne sait plus que croire. Il m'a semblé que je devais t'en avertir.

— Gaborn a sans doute raison, approuva Myrrima. Si vous souhaitez demeurer ici, je comprendrai. Mais je ne compte pas me battre à Carris : j'espère seulement accompagner mon mari dans le Sud. Je dois poursuivre mon chemin.

— Tu as l'air décidé, soupira Iomé. Je crains que tu ne me pardonnes jamais.

— Vous pardonner quoi, ma dame ?

— C'est moi qui ai condamné Borenson à faire pénitence. Si j'avais su qu'il t'entraînerait dans sa quête, je me serais abstenue. Je devrais peut-être revenir sur ma décision. C'est une punition sévère que je lui ai infligée.

— Non, dit Myrrima. C'était un acte généreux. Vous lui avez donné le moyen de gagner le pardon, à ses yeux comme à ceux de votre peuple. Il en a besoin. Sinon, la culpabilité le rongera jusqu'à la fin de ses jours.

— Dans ce cas, j'espère qu'il réussira avec toi à ses côtés. Tu as la trempe d'une guerrière. Je suis étonnée que personne ne s'en soit aperçu avant.

Ravie de changer de sujet, Myrrima sourit. Elle avait toujours été très volontaire, mais le déclic lui était venu une semaine plus tôt.

— Gaborn m'a choisie sur le marché de Bannisferre dès le jour de notre rencontre, révéla-t-elle. Même si ni lui ni moi ne savions alors qu'il deviendrait le Roi de la Terre. Il me trouvait audacieuse et souhaitait ma présence à la cour. En réalité, il me choisissait. Et savez-vous ce que je pensais ?

— Quoi donc ?

Myrrima hésita, car elle n'en avait encore parlé à personne.

— À l'instant où mes yeux se sont posés sur lui, malgré son allure de godelureau, j'ai pensé que je pourrais me battre pour cet homme. Et même mourir pour lui. Je n'avais jamais eu une telle impulsion. C'est ce qui m'a poussée à lui prendre la main alors que je ne le connaissais pas.

— Gaborn m'a raconté votre rencontre et la façon dont tu lui as pris la main sur le marché. Il a cru que c'était une tentative de séduction, le geste d'une femme pauvre en quête d'un bon mariage.

C'était vrai, mais Myrrima devait admettre qu'il y avait autre chose. Elle tenta de s'expliquer.

— Je crois que nous nous sommes choisis l'un l'autre. La semaine dernière, vous m'avez dit qu'il était impossible de côtoyer Gaborn sans avoir envie d'un enfant, mais son pouvoir ne s'arrête pas là. Depuis notre première rencontre, chaque fois que je regarde la terre, je suis stupéfiée par sa beauté : par le jaune des marguerites, par l'ombre bleue que projettent les rochers, par l'odeur entêtante de la mousse. Grâce à lui, je me sens plus vivante et plus vigoureuse que jamais. Mais surtout, j'ai envie de me battre.

— Tu m'effrayes.

— Comme je vous l'ai dit, je comprendrais que vous vouliez rester ici. Je sais qu'il y aura du danger à Carris. Mais moi, je dois y aller.

— Ni toi ni moi n'avons l'entraînement nécessaire. Ce ne serait pas sage.

— Je le sais. Ça ne m'aide pas à maîtriser mes pulsions pour autant.

— Je crois que tu es animée de bonnes intentions… Grâce à ta constitution, tu peux chevaucher sans relâche et grâce à ta force porter des coups redoutables. Notre peuple mérite que nous déployions tous nos efforts pour le défendre.

« Mais j'ai peur pour toi, Myrrima. Tu as reçu tant de Dons en si peu de temps. Je n'aimerais pas que tu te fasses tuer.

L'étalon de la jeune femme inclina la tête pour brouter quelques trèfles qui se dressaient encore dans l'herbe rase et piétinée.

— Nous chevaucherons à bonne allure, promit Iomé. Peut-être atteindrons-nous Carris avant le coucher du soleil.

— Vous êtes trop bonne, ma dame, dit Myrrima en se laissant glisser à terre pour se dégourdir les jambes.

Deux heures plus tard, pendant qu'elles déjeunaient en compagnie d'Hoswell dans une auberge, un courrier apporta des nouvelles du Sud : Lowicker de Beldinook avait essayé de tendre une embuscade au Roi de la Terre et avait été vaincu au Mur de Kriskaven.

Iomé en eut la nausée. Lowicker avait promis de s'allier avec Gaborn, de lui prêter ses chevaliers, de les mener lui-même au combat contre les troupes de Raj Ahten, et d'équiper l'armée du Roi de la Terre.

Que se passerait-il maintenant que Gaborn avait éliminé le souverain de Beldinook ? Un par un, ses alliés se dérobaient. Il était presque deux heures de l'après-midi. Le roi Orwynne avait succombé la veille en combattant l'Éclat Ténébreux, et Anders se méfiait du jeune Orden.

Lowicker mort, sa fille devrait déclarer la guerre à Gaborn ou lui soumettre les termes de sa reddition. Mais la situation était telle que, dans les deux cas, il ne pourrait s'attarder à Beldinook : il devrait traverser le royaume au plus vite pour rejoindre Carris.

Iomé et Myrrima seraient plus en danger que jamais si elles décidaient de continuer leur route. Les chevaliers de Gaborn étaient éparpillés entre Fleeds et Mystarria. Gaborn lui-même galopait en tête avec quelques centaines de seigneurs. Autrement dit, ses hommes n'étaient pas en position de se battre. Ils faisaient même de splendides cibles pour la colère de la nouvelle reine de Beldinook.

Iomé soupçonna que la fille de Lowicker ne chercherait pas à se réconcilier avec Gaborn, mais harcèlerait son armée. Peut-être était-elle déjà en train de traquer tous les intrus qui arpentaient son royaume.

Gaborn avait espéré que Lowicker lui apporterait le soutien de centaines de milliers d'hommes. Au lieu de cela, il serait sans doute obligé de les combattre.

Iomé leva les yeux vers ses compagnons.

— Nous aurons besoin de nourriture supplémentaire pour nous et pour nos montures, dit-elle fermement.

Myrrima n'était pas préparée à ce qui l'attendait quand elle atteignit le Mur de Kriskaven. Le courrier avait dit que Gaborn avait vaincu Lowicker ; il n'avait pas précisé que le Roi de la Terre avait fait effondrer le mur sur près d'un quart de lieue, ni que le traître était toujours en vie.

À une centaine de pas des ruines, les trois compagnons découvrirent Lowicker cloué au sol et entouré par une douzaine de chevaliers. De son ventre sortait une lance où flottait une bannière qui le désignait comme un régicide. Ses membres ayant été tranchés, il restait de lui un tronc pitoyable gisant au soleil.

Lowicker avait tant de Dons de Constitution qu'il n'avait pas encore succombé. Seul un roi ou un des Invincibles de Raj Ahten aurait pu survivre à pareilles mutilations. Il baignait dans une mare de sang gluant ; un nuage de mouches volait déjà autour de lui. Mais ses plaies atroces avaient commencé à se refermer.

Myrrima douta qu'il puisse tenir longtemps, et devina qu'il devait appeler la mort de tous ses vœux. Telle était la punition infligée aux régicides. La jeune femme frissonna en songeant qu'Iomé aurait pu réclamer la même pour Borenson.

Maintenant qu'elle avait un Don d'Odorat canin, l'odeur de sang qui planait dans l'air lui mettait presque l'eau à la bouche. Alors qu'elle s'approchait de Lowicker en compagnie d'Iomé et d'Hoswell, le traître tourna la tête vers eux. De la sueur dégoulinait sur son front. Il regarda la jeune femme et éclata d'un rire cassant.

— Ainsi, fille de Sylvarresta, tu es venue te moquer de moi ?

Iomé fit un signe de dénégation.

— Donnez-lui un peu d'eau, au moins, ordonna-t-elle à un des chevaliers.

Celui-ci secoua la tête.

— Ça prolongerait ses souffrances, Votre Altesse. Et il n'aurait pas les mêmes égards pour vous.

Iomé fixa le corps torturé de Lowicker.

— Voulez-vous de l'eau ? demanda-t-elle.

— Ah, elle a pitié des damnés, ricana le traître. Mais votre pitié m'intéresse beaucoup moins que votre eau.

Myrrima n'arrivait pas à croire qu'il soit aussi dur et railleur face à sa propre mort. Pourtant, elle avait déjà lu pareil mépris sur d'autres visages : ceux des criminels endurcis que les gardes de Château Sylvarresta avaient traînés devant Iomé juste avant l'attaque de l'Éclat Ténébreux. Des hommes qui avaient préféré fuir le Roi de la Terre pour qu'il ne sonde pas leur cœur et ne les voie pas comme ils étaient réellement.

À présent, Myrrima comprenait la réaction de Lowicker. Beaucoup de seigneurs chercheraient à s'allier avec Gaborn pour sauver leur peuple, mais d'autres étaient si corrompus qu'ils n'auraient qu'une solution : l'attaquer.

— J'ai quand même pitié de vous, lâcha Iomé.

Lowicker éclata d'un rire dément. Des larmes roulèrent sur ses joues maculées de poussière. Visiblement, la douleur combinée à la chaleur du soleil affectait ses facultés mentales déjà chancelantes.

Quel être maléfique, songea Myrrima. *Il ne mérite aucune pitié, mais Iomé lui offre la sienne. Il ne mérite pas de boire, mais elle est prête à lui donner de l'eau.*

— Votre Altesse, dit Hoswell au bout d'un moment, voulez-vous que je lui porte le coup de grâce ?

Il n'osait pas user d'un terme plus brutal.

— Non, répliqua Iomé, soudain furieuse. C'est ce qu'il espère.

Quand elle éperonna son cheval, Myrrima soupira de soulagement.

CHAPITRE XLVI

HÉROS PAR NÉCESSITÉ

Dans la tour ouest du Donjon du Duc, par une fenêtre, Raj Ahten étudiait les travaux des maraudeurs.

Pour le moment, il était contraint à l'inaction. Les hommes qu'il avait envoyés explorer la rive est du Lac Donnestgree n'étaient pas encore revenus, et chaque minute qui passait renforçait ses soupçons : ils ne pourraient pas évacuer la citadelle par la voie des eaux. Ses éclaireurs avaient dû se faire massacrer jusqu'au dernier.

Raj Ahten savait que les troupes de Gaborn viendraient au secours de Carris. Le Roi de la Terre en personne affronterait peut-être les maraudeurs, et il imagina avec quelle satisfaction il observerait le combat.

Derrière le Seigneur-Loup se tenaient Paldane, les Intelligences de Mendellas Draken Orden et son conseiller Feykaald. Les trois Tisseurs de Flammes rassemblés près de la cheminée sondaient la fumée et les flammes qui se tordaient dans l'âtre. Ils absorbaient la chaleur pour régénérer leurs pouvoirs, mais ils avaient dépensé tant d'énergie qu'ils seraient sans doute incapables de lancer un sort avant le lendemain.

Raj Ahten n'osait pas attaquer les maraudeurs sans leur soutien.

Après l'aube, il avait vite organisé les formations nécessaires pour défendre l'accès terrestre au château. Pourtant, les maraudeurs continuaient à l'ignorer et à s'agiter dans leur coin.

— Que mijotent-ils ? demanda Raj Ahten. Pourquoi n'attaquent-ils pas ?

— Ils craignent peut-être de lancer un assaut frontal, suggéra le duc Paldane. Comme ils creusent bien, ils pourraient forer un tunnel jusqu'à la cour du château.

Les créatures avaient forcément une raison de s'arrêter dans la plaine. Mais elles ne semblaient pas intéressées par la prise de la citadelle ; à moins qu'elles ne mesurent pas le danger que représentaient les hommes du Seigneur-Loup, ou qu'elles aient oublié leur présence. Qui pouvait deviner ce qui se passait dans leur étrange tête ?

Raj Ahten regarda la Colline des Ossements. Le mage funeste continuait à s'affairer au sommet, le soleil faisant scintiller les dessins sur sa carapace. Sans doute se sentait-il en sécurité, entouré par ses fidèles. La plaine était désormais piquetée d'entrées de cavernes et dentelée de tranchées remplies d'eau. La rune nauséabonde était à peine visible derrière les parois de mucilage que les baveurs avaient cessé d'ériger. Autrement dit, les curieuses défenses du mage funeste devaient être achevées.

Était-ce une coïncidence que les maraudeurs soient venus au moment où Raj Ahten prévoyait d'affronter le Roi de la Terre ? Se pouvait-il qu'ils préparent le champ de bataille pour le maudit rejeton d'Orden ? Non : leurs plans n'avaient sans doute rien à voir avec les humains. Ils se contentaient d'ignorer le Seigneur-Loup et ses troupes, comme s'ils les jugeaient indignes de leur intérêt.

Perturbé, Raj Ahten secoua la tête. Depuis une heure, il était assailli par des émotions étranges qu'il ne s'expliquait pas bien.

Je ne devrais pas m'inquiéter. Je suis le plus puissant Seigneur des Runes qui ait vécu depuis des millénaires. En Indhopal, mes officiants m'ont conféré la force, la constitution, l'agilité et l'intelligence de milliers d'hommes. Une épée dans le cœur ne saurait me tuer. Je n'ai aucune raison de m'en faire.

Pourtant, il s'inquiétait. Depuis quelques mois, il avait fini par se croire sur le point de devenir une créature de légende : l'Homme Total, un Seigneur des Runes si charismatique qu'il n'aurait plus besoin de forceps pour s'emparer des attributs de ses Dédiés. Il espérait se changer en Puissance, en force de la nature comme la Terre, le Feu ou l'Eau. Si les légendes disaient vrai, Daylan Hammer y était parvenu en son temps.

Dix jours plus tôt, Raj Ahten semblait sur le point d'atteindre son but. Il avait cru que rien ne pourrait l'arrêter… Jusqu'à ce que Mendellas Draken Orden lui vole ses forceps.

Si les maraudeurs savaient qu'un homme comme moi s'oppose à eux, ils me craindraient sûrement…

Le Seigneur-Loup observa la rune qui se détachait au sommet de la Colline des Ossements. Sa puanteur étouffante planait dans l'air comme un brouillard brun. La mort émanait de cet endroit ; Raj Ahten sentait son odeur de pourriture.

Ses yeux picotaient et la nausée le gagnait. Des lumières clignotaient sous la fumée tourbillonnante, pareilles aux lueurs fantômes qui se forment avec les bulles de gaz à la surface d'un marécage. Toute la colline paraissait sur le point de s'embraser.

D'une façon mystérieuse, cette rune est la clé.

Les mages continuaient inlassablement à creuser des tranchées pour la faire ressortir en bas-relief, puis l'imbibaient de leurs sucs. Raj Ahten avait des milliers de Dons d'Odorat. En inspirant profondément, il détectait des myriades de nuances différentes, un mélange complexe de pourriture, de chair décomposée, de fumée et de sueur humaine. Il sentait qu'il était à deux doigts d'avoir une révélation et d'identifier cette riche symphonie olfactive.

À n'en pas douter, les maraudeurs étaient venus à Carris dans le seul but de créer cette rune. Un des mages, qui se déplaçait sur ses reliefs, glissa, provoquant un effondrement partiel. Ses congénères vinrent aussitôt ériger un nouveau mur de terre et y pulvériser leur musc.

Raj Ahten propulsa son poing ganté de mailles dans la vitre pour inhaler la texture subtile du parfum de la rune. Il ferma les yeux pour mieux se concentrer. Ainsi, il s'aperçut que certaines des odeurs ne se contentaient pas d'assaillir ses narines, mais influaient sur son humeur en provoquant consternation et effarement.

Jusque-là, le Seigneur-Loup n'avait jamais imaginé que les émotions humaines puissent être manipulées par le biais de l'odorat. Il sentit sur sa langue la sueur rance d'un homme à l'agonie et éprouva son désespoir. D'autres relents se succédèrent, chacun associé à un sentiment : amertume salée des larmes, désespoir devant les récoltes pourrissantes, horreur d'un cadavre enflé comme un melon sur le point d'éclater, douleur cuivrée du sang, épuisement dans le liquide amniotique de la mère qui donne naissance à un enfant mort-né, solitude d'une chair décrépite et vieillissante…

Au bout d'un moment, Raj Ahten sourit. Il comprenait enfin. Cette odeur était la somme de toutes les souffrances humaines.

— Une incantation, lâcha-t-il à voix haute.

— Quoi ? demanda le duc Paldane.

— La rune, expliqua Raj Ahten. C'est une incantation lancée sous forme d'odeurs destinée à maudire l'humanité.

Il mourait d'envie de courir vers la colline pour la purifier. Mais il doutait d'en être capable. Les maraudeurs étaient trop intelligents pour le laisser approcher et trop puissants pour qu'il en vainque un si grand nombre. Sans parler du cocon qui bloquait l'accès à la rune malgré l'ouverture ménagée pour permettre aux mages de circuler.

Pourtant, Raj Ahten n'avait pas le choix. Il devait essayer.

— Les maraudeurs construisent, mais nous ne sommes pas obligés de les regarder faire sans broncher. Si je n'arrive pas à prendre cette colline, je peux au moins gâcher leur petite fête.

CHAPITRE XLVII

EN ATTENDANT SAFFIRA

Sur les hauteurs des Monts Hest, l'étalon de Borenson descendait le long d'une piste étroite couverte de neige, guidant Saffira et ses gardes loin des passes dangereuses.

En contrebas, un troupeau d'éléphants piétinaient dans les congères. Beaucoup étaient morts et gisaient sur le sol ; une pellicule de glace se formait déjà sur leur peau rugueuse.

Deux ancêtres aperçurent le petit groupe et levèrent leur trompe pour émettre un faible barrissement. C'étaient des animaux domestiques aux défenses coupées et couvertes d'une plaque de cuivre. Mais ils semblaient si épuisés qu'ils ne parviendraient sans doute pas à sortir de la vallée où leurs cornacs les avaient abandonnés.

Apparemment, le Seigneur-Loup avait tenté de faire franchir les montagnes à ses animaux, et échoué à cause du mauvais temps. Trois fois au cours de la nuit, les compagnons avaient croisé des régiments de manants : des centaines de milliers d'archers, de lanciers, de lingères et de ferronniers perdus dans les Monts Hest.

Borenson n'aurait jamais imaginé que Raj Ahten tente de déplacer pareille quantité d'hommes aussi tard dans l'année. À une telle altitude, les pistes n'offraient que quelques buissons rabougris et de la neige pour étancher la soif. Faute de bois sec, les hommes étaient contraints de brûler les excréments de leurs bœufs pour se réchauffer.

La traversée qu'ils effectueraient dans la nuit grâce à leurs chevaux de force prendrait des semaines à ces soldats ordinaires. Leurs montures étaient déjà en piteux état. Quand elles tomberaient, ils seraient coincés là et mourraient de froid ou de faim avant le début de l'hiver, comme les éléphants.

Raj Ahten avait pris un risque énorme avec la vie de ses gens.

Il s'en fiche complètement : il les considère comme des pions sacrifiables.

Un vent glacial transperçait la cape de Borenson. Il l'enroula autour de lui et attendit que Saffira le rattrape. À la vue des éléphants, espérait-il, la jeune femme mesurerait la folie de son époux. Raj Ahten avait plus d'un millier de Dons d'Intelligence. S'ils lui permettaient de se souvenir de tout, ils ne lui conféraient aucune sagesse.

La veille, quand Saffira avait affirmé que Raj Ahten était le meilleur des hommes et qu'il sauverait l'humanité, Borenson l'avait crue. À présent qu'il ne la regardait pas, et qu'elle n'usait pas sur lui du pouvoir séducteur de sa Voix, il lui apparaissait que seul un imbécile aurait envoyé des manants dans les montagnes en cette saison. Un imbécile, ou un homme poussé par le désespoir.

Raj Ahten était peut-être un Seigneur des Runes depuis trop longtemps. Avait-il oublié la fragilité des gens ordinaires ? Un soldat ayant deux Dons de Force et de Métabolisme pouvait enfoncer une ligne de fantassins en les décapitant aussi aisément que des épouvantails. Ils mouraient si facilement…

Si la neige qui avait commencé à tomber pendant la nuit continuait un peu trop longtemps, les troupes du Seigneur-Loup seraient bloquées dans la montagne. Leurs animaux succomberaient en quelques jours. Faute de combustible pour se réchauffer, les hommes ne tarderaient pas à mourir de froid. Raj Ahten espérait-il que le beau temps durerait jusqu'à la fin de l'automne ? Il avait sûrement dû étudier le climat du Rofehavan et mesurer les risques qu'il prenait…

Borenson savait que l'Indhopal était un territoire immense composé de nombreux royaumes. Bien qu'il ait traversé Deyazz et Muyyatin, il ne s'était pas aventuré dans le grand Sud où prospéraient les innombrables hordes de Kartish, ni dans l'ancien Indhopal dont les jungles luxuriantes et les vastes champs nourrissaient une population de cent quatre-vingts millions d'âmes avant que Raj Ahten n'entreprenne de conquérir ses voisins.

À présent, le Seigneur-Loup devait commander à deux ou trois fois plus de gens. Mais il ne pouvait pas se permettre de gaspiller un demi-million de fantassins et d'archers.

Raj Ahten était un imbécile ou un dément abusé par sa beauté et par le pouvoir de sa propre Voix. Dans sa naïveté, Saffira restait aveugle à ses torts comme à ses vices. Elle était un outil entre les mains de son époux. Si elle ne parvenait pas à le plier à sa volonté, c'est lui qui la plierait à la sienne.

Borenson attendit que la jeune femme le rejoigne. Il l'invita à se placer entre la paroi et lui, de façon à la protéger de la morsure du vent.

— Regardez les éléphants de mon seigneur ! s'exclama Saffira en s'arrêtant pour permettre à son cheval de souffler. (La pauvre bête mâcha de la neige pour se rafraîchir.) Nous devons les sauver !

Borenson jeta un regard impuissant aux animaux à demi morts de faim. Sous la lumière matinale, la beauté de Saffira lui paraissait aussi terrible qu'absolue. Les officiants d'Obran avaient dû travailler toute la nuit pour lui transférer du Charisme et de la Voix.

Depuis leur première rencontre, la jeune femme avait accumulé des milliers d'attributs. Borenson aurait désormais du mal à la regarder en face, car l'éclat de son visage le brûlait comme une fournaise, et il se sentait indigne de sa proximité.

Deux vautours se posèrent sur la carcasse d'un éléphant.

— Que suggérez-vous, ô Étoile du Désert ? demanda Borenson.

Saffira ne répondant pas, il se tourna vers Pashtuk et les deux gardes du corps. À moins de passer une journée à ramener du foin et de la nourriture de Mystarria, il ne voyait aucun moyen de venir en aide aux éléphants. Si la jeune femme l'exigeait, il savait qu'il obéirait, mais il frémissait en pensant aux conséquences. Il devait mettre Saffira en présence de Raj Ahten au plus vite, afin qu'elle le convainque de finir cette guerre inutile.

— Je... je ne sais pas ce que nous pouvons faire, avoua la jeune femme.

— Ils ont brouté toute l'herbe de cette vallée, ô Resplendissante Étoile, déclara Pashtuk. Mais si nous les conduisions à un endroit où il en reste encore, ils recouvreraient leurs forces et auraient une chance de s'en sortir.

— C'est un merveilleux plan, se réjouit Saffira.

Borenson foudroya Pashtuk du regard. À son expression, il vit que l'Invincible était lui aussi tombé sous le charme de la jeune femme, et prêt à tout pour lui plaire.

— Ô Étoile du Désert, votre époux a tenté de leur

faire traverser la montagne trop tard dans la saison. Nous ne pouvons pas les sauver !

— Ce n'est pas la faute de mon époux si le temps refuse de coopérer, dit Saffira. Il ne devrait pas neiger à cette période de l'année. D'habitude, il fait beau jusqu'au milieu de l'automne, n'est-ce pas ?

— C'est vrai, concéda Borenson.

La Voix de Saffira était si enchanteresse qu'il s'interrogea. Elle avait sûrement raison.

— Tout de même, il n'aurait pas dû courir ce risque.

— Ne l'accablez pas ! s'emporta la jeune femme. Il fait le strict nécessaire pour mettre un terme aux déprédations des Chevaliers Équitables. Si la faute en incombe à quelqu'un, c'est à votre peuple.

Ses mots étaient autant de coups de fouet pour Borenson. Il frémit, incapable de trouver une réponse. Il tenta de se raccrocher à ce qu'il pensait quelques instants plus tôt, mais l'ordre de Saffira était si persuasif que toute idée hostile au Seigneur-Loup lui semblait blasphématoire.

Laissant la jeune femme sous la protection de ses gardes du corps, Pashtuk et lui se dirigèrent vers les éléphants. À l'origine, le troupeau en comptait une cinquantaine, mais seuls cinq avaient survécu. Aucun ruisseau ne coulant dans la vallée, les autres avaient dû mourir de soif plus que de faim.

Les deux hommes passèrent le plus gros de la journée à pousser les bêtes vers le bas de la montagne. Enfin, ils atteignirent une seconde vallée où la neige se transformait en pluie avant de toucher le sol. Il y avait assez d'herbe pour que les éléphants paissent un jour ou deux avant d'essayer de gagner les basses terres. Faute de quelqu'un pour les guider, Borenson doutait fort qu'ils y parviennent. Mais il avait fait tout ce qu'il pouvait.

Les deux hommes revinrent vers Saffira et Borenson

prit la tête de leur colonne. Les soldats du duc Paldane devaient traîner dans le coin. S'ils n'oseraient pas s'attaquer à un contingent indhopalais, Saffira et ses gardes du corps feraient des cibles parfaites. Borenson ignorait d'où viendrait l'embuscade, mais il s'attendait à des problèmes avant de sortir de la montagne.

Il chevaucha une centaine de pas devant les autres, les oreilles et les yeux grands ouverts. Depuis qu'il avait perdu ses Dédiés, il ne voyait ni n'entendait plus aussi bien qu'avant. Tout lui paraissait brouillé. Et surtout, il ne se rappelait pas avoir été aussi fatigué.

Mais les attributs étaient finalement moins importants que savoir ce qu'on cherchait. Borenson sonda les replis sombres des vallées, où les pins se pressaient les uns contre les autres, puis les promontoires rocheux susceptibles de dissimuler des chevaux. À chaque tournant, à chaque encaissement, il craignait de voir surgir des archers. Une seule chose le réconfortait : la pensée que Gaborn l'avertirait s'il courait un danger.

En milieu d'après-midi, la neige céda la place à une pluie diluvienne. Borenson voulut presser l'allure, mais Saffira le lui interdit.

Au pied d'une pente boisée, ils découvrirent une petite chaumière au toit crevé qui leur offrirait néanmoins un abri bienvenu.

— Seigneur Borenson, aidez Mahket à allumer un feu pendant que Pashtuk et Ha'Pim préparent le dîner, ordonna Saffira. Je suis affamée.

— O Étoile du Désert, fit Borenson, nous avons déjà perdu trop de temps. Nous devons nous dépêcher !

La jeune femme lui jeta un regard lourd de reproche ; il dut lever un bras pour se protéger les yeux. Sans rien ajouter, il entreprit de chercher des branches mortes.

Leurs montures avaient besoin de manger et de se reposer. Déjà, elles mâchaient l'herbe trempée comme seuls en sont capables les chevaux de force. Et se sécher un peu ne leur ferait pas de mal.

Péniblement conscient de la présence de Saffira, Borenson se dirigea vers l'âtre de la chaumière. Il y jeta les aiguilles de pin qui jonchaient le sol, les couvrit de chaume arraché au toit et des quelques branches presque sèches qu'il avait trouvées. Bientôt, Mahket et lui eurent réussi à allumer un petit feu. Pendant ce temps, Pashtuk et Ha'Pim avaient été chercher de l'eau pour faire cuire le riz et réchauffer l'agneau au lait de coco qu'ils avaient emporté du Palais des Concubines.

Après le déjeuner, Saffira ordonna aux hommes de monter la garde le temps qu'elle fasse une sieste, car il n'aurait pas été convenable qu'elle se présente devant son époux les yeux cernés par la fatigue. Elle s'allongea dans un coin sec de la chaumière.

Borenson ne put pas se reposer. La journée était déjà bien avancée, et sa frustration grandissait. Il n'osait pas contrarier Saffira. Mais il ne comprenait pas qu'elle les retarde aussi inutilement. On aurait presque dit qu'elle redoutait d'être en face de son époux.

Enveloppée d'une couverture brodée, la jeune femme dormait paisiblement, sa poitrine se soulevant au rythme régulier de sa respiration. Elle était l'image parfaite du repos. Borenson se demanda s'il serait forcé de la tuer. Ses innombrables Dons de Charisme et de Voix la rendaient aussi dangereuse que Raj Ahten. Mais tandis qu'il observait son visage plein de beauté et d'innocence, il comprit qu'il ne pourrait pas lever la main sur elle.

Abandonnant Saffira à la garde de Ha'Pim et de Mahket, Borenson sortit de la chaumière et rejoignit Pashtuk, perché sur un rocher à l'abri des branches d'un pin. Dans cette région, les arbres formaient une barrière impénétrable pour le regard humain. D'ici une heure, les voyageurs atteindraient les basses terres où abondaient les chênes et les ormes.

— Comment vont vos… noix ? demanda Borenson.

Ayant remarqué combien Pashtuk semblait mal à

l'aise en selle, et de quelle façon il contractait les cuisses, le colosse s'inquiétait du prix qu'il ne tarderait pas à payer pour avoir contemplé Saffira.

— J'ai du mal à comprendre comment des attributs que je n'ai plus peuvent me causer une telle douleur, avoua l'Invincible.

— À ce point ?

— Quand nous atteindrons Carris, Raj Ahten vous réclamera certainement son once de chair.

— Une once ? répéta Borenson. Vous me vexez. Je suis plus viril que ça.

Pashtuk ne sourit pas.

— Je vous suggère de tourner bride et de vous enfuir. Les chevaux de Ha'Pim et de Mahket ne sont pas assez rapides pour vous rattraper. Bien entendu, je vous donnerai la chasse... Mais vous réussirez à m'échapper.

— Pourquoi ?

— Le décret de mon seigneur a été conçu pour empêcher les scélérats de se mettre en quête d'Obran, et pour ne pas que les serviteurs du palais folâtrent avec ses concubines. Je ne pense pas qu'il visait les hommes dans votre genre, que leur honneur empêche de trahir la confiance d'autrui.

— Merci, dit Borenson. Mais mon honneur m'empêche également de me dérober à mon devoir en abandonnant la femme que j'ai promis de guider jusqu'à Mystarria.

Au fond de son cœur, il se savait incapable de quitter Saffira. Même quand il aurait accompli sa mission et que le moment serait venu de se mettre en route pour l'Inkarra, il ne voyait pas comment il s'arracherait à elle. D'ailleurs, il ne devait pas la lâcher d'une semelle pour lui plonger un couteau dans le dos au cas où elle déciderait de trahir le Roi de la Terre.

Pashtuk secoua la tête.

— Je vous mets en garde dans votre propre intérêt. Je comprendrais que vous vous enfuyiez. Et si l'occasion se présente, je vous conjure de le faire.

Borenson scruta la route comme s'il réfléchissait. L'Invincible ne devait pas soupçonner qu'il avait une autre raison que l'honneur pour rester auprès de Saffira.

— Vous avez peut-être raison, concéda-t-il. Il semble que vous n'ayez plus besoin de moi. Nous aurions déjà dû croiser une patrouille mystarrienne, mais la région paraît déserte.

Il n'eut pas besoin d'en dire davantage. Depuis la destruction de la Tour Bleue, la plupart des hommes encore capables de servir d'éclaireurs devaient se terrer à Carris.

— C'est absurde, soupira Borenson. Pourquoi Saffira cherche-t-elle à nous retarder ? Que redoute-t-elle donc ?

Pashtuk se mordit la lèvre et chuchota :

— Elle est plus maligne que vous ne le croyez. Il serait très dangereux pour elle de mécontenter son époux. Selon un proverbe indhopalais, « Personne ne déçoit notre roi deux fois ». Quand elle délivrera son message de paix, elle n'aura droit qu'à une seule chance. Elle devra faire de son mieux. Soyez patient. Vous lui avez donné un millier de forceps. À quelle vitesse pensez-vous que ses officiants puissent les utiliser ?

— Je ne sais pas. Combien en a-t-elle ?

— Seulement deux : un maître et un apprenti.

Borenson aurait parié sur une douzaine. Mais même en travaillant sans relâche, deux officiants ne pouvaient drainer plus de deux attributs toutes les cinq minutes, soit vingt-quatre en une heure. Bien que la beauté de Saffira n'ait cessé d'augmenter depuis leur départ, ils n'avaient pas pu lui conférer un millier de Dons en moins de deux jours.

Carris n'était qu'à quatre heures de cheval en forçant l'allure. Pourtant, la jeune femme était contrainte d'attendre.

— Elle ne peut pas nous retenir ici toute une journée ! Raj Ahten doit déjà assiéger Carris. Demain, le Roi de la Terre l'affrontera.

— Serait-il si grave que la citadelle tombe ? Vous voulez empêcher une bataille. Saffira espère mettre fin à la guerre.

— Oui, mais… Toute une journée ?

L'Invincible secoua la tête.

— Ce ne sera pas nécessaire. Hier, pendant que vous dormiez, je me suis entretenu avec le chambellan du Palais des Concubines. Le bâtiment abrite environ cinq cents personnes en comptant les gardes et les serviteurs. D'ici le coucher du soleil, les officiants de Saffira m'auront drainé tous les attributs dignes de l'être.

« Si leurs calculs sont corrects, Saffira disposera alors, par l'intermédiaire de ses vecteurs, de douze cents Dons de Voix supplémentaires, et du double de Dons de Charisme. Après, les seuls Dédiés potentiels du Palais des Concubines seront les chameaux.

Borenson sourit. Raj Ahten en personne ne devait pas avoir la moitié de Dons de Charisme. Le colosse n'avait jamais entendu parler d'une reine ayant plus d'un dixième des attributs dont Saffira disposerait bientôt.

Elle aurait une chance de persuader son époux. Une seule.

Assis en silence près de Pashtuk, Borenson laissa la jeune femme se reposer. Elle allait en avoir besoin.

En fin d'après-midi, Saffira s'éveilla.

— J'ai une bonne nouvelle à vous annoncer. Les officiants ont cessé de me transmettre des attributs. Leur travail est achevé.

Borenson et Pashtuk sellèrent les cinq chevaux de

force pour se remettre en route. Les chemins étaient boueux et le petit groupe chevauchait moins vite que Borenson ne l'aurait souhaité. Mais il espérait tout de même atteindre Carris avant le coucher du soleil.

Au bout d'environ cinq lieues, ils tombèrent sur une patrouille mystarrienne et comprirent pourquoi personne ne les avait encore arrêtés.

Une dizaine de chevaliers atrocement mutilés, portant l'emblème de l'homme vert, gisaient sur le bas-côté. La carcasse d'un étalon pendait dans les branches d'un arbre à cinquante pieds au-dessus du sol. La plupart des cadavres étaient en morceaux : un torse répandant ses entrailles par-ci, la moitié d'une jambe par-là… Autour des morts, la terre avait été piétinée, mais ils n'avaient pas réussi à tuer un seul adversaire.

Borenson avait rarement contemplé pareille boucherie. Elle avait dû se produire moins d'une heure auparavant, car les entrailles des chevaliers fumaient encore.

— On dirait qu'une de vos patrouilles a croisé les guerriers de mon époux, fit innocemment Saffira.

Elle se couvrit le visage d'un mouchoir de soie pour ne pas sentir l'odeur de bile et de sang. Sa voix était calme et elle ne tremblait pas, comme si la vue des guerriers démembrés la laissait indifférente. Borenson se demanda de quelles atrocités elle avait bien pu être le témoin pour se montrer aussi dure à un âge si tendre.

Peut-être que ça ne la touche pas parce que ces hommes étaient ses ennemis.

Pashtuk secoua la tête, comme éberlué par la naïveté de Saffira.

— Ce n'est pas une de nos patrouilles qu'ils ont croisée, ô Resplendissante Étoile. Aucun humain n'en déchirerait un autre avec une telle sauvagerie. Les maraudeurs sont responsables.

— Vraiment ? lâcha Saffira sans trahir d'émotion,

comme si l'idée que ces créatures grouillent dans les bois autour d'eux ne la perturbait pas.

Ses gardes du corps se rapprochèrent en jetant des coups d'œil nerveux à la ronde. Pashtuk fixa Borenson d'un regard sombre qui en disait long.

— Je crois que nous avons un problème…

CHAPITRE XLVIII

LES MARAUDEURS ENVOIENT UN MESSAGE

Campé sur les remparts, Roland cria des vivats avec les autres quand Raj Ahten émergea du Donjon du Duc et harangua ses hommes, leur ordonnant de se préparer à charger.

Les Invincibles coururent vers leurs montures ; leurs écuyers coururent à l'armurerie chercher des lances et des plastrons pour leurs chevaux. Il leur faudrait une heure pour s'équiper, et Roland ne pouvait qu'attendre.

Sur la Colline des Ossements, les maraudeurs continuaient à s'affairer. Au sommet, le mage funeste n'était plus qu'une vague lueur voilée par les volutes de fumée brune qui s'élevaient de la rune. L'odeur de mort et de décomposition saisissait Roland à la gorge. Ses yeux brûlaient tant qu'il n'osait même plus regarder la colline.

Pendant que les hommes de Raj Ahten mettaient les armures à leurs chevaux, il remarqua de subtils changements dans la plaine. Jusque-là, les baveurs avaient mastiqué toute la végétation, excrétant une résine épaisse que les hurleurs utilisaient pour assembler des pierres, former des murs et des barricades. Ils avaient ainsi créé plusieurs dômes sur la rive sud du Lac

Donnestgree. Les défenseurs avaient d'abord pensé qu'il s'agissait de chambres de ponte. Mais les maraudeurs les retournaient et les poussaient vers l'eau.

Roland comprit que c'étaient d'énormes embarcations dépourvues de rames ou de voiles.

Les maraudeurs s'étaient désintéressés d'eux depuis qu'ils avaient fait sauter le bouclier des Tisseurs de Flammes. Mais tout comme Raj Ahten dans la cour du château, ils se préparaient maintenant à attaquer.

À l'ouest, la plaine était désormais criblée d'ouvertures bizarrement plus hautes vers le nord que vers le sud, et les maraudeurs creusaient toujours.

Au fil des heures, Roland se sentait de plus en plus malade. L'atmosphère de Carris était devenue oppressante. Sa tête lui faisait mal, le désespoir lui nouait les entrailles, et il tenait à peine debout tant il était fatigué. Autour de lui, beaucoup d'hommes s'efforçaient de dissimuler leurs sanglots. Pour remonter le moral des troupes, quelques guerriers insultèrent copieusement les maraudeurs, tandis que d'autres baptisaient de noms ridicules leurs édifices.

Au sud, l'énorme tour de pierre qui évoquait une corne de narval montait de plus en plus haut. Le mage funeste y alla par deux fois pour surveiller l'avancement des travaux. Constatant qu'elle avait plus ou moins la forme des attributs génitaux mâles des maraudeurs, les défenseurs la surnommèrent la Tour d'Amour.

La pile de poutres, de planches arrachées aux barrières et de troncs d'arbres déracinés se vit attribuer le sobriquet de « Mont Dubois », et les entrées de tunnels géants, celui de « Terriers du duc Paldane ».

Mais de toutes les choses étonnantes fabriquées par les maraudeurs, la rune maléfique de la Colline des Ossements les inquiétait le plus. Le mage funeste n'avait pas affecté de simples hurleurs à sa construction. Ceux-ci se contentaient de déblayer la terre des tranchées et d'apporter du bois mort aux baveurs. Des mages mineurs au front tatoué de runes scintillantes s'affairaient à l'intérieur du cocon de mucilage durci.

La rune ne cessait de s'étendre, obscène symbole qui dégageait de plus en plus de fumée et de puissance. Sous le brouillard brun, ses lignes sinueuses et fascinantes évoquaient un nid de serpents en train de s'accoupler ou une assiette de langues d'oiseaux.

Chaque fois que Roland essayait de la fixer, les muscles de son visage tressautaient. Chaque fois qu'il se détournait, la sensation de brûlure devenait si intense sur sa peau qu'il craignait de sentir bientôt l'odeur de sa propre chair calcinée.

Mais l'épouvante que semait la rune n'était pas la seule manifestation de son pouvoir. À mesure qu'elle grandissait, les herbes sèches et les buissons qui entouraient la Colline des Ossements commencèrent à fumer et à mourir. Au pied des remparts, Roland voyait les branches de l'amandier se racornir.

Le temps que les Invincibles aient équipé leurs chevaux et mis leur armure, toute la végétation avait péri à des lieues à la ronde. Les défenseurs de Carris rebaptisèrent la Colline des Ossements « Trône de la Désolation ». Quant à la citadelle, certains chuchotèrent qu'il vaudrait mieux l'appeler « Cour de Récréation du Boucher ». Roland estimait que la ville devait contenir de quoi nourrir l'armée de maraudeurs pendant deux ou trois mois. C'était difficile à dire, car il en arrivait sans cesse de nouveaux. Mais tous les occupants de Carris se sentaient destinés à finir dans l'estomac d'une de ces créatures.

Roland scruta la rive est du lac. Toujours aucun signe des embarcations parties quelques heures plus tôt. Et les maraudeurs continuaient à bâtir sans attaquer.

— Ils vont nous ficher la paix ! lança-t-il, plein d'espoir. Peut-être qu'ils ne sont pas venus pour nous...

— C'est la Colline des Ossements qui les attire, dit

un fermier malingre au menton orné d'un bouc nommé Méron.

— Qu'est-ce qui te fait croire ça ?

— Dans le Rofehavan, il n'existe aucun autre endroit où soient morts tant de chevaliers. Une centaine de batailles ont été livrées ici, et le sol est encore imbibé de sang, ce qui en fait un parfait support pour la magie noire. C'est à cause de ça que les maraudeurs ont choisi cet endroit pour tracer leur rune.

Le baron Poll fronça les sourcils.

— À mon avis, ils se contentent de nous envoyer un message.

— Un message ? répéta Roland, incrédule. (Il lui semblait évident que les créatures tentaient de les empoisonner avec leur puanteur.) Les maraudeurs ne peuvent pas parler.

— Ça ne les empêche pas de s'exprimer.

— Et que nous disent-ils ?

Le baron Poll désigna la plaine ravagée.

— Ne le voyez-vous pas ? Leur message est aussi facile à déchiffrer que les majuscules tremblotantes d'un enfant : « La terre qui vous appartenait est nôtre. Votre foyer devient notre foyer. Votre nourriture… *Vous êtes* notre nourriture. Nous vous supplantons ! »

Dans la cour, les Invincibles étaient montés en selle, leurs lances pointant vers le ciel.

— Ouvrez les portes ! cria Raj Ahten.

CHAPITRE XLIX

UN APPEL À L'AIDE

Averan avait somnolé jusqu'à ce que la femme verte bondisse sur ses pieds, l'arrachant à la tiédeur de sa cape en peau d'ours. Elle frissonnait d'excitation et reniflait l'air.

Pendant son sommeil, la fillette avait eu d'étranges visions du Monde du Dessous.

La journée était fraîche ; d'épais nuages masquaient le soleil et une pluie fine tombait. Averan avait rêvé qu'un des graaks ramenait la carcasse d'un bouc dans leur aire, comme ils le faisaient parfois, et que Brand l'obligeait à s'en débarrasser.

L'enfant se frotta les yeux. Une étrange transformation s'était opérée autour d'elle. Toutes les fougères étaient mortes et pendaient comme des chiffons humides. Une lourde odeur de décomposition planait dans l'air.

Le phénomène responsable de cette désolation l'affectait aussi : Averan se sentait faible et nauséeuse. Elle avait la bouche sèche.

Si je reste ici, je vais mourir, songea-t-elle sans savoir pourquoi.

Elle leva les yeux vers le ciel. Le soleil ne tarderait

plus à se coucher. Ayant couru toute la nuit, la fillette avait dormi presque toute la journée. Et quelque chose d'affreux était arrivé à la terre !

La femme verte leva le nez.

— Du sang, oui, dit-elle doucement. Le soleil, non.

Averan se leva pour regarder au pied de la colline. Un groupe de neuf maraudeurs courait le long du canal, suivant sa piste. L'air qui s'échappait de leur thorax produisait un sifflement lugubre. À leur tête marchait un sorcier écarlate muni d'un bâton gravé de runes obscènes.

Averan lutta contre la panique. L'éclaireur qu'elle avait mangé connaissait ce monstre et les porteurs de lame qui l'accompagnaient. Ce n'étaient pas des maraudeurs ordinaires, mais des soldats d'élite du mage funeste. Les avertissements que la fillette avait semés sur son passage avaient dû les effrayer, alors ils lui envoyaient leurs meilleurs guerriers.

Glissant dans la boue, Averan courut entre les fougères flétries sans oser répéter ses manœuvres de renard, car elle se savait incapable de distancer les créatures. La femme verte courait à côté d'elle. De temps à autre, elle jetait un regard curieux par-dessus son épaule, comme un chien impatient de chasser des écureuils.

Les feuilles de tous les arbres étaient tombées et il ne restait pas un seul buisson. N'ayant nulle part où aller et rien à perdre, Averan céda à son instinct.

— Au secours ! Au secours ! À l'assassin !

Si je criais que je suis poursuivie par des maraudeurs, personne ne serait assez fou pour m'aider.

CHAPITRE L

LA CHARGE DES SOURIS

— Ouvrez les portes ! cria Raj Ahten dans la cour.

Cinq cents soldats de force se massaient derrière lui.

Carris était la seule construction humaine qui tenait encore debout. Ses murs dont la blancheur contrastait avec la boue noire de la plaine se dressaient toujours fièrement sous la lumière déclinante de cette fin d'après-midi. La pluie était tombée toute la journée ; à présent, quelques rayons de soleil filtraient entre deux nuages.

Le pont-levis s'abaissa ; partout dans la forteresse, les défenseurs poussèrent des cris d'encouragement. Juché sur son étalon impérial gris, Raj Ahten avait pris la tête de ses troupes, brandissant une longue lance de frêne blanc.

Il traversa le pont et galopa en direction du Trône de la Désolation. Les porteurs de lame chargèrent. Il dépassa les premiers comme de simples îlots perdus au milieu d'un torrent. Derrière lui, ses Invincibles déferlaient dans la plaine tel un ouragan.

Le Seigneur-Loup resplendissait. Il attirait les regards des défenseurs comme aucun autre homme n'en aurait été capable. Ses chevaliers se mirent en formation sur cinq colonnes pendant que les maraudeurs affluaient pour leur barrer le passage, leur carapace sombre encore luisante de pluie.

À une telle distance, Roland trouva que Raj Ahten et ses hommes ressemblaient à une horde de souris prêtes à combattre des matous trop gras. Leurs étalons étaient merveilleusement rapides et gracieux, la pointe de leur lance scintillait et le vent emportait au loin leurs cris de guerre.

Les maraudeurs furent bientôt sur eux, les dominant de toute leur taille.

Les lances frappèrent. Certains Invincibles tentèrent d'atteindre le cerveau de leurs adversaires en plantant leur arme dans leur palais, un coup qui les tuait instantanément. D'autres préférèrent viser l'estomac pour les neutraliser : une attaque moins radicale, mais qui avait plus de chances de réussir.

Pour chaque lance qui abattait un maraudeur, une se brisait sur la carapace d'une autre créature sans lui faire de mal. Le soldat désarmé et désarçonné par le choc devait fuir, espérant que ses camarades se chargeraient de son adversaire.

Roland vit un étalon glisser dans la boue et s'écraser contre un maraudeur. L'animal et son cavalier furent littéralement désarticulés. Ailleurs, un porteur de lame trancha d'un coup les quatre pattes d'un destrier.

En quelques secondes, une demi-douzaine de maraudeurs et plusieurs soldats étaient tombés. Chaque fois qu'une colonne d'Invincibles rencontrait un obstacle, les cavaliers s'écartaient de leur adversaire. Ainsi, leur formation fut vite rompue.

Une lance qui touchait un monstre demeurait plantée dans sa chair ou se brisait sur sa carapace. Dans les deux cas, le guerrier devait faire demi-tour et battre en retraite. Mais Raj Ahten et quelques-uns de ses Invincibles continuaient à galoper vers le Trône de la Désolation.

Comme une mouche qui fonce sur la toile de l'araignée, pensa Roland.

Au sommet de la colline, les baveurs se dressèrent sur leur abdomen pendant que les mages mineurs se retranchaient derrière les murs de la rune. Les hurleurs battirent en retraite. Le mage funeste s'interrompit un instant pour toiser les cavaliers, puis se remit au travail sans leur accorder plus d'attention. À la lisière du cocon, les porteurs de lame se cabrèrent sur leurs pattes postérieures, serrant des épées ou des marteaux dans leurs griffes luisantes.

Les deux forces se percutèrent de plein fouet. Une dizaine de maraudeurs furent renversés par la fureur des Invincibles. Des lames sifflèrent dans l'air plus vite que l'œil humain ne pouvait les suivre, décapitant les cavaliers et leur monture d'un même élan.

Au cours de cette charge, Raj Ahten perdit une dizaine d'hommes, mais il réussit à abattre une créature en lui plongeant sa lance dans le palais. Hélas, le cadavre du porteur de lame lui barra l'accès à la Colline des Ossements. Le Seigneur-Loup fit demi-tour et revint au galop vers la forteresse, ses Invincibles sur les talons.

Des maraudeurs jaillirent des Terriers du duc Paldane, tandis que d'autres couraient vers la rive ouest du Lac Donnestgree. De longues files de leurs congénères continuaient à arriver du sud. Comprenant la menace, Raj Ahten donna l'ordre de battre en retraite. Mais les créatures massées sur la berge s'avancèrent pour interdire l'accès du pont.

Au sommet des remparts, les défenseurs de Carris poussèrent des cris d'encouragement, invitant ceux qui étaient encore leurs pires ennemis quelques heures plus tôt à regagner l'abri de la citadelle.

Roland resta bouche bée.

Est-ce le mieux dont nous sommes capables ? Pouvons-nous seulement interrompre trois secondes leur travail, avant de nous enfuir comme des enfants qui viennent de bombarder des chevaliers avec des figues pourries ?

Soixante ou soixante-dix carcasses de maraudeurs gisaient dans la plaine. C'était beaucoup… et c'était peu. À présent, Raj Ahten allait payer sa témérité.

Le mage funeste frappa. Perché au sommet de la Colline des Ossements, il leva vers le ciel son bâton, qui émit un étrange sifflement. Ses runes de feu l'enveloppaient tel un manteau de lumière.

Avec un craquement pareil à celui de la foudre, un mur de vent circulaire se forma autour de lui et dévala la colline. Roland ne s'en serait pas aperçu sans les grees qui furent emportés comme de vulgaires feuilles mortes. La bourrasque percuta les étalons les plus proches, jetant leurs cavaliers à terre. Ceux que la chute ne tua pas furent massacrés par les maraudeurs.

Raj Ahten et les hommes qui l'accompagnaient approchaient du pont.

Quand le vent atteignit les remparts de Carris, Roland eut une envie impérieuse de se cacher. Une odeur de poil roussi le prit à la gorge. Un rugissement plus fort que celui d'une chute d'eau l'assourdit. Ses yeux brûlaient et soudain, les ténèbres s'abattirent autour de lui.

Roland cria et s'appuya contre un créneau pour ne pas tomber. Il était si désorienté qu'il ne savait plus distinguer le haut du bas, et moins encore sa droite de sa gauche. Tandis qu'il glissait sur le sol, des cris de détresse montèrent du chemin de ronde.

— Je n'y vois plus rien ! À l'aide !

Mais personne ne pourrait les secourir.

Pas étonnant que les maraudeurs nous considèrent comme quantité négligeable…

Il lui semblait qu'on lui avait ébouillanté les yeux ; son visage était baigné de larmes.

Roland resta ainsi jusqu'à ce que le grondement

s'atténue et qu'il distingue la lumière du soleil dans le ciel gris. Clignant des paupières, il s'agenouilla. Un voile noir obscurcissait tout. Autour de lui, les défenseurs plissaient les yeux pour tenter de percer les ténèbres.

Les maraudeurs devaient être à portée, car les officiers donnèrent l'ordre aux artilleurs d'ouvrir le feu. L'air s'emplit du claquement des cordes contre les flancs d'acier des balistes, du sifflement des carreaux et du bruit mat qu'ils firent en transperçant la carapace des créatures.

Roland vit enfin les maraudeurs qui étaient sur le point de massacrer la cavalerie de Raj Ahten. Mais celui-ci, comme ses Invincibles, n'était pas un guerrier ordinaire. Ils avaient suffisamment récupéré pour se battre.

De nouveau, les lances se plantèrent dans la chair des maraudeurs ; de nouveau, les porteurs de lame firent un carnage parmi les chevaliers. Plusieurs dizaines de créatures périrent au cours de cet assaut.

Sur les remparts, les artilleurs luttaient pour réarmer leurs balistes pendant que de jeunes garçons y plaçaient une seconde volée de carreaux.

Raj Ahten lâcha un cri de guerre qui ébranla les murs du château.

Roland vit les maraudeurs battre brièvement en retraite, avant de repasser à l'attaque avec une vigueur décuplée par la rage.

Puis il entendit des hommes se lamenter. Tournant la tête, il constata que les créatures venaient de mettre à l'eau une soixantaine d'embarcations de pierre et de résine. En guise de rames, elles utilisaient leurs lames.

Roland refoula ses larmes. Jusque-là, il avait espéré ne pas devoir se battre. Après tout, on l'avait posté sur le mur sud, et tout le monde savait que les maraudeurs coulaient comme des pierres. En outre, les murs de la citadelle étaient trop lisses pour qu'on les escalade.

Roland serra sa longue dague et se demanda de quelle utilité elle lui serait. C'était folie de croire qu'un manant pouvait combattre ces créatures.

À l'extrémité du pont, Raj Ahten poussa un nouveau cri avec l'espoir d'étourdir les maraudeurs. Mais ils ne battirent pas en retraite.

— Tenez-vous prêts ! rugit le baron Poll.

Partout autour de Roland, les défenseurs ajustaient leur bouclier ou saisissaient leur hache de guerre. Certains lui ordonnèrent de s'écarter, avant de hisser une énorme pierre sur le merlon à côté de lui.

— Et merde ! jura Roland, faute de trouver autre chose à dire. Et merde…

— Regardez ! s'exclama quelqu'un derrière lui. Ils sont aux portes de la ville !

Roland jeta un coup d'œil vers l'ouest. Les porteurs de lame talonnaient les Invincibles de Raj Ahten, ce qui leur permit de franchir les deux premières barbacanes.

Le mage funeste leva de nouveau son bâton.

— Fermez les yeux ! Bouchez-vous les oreilles ! Retenez votre souffle ! crièrent les défenseurs paniqués.

Roland s'accroupit, ferma les yeux, se boucha les oreilles et retint son souffle tandis que le deuxième anneau de vent maléfique balayait la plaine.

Quand la bourrasque fut passée, il attendit quelques secondes avant de regarder autour de lui. Il n'y voyait pas très bien, mais n'était pas totalement aveugle et désorienté.

Près de lui gisait un adolescent terrorisé. Il comprit que ce garçon n'arriverait pas à se battre…

Roland s'était toujours laissé porter par les courants de la vie. Il avait suivi le chemin tracé par ses parents, il avait répondu à chaque pique de sa femme par un aboiement. Il s'était mis en route vers Heredon afin de rencontrer un fils qu'il ne connaissait pas. Non par curiosité, mais parce que son sens du devoir l'y poussait.

À présent, il regrettait tout ce qu'il n'avait jamais

fait. Il avait promis d'être un père pour Averan, mais il n'en aurait pas l'occasion.

J'ai le choix : mourir par terre comme cet imbécile, ou me relever et combattre.

Il entendit un bruit sourd quand une des embarcations de pierre percuta le mur du château.

— Viens, grogna-t-il en prenant par le bras l'adolescent terrorisé pour le forcer à se mettre debout. Tâchons de mourir comme des hommes !

Il se pencha entre deux merlons, essayant d'y voir malgré la vapeur nauséabonde qui le faisait larmoyer. Cent pieds plus bas, un maraudeur avait déjà planté ses griffes dans le mur d'enceinte.

Un corbeau survola Roland au moment où la créature coinçait sa lame entre ses dents et se mettait à grimper.

Il n'y a que des manants de ce côté-ci. Aucun de nous ne pourrait affronter un maraudeur, même désarmé.

— Faites monter des hallebardes ! cria quelqu'un.

Repousser les monstres avec ces armes était un bon plan, mais le temps manquait pour s'en procurer. La plupart étaient entre les mains des sentinelles, dans la cour de la forteresse.

Rengainant sa dague, Roland s'arc-bouta contre la pierre posée entre deux merlons. Il avait beau être costaud, le bloc devait peser plus de deux cents livres, et il eut un mal fou à le déplacer. Bandant ses muscles et sa volonté, il réussit à le faire basculer par-dessus les remparts.

Le projectile atteignit sa cible à la tête. Sonné, le maraudeur se plaqua contre le mur. Mais le choc n'avait pas suffi à le déloger. Il reprit vite son ascension, plantant ses griffes entre les arêtes des pierres pour se hisser vers le sommet.

Il atteignit les créneaux et se prépara à bondir sur le chemin de ronde. Saisissant sa lame, il frappa l'adolescent que Roland avait obligé à se relever. Le malheureux s'écroula.

Roland chargea.

Le maraudeur, en équilibre précaire, se retenait aux merlons. Roland abattit son arme, la sentit s'enfoncer dans une chair coriace et entendit la créature lâcher un sifflement de douleur.

Mais il ne parvint pas à dégager sa dague.

Méron brandit sa hache pour frapper l'autre patte du maraudeur.

— Attention ! cria le baron Poll.

Levant la tête, Roland vit d'énormes griffes jaillir vers lui. Elles le saisirent par l'épaule, déchirèrent sa chair et le soulevèrent dans les airs. Un instant, il se retrouva suspendu trente pieds au-dessus des remparts, prêt à être englouti par une gueule béante garnie de crocs.

Ses camarades profitèrent de cet instant pour attaquer la créature. L'un d'eux chargea derrière son bouclier et la percuta de plein fouet.

Roland tomba, atterrit au milieu des défenseurs et examina avec terreur son épaule déchiquetée. La douleur était insoutenable. Autour de lui, des vivats s'élevèrent pendant que la créature dégringolait dans le lac.

— Un chirurgien ! J'ai besoin d'un chirurgien ! s'époumona Roland.

Tremblant de tous ses membres, il posa sa main valide sur la plaie pour ne pas se vider de son sang comme un cochon qu'on égorge. Puis il rampa vers le mur afin de dégager la voie aux défenseurs.

Il fixa le merlon où le baron Poll se tenait depuis deux jours, mais son ami avait disparu. D'autres hommes couraient déjà pour prendre sa place. Roland jeta un regard à la ronde, luttant toujours contre les larmes et la vapeur brune qui l'empêchaient de bien voir.

Il se rappela le guerrier qui avait chargé pour jeter le maraudeur dans le lac. Aucun manant n'aurait réussi un tel exploit : seul un Seigneur des Runes en était capable. Alors, il comprit ce qu'était devenu le baron Poll.

Roland se releva avec difficulté. À l'est et à l'ouest, les créatures atteignaient le sommet des remparts, et des hommes ordinaires luttaient farouchement pour les repousser. Mais tout était redevenu calme sur le mur sud.

Roland regarda entre les créneaux. L'embarcation qui était au-dessous de son poste coulait : elle n'avait pu supporter la chute d'une créature aussi lourde. Ses occupants allaient sombrer avec elle.

Comme le baron Poll.

Roland se laissa tomber à genoux. De la pluie froide lui coulait dans la nuque. Au-dessus de lui, le ciel s'assombrissait, bien que le mage funeste vêtu de lumière n'ait pas encore lancé sa troisième malédiction.

CHAPITRE LI

DES ÉTRANGÈRES SUR LA ROUTE

Fuis !

La voix de Gaborn résonna dans la tête de Borenson. Il tira sur les rênes de son cheval et étudia la route qui conduisait à Carris, plissant les yeux pour percer l'ombre des chênes et des pins. D'une main, il fit signe à ses compagnons de s'arrêter.

— Que se passe-t-il ? demanda Pashtuk, qui chevauchait à côté de lui. Une embuscade ?

Depuis quelques minutes, Borenson était nerveux, car il lui semblait avoir franchi une ligne invisible une lieue plus tôt. Depuis, les plantes dépérissaient autour d'eux, frappées d'une étrange malédiction. L'herbe semblait abriter des milliers de serpents. Les branches pendaient pitoyablement. Les vignes se tordaient de « douleur » et une étrange odeur de pourriture planait dans l'air.

Plus les compagnons avançaient, plus le paysage devenait lugubre et désolé. Il ne restait pas un végétal vivant, et des vapeurs brunâtres rampaient sur le sol. Borenson n'avait jamais rien vu de pareil, d'où une anxiété bien compréhensible.

— Je… je ne sais pas s'il s'agit d'une embuscade,

répondit-il. Le Roi de la Terre m'avertit d'un danger. Nous devrions peut-être quitter le chemin et couper à travers le sous-bois.

À un détour de la route, une fillette jaillit sous les branches nues d'un chêne.

— Au secours ! Au secours ! À l'assassin ! criait-elle.

Quand elle aperçut Borenson, elle se calma un peu. C'était une gamine de huit ou neuf ans, aux cheveux aussi roux que les siens, qui portait la tunique bleue des cavaliers du ciel.

Les voyageurs avaient galopé pour atteindre Carris avant le coucher du soleil. Ils craignaient de rencontrer des maraudeurs et espéraient les prendre de vitesse. Mais ils avaient fini par ralentir pour permettre à leurs chevaux de se reposer.

— Au secours ! criait encore la fillette.

Une femme courait sur ses talons, le visage illuminé par les rayons du couchant. Elle semblait être tombée dans une cuve de teinture verte et ne portait pour tout vêtement que la cape en peau d'ours qui volait derrière elle, révélant ses petits seins et sa silhouette mince mais musclée.

Borenson sursauta. Pas tant parce qu'elle était belle et à demi nue, mais parce qu'il lui semblait la reconnaître.

La wylde de Binnesman !

Il ne l'avait jamais vue mais tous les seigneurs heredoniens avaient ordre de la chercher. Il se demanda comment elle avait atterri ici.

Pashtuk se tendit. Borenson lança une main derrière lui pour saisir son marteau de guerre.

Fuis ! ordonna de nouveau le Roi de la Terre.

— J'avais compris la première fois, maugréa Borenson, pourtant conscient que Gaborn ne pouvait pas l'entendre.

— Est-ce une embuscade ? demanda de nouveau Pashtuk.

En Indhopal, les femmes et les enfants étaient parfois utilisés comme appâts pour attirer les guerriers dans un piège mortel. Mais aucun seigneur du Rofehavan ayant une once de dignité n'aurait recouru à cette pratique.

— Allons-y ! cria Ha'Pim.

Il saisit les rênes de la monture de Saffira et fit mine de s'élancer à travers champs.

À cet instant, un maraudeur apparut au détour de la route.

— Je prends la gamine, vous vous chargez de la femme ! cria Borenson à Pashtuk.

Il talonna sa monture et brandit son arme. Il ne se faisait aucune illusion : sans ses Dons, il n'arriverait pas à approcher suffisamment de la créature pour la frapper. Mais elle ne pouvait pas le savoir. Borenson espérait qu'elle hésiterait assez longtemps pour lui permettre de sauver la fillette.

Il chargea, flanqué de Pashtuk.

— Laissez-les ! cria Ha'Pim dans leur dos. Nous sommes ici pour protéger notre maîtresse !

Pashtuk ne put résister. Il tira sur les rênes de son cheval et fit demi-tour. Borenson ignorait si c'était une bonne chose ou pas : il avait entendu une terreur abjecte dans la voix de Ha'Pim.

Il se pencha sur l'encolure de son étalon et leva son marteau. Sa monture avait deux Dons de Force ; elle pouvait facilement les porter, la gamine, la femme et lui. Mais Borenson doutait d'avoir le temps de sauver les deux fuyardes.

La wylde traînait en arrière ; elle courait trop lentement et jetait de fréquents coups d'œil par-dessus son épaule, comme si elle mourait d'envie de combattre leur poursuivant.

Borenson galopa vers la fillette, puis fit ralentir son cheval pour se baisser et la saisir au passage. Mais il n'avait plus de Dons de Force et avait sous-estimé l'effort. Quand une douleur atroce lui traversa l'épaule, il sut qu'il venait de se déchirer un muscle. Pourtant, il réussit à hisser l'enfant en selle derrière lui et se rua vers la femme verte.

Trois autres maraudeurs surgirent ; il comprit qu'il ne l'atteindrait pas à temps. La première créature leva son marteau.

Borenson voulut tourner bride et abandonner la wylde à son sort.

Derrière lui, la fillette cria :

— Inique Messager, Juste Destructeur : du sang, oui !

La femme verte s'arrêta net, se retourna et bondit. Surpris, le maraudeur brandit son marteau, frappant maladroitement. L'arme manqua sa cible et heurta le sol avec un craquement pareil à celui d'un arbre abattu par la foudre.

La tête de la créature était aussi massive qu'un chariot. Sa gueule aurait pu engloutir Borenson. Si elle s'était écrasée sur le colosse, elle l'aurait cloué au sol aussi sûrement qu'une pierre de meule.

Borenson n'en crut pas ses yeux quand la femme verte agita la main comme si elle traçait une rune dans les airs. Lorsque son coup porta, des crocs se brisèrent et tombèrent telles des gouttes d'eau ; la chair grise du maraudeur fut arrachée à son crâne. Du sang bleu foncé aspergea tout autour de lui.

Comme si elle avait heurté un mur de pierre, la créature se souleva du sol. Quand elle retomba, elle était morte.

Bien que Saffira lui ait enlevé ses noix, Pashtuk réagit comme un homme et galopa vers la femme verte, coupant l'herbe sous les pieds de Borenson.

La wylde eut une réaction encore plus étrange que quand elle avait attaqué le maraudeur : elle bondit sur la tête du monstre, lui abattit son poing sur le crâne et en arracha un morceau de cervelle dégoulinante d'ichor qu'elle enfourna dans sa bouche.

Pashtuk atteignit la femme verte et la saisit par la taille. Sans s'encombrer de civilités, il la jeta en travers de sa selle comme un vulgaire sac de grain. La wylde, qui mâchait d'un air ravi, se laissa faire sans protester.

— Par ici ! cria l'Invincible en filant au galop vers le sud-est.

Borenson risqua un coup d'œil par-dessus son épaule. D'autres porteurs de lame venaient de jaillir derrière la colline. Un mage marchait avec eux, mais ils n'étaient pas assez rapides pour rattraper des chevaux de force.

— Tu m'as sauvé ! s'exclama la fillette dans le dos de Borenson. Je savais que tu viendrais me chercher.

Elle lui passa les bras autour de la taille et se serra contre lui. Ne l'ayant jamais vue de sa vie, le colosse fut surpris par sa réaction.

— Tu sembles en savoir plus long que moi, répliqua-t-il, sarcastique, car il n'avait aucune patience avec les fakirs qui prétendaient lire l'avenir, même quand ce n'étaient que des enfants.

Ils galopèrent en silence quelques minutes. Pashtuk avait réussi à installer la wylde en selle devant lui. Derrière Borenson, la fillette se tordait le cou pour apercevoir Saffira. Finalement, elle demanda :

— Où est le baron Gros Bidon ? Vous vous êtes séparés ?

— Qui ça ?

— Le baron Poll.

— Lui ? Si je le revois un jour, je répandrai ses entrailles sur la route !

— Tu es en colère contre lui ?

— En colère ? Disons juste que je le hais !

L'enfant eut l'air surpris mais ne dit rien.

Au-dessus d'eux, le ciel s'emplit d'un sifflement

assourdissant, comme si tous les maraudeurs inspiraient en même temps. Au loin s'élevaient des colonnes de fumée éclairées par une lueur rougeoyante.

— Vite ! cria Pashtuk en éperonnant son cheval. Mon seigneur se bat à Carris !

CHAPITRE LII

AU CŒUR DE LA BATAILLE

Moins d'une heure après que Raj Ahten eut tenté une sortie, Carris était au bord de la défaite.

Les maraudeurs avaient commencé par repousser les Invincibles le long du pont-levis. Avant que les sentinelles aient pu le relever, ils étaient venus s'écraser contre le mur ouest de la dernière barbacane. À coups de marteau, ils avaient pulvérisé les runes de protection gravées sur les arches de pierre, puis s'étaient attaqués au mur et l'avaient démoli facilement.

En moins de cinq minutes, ils avaient ouvert une brèche sur la cour de la citadelle. Les Invincibles avaient accouru pour leur bloquer le passage.

Les cadavres d'humains et de maraudeurs s'empilaient sur plus de soixante-dix pieds de haut. Les créatures bondissaient par-dessus les morts pour déferler sur Carris. En quelques minutes, elles massacrèrent plus d'un millier d'Invincibles.

Pendant ce temps, d'autres maraudeurs assaillaient le mur sud de la citadelle avec leurs embarcations de pierre, souillant les remparts de sang et d'entrailles. Vingt mille manants périrent avant que les Invincibles ne parviennent à les repousser.

Désespéré, Raj Ahten fit incendier plusieurs auberges pour rendre des forces à ses Tisseurs de Flammes et leur permettre de prendre part à la bataille. Campés au sommet des tours qui encadraient les portes de la citadelle, les sorciers lancèrent des boules de feu sur les maraudeurs.

Mais ils ne les retardèrent pas beaucoup. Bientôt, ils se mirent à l'abri d'énormes plaques de schiste qu'ils tenaient comme des boucliers, et qu'ils disposèrent de chaque côté du pont pour former un mur destiné à étouffer les flammes. Puis certains avancèrent pendant que les autres les protégeaient, bombardant de rochers les murs du château. Une des tours s'écroula. Le Tisseur de Flammes qui incantait au sommet tomba dans le lac.

Quinze minutes après le début de la bataille, Raj Ahten comprit que Carris était perdue : il ne se battait pas seulement contre une horde de maraudeurs, mais surtout contre le mage funeste qui les dirigeait. Par six fois, il avait frappé les défenseurs avec des sorts dont la simplicité n'avait d'égale que l'efficacité ravageuse.

« Soyez sourds et aveugles », avait-il ordonné trois fois. Puis : « Tremblez de peur. » Dix minutes après sa dernière incantation, des guerriers étaient encore recroquevillés sur le sol, fous de terreur. Raj Ahten n'y comprenait plus rien : aucune chronique ne parlait de sorcier capable de lancer de telles malédictions.

Sur la Colline des Ossements, le mage funeste leva son bâton de citrine pour la septième fois et émit un sifflement dont le ciel parut renvoyer l'écho dans toute la plaine.

Sur les remparts, les hommes hurlèrent de terreur. Raj Ahten tendit l'oreille. Mais il savait qu'il ne déchiffrerait pas cette nouvelle malédiction avant de sentir le vent noir généré par la créature.

Une hache de guerre dans chaque main, le Seigneur-

Loup conduisit une charge contre les maraudeurs qui continuaient à déferler par la brèche.

Un monstre se laissa glisser le long de la pile de cadavres gluants de sang et d'ichor. Un géant des glaces avança et lui brandit son bâton sous la mâchoire pour le forcer à reculer.

Le maraudeur leva son marteau. Raj Ahten plongea et abattit sa hache sur l'articulation de la patte antérieure gauche du monstre.

Le porteur de lame sursauta. S'il ouvrait la gueule pour crier, Raj Ahten lui porterait un coup au palais pour tenter d'atteindre son cerveau. S'il reculait encore, le Seigneur-Loup viserait son estomac pour l'éventrer.

Le monstre ne fit ni l'un ni l'autre. Malgré la douleur, il baissa la tête et frappa à l'aveuglette pour se frayer un chemin parmi ses adversaires. Raj Ahten bondit de côté. Ses milliers de Dons de Force ne le sauveraient pas si la créature le frappait : ils renforçaient ses muscles, pas ses os, qui se briseraient sous l'impact comme du petit bois.

La créature abattit son marteau de toutes les forces de sa patte antérieure encore valide. Le géant des glaces tenta de le repousser avec la pointe de son bâton.

Raj Ahten vit que la cotte de mailles du géant était déchirée. Des mouches tournaient déjà autour de la plaie. L'hémorragie avait dû l'affaiblir, car le géant des glaces vit venir le coup fatal sans faire grand-chose pour l'éviter. Il se contenta de lever son bâton, clignant de ses grands yeux argentés et détournant la tête.

Le marteau fit éclater ses os et ses dents. Du sang et de la cervelle tombèrent sur Raj Ahten. Enragé, il planta sa hache dans la patte postérieure du maraudeur, tranchant deux orteils. La créature fit claquer ses mâchoires pour le mordre. Alors, il bondit dans sa gueule, roula sur sa langue râpeuse, et porta un coup puissant à son palais.

Le tranchant de sa hache s'enfonça entre deux plaques d'os et déchira la chair sur la longueur d'un bras d'homme. Raj Ahten retira son arme de la plaie, la fit tourner dans ses mains et plongea la longue pique qui prolongeait le manche dans le cerveau de son adversaire. Puis il sortit de sa gueule avant que le sang et la cervelle ne commencent à dégouliner.

Le géant des glaces s'était effondré sur une demi-douzaine d'hommes, qu'il avait écrasés sous son poids. Raj Ahten jeta un regard à la ronde pour voir si ses Invincibles avaient besoin de lui. La plupart se battaient à quatre ou cinq contre un maraudeur. Avec leurs surcots jaunes, ils ressemblaient à des guêpes en train de harceler une colonie d'ours mutants.

La malédiction du mage funeste était sur le point d'atteindre la citadelle. Raj Ahten se demanda brièvement si la créature ne se jouait pas de lui.

Si elle peut nous faire trembler de peur ou nous aveugler, pourquoi ne nous tue-t-elle pas ?

Il ne pouvait que se perdre en conjectures. Il y avait plus de seize siècles que le roi des maraudeurs avait attaqué les humains pour la dernière fois. Grisé par son propre pouvoir, le mage funeste devait tester ses sorts pour voir lesquels produisaient le plus d'effet.

Le vent noir frappa. Sur les remparts, les défenseurs se couvrirent le bas du visage. Mais Raj Ahten ne remarqua pas d'effet immédiat. Puis l'odeur l'atteignit de plein fouet, et il comprit en sentant sa bouche s'assécher, chaque pore de sa peau exsudant de la sueur. Des larmes ruisselèrent de ses yeux ; il dut lutter pour ne pas perdre le contrôle de sa vessie et vit beaucoup d'hommes se pisser dessus autour de lui.

Alors qu'il luttait contre la malédiction du mage funeste, il la comprit : « Devenez aussi secs que la poussière. »

À une centaine de pas de là, Feykaald se tenait sur le seuil d'une auberge.

— Un mot, seigneur ! croassa-t-il.

Raj Ahten fit signe à ses troupes de refermer les rangs derrière lui et courut vers son conseiller. Levant les yeux vers le chemin de ronde, il estima que les trois quarts de ses Invincibles avaient déjà péri. Il devait lui en rester moins de quatre cents.

— Parle ! ordonna-t-il à Feykaald.

— Un bateau vient de revenir. La rive est sûre. Nos éclaireurs ont rencontré des maraudeurs mais les ont abattus.

Raj Ahten s'essuya le visage d'un revers de manche. Sa tunique était trempée et deux filets de transpiration coulaient le long de ses joues pour aller se perdre dans sa barbe.

Ses vassaux se battaient en vain, il le savait. La brèche du mur ouest ne cessait de s'élargir. La moitié de ses artilleurs avaient succombé. Les maraudeurs avaient même envahi le chemin de ronde. Un de ses Tisseurs de Flammes s'était noyé dans le lac ; les deux autres titubaient d'épuisement malgré les flammes qui ravageaient la citadelle.

Les géants des glaces luttaient avec courage. Mais une trentaine à peine avaient survécu à la retraite de Longmot. Tandis que Raj Ahten les comptait, l'un d'eux s'effondra, une lame de maraudeur plantée dans le crâne.

Dans la cour, les Invincibles n'étaient plus assez nombreux pour barrer le passage aux intrus, et la plupart des hommes de Paldane n'avaient plus de Dons depuis la chute de la Tour Bleue.

Ils avaient beau se battre, leurs efforts ne serviraient à rien.

Carris allait tomber. Ce n'était plus une question d'heures, mais de minutes.

Les manants gémissaient en sentant le vent noir leur arracher de la sueur et des larmes. Certains s'évanouirent.

Encore dix minutes et ils seraient tous morts.

Une seule chose jouait en la faveur de Raj Ahten : la brise qui soufflait de l'est, contrariant les efforts du mage funeste.

Sous les yeux du Seigneur-Loup, un maraudeur abattit son épée sur la nuque d'un géant des glaces qui poussa un dernier rugissement, tituba et s'effondra sur deux Invincibles qui se tenaient derrière lui.

Raj Ahten prit sa décision. Ses hommes tombaient comme des mouches. Lutter ne servait plus à rien. Il avait déjà perdu cette bataille, et il n'allait pas sacrifier toute son armée pour sauver ses ennemis.

Ce ne fut pas la lâcheté qui le motiva, mais la froide certitude que sa décision était la plus rationnelle.

— Fais préparer la flottille ! ordonna-t-il à Feykaald. Mes Tisseurs de Flammes et mes Invincibles partiront les premiers, mes archers ensuite.

CHAPITRE LIII

LA DOULEUR DE LA TERRE

Comment puis-je les sauver tous ? se demanda Gaborn pour la centième fois alors qu'il galopait vers Carris.

Très peu de seigneurs avaient des montures assez rapides pour ne pas être distancés : le magicien Binnesman, la haute reine Herrin la Rouge, sa fille, Langley et deux douzaines d'autres.

Gaborn sentait l'étau de la mort se resserrer autour des messagers qu'il avait envoyés à Carris. Le danger dont l'avertissait la Terre ne concernait pas que lui, mais tous ceux qui l'accompagnaient dans son périple.

Leurs chevaux de force avaient traversé en trombe les champs de Beldinook, et parcouru près de cent lieues en six heures. Hélas, les centaines de seigneurs qui étaient arrivés en même temps que le roi au Mur de Kriskaven étaient maintenant éparpillés sur la route. Les montures de ceux qui avaient réussi à le suivre n'en pouvaient plus. Pourtant, Gaborn n'osait pas ralentir l'allure. Il n'avait pas vu son Diem depuis près de deux heures et se demandait s'il avait voulu ménager son cheval ou s'il crevait tout simplement de peur.

Comment puis-je les sauver tous ? se demanda-t-il de nouveau.

À cet instant, il sentit que Borenson était en danger et lui lança un avertissement.

Fuis !

Ils étaient à environ trois lieues au nord de Carris quand Binnesman se porta au niveau de Gaborn et cria :

— Un instant de repos, seigneur ! Il ne servira à rien d'arriver sur le champ de bataille avec des montures incapables de nous porter.

Gaborn l'entendit à peine.

— Votre Altesse ! s'époumona Langley. Juste cinq minutes !

Devant eux, une mare s'étendait sur le côté droit de la route. Des poissons crevaient la surface pour gober les moustiques. Du bétail devait venir s'abreuver ici, car la rive était piétinée et boueuse. Gaborn tira sur les rênes de son étalon.

Deux colverts cancanèrent, s'envolèrent d'un bouquet de roseaux, survolèrent la mare et partirent en direction de l'est. Les moustiques fondirent sur les hommes qui durent se flanquer de grandes claques pour ne pas se faire dévorer.

En abreuvant son étalon, Langley cria :

— Par les Puissances ! Si j'avais su que nous devrions nous battre contre ces satanées bestioles, j'aurais emporté une armure intégrale.

Gaborn n'était pas d'humeur à plaisanter. Il se retourna pour compter les hommes qui l'avaient suivi jusque-là. Ce n'était pas une armée qui chevauchait avec lui vers Carris, juste une vingtaine de seigneurs originaires d'Orwynne, de Fleeds et d'Heredon, poignée d'âmes assez stupides et courageuses pour l'accompagner dans la mort.

Son Diem n'était nulle part en vue.

Gaborn était certain que Carris et ses occupants ne tiendraient pas une heure de plus. Les troupes de Lowicker s'étaient dérobées de la façon la plus cruelle qui soit. Les chevaliers qu'il avait semés en chemin arriveraient trop tard.

Ça n'a pas d'importance, songea-t-il. *J'ignore ce que mijote Raj Ahten, mais j'exigerai qu'il se rende, ou je le tuerai.*

Pendant que la monture de Binnesman buvait à grandes lampées, Gaborn donna à son étalon ses deux dernières poignées de miln. L'animal le remercia d'un hennissement.

Gaborn essuya ses mains poisseuses sur sa tunique. Binnesman dut voir son expression inquiète, car il demanda doucement :

— Qu'est-ce qui vous trouble ainsi, seigneur ?

— Nous nous dirigeons vers un terrible danger, répondit le jeune homme tout bas, pour que les chevaliers de sa suite n'entendent pas. Je m'interroge sur le meilleur moyen de déterminer la valeur d'un être. Comment choisir une personne et en sacrifier une autre ? Sur quels critères dois-je me fonder ?

— Choisir n'est pas difficile. Ce n'est pas ça qui vous pèse, dit Binnesman. Vous accordez plus de valeur à l'existence de vos sujets qu'ils ne lui en accordent eux-mêmes.

— C'est faux. Tous aiment la vie.

— Peut-être. Mais chaque homme de cette compagnie est prêt à sacrifier la sienne.

Le magicien avait raison. Gaborn se serait volontiers sacrifié au service de son peuple.

— Qu'est-ce qui vous tourmente réellement ? insista Binnesman.

— La Terre s'est manifestée à moi en rêve, avoua Gaborn. Elle a menacé de me châtier, puis m'a averti que je devais choisir les graines de l'humanité et rien de plus.

— Prenez garde, seigneur ! Si la Terre s'adresse à vous pendant votre sommeil, c'est que vous êtes trop occupé pour l'écouter quand vous êtes éveillé. À présent, dites-moi contre quoi elle vous a mis en garde.

— Contre un choix trop large… Elle m'est apparue sous la forme de mon père, pour dire que je devais apprendre à accepter la mort.

La Terre lui demandait l'impossible. Comment déterminer quelles graines il devait sauver ? Lesquelles étaient les meilleures ?

Celles auxquelles il tenait vraiment ? Pas toujours…

Celles qui apportaient le plus à la société ? Un artiste valait-il mieux qu'un boulanger ou qu'une humble paysanne ?

Celles qui savaient le mieux se battre, qui étaient le plus capable de défendre les autres ?

Pouvait-on réellement estimer la valeur des existences ? Gaborn avait vu dans le cœur de ses sujets, et il lui semblait que le don de la Vision Terrienne était plutôt une malédiction.

Il avait appris que beaucoup de vieillards tenaient davantage à la vie que les jeunes gens qui auraient dû en profiter. Oui, il avait vu dans le cœur de ses sujets, et les avait rarement trouvés aussi irréprochables qu'il l'espérait. Les meilleurs guerriers étaient des brutes dominatrices assoiffées de sang. Et les hommes vertueux ne faisaient pas carrière dans l'armée.

Gaborn avait vu dans le cœur de ses sujets, et comme dans le cas du roi Lowicker, cela avait souvent été un tourment insupportable. Comment pouvait-il se détourner d'un être qui méritait de vivre mais n'avait rien à offrir : un bébé, un jeune pied-bot, une grand-mère à la santé fragile… ?

— Vous courez un grand danger, seigneur, chuchota Binnesman. Ceux qui servent la Terre doivent faire preuve d'une parfaite obéissance. Sinon, elle leur retire ses pouvoirs.

« Peut-être est-ce ma faute… Je vous avais dit de vous montrer généreux. Mais j'aurais dû vous mettre en garde contre les risques inhérents à une trop grande générosité. Vous devrez peut-être renoncer à certains de vos Élus. C'est ce que vous redoutez ?

Gaborn ferma les yeux et serra les dents. À cet instant, il ne pouvait accepter la mort.

— Votre Altesse ! cria Langley en désignant une colline, quelques centaines de pas au sud.

Une vapeur brune descendait à la vitesse d'un homme qui marche, comme un feu de prairie sans flammes ni fumée. Sur son passage, la végétation sifflait et se racornissait. Quand elle atteignit un immense chêne, son écorce se craquela et tomba en même temps que ses feuilles. Le gui entortillé dans ses branches se recroquevilla. Les violettes sauvages qui poussaient au pied du tronc se fanèrent en quelques secondes.

— Qu'est-ce que c'est ? souffla Gaborn.

— Je ne sais pas, avoua le magicien. Peut-être un sort de dévastation, mais je n'en connais pas d'aussi puissant.

— Est-il dangereux pour les créatures vivantes ? Risque-t-il de tuer nos chevaux ?

Binnesman monta en selle et galopa vers la colline. Bien qu'il répugnât à s'approcher de ce brouillard maudit, Gaborn lui emboîta le pas. Une odeur de mort et de putréfaction l'enveloppa. Malgré tous ses Dons, il sentit que la brume attaquait ses muscles. Il n'osait pas imaginer l'effet qu'elle aurait sur de simples manants.

Gaborn regarda Binnesman. Le magicien semblait avoir vieilli de vingt ans en quelques secondes. Les rides creusaient son visage plus profondément que jamais. Sa peau avait la couleur de la cendre, et il était recroquevillé sur lui-même comme un vieillard.

Ayant fini de s'occuper de leurs montures, les chevaliers rejoignirent le Roi de la Terre. Gaborn observa leur réaction. À sa grande surprise, ils ne semblaient pas aussi affectés que Binnesman et lui.

— Pardonnez-moi d'avoir douté de vous, Votre Altesse, souffla le magicien d'une voix rauque. Vous aviez raison d'insister pour aller à Carris. Vos perceptions sont meilleures que les miennes. Nous devons absolument détruire la source de cette abomination.

Gaborn atteignit le sommet de la colline et regarda vers le sud. La brume pestilentielle avait ravagé des forêts entières. Un peu de fumée montait de l'herbe calcinée.

La Terre souffrait. Gaborn le sentait dans tous ses muscles.

Trois cavaliers observaient le jeune homme. Le premier portait le casque à cornes de Toom, le deuxième le long bouclier rectangulaire de Beldinook, et le troisième une armure décorée dans le style des guerriers d'Ashoven.

Des compagnons aussi mal assortis ne pouvaient être que des Chevaliers Équitables. Ils levèrent la main droite en signe de paix ; le premier galopa vers la colline. Une hache monstrueuse était attachée dans son dos, et une lueur dangereuse brillait dans son regard. Il regarda Gaborn et ses hommes d'un air horrifié.

— Est-ce toute l'armée que vous amenez, Votre Altesse ?

— D'autres soldats sont partis en même temps que moi, mais ils n'arriveront pas à temps pour sauver Carris.

— Je vois ça…

— Le roi Lowicker m'a trahi. Personne ne viendra de Beldinook. La haute reine de Fleeds n'avait plus beaucoup de troupes, et seuls quelques chevaliers d'Orwynne et d'Heredon ont réussi à me suivre.

— Pouvez-vous arrêter cette horreur ? demanda le colosse de Toom en désignant le feuillage mort et la brume putride.

— Nous devons essayer, dit Binnesman.

— J'ai rebroussé chemin pour rallier des renforts. Le haut marshal Skalbairn attend vos ordres. Nos troupes se dirigent vers le sud, mais la Horde Justicière ne pourra rien contre une telle quantité de maraudeurs.

— Des maraudeurs ? s'exclama le seigneur Langley.

Oubliant toutes les convenances, les autres chevaliers hurlèrent : « Combien ? » « Où ? » « Quand ont-ils attaqué ? »

Les trois Chevaliers Équitables répondirent en même temps :

— Nos guetteurs rapportent que le Seigneur-Loup d'Indhopal s'est emparé de la forteresse avant l'aube, mais que les maraudeurs arrivaient sur ses talons. Selon nos estimations, leur armée compte vingt mille porteurs de lames, plus une multitude de créatures mineures. Raj Ahten a tenté une sortie et perdu beaucoup d'hommes. Les maraudeurs sont aux portes du château…

Gaborn étudia le seigneur Langley. Malgré sa cotte de mailles et son heaume, il bougeait aussi aisément qu'un paysan vêtu d'une simple tunique. Depuis deux jours, les officiants d'Orwynne s'affairaient pour en faire l'égal de Raj Ahten. Le pouvoir semblait couler de lui comme si sa peau était impuissante à le contenir.

— Nous pouvons charger sur leur flanc et les prendre par surprise, suggéra-t-il, impatient de se battre.

— Ce n'est pas si simple, dit Binnesman. Nous ne sommes pas assez nombreux.

— Votre Altesse, insista le chevalier de Toom, vous disposez de la Horde Justicière et des quatre cents lanciers de Beldinook qui se sont rebellés contre leur roi.

Gaborn pesa tous ces arguments.

— Réfléchissez bien ! le supplia Binnesman.

Le roi dévisagea le magicien, dont la peau et les yeux avaient pris une étrange couleur vert métallique. S'étant mis au service de la Terre des siècles auparavant,

Binnesman avait perdu son humanité depuis longtemps. Il était l'aîné de Gaborn, qui avait prêté serment à la Terre une semaine plus tôt.

Mais bien qu'il respectât le magicien, le jeune homme ne voulait pas s'en remettre à lui.

— Il a sans doute raison, Votre Altesse, dit Herrin la Rouge. Nous sommes trop peu nombreux pour attaquer une horde de maraudeurs.

— Je n'aurais jamais pensé que vous soyez si lâches, grogna le seigneur Langley. La Terre ne lui a-t-elle pas ordonné de frapper ?

Elle m'a également ordonné de fuir, songea Gaborn.

— Réfléchissez une minute ! intervint un chevalier d'Orwynne. Raj Ahten est à Carris en ce moment. Avec un peu de chance, les maraudeurs l'élimineront. Si Paldane et ses vassaux doivent mourir aussi, c'est un prix élevé, mais pas forcément exorbitant.

— Vous vous oubliez ! cria Gaborn. Je ne peux pas laisser périr des centaines de milliers de personnes pour me débarrasser d'une seule.

Pourtant, il s'inquiétait toujours de ne pas pouvoir déchiffrer le message que la Terre lui avait envoyé la veille.

— Si nous attaquons, nous risquons de mourir tous. Qui veut m'accompagner ?

Les seigneurs qui l'entouraient hurlèrent comme un seul homme.

Seul Binnesman continua à le dévisager, sceptique.

— Qu'il en soit ainsi, conclut Gaborn.

Eperonnant son cheval, il se lança au galop vers Carris.

Vingt seigneurs le suivirent.

Pour le moment, ça lui semblait assez.

CHAPITRE LIV

D'ÉTRANGES ACCORDS

Dans une vallée, à une lieue au nord de Carris, Gaborn rejoignit l'arrière-garde des troupes de Skalbairn qui se frayaient un chemin dans les ruines d'un paysage dévasté.

Le haut marshal chevauchait avec l'avant-garde. Il menait au combat deux mille chevaliers, huit mille lanciers et cinq mille archers.

Comment puis-je les sauver tous ?

Quand les éclaireurs qui fermaient la marche soufflèrent dans leur cor de guerre, toute la Horde Justicière se retourna pour regarder le Roi de la Terre. Si découvrir des renforts aussi pitoyables les déçut, ils n'en montrèrent rien. Au contraire, beaucoup levèrent le poing et crièrent. L'humanité attendait un Roi de la Terre depuis deux mille ans. Ils n'allaient pas le rejeter maintenant !

À l'horizon, les nuages qui surplombaient Carris rougeoyaient sous la lueur des flammes. Un sifflement lointain montait de la plaine. Les Chevaliers Équitables continuèrent à acclamer Gaborn, mais beaucoup des manants qui les accompagnaient supplièrent : « Choisissez-moi, seigneur ! Choisissez-moi ! » Certains coururent vers lui. S'il ne bougeait pas, il risquait de se faire étouffer dans la bousculade.

Le roi galopa vers la ferme qui se dressait au bord de la route. Sautant de son cheval, il se rua vers un appentis, bondit sur son toit de chaume en pente et se retint à une girouette de fer forgé.

Gaborn regarda la Horde Justicière. Il savait qu'elle ne ferait pas le poids face aux maraudeurs.

Levant le bras gauche, il supplia mentalement les Puissances de la Terre qu'il s'efforçait de servir.

Pardonnez-moi pour ce que je m'apprête à faire.

— Je vous choisis tous ! tonna-t-il. Puisse la Terre vous dissimuler. Puisse la Terre vous guérir. Puisse la Terre vous faire siens.

Gaborn ignorait si ça marcherait. Jusque-là, il avait toujours sondé le cœur de ses Élus, afin de déterminer s'ils méritaient cette faveur. Et il n'avait jamais essayé de choisir tant de personnes à la fois.

Dans le jardin de Binnesman, la Terre lui avait dit qu'il était libre de choisir qui il voulait, mais cela s'appliquait-il aux gens que le roi jugeait indignes de vivre ?

Comme le haut marshal Skalbairn, engoncé dans son armure de plaque noire… Tournant la tête vers Gaborn, il releva la visière de son heaume et le tapota au niveau de son oreille droite comme s'il avait mal entendu.

Gaborn n'avait pas utilisé la Vision Terrienne pour lire dans l'âme des membres de la Horde Justicière. Il ne l'avait fait qu'avec l'un d'eux, jurant qu'il ne le choisirait jamais. À présent, il se repentait : non pour Skalbairn, mais pour les centaines ou les milliers de braves gens qu'il sauverait s'il se battait vaillamment aujourd'hui.

Tandis que des liens invisibles se formaient entre lui et ses nouveaux sujets, Gaborn chuchota en silence des mots que seul le haut marshal pourrait entendre.

Je te choisis bien que tu aies couché avec ta mère et

engendré ta propre sœur paralytique et débile. Tu as aimé commettre cette abomination autant que tu aimes ta malheureuse enfant. Ta vie me répugne, mais je te choisis quand même parce que je suis libre de le faire.

Il aurait préféré connaître la volonté de la Terre. Mais si elle trouva quelque chose à redire, elle ne le manifesta pas. Gaborn ne sentit pas ses forces le quitter ni ses pouvoirs disparaître.

Il entendit de nouveau l'ordre de la Terre.

Frappe ! Frappe maintenant !

Il le transmit aussitôt à ses sujets. Skalbairn hocha la tête pour signifier qu'il avait compris.

Puis il porta un cor de guerre à ses lèvres et donna le signal de la charge.

Gaborn paraissait hanté par quelque cauchemar, songea Erin en chevauchant vers Carris. Une expression qu'elle avait souvent vue sur le visage de sa propre mère.

Tous le croient invincible parce qu'il est le Roi de la Terre. Mais ils ignorent combien de nuits blanches il passe à se faire du souci pour eux.

Le regard disait clairement que rien de bon ne sortirait de cette bataille. Erin résolut de rester à ses côtés jusqu'à la fin pour le protéger.

Je pourrai lui faire un bouclier de mon corps. Échanger ma vie contre la sienne.

Binnesman chevauchait aussi à côté du jeune homme, monté sur un étalon impérial gris volé à Raj Ahten une semaine auparavant. L'animal avait tant de Dons de Force et d'Intelligence qu'il ne ressemblait plus guère à une créature de chair et de sang, évoquant plutôt une statue de granit.

Malgré la brume qui faisait tourner la tête de tous les cavaliers, Erin mourait d'envie de tuer quelqu'un. À commencer par Raj Ahten. Plus assez de maraudeurs pour exorciser sa colère.

Au-dessus de la Horde Justicière, le ciel était plombé et le soleil disparaissait derrière les collines. Les naseaux frémissants, la monture d'Erin soufflait une vapeur froide. Elle sentait que le moment de la bataille approchait. Mais la jeune femme ne pouvait pas presser l'allure, puisque Gaborn ne voulait pas distancer les fantassins de Skalbairn.

Erin n'avait pas emporté de lance, car elle ne voulait pas s'encombrer, pendant le voyage de Fleeds à Mystarria, d'une arme qui se briserait dès la première charge. Mais elle aurait du mal à tuer un maraudeur avec autre chose. Elle fit donc demi-tour pour se mettre en quête d'un chariot susceptible de transporter ce qu'elle cherchait.

— Une lance ! cria-t-elle.

Un jeune garçon qui accompagnait le cocher se retourna sur son siège et sauta dans le véhicule pour en ramasser une.

Erin prit l'arme qu'il lui tendait.

Le prince Celinor la rejoignit, juché sur l'étalon qu'il avait emprunté aux écuries de sa mère. Le teint cireux, il serrait les mâchoires d'un air déterminé.

— J'en veux une aussi, dit-il au jeune garçon.

Regardant Erin, il tapota la hache de guerre rangée dans son fourreau de selle. Avec son manche de six pieds de long et son énorme lame, elle était difficile à manier lors d'un combat entre humains, mais idéale pour fendre la carapace d'un maraudeur.

— Ne vous inquiétez pas, je vous protégerai, promit-il.

Erin faillit éclater de rire.

Vous me protégerez ? De tous ceux qui galopent vers Carris, vous êtes le seul à n'avoir pas été choisi. Alors qu'il choisissait jusqu'à la dernière catin qui accompagne la Horde Justicière, le Roi de la Terre vous a tourné le dos. Si quelqu'un a besoin qu'on le protège, c'est vous, pas moi !

La jeune femme se mordit la lèvre. Elle s'était déjà promis de veiller sur Gaborn.

— Restez près de lui, supplia-t-elle en le désignant.

Celinor eut un pâle sourire.

— Sœur Connal, je me demandais quel exploit vous convaincrait que je suis digne de passer une nuit dans votre lit ?

Erin gloussa.

— Je suis sérieux ! insista Celinor.

— À votre place, je ne me tourmenterais pas pour ça. Comment pouvez-vous y penser en un moment pareil ?

— La guerre et les femmes sont les deux choses que je trouve excitantes. Est-ce le courage que vous recherchez ? Je vous promets d'être vaillant. Est-ce la force et l'astuce ? Je tâcherai d'en faire preuve. Si je vous sauvais la vie aujourd'hui, cela me vaudrait-il une nuit avec vous ?

— Je ne deviendrai pas votre esclave parce que vous m'avez sauvé la vie !

— Même une nuit ?

Erin dévisagea Celinor. Il souriait comme s'il plaisantait. Mais derrière sa gaieté forcée, la jeune femme reconnut une inquiétude presque enfantine.

Le prince était très sérieux. Il la désirait désespérément. Erin savait qu'il n'avait pas un mauvais fond. Elle le trouvait robuste et très séduisant. Si elle avait cherché un reproducteur, elle aurait sûrement envisagé sa candidature.

Ce n'était pas son apparence qui l'impressionnait, plutôt le fait qu'il comprenne les conséquences politiques de sa demande et qu'il la lui ait présentée quand même.

Celinor n'aspirait pas à une nuit de divertissement. Il voulait lui faire la cour du mieux qu'il en était capable. Après tout, elle n'était pas une fragile fleur des champs, mais une cavalière de Fleeds.

— Très bien, capitula Erin. Prouvez-moi votre valeur. Sauvez-moi la vie, et je passerai une nuit avec vous.

— Marché conclu. Mais cela m'amène à poser une autre question : quel exploit vous convaincrait que je suis digne de devenir votre époux ? Si je vous sauvais la vie trois fois, cela vous suffirait-il ?

Erin éclata de rire.

— Sauvez-moi la vie trois fois, et vous aurez droit à trois nuits dans mon lit. (Baissant la voix, elle ajouta :) C'est là, pas sur un champ de bataille, que vous prouverez si vous avez les attributs indispensables à un bon époux.

La jeune femme talonna son cheval et s'enfonça dans la brume pestilentielle.

Elle regarda le ciel couleur de plomb s'assombrir à mesure que le soleil se couchait. Ce n'était pas un beau spectacle qui embrasait l'horizon, juste un glissement progressif du jour vers la nuit. Par-dessus son épaule, elle regarda Celinor, qui se hâta de la rattraper.

Leurs chevaux franchirent une petite butte. De l'autre côté de la vallée se dressait le Mur des Barrens et au-delà, la citadelle de Carris. Ses hautes tours étaient toujours debout, mais une fissure noire balafrait sa façade ouest. Au pied du mur sud, des bateaux remplis de réfugiés traversaient le Lac Donnestgree.

Sur les remparts, les défenseurs aperçurent les troupes de Gaborn et se réjouirent. Des cors de guerre lancèrent des appels à l'aide. Au sud de la forteresse, au sommet d'une tour noire, Erin repéra des maraudeurs.

Ils étaient partout, grouillant dans la plaine et devant les portes de Carris. D'autres descendaient des montagnes pour se diriger vers le nord. Chacun était aussi haut qu'un éléphant mais ne ressemblait en rien à une créature de la surface.

À leur vue, Erin éprouva une haine instinctive.

Au nord de Carris, une colline était enveloppée d'un

étrange cocon de fibres qui, à cette distance, ressemblaient à des fils de soie. Au sommet, un mage funeste brillait de mille feux entre les nuages de vapeur brune qui tourbillonnaient autour de lui.

Sous le regard d'Erin, il leva son bâton et lâcha un sifflement qui emplit la plaine. Une rafale de vent noir jaillit et se dispersa dans toutes les directions.

En réponse, un millier de Chevaliers Équitables entonnèrent un chant de guerre. Puis ils éperonnèrent leur monture et galopèrent vers la porte du Mur des Barrens.

Nous sommes nés pour faire ruisseler le sang
Et combattre comme nos ancêtres avant nous.
Amis sonnez du cor de guerre et en avant
Vers la mort et la gloire précipitons-nous.

Erin éperonna son cheval. Sa soif de sang était si forte qu'elle se moquait de galoper vers la mort ou la gloire.

Abaissant sa lance, elle hurla sa haine.

CHAPITRE LV

LE CHASSEUR FRAPPÉ

Grâce à ses milliers de Dons d'Intelligence, Raj Ahten se souvenait en détail de chaque moment de sa vie. Six mois étaient passés depuis qu'il avait consulté un plan de Carris, mais il savait précisément où trouver les embarcations de Paldane.

Autour de lui, la cour du château grouillait de maraudeurs et d'Invincibles engagés dans une lutte sinistre. La cité brûlait, et les défenseurs baignaient dans leur propre sueur tandis que le mage funeste lançait une nouvelle malédiction.

La grande nouvelle — leur maître disposait de bateaux pouvant les conduire en lieu sûr — s'était répandue comme une traînée de poudre parmi les Invincibles. Ils reculaient peu à peu devant les maraudeurs, laissant les Mystarriens combler les brèches de leur mieux.

Raj Ahten éventra un dernier porteur de lame avant de se dégager de la mêlée.

— Suivez-moi ! cria-t-il en ouvrant la voie.

Pendant qu'il galopait vers une rue étroite encombrée de chariots, de tonneaux de poix et de clous que les manants avaient entassés en guise de pitoyables barricades, un cri d'épouvante monta de la gorge de tous les défenseurs de Carris. Le Seigneur-Loup leva la tête. Les Mystarriens qu'il s'apprêtait à abandonner à leur triste sort le regardaient battre en retraite ; leur visage déformé par la terreur avait pris la couleur de la cendre. La dernière malédiction du mage funeste les avait presque tués. Même le sacrifice de Raj Ahten et de ses Invincibles survivants ne suffirait pas à les sauver.

Il éperonna son étalon.

La place avait toujours fait défaut à Carris, comme en témoignait l'étroitesse des rues, où les bâtiments se pressaient les uns contre les autres. Quand le vent noir frappa une nouvelle fois, Raj Ahten retint son souffle pour ne pas sentir l'odeur de mort qu'il charriait. Mais de la sueur ruissela sous sa cotte de mailles.

Le Seigneur-Loup était à mi-distance du hangar quand, à l'angle d'une ruelle du quartier commerçant, il avisa le duc Paldane qui avançait vers lui, flanqué par les Intelligences de Mendellas Draken Orden.

Le Chasseur leva la main pour lui faire signe de s'arrêter.

— J'ai une bonne nouvelle à vous annoncer ! Vous serez heureux d'apprendre que la flottille vient de s'en aller avec un premier chargement de femmes et d'enfants.

— Quoi ? s'étrangla Raj Ahten.

Ce devait être une ruse : Paldane n'aurait pas pu procéder à l'embarquement aussi vite.

— Vous avez bien entendu. Dès ce matin, j'avais pris la liberté de rassembler les réfugiés. Vers midi, nous avons commencé à remplir les bateaux, et quand mon guetteur a repéré nos éclaireurs, j'ai aussitôt donné l'ordre du départ. Toutes les embarcations sont parties.

Raj Ahten voulut courir vers le mur nord pour vérifier, mais le ton triomphal de Paldane ne laissait pas place au doute. Le Chasseur savait ce qu'il venait de faire : il avait condamné les hommes du Seigneur-Loup à se battre pour Carris jusqu'à la mort.

Fou de rage, Raj Ahten balança son poing ganté de mailles dans la figure du duc pour effacer son détestable air de supériorité. Avec un craquement lugubre, le crâne de Paldane éclata. Le Chasseur de Mystarria s'effondra.

Comment a-t-il osé ? songea Raj Ahten en essuyant le sang qui avait éclaboussé son visage.

Terrifiées, les Intelligences d'Orden se pressèrent les uns contre les autres. Ils attendaient leur punition.

Le Seigneur-Loup examina les choix qui s'offraient à lui. Ses Invincibles n'avaient pas besoin de bateaux. En dernier recours, ils se débarrasseraient de leurs armes et de leur armure pour traverser le lac à la nage.

Soudain, un bruit étrange retentit. Sur les remparts du château, les gémissements de douleur et de désespoir se transformèrent en vivats auxquels se mêla le son des cors de guerre. Raj Ahten leva les yeux. Les défenseurs désignaient le nord et trépignaient de joie.

— Le Roi de la Terre arrive ! Le Roi de la Terre arrive !

Raj Ahten regarda avec mépris le cadavre de Paldane. Il avait encore une chance de gagner.

— Ainsi, dit-il aux Intelligences d'Orden — ces vieillards qui tremblaient de peur devant lui —, votre roi daigne enfin se montrer. J'attends avec impatience de le voir à genoux devant les maraudeurs. Ce devrait être un spectacle fort réjouissant. Je ne le manquerais pour rien au monde.

CHAPITRE LVI

LA RUNE MAÎTRESSE

De la sueur luisait sur le front de Gaborn, imbibant son justaucorps de cuir sous sa cotte de mailles. Pendant qu'il se rapprochait de Carris, l'infâme nausée qui l'avait assailli en entrant dans la zone contaminée par la brume pestilentielle devint presque insoutenable. Il dut s'accrocher aux rênes de sa monture pour ne pas vider les étriers.

Dix mille fils invisibles le reliaient aux hommes et aux femmes qui s'élançaient derrière lui, et que la mort menaçait tous.

À demi aveuglé par sa propre transpiration, Gaborn fixait un point, droit devant lui, pendant que son étalon galopait avec ceux des autres guerriers. Ce fut à peine s'il entendit le chant tonitruant des Chevaliers Équitables. L'esprit et les sens embrumés, il franchit l'arche de pierre du Mur des Barrens.

Dans la plaine, un quart de lieue plus loin, les tours de Carris brûlaient. Gaborn ne s'attendait pas à un paysage si dévasté — constructions en ruines et végétation flétrie — et grouillant de maraudeurs.

— Où allons-nous, Votre Altesse ? demanda Langley à ses côtés. Où voulez-vous que nous frappions ?

Hébété, Gaborn regarda autour de lui en s'efforçant de réfléchir. Son père était un maître stratège, et il avait eu le temps de lui enseigner beaucoup de choses.

Le jeune homme devait concevoir un plan au plus vite.

Cinq cents pas plus loin, quelques maraudeurs sentirent la présence de la Horde Justicière et avancèrent prudemment.

Gaborn évalua leurs défenses. Au sud, la monstrueuse tour penchée s'inclinait vers le château telle une flamme noire. Les maraudeurs avaient ouvert une brèche dans le mur ouest, et envahissaient la cour. À la lueur des flammes, le jeune homme vit que les soldats de Paldane se battaient vaillamment. Mais les créatures étaient si nombreuses qu'il ne restait aucun espoir de les repousser.

Au nord de Carris, un curieux cocon blanc enveloppait la Colline des Ossements. Au sommet, un mage funeste s'affairait, enveloppé de nuages de vapeur brune. Des lumières fantomatiques clignotaient dans ce brouillard nauséabond.

La respiration de Gaborn s'accéléra. Cette colline l'attirait et le repoussait en même temps.

Elle le repoussait parce qu'elle portait une rune haïssable, source de son malaise et de la désolation ambiante. Sa seule vue lui brûlait les yeux, lui donnant une irrésistible envie de se détourner. Elle était comme un cœur gigantesque qui envoyait du sang empoisonné vers chaque doigt et chaque orteil d'un corps humain.

Mais cet endroit l'attirait parce qu'il était sa cible.

Frappe ! le suppliait la Terre. *Frappe avant qu'il ne soit trop tard !*

Alors, Gaborn utilisa ses pouvoirs pour la sonder, comme il l'eût fait du cœur d'un homme.

Ce qu'il vit le remplit d'épouvante.

Selon les légendes, chaque rune magique était un morceau de la rune maîtresse qui contrôlait l'univers.

C'était la première fois que Gaborn en contemplait une aussi grande partie. La Terre régnait sur la croissance, la vie, la guérison et la protection. Mais cette rune annonçait la fin de ses pouvoirs.

Où il y a croissance, que vienne la stagnation.

Où il y a vie, que vienne la désolation.

Où il y a guérison, que vienne la corruption.

Où les hommes se dissimulent, qu'ils soient révélés.

Gaborn connaissait le nom de cette rune : le Sceau de la Désolation. Encore incomplète, comme une épée récemment forgée et pas encore trempée, elle torturait le paysage à des lieues à la ronde.

Pendant que Gaborn l'étudiait, ses cheveux se dressèrent sur son crâne. Il avait galopé des heures pour combattre Raj Ahten. Mais il savait maintenant que la Terre ne l'avait pas attiré ici pour lutter contre des hommes ou des maraudeurs. Il devait détruire cette rune. Une tâche qu'aucune armée n'aurait pu accomplir.

Seul un magicien ayant d'immenses pouvoirs terriens réussirait à raser cette colline. Gaborn en était capable. Pour cela, il devrait tracer une rune terrienne d'affaiblissement. Mais il lui fallait s'approcher de la Colline des Ossements. Hélas, l'odeur qui montait l'affaiblissait un peu plus à chaque pas.

Gaborn se tourna vers le haut marshal Skalbairn.

— Je vais attaquer la Colline des Ossements et j'aurai besoin d'une diversion. Prenez un millier d'hommes et dirigez-vous vers la tour noire en restant à une centaine de pas des maraudeurs. Assurez-vous qu'ils vous sentent, et s'ils ne se lancent pas immédiatement à votre poursuite, éliminez-en quelques-uns.

« Mais ne vous attaquez pas au gros des troupes, c'est bien compris ? Ne gaspillez pas vos forces. Je veux seulement que vous attiriez nos ennemis un peu plus loin. Si je suis tué, vous aurez besoin de tous vos chevaliers pour abattre le mage funeste. Il ne doit pas quitter la plaine vivant.

— Comme il vous plaira, lâcha Skalbairn, offensé à l'idée de servir de simple adjudant à l'attaque menée par un autre.

Il brailla des ordres pour rassembler sa cavalerie.

— Et moi ? demanda Langley.

— Prenez cinq cents chevaliers et chargez les maraudeurs qui envahissent Carris. Puis battez en retraite. Comme je viens de le dire à Skalbairn, votre tâche ne consiste pas à les abattre mais à désorganiser leurs rangs. Et si je meurs…

— J'ai compris, dit Langley de mauvaise grâce.

Pourtant, une mission difficile et honorable l'attendait, car les maraudeurs grouillaient sur le pont, laissant peu de place pour manœuvrer à d'éventuels adversaires. Le champion d'Orwynne leva la main pour attirer l'attention de ses hommes.

— Et nous ? demanda la haute reine.

— Vous m'accompagnerez, répondit Gaborn.

Bizarrement, il ne fut guère soulagé par le sourire cruel qui s'afficha sur les lèvres d'Herrin.

— Je lui porterai le coup de grâce moi-même, si vous le désirez.

Gaborn secoua la tête.

— Nous devrons nous frayer un chemin jusqu'à la colline. Rien de plus. Je dois détruire la rune que le mage funeste est en train de tracer. Ensuite, nous nous regrouperons pour décider que faire de lui.

— Qu'il en soit ainsi, dit Herrin.

Elle se détourna et distribua calmement ses ordres.

— Et les lanciers et les fantassins ? s'enquit Erin. Ne pourrions-nous les employer utilement ?

— Pas ici, en tout cas. Ils se feraient massacrer pour rien. Ordonnez-leur de rester derrière le Mur des Barrens pour repousser les maraudeurs qui tenteraient de l'escalader.

Quand Skalbairn donna le signal de la charge, un millier de chevaliers s'élancèrent dans la plaine, chargeant le flanc ouest de la Colline des Ossements. Leur chant de guerre se mêla au fracas des sabots de leurs montures.

Désobéissant aux ordres de Gaborn, le haut marshal fonça vers un petit groupe de maraudeurs. Ses hommes embrochèrent les créatures et modifièrent leur trajectoire pour se dégager.

Cette diversion eut un effet stupéfiant. La plaine était piquetée d'étranges tunnels à la gueule noire dont des centaines de créatures émergèrent pour se lancer à la poursuite des Chevaliers Équitables. En quelques secondes, deux mille maraudeurs furent entraînés vers le sud par les hommes de Skalbairn.

Derrière Gaborn, les soldats crièrent de joie.

— Bien joué, murmura la haute reine.

Gaborn ne sentait pas les Chevaliers Équitables en grand danger. Satisfait, il fit signe au seigneur Langley, qui chargea la Colline des Ossements par le nord.

Le mage funeste leva son bâton et cria.

Quand un vent noir émana de lui, les hommes de Langley crièrent de terreur. Tournant bride, ils prirent la direction de l'est et du Lac Donnestgree, des centaines de maraudeurs se lançant à leurs trousses.

Gaborn perçut la menace qui enveloppait Langley et ses hommes tel un linceul.

Le vent noir les rattrapa au moment où ils atteignaient la berge. Soudain, l'air s'emplit de gémissements. Des chevaliers vidèrent les étriers pendant que d'autres luttaient pour rester en selle. Gaborn ne comprit pas pourquoi, car il était trop loin pour ressentir l'effet du sort du mage funeste.

Les maraudeurs gagnaient du terrain.

Relevez-vous ! ordonna le jeune roi. *Battez-vous maintenant ou mourez !*

Il retint son souffle. Langley se dressa sur ses étriers et chargea vers le sud. Quelques dizaines d'hommes le suivirent. Les autres ne réagirent pas. Leurs chevaux détalèrent devant les créatures.

Une trentaine de chevaliers se dirigèrent vers les maraudeurs. Une dizaine périrent lors de l'affrontement ; les survivants tournèrent bride et s'enfuirent le long de la berge vers le nord, sept ou huit cents créatures sur les talons.

Mais la diversion avait produit son effet. Craignant une attaque de flanc, les maraudeurs qui se pressaient sur le pont reculèrent. Une partie de leurs congénères continuaient à pourchasser Skalbairn. La pente nord de la Colline des Ossements était donc momentanément vulnérable.

Gaborn ne distinguait plus que quelques centaines de créatures en train d'émerger de leurs terriers. Mais elles seraient des adversaires redoutables, surtout épaulées par un mage funeste.

Le Roi de la Terre disposait de quelques secondes pour frapper.

CHAPITRE LVII

DANS LA VALLÉE DES OMBRES

— Préparez-vous à la charge ! cria Gaborn. Formation en soleil sur un seul rang !

Il leva une main et fit un mouvement circulaire pour indiquer le sens de la rotation.

La formation en soleil, également surnommée cirque des chevaliers, avait fait ses preuves au cours d'anciennes batailles livrées contre les maraudeurs.

Au lieu de charger en ligne, comme ils l'auraient fait contre des humains, les soldats formaient un cercle qui avançait vers sa cible en tournant, lances pointées vers l'extérieur. Ainsi, de nouveaux hommes arrivaient constamment selon un angle optimum pour que la pointe de leur arme pénètre la carapace d'un maraudeur et l'éventre sans que le choc risque de leur briser les os. Car de tels accidents étaient fréquents chez les soldats qui montaient des chevaux de force capables de couvrir près de vingt lieues en une heure.

Cette formation leur permettait aussi de ne pas être bloqués derrière les rangs ennemis une fois leur première passe effectuée. Après avoir frappé, ils s'éloignaient aussitôt. Et s'ils se faisaient désarçonner, les soldats qui arrivaient derrière pouvaient couvrir leur retraite.

Comme Heredon Sylvarresta l'avait démontré plus tôt, il existait un autre moyen de tuer vite un maraudeur. Penché sur l'encolure de son étalon, un cavalier pouvait viser un des deux points vulnérables de son adversaire. Le premier se situait au sommet du crâne, à la jointure de trois plaques osseuses. Le second, dans son palais, ne pouvait être atteint que si la créature ouvrait la gueule. Il suffisait alors d'imprimer une bonne poussée à la lance pour qu'elle transperce le cerveau du monstre.

Les cavaliers galopèrent à toute allure afin que leurs adversaires n'aient pas le temps de réagir. Gaborn prit leur tête, mais lorsqu'il atteignit l'odieuse colline, un rapide coup d'œil sur ses flancs lui apprit qu'il était seul : aucune monture n'était capable de soutenir le rythme de l'étalon offert par le duc de Groverman.

Prends garde, chuchota la Terre.

Sa voix surprit le jeune homme. Il avait l'habitude d'avertir les autres, pas d'être averti !

Par-dessus son épaule, il vit les chevaliers déferler dans la plaine en hurlant ; la lueur des flammes de Carris se reflétait sur leur bouclier.

Erin Connal criait de fureur. Celinor Anders chevauchait à côté d'elle, la haute reine les suivant. Binnesman était livide de terreur.

Gaborn se concentra sur la Colline des Ossements, toujours enveloppée du cocon dont pendaient des fils blancs semblables à ceux d'une toile d'araignée.

Des porteurs de lame jaillirent des fossés qu'ils avaient creusés et escaladèrent les parois du cocon comme le mur d'une forteresse. Derrière eux, les mages continuaient à s'affairer ; la vapeur brune s'épaississait dans la vallée, faisant larmoyer Gaborn. Le jeune homme battit des paupières et aperçut les lumières fantomatiques qui clignotaient à l'intérieur du cocon.

Il lâcha un petit cri en essayant d'inspirer à fond. La fatigue et la nausée le frappèrent comme un coup de poing. Son estomac se contracta ; de la bile monta dans sa gorge. Tous les muscles de son corps se tendirent.

Il passa en trombe près d'un porteur de lame qui abattit son marteau une fraction de seconde trop tard. Le jeune roi se baissa pour éviter le coup et comprit qu'il serait déjà mort s'il n'avait pas accepté de Dons à Château Groverman.

Derrière lui, il entendit le bruit sec d'une lance qui se plantait dans le flanc découvert de la créature et la transperçait. La haute reine de Fleeds venait d'abattre sa première proie.

Arrivé à cinq cents pas de la Colline des Ossements, Gaborn ralentit et dut s'agripper au pommeau de sa selle pour ne pas tomber. Il n'osait pas s'approcher davantage. Dans la vallée tourbillonnait la brume suffocante à laquelle aucun manant n'aurait pu résister.

Les muscles du jeune homme s'embrasèrent ; il lui sembla que ses nerfs allaient se consumer jusqu'au dernier.

Il vida les étriers.

La terre était brûlante comme une poêle abandonnée sur le feu. Le souffle coupé, Gaborn regretta de ne pas avoir pris davantage de Dons de Constitution.

Il leva les yeux. À travers la vapeur pestilentielle, il aperçut ses chevaliers, qui fondaient sur les maraudeurs en formation de soleil. Plusieurs d'entre eux, dont Erin Connal et le prince Celinor, rompirent les rangs pour l'entourer et le protéger. Ils semblaient stupéfaits d'avoir vu le Roi de la Terre tomber avant le début du combat.

Gaborn gisait sur le sol, incapable de respirer à cause de la douleur et du brouillard. Cerné par la désolation et par la vapeur qui étouffait les âmes.

Au sommet de la Colline des Ossements, le mage

funeste leva son bâton de citrine et siffla une nouvelle fois.

Un mur de vent noir se forma autour de lui.

Alors que sa malédiction dévalait les flancs de la colline, Gaborn tenta de se relever.

Erin Connal chevauchait derrière Gaborn, préférant le protéger plutôt que se joindre à la formation. Elle n'eut pas à attendre longtemps pour s'en féliciter : un maraudeur se détacha des rangs et menaça le Roi de la Terre.

Erin chargea. Lance levée, elle se pencha sur l'encolure de son cheval et frappa juste au moment où le maraudeur s'apprêtait à attaquer. Quand son arme atteignit le point vulnérable de la créature, elle la sentit s'enfoncer dans son crâne cristallin.

Mais l'angle de pénétration était mauvais. Bandant ses muscles, Erin appuya de toutes ses forces. La pointe métallique ripa sur l'os et se brisa. Déséquilibrée, la jeune femme tomba à plat ventre aux pieds du maraudeur, qui se dressa sur ses pattes postérieures et leva son épée.

Fuyez ! cria la voix de Gaborn tandis qu'Erin se relevait.

Merci, j'avais compris toute seule, pensa la jeune femme.

La gueule de la créature plongea vers elle, ses dents cristallines scintillant comme du quartz…

Elle se crut perdue mais une forme floue jaillit sur sa droite. La lance de Celinor transperça le maraudeur et se planta dans son cerveau avec autant de force que si elle avait été projetée par une baliste.

Il s'en est servi comme d'un javelot, songea Erin, stupéfaite.

La créature s'effondra. Celinor dégaina sa hache de guerre pour empêcher le maraudeur mourant de tenter une ultime attaque.

Erin en profita pour courir vers son cheval.

— Et d'une ! cria le prince dans son dos.

Puis il tendit un doigt vers le Roi de la Terre qui venait de mordre la poussière.

Gaborn gisait sur le sol. Plusieurs chevaliers bondirent de leur monture pour se battre à ses côtés et mourir si nécessaire. Celinor Anders brandit sa hache comme pour mettre les maraudeurs au défi d'approcher.

Je devrais le choisir, pensa Gaborn en luttant pour se relever.

Voyant que les monstres se déversaient au pied de la Colline des Ossements, il envoya un avertissement mental à des centaines de guerriers.

Le vent noir frappa, charriant une odeur de chou brûlé qui affecta profondément le jeune homme. Soudain, il lui sembla que ses muscles s'étaient changés en gelée de groseille. Il s'effondra tel un Dédié qui vient de consentir un Don de Force. Autour de lui, des douzaines de seigneurs — dont la haute reine de Fleeds — subirent le même sort.

Binnesman avait arrêté sa monture et luttait pour tenir en selle.

— Jureem ! cria-t-il. Il faut sortir le Roi de la Terre de là ! Nous sommes trop près !

Le serviteur galopa entre les chevaliers, plaquant un mouchoir de soie sur son nez et sa bouche pour ne pas inhaler les effluves maléfiques.

Il bondit à terre, prit Gaborn par le coude et cria :

— Levez-vous, Votre Altesse ! Vous ne devez pas rester ici !

— Pas encore, dit-il faiblement. Je ne peux pas partir. Aidez-moi ! Aidez-moi !

Il devait détruire le Sceau de la Désolation qui se dressait à cinq cents pas environ, soit deux fois plus loin que le Mur de Kriskaven quand il l'avait fait s'effondrer. C'était la limite de son pouvoir, mais il n'osait pas approcher davantage à cause de la brume suffocante qui le privait d'une partie de ses moyens.

Gaborn traça une rune terrienne d'affaiblissement.

Jureem s'obstinait à l'entraîner vers son étalon.

— Aidez-moi à le hisser en selle ! cria-t-il au prince Celinor.

— Non ! supplia Gaborn. Laissez-moi ! Binnesman, au secours !

Il regarda derrière lui, mais le magicien gisait sur l'encolure de son cheval, qui galopa vers le nord pour le soustraire au danger.

Au grand étonnement de Gaborn, certains chevaliers ne semblaient pas affectés par les sorts du mage funeste.

Je manque peut-être d'endurance, songea-t-il.

Pourtant, Herrin la Rouge était tombée, et elle avait au moins autant de Dons de Constitution que lui.

— Jureem…, haleta-t-il, se débattant pour tracer correctement sa rune.

Il avait l'impression de dessiner sur une plaque chauffée à blanc, et ses doigts étaient si faibles qu'ils creusaient à peine la poussière.

Le conseiller lui lâcha le coude et l'observa les yeux écarquillés, comme s'il souffrait de ne pouvoir l'aider.

Gaborn finit de tracer la rune, l'étudia un instant pour s'assurer qu'il n'avait pas commis d'erreur, puis leva les yeux vers le Sceau de la Désolation qui souillait la Terre. Le mage funeste continuait à s'affairer. D'étranges lumières turquoise brillaient à l'intérieur du cocon et des maraudeurs jaillissaient sur le flanc sud.

Gaborn sonda la colline. Dans ses profondeurs, il sentit un point vulnérable, où des milliers de livres de rochers appliquaient une trop forte pression. Un effort minime suffirait pour l'accentuer et faire s'effondrer le sol sous le Sceau de la Désolation.

— Par la Terre que je sers, je commande à cette

colline. Qu'elle ne soit plus que pierres brisées et poussière !

La Terre répondit à son appel.

Autour de lui, le sol trembla tandis que les chevaliers hoquetaient de surprise et tentaient de conserver leur équilibre. Les chevaux poussèrent des hennissements paniqués. Les maraudeurs trébuchèrent ; ceux qui se tenaient au sommet du cocon dégringolèrent.

La Terre rugit comme un animal.

Le sol se souleva, ondulant comme sous l'effet d'un raz de marée souterrain. Gaborn ignorait quelle puissance dévastatrice il libérerait. Mais ses espoirs moururent quand il vit que le Sceau de la Désolation tenait bon, ballotté comme un morceau de bois flotté par les vagues de l'océan qui ne coule pas.

Recourant à sa Vision Terrienne, Gaborn découvrit que chaque courbe et chaque protubérance du sceau portaient une rune de protection corrompue qui retournait contre elles l'énergie des Puissances. Il fut stupéfait que les maraudeurs aient osé se servir ainsi des pouvoirs de la Terre.

— Regardez ! Regardez ! crièrent les chevaliers autour de lui.

Gaborn se tourna vers Carris. Chassés de leurs tunnels par le séisme, les maraudeurs couraient au hasard dans la plaine. Certains avaient des pattes brisées.

Soudain, une tour s'effondra, ses milliers d'occupants écrasés dans sa chute. Horrifié, Gaborn s'aperçut que sa rune d'affaiblissement n'était pas restée sans effet : cinq cents pas au sud-est, les murs de Carris vacillaient.

Le séisme n'avait pas réussi à abattre le Sceau de la Désolation, mais il démantelait les constructions moins bien protégées. Déjà, un nuage de poussière planait au-dessus de la citadelle, dont les auberges et les maisons s'affaissaient les unes après les autres.

Une nouvelle onde sismique fit trembler le sol sous les pieds de Gaborn.

Il n'eut pas besoin de sa Vision Terrienne pour comprendre qu'il venait de libérer un monstre. Il sentait le pouvoir tout autour de lui. La faille s'enfonçait plus loin et plus profondément qu'il ne l'aurait cru. De la même façon qu'un cri peut déclencher une avalanche, sa petite secousse avait provoqué une catastrophe.

Gaborn fixa les défenseurs désespérément accrochés aux murs de Carris.

Il n'y a pas deux minutes, je me félicitais d'avoir réussi. Mais j'ai peut-être condamné à mort tous ceux que j'espérais sauver.

La culpabilité le rongeait, moins pour ce qu'il avait fait que pour ce qu'il s'apprêtait à faire.

Levant le bras gauche, il regarda la citadelle sur le point de s'effondrer et cria d'une voix si faible que même les défenseurs qui avaient plusieurs Dons d'Ouïe eurent du mal à l'entendre :

— Je vous choisis ! Je vous choisis au nom de la Terre !

Elle m'y autorisera sûrement, se dit-il. *Après tout, elle me prête ses pouvoirs afin de sauver l'humanité. Pour le moment, nul n'a davantage besoin d'être sauvé que les occupants de Carris.*

Gaborn n'avait jamais tenté de choisir quelqu'un qu'il ne pouvait pas voir. Il était en train d'éprouver les limites de son pouvoir. Fixant les murs du château, il souhaita de toute son âme pouvoir protéger les malheureux tapis à l'intérieur.

En choisissant Skalbairn, il espérait sauver un millier de personnes. En choisissant Raj Ahten, il espérait en sauver des *centaines* de milliers. Sans détourner son regard de la citadelle, il chuchota :

— Je vous choisis tous. Même toi, Raj Ahten.

Les filaments de sa conscience se tendirent vers les soldats qui se battaient sur les remparts et vers les femmes, les enfants ou les vieillards tapis dans un coin de leur maison.

Et vers le Seigneur-Loup d'Indhopal.

— Je te choisis, répéta tendrement Gaborn, comme si Raj Ahten était son frère. Aide-moi à sauver notre peuple.

Alors que des liens se formaient entre lui et ses nouveaux Élus, il vacilla en sentant le danger qui menaçait le Seigneur-Loup. Jamais il n'avait « côtoyé » un homme si proche de la mort.

Fuis ! ordonna-t-il mentalement.

Dans la plaine, le seigneur Langley et le haut marshal Skalbairn avaient vu l'onde tellurique atteindre les maraudeurs. Comme ils étaient à bonne distance du mage funeste, ils ne furent presque pas affectés par sa malédiction.

Skalbairn fit demi-tour et chargea ses poursuivants dans l'espoir de détourner leur attention de Gaborn. Un millier de chevaliers le suivirent au galop, lance dressée.

CHAPITRE LVIII

LES INDIGNES

Raj Ahten ne fut pas surpris de découvrir que Gaborn espérait sauver Carris. C'était un geste mal inspiré, aussi stupide qu'audacieux et chevaleresque : le sacrifice d'un idéaliste faible d'esprit.

Le Seigneur-Loup gravit quatre à quatre les marches d'une tour de garde pour observer la plaine. Les Chevaliers Équitables tournaient autour de la Colline des Ossements. Ailleurs, un millier de cavaliers chargeaient vers le sud, entraînant une partie des maraudeurs. Au nord, un autre contingent imitait la manœuvre.

Raj Ahten avait presque envie de féliciter Gaborn, un stratège imaginatif. Puis il vit le sol se soulever autour de la Colline des Ossements, arrachant les souches mortes, projetant de la terre et des cailloux dans les airs, ensevelissant certains maraudeurs et en chassant d'autres de leurs terriers dans un vacarme cent fois plus assourdissant que celui du tonnerre.

Pour une raison qu'il ne s'expliquait pas, le Seigneur-Loup était incapable de voir Gaborn. Un sort devait le dissimuler à ses yeux. Mais il savait que le jeune freluquet était quelque part dans la plaine. Seul le

Roi de la Terre aurait pu provoquer le séisme qui faisait trembler les murs autour de lui.

Un séisme qui, à n'en pas douter, causerait l'effondrement de la citadelle.

L'onde de choc avait à peine atteint Carris quand Raj Ahten entendit la voix de Gaborn résonner dans sa tête.

Ainsi, Roi de la Terre, tu me bénis et me maudis du même coup…

Deux mille chevaliers avançaient vers la Colline des Ossements. Gaborn espérait-il qu'une force aussi pitoyable frapperait un coup décisif ? En était-il réduit à compter sur la chance ?

Un vent noir souffla sur Carris, apportant avec lui la dernière malédiction du mage funeste. Raj Ahten sentit une fatigue inouïe s'abattre sur lui et déchiffra l'incantation : « Puissiez-vous mourir d'épuisement. »

C'était un sort très puissant. Partout, les manants devaient s'effondrer, le cœur soudain trop faible pour continuer à battre, les poumons incapables de prendre une autre inspiration. Sur les remparts du château, les soldats ordinaires tombaient comme des mouches.

Fort heureusement, Raj Ahten n'en était pas un.

Tandis que les chevaliers en formation de soleil avançaient lentement vers le sud, les porteurs de lame qui avaient été pris au dépourvu par le séisme se rassemblèrent pour charger Gaborn.

Raj Ahten comprit que Gaborn n'arriverait pas à les repousser. Les maraudeurs étaient trop nombreux. Depuis le début de la bataille, cinq cents avaient dû périr, dans le meilleur des cas. Il en restait encore vingt mille pour foncer vers le nord. Dans un instant, ils piétineraient les troupes du Roi de la Terre et les déchiquetteraient.

Fuyez ! Fuyez Carris ! La voix de Gaborn résonna sous le crâne de Raj Ahten. *Fuyez pour sauver votre peau !*

— Le petit salaud ! siffla le Seigneur-Loup mi-furieux, mi-admiratif.

Les défenseurs de la citadelle étaient condamnés par la chute imminente des murs. Mais Gaborn comptait les utiliser pour faire diversion et détourner de lui l'attention des maraudeurs.

Raj Ahten était beaucoup trop malin pour se faire avoir. Ses Invincibles s'étaient déjà retirés de la bataille.

— Ne bougez pas ! leur cria-t-il. (Puis, aux hommes de Paldane :) Tenez la brèche !

Le Roi de la Terre va mourir ici. Moi, je regarderai sans intervenir.

Pourtant, en baissant les yeux vers la cour du château, il vit que les hommes de Paldane — pour la plupart, des manants et des guerriers d'infortunées proportions — se battaient désormais avec autant de férocité que les maraudeurs. Il les crut d'abord animés par l'énergie du désespoir, puis comprit qu'une force invisible les guidait.

Raj Ahten vit un soldat ordinaire défier un porteur de lame puis s'écarter tandis que deux meilleurs combattants bondissaient pour lui trancher la patte. La créature hurla ; un manant plus agile que les autres sauta, brandissant une épée longue qu'il lui plongea dans le palais et enfonça jusqu'au cerveau.

Avant que le maraudeur ne tombe, les soldats bondissaient vers l'adversaire suivant. Ce n'était plus une bataille, mais une danse macabre et meurtrière. Au grand étonnement de Raj Ahten, les hommes de Paldane se montraient si efficaces que les monstres hésitèrent et finirent par battre en retraite. Derrière eux, les soldats resserrèrent les rangs, enjambèrent le mur de cadavres et s'engouffrèrent dans la brèche pour les repousser le long du pont.

Partout dans le château, des manants titubaient sur le chemin de ronde et s'efforçaient de descendre dans la cour pour obéir à l'injonction de Gaborn. D'autres sautèrent dans le lac.

Malgré des pertes considérables, Carris abritait encore trois cent mille soldats et autant de réfugiés incapables de se battre qui se déversaient dans les rues de la ville pour fuir les effets dévastateurs du séisme.

— Je vous ai dit de ne pas bouger ! cria Raj Ahten.

Sa Voix était si puissante que ses mots s'enfoncèrent comme une dague dans le subconscient des hommes de Paldane, qui s'arrêtèrent net.

Je ne me laisserai pas manipuler par ce freluquet.

Avec un sourire mauvais, le Seigneur-Loup hurla si fort que Gaborn ne pouvait manquer de l'entendre, où qu'il soit dans la plaine.

— Nous sommes toujours ennemis, fils d'Orden !

Roland crut entendre des chiens aboyer et grogner. Perché dans un arbre de pierre, abasourdi, il leva la tête et vit les énormes maraudeurs qui se laissaient tomber de branche en branche foncer vers lui gueule grande ouverte.

Une affreuse fatigue l'assaillit. L'arbre frissonna et il entendit son tronc craquer sous le poids.

— Les murs vont tomber ! cria quelqu'un au loin.

La Voix de Raj Ahten résonna à travers les bois.

— *À moi ! À moi !*

Autour de lui, les hommes hurlaient et mouraient. Roland entendit une femme appeler à l'aide. Baissant les yeux de son perchoir, il aperçut le visage familier du baron Poll.

— Au secours !

Le chevalier obèse éclata de rire.

— Vous réclamez le secours d'un mort ? Que me donnerez-vous en échange ?

— Je vous en prie…

— Appelez-moi sirrah ou débrouillez-vous seul !

— Je vous en prie, sirrah.

— Si votre fils était d'aussi bonne composition que vous…

Le baron Poll se détourna et s'éloigna.

Roland souffrait tant qu'il ne se souciait plus de mourir ou de vivre.

Un éclair déchira le ciel au-dessus de sa tête.

Roland se réveilla en sursaut et resta longtemps immobile à contempler son bras enveloppé de bandages sanglants. Des cadavres jonchaient le chemin de ronde autour de lui ; les merlons étaient couverts d'entrailles et de cervelle. Les murs de plâtre blanc avaient pris une couleur écarlate.

Des flocons de neige tombaient du ciel noir.

Non, comprit Roland, *ce sont des cendres.*

La nuit était presque tombée ; il avait dû rester évanoui une heure au moins.

Des pleurs de bébé montaient de la cour du château. Tournant la tête, Roland avisa une jeune femme vêtue d'une robe bleue qui venait de sortir d'un manoir. Elle s'efforçait en vain de calmer le nourrisson qu'elle serrait contre sa poitrine.

Il roula péniblement sur le ventre, et du sang recommença à couler de son épaule. Serrant son bras contre lui, il s'agenouilla et sonda les alentours.

Il ne restait plus un seul défenseur vivant sur le mur sud. Quelques carcasses de maraudeurs se mêlaient aux milliers de corps humains, et l'air était chargé de suie.

Et les murs du château vacillaient comme un ivrogne sur le chemin du retour à la maison !

Je vous choisis. Je vous choisis au nom de la Terre, dit une voix dans l'esprit de Roland. *Fuyez !*

Dans la cour, les deux tours de garde qui encadraient les portes de la citadelle s'étaient effondrées. Les défenseurs luttaient contre les maraudeurs pour reprendre le contrôle du pont. Une poignée de géants des glaces se battaient à leurs côtés.

La plaine qui s'étendait devant Carris était noire de porteurs de lame. Au pied de la Colline des Ossements, un contingent de quelques centaines de chevaliers avançait dans une étrange formation. Leurs lances se brisaient en heurtant la carapace des maraudeurs ; leurs étalons trébuchaient sur les cadavres et tombaient.

Au centre de la formation, un étendard représentant le chevalier vert de Mystarria claquait au vent. Le roi Orden en personne avançait en titubant vers le mage funeste. Des guerriers faisaient cercle autour de lui. Le cœur de Roland se gonfla de fierté à l'idée que son fils devait être parmi eux. Si Averan avait été là pour le voir !

Alors il comprit.

La voix que j'ai entendue… C'était celle du Roi de la Terre. Il m'a choisi.

Mais pourquoi ? J'en suis sûrement indigne. Un meurtrier, un simple manant incapable de se battre…

Roland n'était pas porté sur les rêves éveillés, et même si ça avait été le cas, il n'aurait jamais imaginé que le Roi de la Terre le choisirait.

Il sentit des larmes inonder ses joues et se demanda comment il pourrait payer ce cadeau de retour.

— Merci, chuchota-t-il sans savoir si le Roi de la Terre l'entendait.

À cet instant, un vent noir balaya les remparts du château, faisant tourbillonner les grees et charriant l'odeur de la malédiction des maraudeurs.

Affaibli par sa blessure, Roland eut du mal à se mettre à genoux. À présent, il se sentait envahi par une léthargie qui menaçait de saper ses maigres forces.

Il n'eut même pas assez d'énergie pour crier ou cligner des yeux avant de succomber.

CHAPITRE LIX

RELATIONS INATTENDUES

À une lieue de Carris, Averan avait passé les bras autour de la taille de Roland pour ne pas tomber. Un Indhopalais avait hissé Printemps sur sa selle. Bien qu'elle n'ait pas protesté sur le coup, la femme verte cherchait à présent à lui échapper.

Le petit groupe avait distancé les maraudeurs qui le poursuivaient. Mais quelque chose clochait. Averan ne comprenait pas pourquoi Roland était en compagnie de cette femme magnifique et de ses gardes du corps. De plus, pourquoi portait-il des vêtements différents de la veille, et pourquoi avait-il changé de cheval ?

Elle comprit avec quelque embarras que cet homme n'était pas Roland. Ça ne tenait pas juste à sa mise ou à sa monture : au lieu de sentir l'herbe de Mystarria, une odeur d'épices et de sable montait de lui.

— Qui êtes-vous ? demanda la fillette sur un ton accusateur. Je vous ai pris pour quelqu'un d'autre, mon ami Roland.

Quand le colosse lui jeta un regard surpris par-dessus son épaule, elle sut qu'elle avait vu juste. Il avait les mêmes yeux bleus rieurs et les mêmes cheveux roux, mais des fils gris s'y mêlaient.

— Tu connais un nommé Roland ? Qui vient de la Tour Bleue ?

— Oui. Il m'a prise sur son cheval. Il allait à Carris avec le baron Poll, avant de continuer vers le nord pour rencontrer le Roi de la Terre et son fils : vous. C'est bien ça, n'est-ce pas ?

Le colosse hocha la tête.

— Roland est le nom de mon père. Tu peux m'appeler Borenson.

Il n'avait pas l'air ravi d'apprendre que son géniteur avait fait tout ce chemin pour le retrouver.

— Vous ne l'aimez pas ?

— Ma mère le détestait. Et comme je lui ressemble, elle a fini par me détester aussi.

— Moi, j'aime bien Roland. Il va demander au duc Paldane la permission de m'adopter.

— Ce type est un bon à rien, grogna Borenson. Il ne sera pas un meilleur père pour toi que pour moi.

La façon dont il parlait de Roland énerva autant la fillette que le peu de crédit qu'il accordait à ses paroles. Elle n'avait que neuf ans et plus aucun Don, mais elle n'était pas stupide. Elle venait d'apprendre à cet homme qu'elle allait devenir sa sœur, et il ne daignait même pas lui sourire.

Le petit groupe escalada une colline couverte d'épis cassants et gris comme de la cendre. Au sommet se dressait un dôme solaire en ruine. Son crématorium en forme d'orbe s'était fendu en tombant de son piédestal et gisait à terre tel un œuf brisé.

Le regard d'Averan portait loin vers le nord et le sud. Ils étaient sur un terrain trop découvert pour que des maraudeurs puissent leur tendre une embuscade. Mais alors qu'ils contournaient le dôme détruit, découvrant Carris, la fillette glapit d'épouvante.

Les flammes qui embrasaient la forteresse se reflétaient sur le Lac Donnestgree. Les barbacanes s'étaient effondrées ; le mur ouest était éventré. Partout, une vapeur brune s'enroulait autour des pattes de milliers de maraudeurs.

Un des gardes indhopalais observait Carris.

— Notre seigneur défend cette forteresse en compagnie de beaucoup d'hommes de Mystarria, annonça-t-il. Le Roi de la Terre se bat dans la plaine.

— Peut-être n'a-t-on pas besoin de nous, dit un de ses camarades. Il semble que notre seigneur ait déjà conclu une trêve.

Sa voix tremblait ; Averan le traita mentalement de lâche.

À travers la brume pestilentielle, elle regarda le Roi de la Terre s'avancer vers le pied de la Colline des Ossements. Elle l'identifia aussitôt, mais s'étonna qu'il ait l'air d'un homme ordinaire et non de la flamme émeraude qu'elle avait vue dans son esprit en fermant les yeux.

Averan regarda la femme verte. Assise devant Pashtuk, elle observait le Roi de la Terre. Un sourire ravi étira ses lèvres.

Elle aussi voit son pouvoir, pensa la fillette.

— Nous pouvons longer l'aqueduc par le nord pour rejoindre le Roi de la Terre, dit un des gardes indhopalais.

— Je n'aime pas ça, grogna Borenson. Il vaudrait mieux remonter jusqu'au Mur des Barrens pour arriver par-derrière.

— C'est trop loin !

Pendant cette conversation, Averan avait observé Gaborn se frayer un chemin jusqu'à la Colline des Ossements, s'accroupir et lancer un sort.

La terre trembla ; les murs de Carris vacillèrent. Le jeune homme leva la main gauche et incanta une seconde fois.

— Il est en train de choisir, murmura Borenson. La cité entière !

Si Gaborn parla, Averan ne put pas entendre sa voix,

étouffée par le sifflement des maraudeurs et le grondement du séisme. Mais elle s'émerveilla que le Roi de la Terre ait choisi jusqu'à ses ennemis.

Les hommes qui défendaient les remparts de Carris se hâtèrent d'abandonner la citadelle condamnée. Dans la plaine, des milliers de maraudeurs émergeaient de leurs terriers et de derrière la barricade qui entourait la Colline des Ossements. Gaborn leva et baissa une main plusieurs fois, comme s'il comptait vraiment attaquer.

— Qu'espère-t-il donc faire ? demanda un des eunuques.

— Il tente de sauver Carris, répondit Borenson.

Même si loin, Averan voyait qu'il n'y parviendrait pas. Les maraudeurs étaient trop nombreux et trop puissants. Gaborn se ferait cerner et tailler en pièces.

De l'autre côté de la plaine, la Voix de Raj Ahten retentit, amplifiée par ses milliers de Dons.

— Nous sommes toujours ennemis, fils d'Orden !

Au sommet de la Colline des Ossements, le mage funeste leva son pâle bâton jaune et siffla.

— Ainsi, vous disiez la vérité, souffla la femme d'Indhopal. Mon époux rejette le Roi de la Terre, son cousin par alliance, et compte l'abandonner aux maraudeurs.

Sa voix exprimait une soudaine répulsion, comme si elle n'avait jamais imaginé que Raj Ahten puisse être aussi cruel.

— Je le crains, ô Étoile du Désert, dit Borenson.

Une nouvelle onde de choc fit trembler le sol et tituber les chevaux.

Saffira éperonna sa monture, filant plein est vers Carris comme si elle comptait atteindre la forteresse malgré les dix mille maraudeurs qui lui barraient le chemin.

Borenson jura ; Averan dut s'accrocher à lui de plus belle.

Au début, la fillette crut que Saffira fonçait à

l'aveugle. Mais la jeune femme modifia sa trajectoire et prit la direction du sud.

Les maraudeurs s'étaient séparés en trois groupes. Le premier continuait à attaquer Carris, le deuxième fonçait sur le Roi de la Terre et le troisième pourchassait des cavaliers. Ainsi, une brèche s'était ouverte dans la plaine entre les différents fronts.

C'était dans cette direction que Saffira galopait.

— Attendez ! protestèrent les eunuques. Restez là !

Saffira s'arrêta à cinq cents pas de la citadelle, quand les maraudeurs formèrent devant elle une barrière impénétrable. Les porteurs de lame sentirent sa présence et pivotèrent.

Sous les derniers rayons du couchant, la jeune femme alla se percher sur une petite butte. Elle portait une robe de voyage en coton rouge, délicatement brodée de fils d'or dont les circonvolutions s'enroulaient autour de ses bras et de ses seins comme des vrilles de vigne. Sur sa tête, un diadème d'argent tenait le voile rouge qui masquait son visage.

Saffira défit sa ceinture dorée, la jeta sur le sol et ôta sa robe. Puis elle rabattit son voile et se redressa fièrement sur la selle de son étalon impérial gris, vêtue d'une simple combinaison de soie lavande qui accentuait les exquises teintes sombres de sa peau.

À l'horizon, le soleil se couchait. Il y avait beaucoup d'autres collines dans la plaine, mais ses derniers rayons n'en embrasaient qu'une. Averan comprit que Saffira ne l'avait pas choisie au hasard : elle savait que c'était le meilleur endroit pour se mettre en valeur.

Aux yeux de la fillette, cette femme était la perfection incarnée. Un ménestrel aurait pu passer sa vie à vanter la ligne gracieuse de son cou et de ses épaules ; pourtant, Behoran Langue-d'Or en personne n'aurait su composer une musique ou des paroles qui rendent justice à sa grâce, à l'éclat de ses yeux.

Il sembla à Averan que Saffira avait conscience

qu'elle allait mourir. Elle s'était aventurée beaucoup trop près des porteurs de lame.

Les maraudeurs se laissaient facilement surprendre, et hésitaient, le temps de déterminer la nature d'une menace. Mais il leur faudrait quelques minutes pour s'apercevoir que la jeune femme était seule.

Saffira n'avait pas besoin de plus.

Elle commença à chanter.

CHAPITRE LX

LA COLLINE DES OSSEMENTS

Comment puis-je les sauver tous ? se demandait Gaborn.

Il était lié aux centaines de milliers d'occupants de Carris, et se sentait oppressé par le linceul de mort qui les enveloppait. Une troisième onde de choc fit vaciller la citadelle sur ses fondations.

Aux portes du château, les hommes de Paldane continuaient à se battre. Gaborn se concentra d'abord sur eux, qui couraient le danger le plus immédiat. Raj Ahten avait choisi de le rejeter, alors que ses Invincibles auraient pu ouvrir un chemin à coups d'épée le long du pont et permettre aux autres défenseurs de s'enfuir.

Plus Gaborn s'approchait de la Colline des Ossements, plus sa léthargie devenait grande.

J'ai choisi sans discrimination, songea-t-il, désespéré.

Ses forces pitoyables continuaient à avancer. Privées de chevaux et de lances, elles n'étaient pas aussi efficaces que des cavaliers, mais elles marchaient avec détermination, comme portées par sa volonté.

Gaborn mit pied à terre et tenta de faire quelques

pas… Le sort du mage funeste était si puissant qu'il dut se raccrocher aux rênes de son étalon.

Au sud, le haut marshal Skalbairn s'apprêtait à lancer une nouvelle charge.

Tournez bride ! Sauvez votre peau si vous le pouvez encore ! ordonna Gaborn à ses hommes.

Puis il regarda ceux qui l'entouraient, espérant qu'ils parviendraient à repousser l'attaque qui se préparait. Des maraudeurs couraient des deux côtés de la Colline des Ossements. Ils l'atteindraient dans quelques secondes.

Le cocon était encore à deux cents pas quand Gaborn, épuisé, se laissa tomber dans la poussière pour tracer une seconde rune terrienne d'affaiblissement. Près de son pied, un fil de mucilage durci courait sur le sol jusqu'à la colline.

Tandis que ses troupes se battaient avec l'énergie du désespoir, Gaborn luttait pour tracer une simple rune.

Un maraudeur chargea le Roi de la Terre.

Erin Connal plongea pour l'intercepter.

— Frappez en bas, je prends le haut ! cria Celinor dans son dos.

La jeune femme courut vers le monstre, qui brandit son marteau. Elle lui enfonça le sien dans la jointure du coude, sous l'éperon osseux censé protéger son articulation, avec l'espoir que la douleur lui ferait marquer un temps d'arrêt.

Mais le maraudeur abattit sur elle les trois cents livres d'acier de son arme.

Elle n'entendit pas le Roi de la Terre l'avertir du danger.

Par bonheur, seul le manche l'atteignit à l'épaule et la projeta à terre.

Le monstre leva une patte pour la pulvériser, mais Celinor bondit et le frappa entre ses plaques thoraciques…

Pas assez fort pour réussir à l'éventrer !

Le maraudeur recula. Celinor lui porta un second coup. Cette fois, les entrailles de la créature se répandirent sur le sol.

Celinor se tourna vers Erin et lui tendit la main pour l'aider à se relever.

— Et de deux ! s'exclama-t-il.

La jeune femme s'empourpra.

Gaborn finit de tracer sa rune, leva le poing et regarda autour de lui. Les maraudeurs déferlaient, affreux mur de chair grise renversant ses hommes sur leur passage.

Sur sa gauche, l'un d'eux fut réduit en bouillie par un coup de marteau. Le choc projeta son cadavre dans les airs en direction de Gaborn.

Celinor leva son bouclier pour le protéger, mais l'impact le fit tituber puis s'effondrer sur le roi.

CHAPITRE LXI

SOUS LA LUMIÈRE DU COUCHANT

Saffira chantait dans sa langue natale, le tuulistanais. Parce qu'elle avait des milliers de Dons de Voix, son aria sonnait plus fort et plus clair que si elle eût été entonnée par un chœur de manants.

Perché sur les remparts de Carris, Raj Ahten s'arracha à la contemplation de la débâcle de Gaborn.

Le temps parut se figer. Sur le pont, les maraudeurs s'immobilisèrent en agitant leurs philia, essayant de déterminer si la chanson de la jeune femme était une nouvelle menace pour eux.

Un instant, le tumulte des combats mourut tandis que les hommes prêtaient l'oreille à la voix enchanteresse de Saffira. La plupart ne comprenaient pas ses paroles : le Tuulistan était un minuscule État d'Indhopal qu'un fantassin pouvait traverser en moins de quinze jours, bien trop insignifiant pour qu'on apprenne sa langue à l'étranger. Mais le ton implorant de la jeune femme atteignit Raj Ahten en plein cœur, éveillant en lui une envie folle de faire n'importe quoi pour apaiser son épouse.

Saffira se tenait au sommet d'une butte ; à ses pieds, le paysage ravagé grouillait de maraudeurs. Sous les rayons du couchant, sa combinaison lavande n'était qu'un voile couvrant la perfection de sa beauté. Elle brillait comme la plus vive étoile du firmament. Autour de lui, Raj Ahten entendit des milliers d'hommes hoqueter de stupeur.

Il comprit aussitôt ce que Gaborn avait fait. Il reconnut le charisme de toutes ses concubines, les plus belles femmes de toutes les nations qu'il avait conquises, et entendit la douceur de chaque voix mélodieuse de son harem.

Saffira chantait une berceuse. Elle la fredonnait naguère à leur premier-né, Shandi, avant qu'un Chevalier Équitable ne le tue…

La mélodie n'avait rien de complexe et les paroles n'étaient pas très fines. Pourtant, elle toucha Raj Ahten jusqu'au plus profond de l'âme.

Il n'y a pas de toi. Il n'y a pas de moi.
L'amour unit. Il n'y a que nous.

Parmi tous ceux qui l'entendirent, seul le Seigneur-Loup déchiffra son message. « Je comprends ta haine et ta colère. Je comprends, et je ressens la même chose. Je n'ai pas oublié notre fils. Mais à présent, tu dois mettre ta haine et ta colère de côté. »

Puis Saffira lança en rofehavanais :

— Mon époux, je vous supplie de renoncer à cette guerre. Le Roi de la Terre m'a demandé de vous porter ce message : « L'ennemi de mon cousin est mon ennemi. » Hommes de Mystarria, hommes d'Indhopal, unissez-vous !

Elle tendit les mains vers Raj Ahten. Dans le silence qui suivit, seuls les maraudeurs répondirent en courant vers elle.

Ses gardes du corps eunuques la rejoignirent et la suivirent tandis qu'elle dévalait la colline pour rejoindre les forces de Gaborn, six ou sept cents pas vers le nord.

Malgré la vitesse de son cheval de force, Raj Ahten vit qu'elle ne réussirait pas à franchir les lignes de maraudeurs qui menaçaient le jeune freluquet. Elle devait en être consciente. Pourtant, elle fonçait vers le cœur du maelström.

Saffira était en train de lui forcer la main.

Si tu refuses de venir pour lui, viens pour moi, semblait-elle dire.

Alors, les défenseurs de Carris répondirent à l'appel de Saffira.

Depuis qu'ils luttaient avec les géants des glaces pour repousser les maraudeurs, ils avaient réussi à les faire reculer sur le pont désormais jonché de cadavres. À présent, ils s'élançaient comme un seul homme, comme s'ils avaient oublié la dernière malédiction du mage funeste. Le long des remparts et dans les rues de la cité, ils ramassèrent les armes qui leur tombèrent sous la main pour courir au secours de Saffira et du Roi de la Terre.

Raj Ahten les observa. Il savait que c'était une erreur. La majeure partie des hommes, des femmes et des enfants qui couraient dans la plaine étaient des manants. Les maraudeurs n'en feraient qu'une bouchée.

Et pourtant, ils chargeaient.

Le Seigneur-Loup n'aurait su dire ce qui les poussait : leur loyauté envers le Roi de la Terre, ou le désir de répondre à l'appel de Saffira. À moins qu'ils se battent parce qu'il ne restait rien d'autre à faire…

Raj Ahten s'élança au pied de la tour, bousculant les hommes plus lents. Son cœur battait à tout rompre, et son pouls s'accéléra. Des Invincibles surgirent de toutes les ruelles pour lui prêter main-forte.

CHAPITRE LXII

GOUFFRES

Sur la route de Carris, Borenson s'était souvent interrogé sur Saffira. Aurait-elle le courage de se dresser contre Raj Ahten ? Souhaitait-elle vraiment la paix ? Trahirait-elle le Roi de la Terre et son peuple ?

Et voilà que cette femme, qui n'était encore qu'une enfant, volait au secours de Gaborn.

Saffira avait fini de chanter. Borenson resta immobile, retenant son souffle.

Des vivats montèrent de Carris, indiquant que le peuple du Rofehavan avait entendu l'appel.

Le courage de Saffira avait suffi. En cet instant, Borenson lui vouait tout l'amour dont il était capable. Il désirait demeurer dans son ombre, respirer son doux parfum, se délecter de la vue de ses cheveux d'ébène.

Très droite sur sa selle, Saffira inclina légèrement la tête. La lumière qui brillait dans ses yeux était une pure merveille.

— Venez, mes amis ! Avant qu'il ne soit trop tard.

Elle éperonna sa monture et partit vers le nord, en direction de Gaborn. Mais Borenson vit qu'elle ne chargeait pas en ligne droite : sa trajectoire s'infléchit vers l'ouest afin de l'éloigner du gros des maraudeurs.

Sans doute espérait-elle entraîner les créatures loin du Roi de la Terre, puis contourner la Colline des Ossements et revenir vers lui.

Derrière Saffira, Ha'Pim et Mahket luttaient pour la rejoindre. Devant elle se dressait le cocon blanc du mage funeste.

Ses philia palpitèrent comme pour capter une odeur. Soudain, son énorme tête pivota vers Saffira, et il pointa son bâton sur l'entourage de la jeune femme.

Il croit qu'elle va l'attaquer ! comprit Borenson.

— À gauche ! cria-t-il.

Le mage funeste siffla. Une lumière clignota à l'intérieur du bâton et devint un nuage vert foncé qui jaillit de son extrémité.

Saffira modifia sa trajectoire un instant avant que la vapeur ne touche le sol, porteuse d'une odeur de pourriture si insoutenable que Borenson crut sentir sa peau tomber en lambeaux et sa chair se décomposer. La jeune femme se couvrit le visage avec un mouchoir de soie dorée, passant dangereusement près d'un porteur de lame.

De nouveau, le sol trembla. Pashtuk et la wylde furent projetés à terre. L'Invincible se releva et tenta de remonter en selle. Mais quand il lui saisit le bras pour l'entraîner, la femme verte se débattit.

Elle semblait impatiente d'affronter les maraudeurs.

Regardant par-dessus son épaule, Saffira ralentit pour les attendre.

— Attention ! cria la fillette que Borenson avait prise en croupe.

Le porteur de lame fondait sur Saffira, qui baissa la tête et éperonna son cheval, espérant entraîner le monstre loin de Pashtuk. Mais le maraudeur abattit presque nonchalamment sa patte antérieure sur la monture de la jeune femme, lui brisant l'échine. Saffira vida les étriers et vola dans les airs. Trois autres porteurs de lame se ruèrent aussitôt vers elle.

Ha'Pim tira sur les rênes de son étalon et sauta à terre. Le marteau d'un maraudeur le cueillit à la poitrine ; son sang éclaboussa Borenson au visage.

Mahket chargea les maraudeurs. Il plongea dans la gueule de la créature qui avait frappé Saffira, lui enfonça sa lame dans le palais, ressortit d'un bond et trancha au passage la patte d'une autre créature.

Renonçant à monter en selle, Pashtuk se jeta sur le maraudeur le plus proche.

Borenson réfléchit très vite. Il restait une petite chance que Saffira soit toujours en vie. Peut-être s'était-elle simplement brisé deux ou trois os dans sa chute. Mais elle était cernée par trois maraudeurs qui ne tarderaient pas à l'achever, si ce n'était déjà fait.

— Sortez-nous d'ici ! cria la fillette dans le dos de Borenson.

Le colosse grinça des dents. Il était le protecteur de Saffira. Il lui appartenait totalement.

Mais il devait fidélité à Gaborn. Il connaissait son devoir : ramener la wylde à Binnesman, car elle serait sans doute leur arme la plus puissante contre les maraudeurs.

Il entendit Saffira crier en tuulistanais :

— Ahretva ! Ahret !

Borenson ne comprit pas ce qu'elle disait, mais apprit au moins qu'elle était vivante. Le pouvoir de sa Voix balayait la logique. La femme qui avait si courageusement chargé au milieu d'une armée de maraudeurs pour porter son message le tenait sous son emprise. Il ne chercha pas à résister.

Sans Dons pour l'aider et sans un mot pour l'enfant qui chevauchait derrière lui, Borenson sauta à terre et bondit au cœur de la bataille.

Averan en resta bouche bée. Borenson et les eunuques avaient abandonné leurs montures pour voler au secours de Saffira. Printemps était restée en selle. La lame d'un maraudeur décrivit un arc au-dessus de sa tête tandis que deux monstres couraient vers elle.

— Inique Messager, Juste Destructeur : du sang, oui ! Tue ! cria Averan.

La femme verte bondit sur le premier monstre. Elle enfonça son poing dans le cerveau du maraudeur, lui brisant le crâne comme si elle avait compris que c'était la façon la plus simple de se procurer la substance dont elle raffolait.

Plus loin, les deux gardes indhopalais avaient tranché les pattes antérieures d'un porteur de lame, qui se dressa sur ses pattes postérieures et tenta maladroitement de reculer.

Il semblait lourdaud comparé aux Invincibles transformés par leurs Dons de Métabolisme.

Borenson plongea son épée dans le ventre du monstre. Aussitôt, les eunuques se jetèrent sur les deux autres maraudeurs qui leur barraient le chemin.

Pendant ce temps, les porteurs de lame se massaient autour d'Averan.

— À l'aide ! cria-t-elle. À l'aide !

Mais personne ne vint à son secours. Elle n'était qu'une enfant, sans un centième de l'allure de Saffira.

Elle se laissa glisser à terre. Derrière elle, le marteau d'un maraudeur s'abattit sur le bel étalon de Borenson, projetant du sang et des entrailles à la ronde.

La femme verte venait de tuer un porteur de lame qui gisait la gueule ouverte. Averan aurait voulu se blottir sous sa carcasse, ou se dissimuler entre ses pattes, mais il s'était étalé de tout son long.

Dans sa gueule, se dit la fillette. *Je peux me cacher dans sa gueule*.

Elle bondit à l'intérieur de la cavité semblable à une caverne sombre et humide.

L'haleine du maraudeur était encore plus fétide que la vapeur brune émise par le mage funeste. Averan aurait pu croire qu'il se décomposait autour d'elle.

Les mains de la fillette se couvraient de taches noires et commençaient à la démanger.

Puis la créature eut un dernier soubresaut. Sa langue remua, et ses mâchoires se refermèrent lentement.

Averan poussa de toutes ses forces le palais du maraudeur pour lui maintenir la gueule ouverte.

— À l'aide ! À l'aide !

— J'arrive ! répondit Borenson, qui venait d'achever son premier adversaire.

Il vient me chercher, songea la fillette, soulagée.

Mais alors que les eunuques continuaient à lutter contre un porteur de lame, le colosse roux plongea dans la brèche et courut vers Saffira.

Je croyais que vous alliez m'aider ! voulut crier Averan.

Le ciel s'assombrissait. La brume pestilentielle recouvrait tout et les maraudeurs en émergeaient tels des monolithes noirs. Un nouveau porteur de lame escalada les carcasses de ses congénères morts, cachant le peu de lumière qui parvenait encore à Averan.

La fillette lutta pour rouvrir la gueule du maraudeur. Soudain, elle vit la flamme émeraude se former dans son esprit.

Elle est si proche que je pourrais la toucher.

Voilà des jours que cette flamme l'attirait ; à présent, il lui semblait comprendre pourquoi.

Je serais en sécurité auprès du Roi de la Terre. Je serais en sécurité si je faisais partie de ses Élus. Un espoir fou monta en elle.

— Inique Messager, Juste Destructeur ! cria-t-elle. Va chercher le Roi de la Terre : il nous aidera.

Puis la gueule du maraudeur se referma malgré ses efforts.

CHAPITRE LXIII

LA PLUS BRILLANTE ÉTOILE D'INDHOPAL

Raj Ahten se rua au pied des remparts de Carris, jouant des coudes pour être le premier à atteindre Saffira. Il bouscula des hommes plus lents que lui et sauta par-dessus le parapet sur le dos d'un géant des glaces.

Puis il bondit d'une carcasse de maraudeur à une autre, utilisant les créatures mortes comme des rochers affleurant à la surface d'une rivière. Ainsi, il atteignit les portes de la citadelle bien avant la plupart des défenseurs. Seuls quelques hommes de Paldane l'avaient précédé sur le pont.

Le Seigneur-Loup s'immobilisa sur le dos d'un maraudeur en sentant des vibrations annonciatrices d'un nouveau séisme. La première secousse ébranla les fondations de Carris.

Raj Ahten sauta dans les airs et atterrit en pleine mêlée, sur la tête d'un maraudeur encore vivant. Abattant son marteau de guerre sur le crâne du monstre, il le tua sur le coup.

Derrière lui, cent mille voix humaines poussèrent un cri de désespoir quand le séisme frappa la forteresse.

Regardant par-dessus son épaule, il vit le mur ouest s'effondrer.

Il n'avait pas de temps à perdre s'il voulait rejoindre Saffira. Mais pendant qu'il se ruait vers elle sans se soucier du sort des défenseurs, il entendit les tours s'écrouler, les maisons et les boutiques se désintégrer, les hommes et les femmes hurler.

Grâce à ses Dons de Métabolisme, Raj Ahten se lança dans des attaques qu'il n'aurait jamais osées pour quiconque d'autre que Saffira.

Il sauta sur tous les maraudeurs qui s'interposaient et leur pulvérisa le crâne, ou leur trancha les pattes, pour faciliter le travail des soldats qui le suivaient.

Derrière lui, il entendait des centaines de milliers de manants courir vers Saffira. C'était un suicide, mais de toute façon, ces gens étaient condamnés.

Au milieu de la citadelle, plusieurs tours flambaient. Elles s'effondrèrent, crachant des cendres et des braises vers le ciel nocturne.

Raj Ahten escalada la carcasse d'un maraudeur pour jeter un coup d'œil à la ronde. Dans la plaine, les occupants de Carris s'enfuyaient à toutes jambes : guerriers et marchands, femmes portant des bébés dans leurs bras, seigneurs et mendiants. Il s'émerveilla de voir qu'autant avaient survécu au séisme.

Raj Ahten continua à massacrer pendant ce qui lui parut une éternité, même si dix minutes à peine s'étaient écoulées pour les manants qui l'entouraient.

Confrontés à la marée humaine qui se déversait des ruines de Carris, les maraudeurs se décidèrent pour une retraite prudente. Jusqu'à présent, aucune tactique mise en œuvre par le Seigneur-Loup n'avait réussi à les impressionner, mais une telle quantité d'adversaires les fit réfléchir.

Il y avait de quoi : jusque-là, ils n'avaient affronté que de puissants Invincibles. Pour eux, tous les humains dégageaient la même odeur. S'ils se croyaient attaqués par des centaines de milliers de Seigneurs des Runes, pas étonnant qu'ils songent à s'enfuir.

Pour ces monstres, nous ne sommes que des guêpes, mais ils sont incapables de dire si nous avons un dard, pensa Raj Ahten.

Des poches de résistance se formèrent autour de ses Invincibles et des hommes de Paldane. Mais après une courte hésitation, les porteurs de lame firent un massacre parmi les manants. Les hommes et les femmes ordinaires ne tardèrent pas à tomber par dizaines de milliers.

Les survivants continuèrent à se jeter sur les maraudeurs, ramassant les haches et les marteaux tombés à terre pour les attaquer avec une férocité dont ils n'auraient pas fait preuve s'ils s'étaient battus pour Raj Ahten et non pour le Roi de la Terre.

Leurs efforts demeurèrent futiles, n'était qu'ils firent diversion et fournirent un répit momentané aux guerriers ayant les attributs nécessaires pour ce genre de combat.

Raj Ahten continua à lutter contre les hordes de maraudeurs pour atteindre un objectif invisible. Par deux fois, il reçut des blessures qui auraient tué tout autre homme, et perdit de précieuses secondes à attendre que ses plaies se referment grâce à ses Dons de Constitution.

Ironie du sort, ce fut la voix d'une enfant qui le conduisit à Saffira.

Derrière lui, les seigneurs se battaient sur trente ou quarante fronts différents, sans compter les chevaliers de Gaborn Val Orden qui hurlaient et mouraient quelque part au nord de la Colline des Ossements. Malgré ses Dons d'Ouïe, Raj Ahten eut du mal à entendre les cris d'une fillette par-dessus le vacarme.

— À l'aide ! À l'aide !

Il fonça, dépassant plusieurs maraudeurs avant

qu'ils puissent réagir. Les immenses carcasses qui jonchaient la plaine formaient comme un répugnant labyrinthe. L'odeur de putréfaction dégagée par le dernier sort du mage funeste prenait Raj Ahten à la gorge.

Il bondit entre les pattes d'un porteur de lame et continua sa course.

Quelques instants plus tard, il déboucha dans le cercle approximatif formé par une douzaine de maraudeurs morts. Un chevalier et sa monture gisaient au milieu.

La fillette semblait prisonnière de la gueule d'une créature.

Dès qu'il vit la blessure qui avait causé la mort du porteur de lame, Raj Ahten ne se soucia plus du tout de l'enfant. Quelqu'un avait fait exploser le crâne du maraudeur avec une force supérieure à celle d'un géant des glaces.

Raj Ahten aperçut Pashtuk, qui saignait d'une blessure à la jambe mais continuait à se battre comme un possédé aux côtés de Mahket. Un porteur de lame tentait de se faufiler entre deux congénères morts pour les attaquer.

Raj Ahten ne voyait toujours pas Saffira. Grâce à ses nombreux Dons d'Odorat, il la repéra facilement. Son parfum de jasmin le guida jusqu'à l'endroit où elle gisait, à demi écrasée par la patte d'un maraudeur mort.

Le garde du corps de Gaborn, Borenson, la tenait dans ses bras. Une vilaine plaie barrait le front de Saffira, et du sang dégoulinait sur son admirable visage.

Raj Ahten saisit la patte du maraudeur par une de ses longues griffes. Bien qu'elle pesât près de huit cents livres, il la traîna sur le sol pour dégager Saffira. Puis il repoussa Borenson et s'agenouilla auprès de son épouse.

Dans la plaine de Carris, des milliers de gens luttaient pour leur survie. Mais les carcasses formaient un mur qui maintiendrait les manants à distance. Tous ceux qui cherchaient Saffira passeraient sans doute sans la voir.

La jeune femme fixait un point, loin au-dessus d'elle. Sa respiration était laborieuse. Raj Ahten comprit qu'elle ne tarderait pas à mourir.

— Je suis là, souffla-t-il. Je suis là.

Saffira lui serra fiévreusement la main. Comme elle n'avait que trois Dons de Force, son contact lui parut aussi léger que celui d'une plume.

— Je savais que tu viendrais, dit-elle en souriant.

— C'est le Roi de la Terre qui t'a obligée à faire ça ? demanda Raj Ahten, fou de colère.

— Personne ne m'a obligée. Je voulais te voir.

— Mais il t'a demandé de venir ?

— Je... j'ai entendu parler de son avènement dans le Nord. J'ai envoyé un messager...

C'était un mensonge : aucun garde du palais n'aurait osé parler devant elle d'un conflit en cours.

— Promets-moi que tu ne le combattras pas ! Jure-moi que tu ne le tueras pas !

Elle eut une quinte de toux et cracha du sang.

Raj Ahten lui essuya le menton et la serra contre lui. Les bruits de la bataille lui paraissaient comme étouffés.

Il ne sut pas exactement quand Saffira mourut. Mais lorsqu'il baissa les yeux vers elle, il constata qu'elle ne respirait plus et que ses Dons de Charisme retournaient déjà à leurs légitimes propriétaires.

Saffira se fanait comme un pétale de rose. Bientôt, la jeune femme qu'il tenait dans ses bras ne fut plus que l'ombre d'elle-même, pâle reflet de la plus grande beauté de tous les temps.

Gaborn s'éveilla dans un lieu où n'existaient ni le présent ni la douleur ni la compréhension. Un endroit où le soleil couchant teintait le ciel de pourpre et de violet au-dessus d'un champ envahi par les fleurs sauvages où il avait peut-être joué enfant.

L'air était lourd du parfum de l'herbe grasse, de la terre humide, des feuilles caressées par la chaleur et des boutons-d'or aux pétales luisants comme du beurre. À travers les voiles de sa somnolence, Gaborn crut entendre la voix d'Iomé qui l'appelait, mais ses muscles refusaient de réagir.

Iomé. Il avait désespérément besoin de ses caresses et de ses baisers.

Elle devrait être avec moi, songea-t-il. *Pour contempler ce ciel parfait et ce champ…*

Le jeune homme n'avait rien vu d'aussi beau depuis sa dernière visite au jardin de Binnesman.

— Votre Altesse, appela quelqu'un. Votre Altesse, vous allez bien ?

Gaborn tenta de répondre, mais il ne trouva rien à dire.

— Il est blessé ! Hissez-le en selle ! Éloignez-le d'ici !

Le jeune homme reconnut la voix de Celinor Anders.

— Ça ira, dit-il.

Je vais bien.

Tentant de lever la tête, il s'aperçut que la fatigue, la douleur et la nausée qui l'assaillaient depuis des heures disparaissaient peu à peu. Il avait l'impression d'être sous la caresse d'une fraîche bise printanière. Tandis qu'il gisait immobile, cette sensation se précisa.

Le pouvoir de la Terre ! Gaborn le percevait aussi clairement que dans le jardin de Binnesman ou au cœur du Bois de Dunn, près des Sept Pierres Dressées. Il ne cessait de croître en lui et autour de lui. Le jeune homme pouvait presque tourner le visage vers ce pouvoir, comme les fleurs orientent leurs pétales vers le soleil. Il sentait sa tiédeur sur sa joue.

Iomé arrive, songea-t-il dans son délire. *Ce doit être ça.*

Il ouvrit les yeux. Dans la pénombre, il distingua une femme vêtue d'une cape en peau d'ours. Ce n'était pas

Iomé, mais il la reconnut aussitôt. Son visage magnifique respirait l'innocence, et sa peau avait une délicate teinte verte.

Elle s'accroupit près de lui et lui posa une main sur la poitrine. À son contact, le reste de fatigue de Gaborn s'envola.

La wylde de Binnesman. Un peu plus d'une semaine auparavant, au cœur de la nuit, le magicien l'avait invoquée, lui donnant une forme puisée dans son esprit. Il espérait créer un guerrier qui aiderait Gaborn, comme le chevalier vert avait aidé ses ancêtres. Mais avant qu'il ait pu lui donner ses ordres, la créature avait bondi dans les airs et disparu.

Gaborn écarquilla les yeux quand elle le prit par la main et le força à se relever.

— Va chercher le Roi de la Terre, dit-elle.

Gaborn comprit : elle voulait qu'il la suive quelque part. À moins que la Terre elle-même ne la lui ait envoyée.

Le jeune homme regarda autour de lui. Il gisait sur le champ de bataille à une centaine de pas de sa position précédente. Le prince Celinor Anders, Erin Connal et les autres seigneurs qui l'entouraient avaient reculé devant la femme verte et l'observaient avec stupéfaction.

Leurs montures délaissées, les chevaliers de Gaborn affrontaient encore les maraudeurs. Mais malgré tous leurs efforts, les maraudeurs les repoussaient. Partout où se portait le regard du roi, les créatures se piétinaient dans leur impatience de rompre les rangs ennemis et de pourchasser les humains.

Les troupes de Gaborn luttaient vaillamment. En vain. Sous ses yeux, une dizaine d'hommes furent massacrés par les porteurs de lame.

Au sommet de la Colline des Ossements, entouré de ses fidèles et de leur cocon protecteur, le mage funeste leva son bâton de citrine et se prépara à lancer une nouvelle malédiction. Une odeur atroce planait dans l'air, et les lumières fantômes brillaient plus vivement que jamais à la base de la rune.

— Va chercher le Roi de la Terre, répéta la wylde en tentant d'entraîner Gaborn.

Il comprit que quelqu'un lui avait envoyé la créature. Ayant assisté à sa naissance, il connaissait son véritable nom.

— Inique Messager, Juste Destructeur, reste avec moi !

La wylde s'immobilisa comme si elle avait tout oublié de sa mission précédente.

Frappe maintenant ! ordonna la Terre.

Gaborn s'agenouilla. Prenant l'index de la wylde, il traça une rune d'affaiblissement dans la poussière. Mais quand il étudia la Colline des Ossements, il ne trouva aucune autre faille qui lui permettrait de la détruire.

Une curieuse image se forma dans son esprit : une rune dont il ignorait la signification. Ses volutes s'enroulaient dans un grand cercle.

Le jeune homme la dessina à ses pieds et ferma la main de la wylde pour en faire un poing.

Il leva les yeux. Fixant le mage funeste au sommet de sa monstrueuse création, il imagina que la colline entrait en éruption, faisant s'effondrer les parois du Sceau, puis éparpillant aux quatre vents la terre qui le composait de sorte que personne ne puisse plus jamais le reconstituer.

Gaborn ignorait s'il serait capable d'un pareil exploit.

La terre peut-elle détruire la terre ?

— Change-toi en poussière ! cria-t-il.

Puis il serra le poing en attendant que la Terre réponde à son appel.

Le sol trembla très loin au-dessous de lui, et le grondement augmenta lentement comme si un séisme bien plus ravageur que tous ceux qu'il avait jamais déclenchés était en train de se préparer sous ses pieds.

Le mage funeste leva son bâton vers le ciel, les runes qui couvraient sa carapace l'enveloppant d'un manteau de lumière. Il lâcha un rugissement qui se répercuta contre les ruines de Carris et rebondit sur les collines alentour. Un nuage de ténèbres se forma à ses pieds, rejoignant la brume corrosive qu'émettait le Sceau de la Désolation. Gaborn sut que ses hommes ne pourraient pas survivre à cette nouvelle malédiction.

En même temps, il sentait le pouvoir de la Terre monter à sa rencontre.

Il se concentra sur l'image de destruction qui se formait dans son esprit, la laissant grandir jusqu'à ce qu'il ne puisse plus la contenir.

Alors, il ouvrit le poing et libéra son pouvoir.

CHAPITRE LXIV

LA TERRE BRISÉE

Iomé Sylvarresta était encore à environ dix lieues de Carris. Elle s'était arrêtée en compagnie de Myrrima et du seigneur Hoswell pour manger un peu de pain et boire une gorgée de vin pendant que leurs montures se reposaient. Le vent soufflait doucement entre les branches du chêne sous lequel ils étaient assis.

Iomé sentit la terre trembler bien avant de l'entendre. Le sol ondula sous ses pieds. Horrifiée, elle regarda vers le sud et vit un immense nuage de poussière s'élever dans les airs, si haut que les derniers rayons du soleil frôlèrent son sommet tandis que des éclairs crépitaient tout autour.

— Par les Puissances ! s'exclama Myrrima en se relevant d'un bond.

Iomé s'accrocha au bras de son amie. Malgré ses Dons de Force, elle se sentait aussi faible qu'un nouveau-né.

Elle savait que Gaborn était à Carris, et qu'aucun être humain n'aurait pu survivre à une telle explosion.

La déflagration parvint à leurs oreilles de longues secondes plus tard. Malgré la distance, elle fit trembler le sol avant que les lointaines montagnes ne renvoient son écho.

Iomé n'était pas certaine qu'il y ait eu une seule explosion.

Plus tard, elle se dit qu'il y en avait eu deux : la première quand Gaborn avait incanté, et la seconde au moment où le ver du monde avait jailli du sol, laissant un gouffre béant à la place du Sceau de la Désolation.

La Terre aboya de douleur quand le ver du monde émergea du sol. Erin Connal, qui se battait aux côtés de Gaborn ne trouva pas d'autre mot pour décrire le son qu'elle produisit.

Un geyser de poussière jaillit du Sceau de la Désolation alors que la moitié supérieure du *hujmoth* se dépliait à des centaines de pieds du sol, bloquant les derniers rayons du soleil. Les murs de Carris, qui avaient résisté tant bien que mal jusque-là, s'effondrèrent dans le Lac Donnestgree.

Ensuite, Erin ne se souvint pas de grand-chose.

Il lui sembla que son cœur se figeait dans sa poitrine. Elle tendit le cou pour observer le ver du monde. Il mesurait six cents pieds de diamètre, et du magma brûlant coulait des crevasses de sa peau, le long de sa musculature complexe. Ses dents étaient pareilles à des faux.

Erin regarda le *hujmoth* quelques secondes. Mais le temps parut s'arrêter pour graver cette image dans son esprit.

Quand la jeune femme revint au présent, elle s'aperçut que les défenseurs de Carris hurlaient de joie. Le ver du monde battait déjà en retraite dans le cratère qui remplaçait la Colline des Ossements. Une pluie de terre et de poussière retombait tout autour, et des éclairs déchiraient le ciel sous les nuages bas.

Les maraudeurs prirent la fuite.

Personne n'avait osé espérer une déroute totale. Mais le Sceau de la Désolation étant détruit, et le mage funeste ayant disparu, les créatures ne virent pas de raison de rester là plus longtemps. Elles s'éparpillèrent dans la pénombre, regagnant l'abri de leurs tunnels pour reconstituer leurs forces et préparer une nouvelle offensive.

Fuis ! ordonna une voix distante. *Fuis pendant qu'il en est encore temps !*

Borenson voulut obéir, mais les vibrations du sol le soulevèrent dans les airs. Un grondement assourdissant résonna dans la plaine tandis que la foudre illuminait le ciel et qu'une pluie de cailloux s'abattait autour de lui.

La terre s'est brisée, pensa-t-il sans comprendre.

Il tendit un bras vers Saffira.

Un peu plus tôt, il l'avait découverte à demi morte sur le champ de bataille. Pashtuk et Mahket luttaient férocement pour la protéger. Quand les maraudeurs étaient arrivés en force, Borenson avait dû se jeter sur elle pour lui faire un bouclier de son corps quand une créature mourante s'était effondrée sur eux.

Il n'allait pas l'abandonner maintenant.

Fuis ! ordonna de nouveau Gaborn.

La poussière envahissait le nez et la gorge de Borenson. Suffoquant, il eut une quinte de toux. Une odeur de pourriture planait dans l'air. À tâtons, il chercha Saffira.

— Nous devons partir, Étoile du Désert, marmonna-t-il.

Tout était sombre autour de lui. La nuit tombait rapidement. À l'ombre des carcasses de maraudeurs qui l'entouraient, il faisait noir comme dans un four.

Borenson leva les yeux. Un nuage de poussière planait au-dessus de la plaine. Alors qu'un éclair déchirait le ciel, il se mit péniblement à genoux.

— Et où veux-tu donc l'emmener, petit homme du Nord ? demanda Raj Ahten d'une voix mélodieuse mais frémissante de rage.

Borenson cligna des yeux pour l'apercevoir. Le surcot couleur safran du Seigneur-Loup luisait faiblement dans la pénombre.

Saffira reposait dans ses bras, aussi immobile que la surface d'un lac par une matinée sans vent. Tout son charisme s'était envolé.

Crucifié de douleur, Borenson se demanda s'il aurait jamais la force de se relever.

Saffira avait disparu pour toujours, et il craignait que son cœur ne se brise.

Toute la beauté n'a pas disparu, tenta-t-il de se raisonner. *Seulement la plus grande de toutes. La vie n'est pas futile. C'est juste l'impression que j'ai en ce moment.*

Un gouffre plus profond que celui du *hujmoth* s'était ouvert en lui, et il se moquait de ne plus arriver à respirer. Il connaissait Saffira depuis deux jours, mais ne trouvait pas de mots pour décrire l'expérience qu'il avait vécue en la côtoyant. Il était devenu sa créature, possédée par une dévotion aussi brève qu'intense.

Continuer à vivre maintenant serait inutile.

Fuis ! insista Gaborn.

Un avertissement personnel…

Borenson était entouré par des cadavres de maraudeurs. Derrière, à travers la plaine plongée dans la pénombre, il entendait les vivats des défenseurs remplacer peu à peu le fracas de la bataille. Quelques monstres luttaient encore, mais plus pour longtemps.

Borenson posa un regard las sur Raj Ahten. Le Roi de la Terre l'avait mis en garde contre un danger et, contrairement à ce qu'il avait cru, ce n'était pas les maraudeurs.

— Réponds-moi, homme du Nord, exigea le Seigneur-Loup. Où veux-tu emmener ma femme ?

— En sécurité, croassa Borenson.

Il passa une langue râpeuse sur ses lèvres desséchées.

— C'est toi qui l'as amenée ici, n'est-ce pas ? Sur l'insistance de ton maître, tu l'as conduite à sa perte. La plus exquise de toutes les femmes…

Ce n'était pas une accusation sans fondement. Borenson sentit le rouge lui monter aux joues. Même si Raj Ahten n'avait pas tenté d'augmenter sa culpabilité grâce au pouvoir de sa Voix, le colosse aurait eu honte de son geste et se serait cru au-delà de toute rédemption.

— J'ignorais que les maraudeurs seraient à Carris, se défendit-il. Elle n'avait pas peur d'eux. Nous voulions qu'elle reste en arrière, mais elle ne nous a pas écoutés…

Le Seigneur-Loup eut un grognement animal, comme si aucun mot humain n'aurait suffi à exprimer sa rage.

Il me hait, pensa Borenson. *Les mensonges que je lui ai racontés l'ont poussé à abandonner Château Sylvarresta, et j'ai massacré ses Dédiés dès qu'il a eu le dos tourné. À cause de moi, il a perdu Heredon. Et maintenant, je viens de provoquer la mort de sa femme.*

— Tu as été un adversaire de choix, dit Raj Ahten.

Borenson voulut se relever, mais il ne faisait pas le poids face à un homme ayant six Dons de Métabolisme et des milliers de Dons de Force. Il ne pouvait pas plus lutter ou s'échapper qu'un nouveau-né ne peut se soustraire au courroux de son père.

Raj Ahten lui saisit la cheville, tira et le fit tomber brutalement sur le dos.

— Je t'ai découvert en train de l'enlacer comme un amant. Étais-tu son amant ?

— Non.

— Nies-tu que tu l'aimais ?

— Non !

— Il est défendu de regarder mes concubines. Et il y a un prix à payer pour ça. T'en es-tu acquitté ?

Le Seigneur-Loup glissa une main sous la cotte de mailles de Borenson pour explorer ses parties intimes.

Il poussa un hurlement outragé et voulut saisir sa dague, mais Raj Ahten était trop rapide. Avec des doigts aussi puissants que les pincettes d'un forgeron, il le pinça à l'entrejambe et tira d'un coup sec.

L'incroyable brûlure manqua faire perdre connaissance à Borenson. Quand Raj Ahten retira sa main, il n'était plus tout à fait un homme.

Il roula sur le dos et vit le Seigneur-Loup se relever.

— Puisque te voilà hors jeu, cracha-t-il en laissant tomber un morceau de chair sanguinolente près de l'oreille de Borenson, je te congédie !

Averan continuait à crier et à tenter d'écarter les mâchoires du maraudeur. À la lueur d'un éclair, elle vit passer au-dessus de sa tête un gree sans doute parvenu à la même conclusion qu'elle : la gueule du monstre était une parfaite cachette. L'odeur de putréfaction devenait si atroce que le visage et les mains nues de l'enfant se couvraient de cloques.

— Aidez-moi, je vous en supplie !

Son cœur fit un bond dans sa poitrine. Raj Ahten venait d'émerger d'entre deux carcasses. Averan l'avait entendu échanger des paroles dures avec Borenson avant que celui-ci commence à gémir.

Le Seigneur-Loup criait en indhopalais. Bien qu'elle ne comprît pas cette langue, la fillette devina qu'il donnait des ordres à ses soldats.

La foudre illumina soudain son visage ; avec ses milliers de Dons de Charisme, il était de loin le plus bel homme qu'Averan ait jamais vu. Son maintien était si noble, si fier et si gracieux que la fillette en eut des palpitations.

— Par pitié ! s'époumona-t-elle.

Raj Ahten lui jeta un regard distrait. Mais il s'approcha d'elle.

Averan pensait que plusieurs manants et des barres à mine seraient nécessaires pour ouvrir la gueule du maraudeur. Raj Ahten écarta pourtant les mâchoires gigantesques à mains nues. Puis il donna la main à Averan et l'aida à sauter à terre comme si elle était une dame de la cour descendant de son carrosse.

Du sang maculait ses gantelets.

Une demi-douzaine d'Invincibles slalomaient entre les carcasses des maraudeurs. Raj Ahten leur parla si vite qu'Averan ne comprit qu'un mot : « Orden. »

Puis le Seigneur-Loup et ses hommes partirent vers le nord à une telle vitesse qu'ils semblèrent se volatiliser.

Le tonnerre grondait et des éclairs déchiraient le ciel.

Les maraudeurs craignent la foudre, se souvint Averan. *Ça les aveugle et ça les fait souffrir. Ils vont tous s'enfuir. Au moins, c'est ce que je ferais à leur place*.

Puis elle entendit quelqu'un gémir. Cela venait de l'endroit où elle avait aperçu Borenson pour la dernière fois.

Plaquée contre une carcasse, Averan la contourna prudemment. De l'autre côté, Saffira et le fils de Roland gisaient dans l'ombre. La jeune femme était morte ; tout son charisme avait disparu, révélant une adolescente à peine plus jolie que la moyenne. Borenson était toujours vivant. Recroquevillé comme un bébé, il gisait dans son vomi, des larmes inondant ses joues.

— Qu'est-ce qui ne va pas ? demanda Averan, qui ne voyait aucune blessure.

Borenson serra les dents et s'essuya le visage d'un revers de main.

— Tu vas devenir une très jolie femme, et je ne pourrai jamais en profiter.

CHAPITRE LXV

LA TERRE TRAHIE

Fuis ! ordonna la Terre à Gaborn.

Assis sur le sol, le jeune homme regardait en l'air d'un air abasourdi. Il ne se savait pas capable d'invoquer des animaux pour lui venir en aide.

Le *hujmoth* avait émergé de son tunnel et se tortillait quinze cents pieds au-dessus du sol. La force de l'explosion avait jeté Gaborn à terre, et la femme verte gisait à côté de lui.

Des éclairs zébraient le ciel autour du nuage de débris, créant une couronne de lumière. Partout dans la plaine, les maraudeurs tournaient les talons.

Fuis ! insista la Terre.

La mort approchait — celle de Gaborn. Jamais son linceul n'avait pesé si lourd sur ses épaules. Dans les ténèbres surnaturelles déchirées par la foudre, il se releva maladroitement et courut vers son cheval en criant à ses troupes l'ordre de battre en retraite.

Évidemment, comprit-il.

Il l'avait senti depuis le début. C'était ce que la Terre avait exigé de lui à Carris : *Frappe et fuis*.

— Viens ! cria-t-il à la wylde en lui tendant la main.

Elle fit un bond, atterrit à ses côtés et se laissa hisser en croupe.

— Par ici ! cria Gaborn à ses hommes.

Il lança sa monture au galop.

En quelques secondes, la situation s'était renversée. Des dizaines de milliers de gens avaient déjà quitté la citadelle. Des centaines de milliers d'autres se déversaient dans la cour en ruines, courant vers les portes.

Les maraudeurs battaient en retraite. À mesure qu'ils abandonnaient le champ de bataille sous la lumière crue des éclairs, la menace qui pesait sur le peuple de Gaborn diminuait.

Le jeune homme galopait vers le nord, plein d'un émerveillement mêlé de terreur : il avait vaincu contre toute attente, mais le danger le talonnait.

La Terre ne lui enjoignait plus de frapper, mais de fuir en toute hâte. On n'avait plus besoin de lui à Carris.

Il galopa à travers le nuage de poussière soulevé par le *hujmoth*, se laissant guider par son instinct jusqu'à ce qu'il atteigne les portes du Mur des Barrens.

Celui-ci avait beaucoup souffert du séisme ; il s'était écroulé à plusieurs endroits, et les parties qui tenaient encore debout vacillaient dangereusement. Mais par miracle, son arche avait résisté.

Avant de la franchir, Gaborn jeta un coup d'œil pardessus son épaule. Plusieurs tours de Carris s'étaient effondrées et les autres restaient la proie des flammes. Des cadavres d'humains et de maraudeurs jonchaient la plaine. Tout n'était plus que ruines, poussière et végétation flétrie. Tandis que le ver du monde se retirait dans son tunnel, à l'endroit où le Sceau de la Désolation se dressait quelques minutes plus tôt, des éclairs continuaient à zébrer le nuage de poussière soulevé par son apparition. La brume pestilentielle planait toujours dans l'air.

Même dans un cauchemar, Gaborn n'avait jamais vu une scène de destruction aussi totale.

Le magicien Binnesman l'aperçut et galopa dans sa direction. Mais le jeune homme éprouvait un besoin si pressant de fuir qu'il n'osa pas l'attendre. Flanqué des seuls Jureem, Celinor et Erin, il franchit le Mur des Barrens.

— Le voilà ! cria Pashtuk.

Raj Ahten avait rassemblé une douzaine d'Invincibles pour leur ordonner de chercher le Roi de la Terre.

Debout sur la carcasse d'un maraudeur, le Seigneur-Loup tourna la tête dans la direction indiquée par Pashtuk. Le sort de protection qui enveloppait Gaborn l'empêchait de voir le jeune homme, mais pas l'étalon rouan qui galopait vers le nord en emportant une femme à la peau verte. Trois cavaliers l'accompagnaient et le magicien Binnesman s'efforçait de les rattraper.

— Où croyez-vous qu'il aille ? demanda Mahket.

Il semblait étrange que le Roi de la Terre soit si pressé de battre en retraite alors qu'il venait de remporter la victoire. Privés de leur chef, les maraudeurs s'égaillaient dans la plaine.

— Je m'en moque, répondit simplement Raj Ahten. Je vais le tuer !

— Mais c'est votre cousin, ô Lumière d'Indhopal, dit Pashtuk, et il vous a proposé une trêve.

Raj Ahten dévisagea l'Invincible… et reconnut le visage d'un ennemi. Il n'existait pas de mots assez forts pour exprimer sa rage. Gaborn Val Orden avait échappé à tous les assassins qu'il lui avait envoyés ; il l'avait chassé de Longmot grâce à une ruse humiliante et lui avait dérobé les forceps sur lesquels il comptait pour devenir l'Homme Total. Puis il avait envoyé Saffira à sa mort. À présent, voilà qu'il le privait de la loyauté de ses Invincibles.

— Les maraudeurs s'enfuient, dit-il lentement, comme s'il s'adressait à un enfant un peu attardé. Le danger est écarté. La trêve n'a plus de raison d'être.

— Nous avons peut-être gagné une bataille, mais pas la guerre, dit Pashtuk.

— Qu'est-ce qui te fait croire que les maraudeurs reviendront ? Nous ne pouvons pas en être certains.

— Pardonnez-moi, ô Lumière d'Indhopal. Je ne voulais pas vous offenser, mais il est le Roi de la Terre et il vous a choisi.

— Moi aussi, je suis venu dans le Nord pour détruire les maraudeurs. Moi aussi, je peux sauver l'humanité.

Raj Ahten entendit l'avertissement de Gaborn dans sa tête : *Attention !*

Pashtuk leva son marteau de guerre pour frapper, mais il ne devait pas avoir plus de trois ou quatre Dons de Métabolisme. Le Seigneur-Loup esquiva et le frappa à la tempe. Le coup fit éclater le crâne de l'Invincible.

Attention ! répéta Gaborn.

Raj Ahten pivota. Dans son dos, deux nouveaux guerriers avaient dégainé leur arme.

Deux autres se joignirent à eux.

Le Seigneur-Loup n'était pas un imbécile. Il avait toujours pensé que certains de ses Invincibles se retourneraient contre lui. Il se débarrassa rapidement de ces quatre-là, au prix de quelques blessures légères qui se refermèrent aussitôt.

Haletant, il s'immobilisa pour observer les huit derniers Invincibles qui l'entouraient sous la lumière intermittente des éclairs. Aucun n'osa esquisser un geste, mais il se demanda s'il ne devrait pas les tuer aussi.

La voix de Gaborn résonna dans son esprit.

Des hommes gisent à vos pieds. Des hommes qui étaient mes Élus. La mort vous guette. Une dernière fois, je vous offre ma protection…

— Je ne t'ai pas choisi ! cria Raj Ahten.

Sa Voix était si forte qu'elle couvrit le grondement du tonnerre.

De la sueur ruisselait sur le front de Gaborn pendant qu'il fuyait Carris. Des escarmouches faisaient rage autour de lui. Skalbairn et le seigneur Langley avaient profité de la débâcle des maraudeurs pour les massacrer sans pitié.

Mais le roi avait surtout conscience de la lutte qui opposait Raj Ahten à ses Invincibles. Il avait d'abord cru qu'un danger menaçait tout le groupe. En avertissant le Seigneur-Loup, il avait sans le vouloir contribué au massacre de certains de ses Élus.

Stupéfait et blessé, Gaborn fit une ultime tentative pour se réconcilier avec Raj Ahten. Mais la réponse couvrit le grondement du tonnerre et le fracas des combats.

— Je ne t'ai pas choisi !

Le poids de sa culpabilité menaçait d'écraser Gaborn. Il ne pouvait pas laisser un de ses Élus en massacrer d'autres. Désespéré, il ne voyait pas d'autre solution que de frapper à son tour.

Mais il craignait de commettre un sacrilège. La Terre lui avait accordé le pouvoir de choisir et de protéger l'humanité. S'il utilisait ce pouvoir dans un but opposé, il risquait de provoquer son courroux et de subir sa punition.

En détruisant Raj Ahten, je protège des milliers d'êtres.

Le Seigneur-Loup était cerné par ses Invincibles. L'ayant vu abattre leurs camarades, ils se décidaient à passer à l'action. C'étaient de puissants guerriers. Sans cela, la Terre n'aurait pas averti Gaborn que Raj Ahten courait un danger.

Le jeune homme lutta de toutes ses forces contre son désir de mettre le Seigneur-Loup en garde. Cet acte fut douloureux, mais moins que l'ordre qu'il transmit aux huit Invincibles encore debout.

Frappez maintenant !

Raj Ahten n'entendit aucun avertissement.

Les Invincibles lui bondirent dessus comme un seul homme. Son vieil ami Chesuit, un de ses plus fidèles serviteurs, tenta de lui enfoncer dans la tête la pique de son marteau de guerre.

Le Seigneur-Loup esquiva, échappant de peu à la mort. Il abattit son propre marteau sur l'épaule de Chesuit, puis dégaina une longue dague.

Gaborn sentait le danger crépiter autour des Invincibles à qui il avait ordonné de tuer Raj Ahten. Mais il le sentait très faiblement, comme si son pouvoir était une bougie qu'un courant d'air venait de souffler, et que seule la braise de sa mèche éclairait encore.

Il courut au sommet d'une butte pour observer la scène.

Le combat se déroulait trop vite pour qu'il puisse le suivre. Mais à la lueur des éclairs, il aperçut une masse de corps tourbillonnante.

Il sentit la mort qui planait au-dessus des Invincibles et souffrit de chaque coup qui s'abattait sur eux.

Gaborn partagea le trépas de tous ces hommes.

Alors, quelque chose se brisa en lui.

Comme il l'avait dit à Molly Drinkham, quand ses Élus disparaissaient, ils laissaient dans son âme un trou béant qui ne se refermerait jamais. Il avait éprouvé cette sensation pendant la bataille, mais la mort des huit Invincibles le toucha plus profondément que celle des milliers de défenseurs de Carris parce qu'elle sonnait le glas de ses pouvoirs.

Et annonçait la fin de tout espoir pour l'humanité.

« Autrefois, les Duskins arpentaient cette terre, et les Toths le faisaient avant eux. À la fin de cette noire saison, il se peut que l'humanité aussi ne soit plus qu'un souvenir », l'avait prévenu la Terre dans le jardin de Binnesman.

Est-ce ainsi que doit mourir mon peuple ? Trahi par son souverain ?

Il avait abusé de ses pouvoirs, comme un archer qui bande son arc de toutes ses forces afin de voir qui cédera le premier : le bois ou la corde ?

La Terre lui avait concédé un pouvoir limité. Elle l'avait autorisé à sauver les humains de son choix. À présent, Gaborn essayait de tuer un de ses Élus. Il avait violé la volonté de la Terre, qui le punissait en lui retirant son soutien. Les yeux écarquillés d'horreur, le jeune homme attendit que la bougie s'éteigne et le plonge dans le noir.

Un éclair déchira le ciel au-dessus de Carris. À sa lueur, Gaborn vit qu'un seul homme se dressait désormais à l'endroit où étaient tombés les Invincibles.

Le roi éperonna sa monture et partit au galop vers le nord en criant :

— Raj Ahten arrive ! Fuyez !

CHAPITRE LXVI

DES EXCUSES MÉRITÉES

Les huit Invincibles bondirent sur Raj Ahten. Certains visèrent le torse ou la tête, d'autres les jambes. Certains l'attaquèrent de face tandis que d'autres tentaient de le prendre à revers. Même sa rapidité et ses années d'entraînement ne permettraient pas au Seigneur-Loup de s'en tirer sans une égratignure.

Un marteau l'atteignit au genou droit, lui brisant la rotule. Une dague se glissa sous sa cotte de mailles et lui transperça un poumon, tandis qu'un poignard lui tranchait la carotide. Un poing ganté s'écrasa sur son heaume et lui fractura le crâne.

Les autres blessures furent moins graves.

Raj Ahten parvint à survivre. À Kartish, des milliers de Dédiés lui prêtaient leur constitution. Il lui fallut quelques instants pour massacrer les huit traîtres et sauter de la carcasse du maraudeur.

La plaie de son cou s'était déjà refermée, bien que du sang coulât encore sur sa tunique. Sa tête lui faisait mal. Quand il ôta son heaume, cela lui arracha un peu de chair au passage. Mais le plus douloureux, c'était son genou. Le marteau de son adversaire avait brisé et déplacé sa rotule, qui s'était ressoudée aussitôt, mais dans une mauvaise position. Quand il tenta de s'appuyer sur sa jambe, Raj Ahten crut s'évanouir de douleur. Mais il serra les dents et sprinta vers le nord.

Grâce à ses innombrables Dons de Métabolisme, d'Agilité et de Force, il pouvait couvrir près de quinze lieues en une heure et maintenir cette allure une journée entière. La monture de Gaborn le distancerait d'abord, mais il finirait par la rattraper.

Raj Ahten franchit le Mur des Barrens et s'engagea sur la route qui traversait les villages de Casteer, de Wegnt et de Cœur-Brisé. Bientôt, les bruits de bataille moururent derrière lui.

Le Seigneur-Loup était en nage. Bien que la bataille n'eût duré que deux heures et demie, celles-ci lui avaient paru six fois plus longues à cause de ses Dons de Métabolisme. Il n'avait rien mangé et presque rien bu depuis le matin. Les sorts du mage funeste l'avaient affaibli, sans parler des blessures que ses Invincibles venaient de lui infliger.

C'était folie que se lancer à la poursuite de Gaborn dans de telles conditions. Il n'était pas un cheval de force nourri au miln et engraissé par des semaines d'oisiveté. Depuis beau temps, il ne consommait que des rations de voyage et avait beaucoup maigri.

Tandis qu'il courait, une soif féroce lui tortura les entrailles. Comme il avait plu presque toute la journée, le chemin était bordé de flaques profondes.

Raj Ahten s'accroupit pour boire à longs traits. Mais bien que près de trois lieues le séparent déjà de Carris, la végétation était flétrie et l'eau avait un étrange goût cuivré. Celui du sang, peut-être.

Le Seigneur-Loup se reposa quelques minutes. Puis il se releva et repartit. Une lieue plus loin, il sentit enfin l'odeur de Gaborn et des cavaliers qui l'accompagnaient.

Sa cotte de mailles le ralentissait. Raj Ahten pensa

qu'il avait fait une erreur en la mettant. Il se demanda s'il se traînait ainsi parce qu'il avait perdu de la constitution. Se pouvait-il que certains de ses Dédiés soient morts ? À moins que le Roi de la Terre ou son magicien ne lui aient jeté un sort. Ou que la malédiction du mage funeste ne continue à affecter les défenseurs de Carris après sa mort.

Raj Ahten courut jusqu'à ce qu'il capte un changement dans l'air. Jusque-là, la végétation flétrie qui bordait la route dégageait une odeur de décomposition. À présent, il détectait un parfum d'herbe tendre et de menthe, de feuilles automnales et de champignons, de vesce et d'autres fleurs sauvages.

À sept lieues au nord de Carris, il atteignit enfin une ligne de démarcation. De l'autre côté, les arbres prospéraient toujours et les collines étaient couvertes d'herbes luxuriantes. Des chauves-souris volaient dans l'air nocturne. Une chouette solitaire ululait sur une branche.

Raj Ahten distingua un groupe de cavaliers arrêtés au milieu de la route. Gaborn Val Orden était parmi eux. Mais le Seigneur-Loup ne pouvait toujours pas le voir. À sa place, il lui semblait qu'une citrouille était posée en équilibre sur la selle. Ce n'était pas la première fois que la protection dont bénéficiait le jeune homme lui valait des hallucinations : à plusieurs reprises, il l'avait pris pour une pierre ou une branche morte.

Gaborn était flanqué d'un prince portant la livrée du Crowthen Méridional et d'une cavalière de Fleeds. Derrière eux se pressaient une soixantaine de chevaliers d'Orwynne et d'Heredon. Apparemment, le Roi de la Terre venait de rejoindre une partie des troupes qu'il avait distancées pour atteindre plus vite Carris.

Raj Ahten reconnut sa cousine Iomé.

Juché sur l'étalon impérial gris qu'il lui avait volé la semaine précédente, le magicien Binnesman brandissait son bâton. Un nuage de lucioles voletaient autour, illuminant son visage ridé. Dans la main gauche, il serrait une poignée de feuilles. Sa wylde se tenait près de lui.

Raj Ahten ralentit. Un peu plus tôt, il avait vu la créature en compagnie de Gaborn, mais il ne l'avait pas identifiée. S'il avait su qu'elle était là, il n'aurait pas donné la chasse au Roi de la Terre. Puisqu'il était venu jusqu'ici, il avança en tentant de dominer son inquiétude.

Un étrange engourdissement s'emparait de lui à tous les endroits où sa peau était exposée. Transi de froid, il éprouvait des difficultés à respirer. Quel sort l'affectait ainsi ?

— N'avancez pas, ordonna Binnesman. Vous ne pouvez pas résister à la madriette. Si vous approchez encore, votre cœur cessera de battre.

Raj Ahten reconnut l'herbe. Enfant, il s'était frotté à un pied de madriette et l'avait sentie engourdir sa chair, mais elle n'était pas dans les mains d'un Gardien de la Terre dont les pouvoirs augmentaient ses capacités.

— Pourquoi suivez-vous le Roi de la Terre ? demanda Binnesman. Avez-vous enfin décidé de lui prêter allégeance ?

Raj Ahten s'immobilisa, le souffle court et la peau parcourue de picotements désagréables. Malgré tous ses attributs, il ne pouvait combattre un Gardien de la Terre, surtout entouré de soixante Seigneurs des Runes et d'une wylde.

Celle-ci leva le nez et renifla.

— Du sang, oui ! s'exclama-t-elle, ravie.

Elle sourit en découvrant ses crocs pointus. Raj Ahten n'avait jamais rencontré une créature qui désire le manger, mais il ne douta pas que tel était le souhait de la femme verte.

— Pas encore ! dit Binnesman. Mais s'il avance, tu as ma permission d'en faire ce que tu voudras.

Raj Ahten déglutit.

— Tu as mes forceps, dit-il en se tournant vers la « citrouille ». Je veux les récupérer, rien de plus.

— Et moi, je veux récupérer mes gens, dit Gaborn. Rendez-moi les Dédiés que vous avez tués à la Tour Bleue. Rendez-moi mes parents, mes petites sœurs et mon frère…

— Il est trop tard pour eux, lâcha Raj Ahten, comme il est trop tard pour mon épouse Saffira.

— Si c'est la vengeance que vous poursuivez, allez l'assouvir sur les maraudeurs. De nous deux, c'est moi qui ai subi le plus de torts. Si c'était la vengeance que je poursuivais, je pourrais me servir maintenant.

— Est-ce pour cela que tu t'es arrêté, Gaborn Val Orden ? cria Raj Ahten. Pour me lancer tes ridicules menaces à la figure ? As-tu besoin du soutien d'une armée pour te moquer de moi ?

Il s'efforçait de cacher l'inconfort que lui valait la madriette, mais il aurait bien voulu voir le visage du jeune freluquet pour deviner ses pensées.

— Non. Je ne suis pas venu proférer des menaces, dit Gaborn. J'espérais vous prévenir que vous courez un grave danger. Je l'ai déjà senti hier, juste avant que vous ne détruisiez la Tour Bleue. Comme une indéfinissable odeur de pourriture. Mystarria n'est pas le seul royaume où les maraudeurs ont émergé. Je crains que vos Dédiés ne soient les prochains à succomber.

Il paraissait sincère, bien qu'il n'ait aucune raison de vouloir du bien à Raj Ahten.

— Tu veux que je retourne chez moi en courant, afin de pourchasser des fantômes pendant que tu renforceras tes défenses ?

— Non. Je veux que vous retourniez chez vous pour

sauver votre peau. Si vous le faites, j'utiliserai tous mes pouvoirs pour vous aider.

— Tu as essayé de me tuer il n'y a pas une heure. Qu'est-ce qui t'a fait changer d'avis ?

— Je vous ai choisi. Je ne voulais pas utiliser mes pouvoirs contre vous, mais vous m'y avez obligé. Une nouvelle fois, je vous demande de joindre vos forces aux miennes.

Ainsi, le jeune freluquet cherche un allié. Il craint de ne pouvoir arrêter les maraudeurs seul.

Raj Ahten se demanda s'il avait une chance de persuader Gaborn de lui rendre ses forceps.

— Regardez derrière vous, intervint Binnesman. Voyez ce paysage dévasté. Vous avez affronté le mage funeste. Est-ce sur un monde en ruines que vous souhaitez régner ? Ne préférez-vous pas nous accompagner dans le paysage verdoyant et plein de vie qui nous entoure ?

— Vous m'offrez des terres ? se méprit Raj Ahten. C'est très généreux de votre part, alors que je pourrais facilement vous les arracher, puisque vous êtes impuissant à les défendre.

— La Terre m'a demandé de vous avertir, dit Gaborn. Un linceul vous enveloppe, mais je ne puis aider un homme qui rejette ma protection. Si vous restez au Rofehavan, je ne pourrai pas vous sauver.

— Tu ne pourras pas non plus m'éliminer, dit Raj Ahten avec un regard vers Carris où l'attendait le reste de son armée.

À cet instant, quelque chose changea en Gaborn. Il éclata de rire : pas un gloussement nerveux, mais l'expression d'un soulagement si intense que Raj Ahten s'interrogea sur sa source.

Si seulement il avait pu voir son visage !

— Vous savez…, dit le jeune homme sur un ton cordial, autrefois, je vous craignais, vous et vos Invincibles. Mais je viens de comprendre comment vous vaincre. Je n'ai qu'à choisir votre peuple pour le faire mien !

Binnesman éclata de rire et Raj Ahten frémit intérieurement. Le paltoquet disait la vérité.

— Retournez à Carris si vous l'osez, lâcha froidement Gaborn. Vous avez vaincu douze de vos guerriers, mais il en reste des centaines de milliers. Pourrez-vous tous les combattre ?

— Rends-moi mes forceps, exigea Raj Ahten, avec l'espoir que le pouvoir de sa Voix persuaderait Gaborn.

— Pas de marchandage, immonde porc ! cria le jeune homme. Je te laisse la vie, et rien de plus. Une dernière fois, je t'ordonne de partir. Sinon, je te la prendrai aussi.

Raj Ahten s'empourpra et son cœur battit la chamade. Il cria et chargea.

Une douzaine de chevaliers décochèrent des flèches. Il tenta de les écarter mais l'une d'elles se logea dans son genou blessé tandis que la madriette continuait à l'affecter.

La femme verte courut à sa rencontre. Elle le saisit par le col et le souleva de terre d'une main si puissante que ses griffes firent sauter des anneaux de sa cotte de mailles comme les écailles d'une truite. Raj Ahten tenta de lui flanquer un coup de poing dans la poitrine. La violence de l'impact lui brisa le bras droit, mais fit reculer la wylde d'un pas.

L'air plus surpris que blessé, la créature dessina une rune complexe dans les airs. Puis elle le frappa si fort que ses côtes se brisèrent, crevant ses poumons et son cœur. Il vola dans les airs et atterrit sur le dos, haletant, les yeux rivés sur le ciel nocturne.

Raj Ahten n'avait pas remarqué que les nuages s'effilochaient, révélant les étoiles qui piquetaient le firmament. Grâce à ses milliers de Dons de Vue, il en distinguait beaucoup plus que le commun des mortels.

Son cœur manquait un battement sur deux ; son sang l'étouffait, et sa poitrine le brûlait, comme si on avait déchiré tous ses muscles. Son front était couvert de sueur.

Ils m'ont tué, songea-t-il. *Ils m'ont tué*.

La wylde se jeta sur lui et le saisit par le cou pour l'égorger.

— Arrête ! cria le magicien Binnesman.

La créature s'immobilisa. Sa langue vert foncé caressa lentement sa lèvre supérieure.

— Du sang ? supplia-t-elle.

Sans mettre pied à terre, Binnesman s'approcha de Raj Ahten avec plusieurs chevaliers, arc bandé.

Il avait laissé tomber sa madriette.

— Qu'en dites-vous, Votre Altesse ? demanda-t-il à Gaborn sur un ton moqueur. Devrions-nous l'achever ?

Raj Ahten récupérait déjà. Ses os brisés se ressoudaient de travers ; une douleur atroce lui déchirait le bras droit du bout des doigts jusqu'à l'épaule. Mais dans quelques minutes, il serait de nouveau en état de se battre. Il lui suffisait de gagner du temps.

Pourtant, la guérison qu'il appelait de tous ses vœux tardait à venir. Quand les chevaliers l'encerclèrent comme des chiens de chasse avant la curée, il ne put que les regarder faire.

Myrrima dévisagea Gaborn. Elle voyait la colère briller dans ses yeux.

La jeune femme avait été stupéfaite de l'entendre proposer une nouvelle alliance au Seigneur-Loup. Mais il avait laissé passer sa chance, et elle crut que Gaborn allait l'abattre sur place. C'était dommage, parce qu'elle aurait bien voulu s'en charger personnellement.

Quelques heures plus tôt, Myrrima n'avait pas menti

en disant à Iomé que la proximité du Roi de la Terre lui donnait envie de se battre. Elle se serait volontiers sacrifiée pour Gaborn. Aucun homme en ce monde ne méritait davantage de mourir que Raj Ahten, et la jeune femme se réjouissait d'assister à son exécution.

Gaborn répondit à la question de Binnesman d'une voix emplie de chagrin et de regret.

— Non. Laissez-le.

— Votre Altesse ! rugit le prince Celinor. (Erin Connal et une douzaine d'autres chevaliers avaient protesté en même temps, mais il avait crié plus fort qu'eux.) Si vous refusez de vous salir les mains, accordez-moi cet honneur !

Iomé tenta de garder son calme.

— Mon époux, je crains que vous ne commettiez une erreur, dit-elle. Laissez-les faire.

Myrrima bouillait de rage. Elle avait vu le père de Gaborn cinq heures avant la chute de Longmot, et il lui avait refusé l'accès de la forteresse en sachant que son geste lui sauverait la vie. Quand elle l'avait revu la nuit suivante, il était mort comme des milliers de ses soldats.

Myrrima se souvenait de Hobie Holowell, de Wyeth Able et d'une douzaine d'autres jeunes gens de Bannisferre morts pendant cette bataille, tandis que les éclaireurs de Raj Ahten massacraient les voisins de sa famille histoire d'entrer dans le Bois de Dunn sans se faire remarquer. La pauvre Annie Coyle, âgée de quatre-vingt-treize ans et incapable de se traîner en ville pour y trouver refuge, avait été décapitée sur le pas de sa porte.

La femme de Gaborn s'était fait voler son charisme et avait vu sa mère mourir des mains de Raj Ahten. Elle était présente quand son père avait été assassiné et ses armées décimées à cause du Seigneur-Loup.

Et Gaborn avait l'audace de pardonner !

Observant les chevaliers qui l'entouraient, Myrrima se souvint que pas un seul n'avait été épargné par la cruauté de Raj Ahten. Tous avaient perdu leur souverain et vu des amis ou des parents mourir par sa faute. Il lui était intolérable de penser que le Seigneur-Loup vivrait une minute de plus.

Le sang réclamait vengeance.

— Pour l'amour de moi, dit Gaborn à ses vassaux, je vous supplie de l'épargner. La Terre me demande de le laisser vivre.

Myrrima encocha une flèche. La première qu'elle avait tirée était toujours logée dans le genou de Raj Ahten, bien qu'elle ait espéré l'atteindre à la poitrine.

— C'est de l'inconscience ! brailla le seigneur Hoswell.

D'autres chevaliers rugirent. Mais Gaborn leva une main pour réclamer le silence.

— J'ai choisi Raj Ahten dans un moment de désespoir. J'ai ensuite cherché à le tuer. À cause de mon péché, la Terre s'est retirée. Mes pouvoirs ont diminué, et j'ignore si je pourrai me racheter à ses yeux. Je sais seulement cela : pour le bien de l'humanité, je dois renoncer à ma colère. Aucun homme ici ne souhaite plus que moi la mort du Seigneur-Loup.

Gaborn tremblait de rage. Il éperonna son étalon et galopa vers Carris, comme s'il doutait de pouvoir respecter la volonté de la Terre. Quand il eut parcouru cinq cents pas, il s'arrêta au pied d'une colline et regarda par-dessus son épaule.

— Venez ! cria-t-il. Éloignez-vous de lui !

Derrière Myrrima, le vent chuchotait dans les feuilles de tremble et les hautes herbes. La jeune femme serra les dents et ne bougea pas.

Binnesman descendit de cheval, s'approcha de la wylde et lui toucha l'épaule.

— Viens, lui ordonna-t-il. Laisse-le pour cette fois.

La créature recula. Mais les chevaliers demeuraient immobiles sur leurs destriers, les armes au clair.

Myrrima entendait leur souffle brûlant de colère et sentait leur transpiration.

Raj Ahten se releva et arracha la flèche de son genou. La wylde avait déchiré son surcot, éventrant sa belle cotte de mailles.

Son allure dépenaillée et sa respiration sifflante ne l'empêchèrent pas de toiser d'un air méprisant les seigneurs qui l'entouraient.

— Si j'étais le Roi de la Terre, ricana-t-il, je ne serais pas un si pathétique petit homme.

— Bien sûr que non, mon cousin, dit Iomé. Vous avez tant besoin de vous montrer supérieur aux autres que vous seriez beaucoup plus grand et beaucoup plus pathétique.

Se détournant du Seigneur-Loup, elle s'adressa aux chevaliers :

— Vous avez entendu mon époux. Partons !

Elle s'éloigna au trot. Les seigneurs la suivirent, lentement d'abord, puis en pressant l'allure, car aucun ne voulait se retrouver seul avec Raj Ahten.

Myrrima s'attarda, déterminée à être la dernière à partir et à ne manifester aucune peur. Elle foudroya du regard le Seigneur-Loup. Toujours assis, il leva les yeux vers elle et sourit.

— Je vous serais reconnaissante de me rendre ma flèche, dit la jeune femme en désignant le projectile qu'il tenait toujours.

Elle voulait qu'il sache que c'était elle qui l'avait blessé.

Raj Ahten se leva et lui tendit la flèche.

— N'importe quoi pour satisfaire une jolie femme, dit-il.

Myrrima saisit le projectile et le renifla pour s'imprégner de son odeur, au cas où elle devrait le pister un jour.

— Je n'ai que trois mots à vous adresser, ma dame. Seigneur… Loup… Chienne.

Raj Ahten se détourna et partit en direction du sud-ouest.

Sans prendre la peine de nettoyer le sang sur la flèche, Myrrima la rangea dans son carquois. Puis elle rejoignit le Roi de la Terre.

Laisser partir Raj Ahten vivant était la chose la plus difficile qu'elle ait jamais faite.

Elle ne soupçonnait pas à quel point elle le regretterait un jour.

CHAPITRE LXVII

DANS LES TERRES RAVAGÉES

Après la bataille, Averan resta près de Borenson. Des guérisseurs de Carris vinrent l'examiner, découvrirent la nature de son affliction et l'abandonnèrent pour se mettre en quête de blessés plus graves.

La fillette ne comprenait pas bien pourquoi le colosse roux souffrait tant. Selon les guérisseurs, il n'était pas en danger de mort. Mais une femme lui offrit tout de même de la morelle noire pour le soulager.

Borenson était toujours recroquevillé sur le sol comme un bébé. De temps en temps, il lâchait un grognement furieux.

Averan récupéra une cape sur le cadavre d'un soldat, estimant qu'elle en avait plus besoin que lui. Elle chercha Printemps un long moment, mais elle avait dû fuir ou se faire tuer pendant la bataille.

Inquiète, la fillette se surprit à sursauter à chaque bruit, guettant le clapotis de pieds nus dans la boue.

Une heure après la tombée de la nuit, elle s'avisa qu'elle avait faim. Empruntant son couteau à Borenson, elle se mit en quête de nourriture. Les tours de Carris brûlaient encore, et cette lumière lui permit de s'orienter dans le labyrinthe de carcasses.

La citadelle était gardée par des milliers d'hommes : guerriers mystarriens, Invincibles et fantassins indhopalais. Ils avaient dégagé le pont en jetant à l'eau la plupart des maraudeurs morts. Rassemblés autour de feux de camp, ils se racontaient des histoires à voix basse comme s'ils craignaient que leurs adversaires ne reviennent à la faveur de la nuit.

Averan fut étonnée qu'ils aient réussi à mettre leurs griefs de côté.

Des rumeurs inquiétantes se propageaient parmi les survivants. Certains disaient que le Roi de la Terre avait succombé ou les avait abandonnés. Sa voix ne s'était-elle pas tue au beau milieu de la bataille ? Averan ferma les yeux et tenta d'invoquer la flamme verte. Sans succès. Elle en conclut que Gaborn devait être mort.

À l'extrémité du pont gisait la moitié d'une carcasse de maraudeur noircie et dégoulinante. Les runes tatouées sur sa carapace luisaient toujours faiblement. Quelqu'un avait coincé ses mâchoires en position ouverte avec un pieu pour que tous puissent admirer ses dents redoutables.

— Qu'est-ce que c'est ? demanda Averan.

— Le mage funeste, ou du moins ce qu'il en reste, répondit un soldat. Nous l'avons repêché dans le lac. Fais attention : il remue encore, et il risque de te mordre !

L'homme rit de sa plaisanterie stupide. Même une gamine de neuf ans pouvait voir que la créature était morte. C'était la plus monstrueuse qui eût péri ce jour-là. Une bête ancienne et vénérable à sa façon. Averan se faufila à l'intérieur de sa gueule tandis que le soldat et ses compagnons applaudissaient.

— Voilà une petite courageuse ! lança un homme.

Averan s'enfonça dans la gueule du mage funeste

jusqu'à ce qu'elle atteigne son palais. Elle y plongea son couteau d'un geste vif, comme si elle craignait que quelqu'un ne l'empêche de manger la seule nourriture capable d'apaiser sa faim. Quand le sang jaillit, elle fourra ses deux bras dans la plaie et saisit la cervelle encore chaude du maraudeur.

La fillette mangea jusqu'à ce qu'elle ne puisse plus avaler une bouchée. À demi somnolente, elle s'allongea sur la langue de la créature tandis que d'étranges visions l'entraînaient vers des royaumes inconnus. Les souvenirs du mage funeste lui firent découvrir les pouvoirs du Seul et Unique Maître, la terrifiant jusqu'au plus profond de son âme.

Averan devait informer le Roi de la Terre de ce qu'elle venait d'apprendre. Mais même en fermant les yeux, elle ne parvenait plus à le localiser.

— Petite, qu'est-ce que tu fiches là-dedans ? dit un des soldats, debout devant les mâchoires ouvertes du mage funeste.

Averan leva les yeux vers lui et posa le reste de cervelle sur la langue de la créature.

— Tu ne peux pas manger ça, dit l'homme, les yeux écarquillés de dégoût. Je vais aller te chercher quelque chose de comestible.

Il croit que je suis folle, pensa Averan. *Si je m'approche de lui, il essaiera de me mettre en cage.*

La fillette brandit son couteau à deux mains.

— Arrière ! cria-t-elle.

— Du calme, dit le soldat. Je ne vais pas te faire de mal. Je voulais juste t'aider.

Averan bondit hors de la gueule du maraudeur et s'enfuit à toutes jambes. Quand elle eut parcouru une distance suffisante, elle se retourna pour crier aux hommes qui gardaient le pont :

— Les maraudeurs ne reviendront pas ici ce soir ! Ne comprenez-vous pas qu'ils ont remporté cette bataille ?

Ils ont détruit tout le sang-métal enfoui dans le sol. Ils n'ont plus rien à faire ici !

Tous la dévisagèrent comme si elle était folle.

— Vous devez me croire ! Le Seul et Unique Maître est en train de préparer les Sceaux de la Désolation. Si vous ne l'arrêtez pas, il ne restera au monde plus un endroit sûr !

Évidemment, personne n'ajouterait foi aux paroles d'une gamine cinglée. Averan se détourna et s'enfuit.

— Ma dame, dit Myrrima sur un ton suppliant, je voudrais vraiment continuer jusqu'à Carris. De nombreux blessés ont besoin de soins…

Iomé hocha la tête, la libérant de son service.

— Comme tu voudras.

Les soixante chevaliers s'étaient rassemblés non loin de l'endroit où ils avaient affronté Raj Ahten.

— Votre époux est à quatre cents pas au nord-ouest de la forteresse, dit Gaborn. Il est en vie, mais il n'a pas bougé depuis longtemps. Je regrette de ne pas pouvoir vous accompagner. Je dois parler à la Terre, et ce sol dévasté ne me permet pas de communier avec elle.

Le jeune homme n'ajouta rien. Au ton qu'il avait employé, Myrrima devina qu'elle devait s'attendre au pire. Elle ne pouvait pas imaginer son mari — un des plus puissants guerriers de Mystarria — gisant à demi mort. Peut-être s'était-il brisé le cou ou la colonne vertébrale…

— Accompagnez-la, demanda Iomé aux seigneurs. Faites ce que vous pourrez pour les blessés.

— Je rentre avec vous dans le Nord, dit Erin Connal à Gaborn. Mes devoirs me rappellent auprès de mon peuple.

Myrrima et ses compagnons s'en furent vers le sud, laissant derrière eux Gaborn, Iomé, Binnesman, la wylde, Jureem, Erin et Celinor.

Ils chevauchèrent en silence pendant quelques

minutes, jusqu'à ce que les autres ne puissent plus les entendre et qu'un seigneur d'Orwynne demande :

— Qu'allons-nous faire, maintenant ?

Seule Myrrima osa rompre le silence découragé qui suivit.

— Ce que nous devons faire ! Nous continuerons à nous battre !

— Et les temps sombres dont a parlé de Roi de la Terre ? demanda un chevalier. Il a dit qu'il nous avait choisis pour « nous préserver durant les temps sombres à venir ».

— Nous ne devrions pas nous éloigner de lui. Sinon, il ne pourra plus nous avertir en cas de danger, murmura un autre seigneur.

Myrrima tenta d'imaginer l'avenir qui l'attendait au côté de Gaborn et des survivants obligés de se tapir dans les bois pour échapper aux maraudeurs. Mais alors qu'elle traversait les terres ravagées dont montait toujours une odeur de pourriture, elle comprit qu'il ne resterait même pas de bois où se tapir.

Tant pis. Nous nous dissimulerons sous les rochers, se consola-t-elle. *Et nous ferons ce qui sera nécessaire.*

La jeune femme serra les dents et tira sur les rênes de sa monture. Comme elle avait pris la tête de la colonne, les autres l'imitèrent, puis la dévisagèrent d'un air inquisiteur.

— Je suis un Seigneur-Loup à présent, révéla-t-elle. Personne ne nous sauvera. Mais les forceps de Raj Ahten sont cachés dans les mausolées royaux de Château Sylvarresta. Grâce à eux, nous pourrons peut-être nous sauver nous-mêmes.

Les chevaliers se regardèrent.

— Qu'êtes-vous en train de dire ? lança un cavalier de Fleeds. Vous voulez être notre seigneur ? N'est-ce pas un peu présomptueux ?

— Je ne demande pas à devenir votre chef. Mais jusqu'au retour du Roi de la Terre, je ne servirai aucun souverain. Devant vous, je prête allégeance à l'humanité. Je lui dédie mon cœur, ma volonté, mon esprit et mon âme !

« Je vous jure fidélité à tous. Que l'un de vous soit en danger et il me trouvera à ses côtés, prête à me battre avec toutes mes armes : mes Dons canins, et même mes dents et mes ongles si nécessaire. Je vous jure fidélité à tous, pour l'humanité et pour la Terre !

Ses compagnons la dévisagèrent, stupéfaits, car elle venait de s'autoproclamer Chevalier Équitable.

Ces hommes étaient tous des Seigneurs des Runes dont les ancêtres servaient depuis longtemps Fleeds, Orwynne ou Heredon. Elle ne s'attendait pas à ce qu'ils l'imitent, mais éprouva une joie sans bornes quand ils brandirent leurs armes vers le ciel en hurlant :

— Pour l'humanité et pour la Terre !

Ce fut ainsi, en ce sombre jour, que naquit la Confrérie des Loups.

OUVRAGES DE LA COLLECTION « SCIENCE-FICTION »

ANTHONY Patricia
Frère Termite

ASIMOV Isaac
Avenir commence demain (l')
Azazel
Azazel 2 : Légende
Courants de l'espace (les)
Destination cerveau
Fils de Fondation (les)
Mais le docteur est d'or
Némésis
Cycle de fondation
1. Prélude à Fondation
2. Aube de Fondation (l')

ASIMOV Isaac
SILVERBERG Robert
Retour des ténèbres (le)
• Tout sauf un homme (l'homme bicentenaire)

BRADLEY Marion Zimmer
Chute d'Atlantis (la)
Fantôme de lumière
Gladiatrice (la)
Voix de l'espace (les)
Tombe de lumière
La tour et la ruche
LA ROMANCE DE TÉNÉBREUSE
Les premiers temps
1. Planète aux vents de folie (la)
2. Cycle des légendes (le)
Les âges du chaos
1. Ages du chaos (les)
2. Reine des orages !
3. Belle Fauconnière (la)
Les cent royaumes
1. Cent royaumes (les)
2. Loup des Kilghard (le)
3. Héritiers d'Hammerfell (les)
Le temps des comyne
1. Redécouverte
Les amazones libres
1. Amazones libres (les)
2. Chaîne brisée (la)
3. Maison des Amazones (la)
4. Cité mirage (la)
L'âge de Damon Ridenow
1. Empire débarque (l')
2. Épée enchantée (l')
3. Tour interdite (la)
4. Étoile du danger (l')
5. Captive aux cheveux de feu (la)
L'âge de Régis Hastur
1. Alliance (l')
2. Soleil sanglant
3. Héritage d'Hastur (l')
4. Projet Jason
5. Exil de Sharra (l')
6. Chanson de l'exil
7. Matrice fantôme (la)
8. Soleil du traître (le)
9. Casseurs de mondes (les)
Unité
1. Chasse sur la lune rouge
2. Survivants (les)
3. Ruines d'Isis (les)

BRADLEY Marion Zimmer/
NORTON Andre/MAY Julian
Trois amazones (les)

BRIN David
Jeune fille et les clones (la)

CRICHTON Michael
Mangeurs de morts (les)

CROWLEY John
Le parlement des fées
1. Orée du bois (l')
2. Art de la mémoire (l')
Aegypt

Eddings David
LA GRANDE GUERRE DES DIEUX
Les préquelles
Belgarath le sorcier
1. Années noires (les)
2. Années d'espoir (les)
Polgara la sorcière :
1. Années d'enfance (les)
2. Temps des souffrances (le)
La belgariade
1. Pion blanc des présages (le)
2. Reine des sortilèges (la)
3. Gambit du magicien (le)
4. Tour des maléfices (la)
5. Fin de partie de l'enchanteur (la)
La mallorée
1. Gardiens du Ponant (les)
2. Roi des Murgos (le)
3. Démon majeur de Karanda (le)
4. Sorcière de Darshiva (la)
5. Sibylle de Kell (la)
LA PIERRE SACRÉE PERDUE
La trilogie des joyaux
1. Trône de diamant (le)
2. Chevalier de rubis (le)
3. Rose de saphir (la)
La trilogie des périls
1. Dômes de feu (les)
2. Ceux-qui-brillent
3. Cité occulte (la)

Farland Dave
La douleur de la terre
1. Don d'amour (le)
2. Anneau du serpent (l')

Herbert Frank
Barrière Santaroga (la)
Champ mental
Dragon sous la mer (le)
Fabricants d'Éden (les)
Preneur d'âmes (le)
Prêtres du Psi (les)
Prophète des sables (le)
Yeux d'Heisenberg (les)
Cycle de dune
1. Dune 1
2. Dune 2
3. Messie de Dune (le)
4. Enfants de Dune (les)
5. Empereur-Dieu de Dune (l')
6. Hérétiques de Dune (les)
7. Maison des Mères (la)
Le bureau des sabotages
Dosadi
Le programme conscience
1. Destination vide
2. Incident Jésus (l')
Prélude à Dune
Et l'homme créa un dieu

Huxley Aldous
Meilleur des Mondes (le)
Retour au meilleur des mondes

Jordan Robert
LA ROUE DU TEMPS
L'invasion des ténèbres
1. Roue du Temps (la)
2. Œil du monde (l')
La grande chasse
1. Cor de Valère (le)
2. Bannière du dragon (la)
La roue du temps
1. Le dragon réincarné
2. Le jeu des ténèbres

Kurtz Katherine
LES DERYNIS
La trilogie des rois
1. Roi de folie
2. Roi de douleur
3. Roi de mort
La trilogie des héritiers
1. Calvaire de Gwynedd (le)
2. Année du roi Javan (l')
3. Prince Félon (le)
La trilogie des magiciens
1. Réveil des magiciens (le)
2. Chasse aux magiciens (la)
3. Triomphe des magiciens (le)

La trilogie du roi Kelson
1. Bâtard de l'Évêque (le)
2. Justice du roi (la)
3. Quête de Saint Camber (la)

LACKEY Mercedes
LES HÉRAUTS DE VALDEMAR
La trilogie du héraut-mage
1. Proie de la magie (la)
2. Promesses de la magie (les)
3. Prix de la magie (le)
La magicienne et la guerrière
1. Sœurs de sang
2. Parjures (les)
La trilogie des flèches
1. Vol de la flèche (le)
2. Flèches de la reine (les)
3. Chute de la flèche (la)
L'histoire de Kerowin
Par le fer
La trilogie des vents
1. Vents du destin (les)
2. Vents du changement (les)
3. Vents furieux (les)

LEIBER Fritz
Le cycle des épées
1. Épées et démons
2. Épées et mort
3. Épées et brumes
4. Épées et sorciers
5. Royaume de Lankhmar (le)
6. Magie des glaces (la)
7. Crépuscule des épées (le)

LOVECRAFT Howard Phillips/DERLETH August
Légendes du mythe de Cthulhu
1. Appel de Cthulhu (l')
2. Chose des ténèbres (la)
3. Livre noir (le)

LUMLEY Brian
Terre des rêves
1. Héros des rêves (le)
2. Vaisseau des rêves (le)
3. Lune des rêves (la)

MARSHALL SMITH Michael
Avance rapide
Frères de chair

MCDEVITT Jack
Anciens rivages

MAY Julian
Éperon de persée (l')

MCCAFFREY Anne
Acorna
Le cycle des hommes libres
Terre de défi
Terre de liberté
Cycle des partenaires
Vaisseau qui chantait (le)
LA BALLADE DE PERN
Les origines
1. Aube des dragons (l')
2. Chute des Fils, chroniques (la)
3. Dauphins de Pern (les)
4. Œil du dragon (l')
L'épidémie
1. Dame aux dragons (la)
2. Histoire de Nerilka
Autres mondes de Pern
1. Renégats de Pern (les)
La grande guerre des fils
1. Vol du dragon (le)
2. Quête du dragon (la)
3. Dragon blanc (le)
4. Tous les Weyrs de Pern
Les harpistes
1. Chant du dragon (le)
2. Chanteuse-dragon de Pern (la)
3. Tambours de Pern (les)
La transe du crystal
1. Chanteuse crystal (la)
2. Killashandra
3. Mémoire du crystal (la)
Le vol de pégase
1. Galop d'essai (le)
2. Bond vers l'infini (le)
3. Rowane (la)
4. Damia

5. Enfants de Damia (les)
6. Orgueil des Lyon (l')

McCaffrey Anne et Scaborough Dorothy Anne
Cycle des forces
1. Forces majeures (les)
2. Lignes de forces (les)
3. Jeu des forces (le)
Le cycle des hommes libres
Terre d'élection

Moorcock Michael
Contes du loup blanc
1. Par-delà le multivers
2. Gloire d'Elric (la)
I - Les livres du Corum
1. Chevalier des épées (le)
2. Reine des épées (la)
3. Roi des épées (le)
4. Lance et le taureau (la)
5. Chêne et le bélier (le)
6. Glaive et l'étalon (le)
II - Le cycle d'Elric
1. Elric des dragons
2. Forteresse de la perle (la)
3. Navigateur sur les mers du destin (le)
4. Elric le nécromancien
5. Sorcière dormante (la)
6. Revanche de la rose (la)
7. Épée noire
8. Stormbringer
9. Elric à la fin des temps
III - La légende de Hawkmoon
1. Joyau noir (le)
2. Dieu fou (le)
3. Épée de l'aurore (l')
4. Secret des runes (le)
Le pacte de von Bech
1. Chien de guerre et la douleur du monde (le)
2. Cité des étoiles d'automne (la)
IV - La quête d'Érékosé
1. Champion éternel (le)
2. Guerriers d'argent (les)
V - Le nomade du temps
1. Seigneur des airs (le)
2. Léviathan des terres (le)
3. Tsar d'acier (le)

Pratchett Terry
Face cachée du soleil (la)
Strate-à-gemmes
Le disque-monde
1. Huitième couleur (la)
2. Huitième sortilège (le)
3. Huitième fille (la)
4. Mortimer
5. Sourcellerie
6. Trois sœurcières
7. Pyramides
8. Au guet !

Roberson Jennifer
Chroniques des Cheysulis
1. Métamorphes (les)
2. Ballade d'Homana (la)
3. Épée du destin (l')
4. Piste du loup blanc (la)
5. Une nichée de princes
6. Fille du lion (la)
7. Vol du corbeau (le)
8. Tapisserie aux lions (la)

Russel (M.)
Le moineau de dieu

Silverberg Robert
Livre des crânes (le)

Simmons Dan
Les cantos d'Hypérion
1. Hypérion 1
2. Hypérion 2
3. Chute d'Hypérion 1 (la)
4. Chute d'Hypérion 2 (la)
Les voyages d'Endymion
Endymion 1
Endymion 2
Eveil d'Endymion (l') 1
Eveil d'Endymion (l') 2

Sterling Bruce
Feu sacré (le)

Tolkien J. R. R.
Livre des Contes Perdus (le) tome 1
Silmarillion (le)
Chansons pour J.R.R. Tolkien
1. Adieu au roi (l')
2. Sur les berges du temps
3. Éveil des Belles au Bois (l')
Contes et légendes inachevés
1. Premier âge (le)
2. Second âge (le)
3. Troisième âge (le)
Le seigneur des anneaux
1. Communauté de l'anneau (la)
2. Deux tours (les)
3. Retour du roi (le)

Vance Jack
Mémoire des étoiles (la)
La geste des princes-démons
1. Prince des étoiles (le)
2. Machine à tuer (la)
4. Visage du démon (le)
5. Livre des rêves (le)
Lyonesse
1. Jardin de Suldrun (le)
2. Perle verte (la)
3. Madouc
Escales dans les étoiles

Weis Margaret
L'étoile des gardiens
1. Quête du roi (la)
2. Épreuve du roi (l')
3. Sacrifice du roi (le)
4. Légion fantôme (la)

Weis M./Hickman T.
La légende de l'épée noire
1. Naissance de l'épée (la)
2. Malédiction de l'épée (la)
3. Triomphe de l'épée (le)
4. Renaissance de l'épée
La rose du prophète
1. Désir du Dieu errant (le)
2. Paladin de la nuit (le)
3. Prophète d'Akhran (le)
Les portes de la mort
1. Aile du dragon (l')
2. Étoile des elfes (l')
3. Mer de feu (la)
4. Serpent mage (le)
5. Main du chaos (la)
6. Voyage au fond du labyrinthe
7. Septième porte (la)

Williams Tad
L'ARCANE DES ÉPÉES •
La ligue du parchemin
1. Trône du dragon (le)
2. Roi de l'orage (le)
Livre du Nécromant (le)
Cri de Camaris (le)
La route des rêves
1. Maison de l'ancêtre (la)
2. Pierre de l'adieu (la)

Zahn Timothy
Les conquérants
1. Orgueil du conquérant (l')
2. Sang du conquérant (le)
3. Héritage du conquérant (l')

Achevé d'imprimer sur les presses de

BUSSIÈRE

GROUPE CPI

à Saint-Amand-Montrond (Cher)
en mars 2001

POCKET - 12, avenue d'Italie - 75627 Paris Cedex 13
Tél. : 01-44-16-05-00

— N° d'imp. 11973. —
Dépôt légal : avril 2001.

Imprimé en France